Aus dem Buch:

Er packt seine Schultern. »Wo ist es?«, brüllt er Danilo an.
Es drückt und kribbelt, als wäre sein Griff real. *Weg, bloß weg von dieser brennenden Wut.* Sein Blick landet auf dem Schreibtisch, seinem Laptop. *Verdammt! Augen zu!*
Sein Vater regt sich weiter auf. Seine Mutter stimmt mit ein. Danilo hält die Augen fest geschlossen. *Es ist nicht real, sie sind nicht hier, es geht irgendwann vorüber.* Stattdessen kehrt sein Arbeitszimmer zurück. In seinen Kopf. Hinter seine geschlossenen Lider. War das in der Spritze? Sind sie schon so weit? *O Gott! Was haben wir getan?*

Zur Autorin:

Alexa Linell wurde 1978 in Hamburg geboren. Ob die vielen Actionfilme, das Jurastudium oder die Arbeit in der Rechtsmedizin ihre Leidenschaft für Krimis und Thriller geweckt haben oder ob es umgekehrt war, lässt sich heute nicht mehr ermitteln. Eines ist jedoch erwiesen: Die Autorin ist sowohl dem Lesen als auch dem Schreiben spannender Geschichten hoffnungslos verfallen.

Alexa Linell

BOX

NIMM DICH IN ACHT VOR DIESER KI

Thriller

HarperCollins

1. Auflage 2024
Originalausgabe

Umschlaggestaltung von bürosüd, München
Umschlagabbildung von www.buerosued.de
unter Verwendung von Midjourney
Gesetzt aus der Stempel Garamond
von GGP Media GmbH, Pößneck
Druck und Bindung von CPI books GmbH, Leck
Printed in Germany
ISBN 978-3-365-00778-5
www.harpercollins.de

Druckprodukt mit finanziellem
Klimabeitrag
ClimatePartner.com/15109-2009-1001

MIX
Papier
FSC FSC® C083411

PROLOG

Durch den schwarzen Stoff bekommt er kaum Luft. Bei jedem Einatmen saugt er das nach giftiger Farbe stinkende Gewebe über seinem Kopf an und stößt es mit dem Ausatmen wieder ab.

Zu viele Zigaretten in letzter Zeit.

Danilo riecht den kalten Rauch und die halbe Flasche Wein. Irgendwann musste es so kommen. Bei einem potenziellen Zeugen war er in die Falle getappt. Ein einsamer Ort, spätabends in der Dunkelheit. Er hätte es wissen müssen – vielleicht.

Der Kabelbinder schneidet schmerzhaft in seine Handgelenke. Der Blechboden, auf dem er sitzt, ist kalt und hart.

Ruckartig hält der Transporter. Eine Hand packt seine Schulter, damit er nicht umfällt.

Die Schiebetür geht auf, noch jemand kommt herein.

Einer von ihnen drückt Danilos Oberkörper grob vornüber, schiebt seinen Pulloverärmel am linken Arm hoch und zieht ein elastisches Band um den Oberarm fest. Sie verdrehen ihm den linken Arm, soweit es Schultergelenk und Fesseln erlauben.

»Argh«, kann Danilo in seiner zusammengekauerten Position nur stammeln. Kalte Feuchtigkeit in der Armbeuge, ein Streichen, dann ein Stich. Eine Spritze? Nehmen sie ihm Blut ab? Das Band wird gelöst. Ein leichter Druck. Jemand greift seine Schulter, richtet ihn wieder auf.

»Los, raus«, befiehlt der bullige Typ mit dem Stoppelhaarschnitt und zerrt ihn auf die Füße. Seine Stimme ist rauer und tiefer als die des anderen Mannes, der ihm den Sack über den Kopf gezogen hat. Wo ist der? Ist er gefahren? Seine Frisur, seine Bewegungen erinnern Danilo an asiatische Fantasyfilme.

Durch den Stoff kann er haushohe, eckige Umrisse ausmachen. Lampen als helle Punkte. Geschäftiges Summen in der Ferne. Es riecht nach Abgasen und ein bisschen muffig. Ein leichter Wind trägt metallisches Quietschen heran. Ein Schiffshorn. Der Hafen?

Es wird wieder dunkler, leiser.

Der bullige Typ schiebt ihn voran. Ihre Schritte hallen von weit weg wider.

Sie gehen auf eine Lichtinsel zu.

»Wir brauchen Gewissheit, Danilo. Dir passiert nichts«, sagt die Stimme, von der er sich jahrelang hat einlullen lassen. Der er bedingungslos gefolgt ist. Bis es nicht mehr ging. »Wo versteckst du sie?«

Danilo kneift die Lippen zusammen und schüttelt den Kopf. Früher hätte er eine clevere Antwort gehabt. Nicht wahr, aber überzeugend. Kann er das noch?

Jemand drückt ihn auf einen Stuhl. Löst den Kabelbinder um seine Handgelenke und die Kordel um seinen Hals. Danach wird der schwarze Sack nach oben abgezogen. Es wird hell. Bevor sich seine Augen an das grelle Licht gewöhnt haben, schließt der Kerl die Tür von außen.

Vor ihm ein Tisch. Metallbeine und Plastikplatte.

Um ihn herum nackte Wände, am Übergang zur Decke eine umlaufende Beleuchtung.

»Entspann dich. Es wird nicht wehtun«, sagt die Stimme.

Danilo bricht der kalte Schweiß aus. *Wird nicht wehtun?*

Um ihn herum summt es leise, und die Luft vibriert, als würde er neben einem Umspannwerk stehen. Einerseits fühlt er sich, als schwimme er in einer zähen Flüssigkeit, und andererseits, als könnten Wände und Decke im nächsten Moment verschwinden und die Unendlichkeit freigeben.

Er steht auf, sieht nach rechts zur Metalltür. Mit drei Schritten ist er dort. Er streckt die Hand nach dem Griff aus. Aber seine Finger greifen ins Nichts.

Oh, Gott! Rückwärts stolpert er gegen den Tisch. *Die Tür ist nur ein Bild. Bitte nicht!*

»Setz dich, Danilo. Es wird schnell gehen. Wehr dich nicht. Du weißt, dass es zwecklos ist.«

Er hat ihm vertraut. Mehr als seiner eigenen Familie.

»Wo sind die Daten versteckt?«, hallt es in seinem Kopf wider. Hat er die Frage gehört oder gedacht?

Nicht denken. Du darfst jetzt nicht mehr denken.

Einatmen, ausatmen. Einatmen, aus…

Die Wände lösen sich auf, verformen sich. Er verliert den Boden unter den Füßen, obwohl er fest darauf steht. Ihm wird schwindelig, übel.

Plötzlich stürmen Geländer und Treppen auf ihn zu, als wollten sie ihn erschlagen. Er dreht den Kopf zur Seite, hält sich schützend die Arme vor das Gesicht. Die Gegenstände stoppen, schwanken, fügen sich neu zusammen, und auf einmal steht er im Treppenhaus vor seiner Hamburger Wohnung.

Sein Herz schlägt so laut und schnell, dass er Angst bekommt.

»Geht es Ihnen nicht gut, Herr Resni? Brauchen Sie Hilfe?«

Er blickt nach rechts. Frau Wellbrock, die Nachbarin von gegenüber, sieht besorgt zu ihm auf. Sie trägt hässliche braune Schuhe mit Blockabsatz und einen langen unförmigen Rock. Die Wimperntusche unter ihren wässrigen, faltigen Augen ist verlaufen. Manchmal hat er den Eindruck, dass sie ihn überwacht. Doch wahrscheinlich ist ihr nur langweilig.

Alles wie immer.

Aber er ist nicht hier, hat sich keinen Zentimeter bewegt.

»Geht schon, danke«, rutscht ihm heraus.

Nicht! Du darfst nichts sagen, nicht reagieren. Der Gedanke beginnt mit der Frage und die Bewegung mit dem Gedanken. Nicht denken.

»Na, dann«, murmelt Frau Wellbrock, schlurft in ihre Wohnung und schließt die Tür hinter sich.

»Geh in deine Wohnung.«

Nein!

Einatmen, ausatmen. Ein, aus, ein, a…

Die Wohnungstür rauscht ihm entgegen, löst sich auf, setzt sich hinter ihm wieder zusammen. Er steht im Wohnungsflur.

Seine Eltern drehen sich zu ihm um. »Da bist du ja endlich. Los, sag uns, wo sie sind. Und hör endlich mit dem Blödsinn auf«, schimpft sein Vater.

»Haben wir dich so erzogen?«, beschwert sich seine Mutter.

Ihr habt hier nichts zu suchen!

Sein Blick wandert Richtung Arbeitszimmer. *Nicht!* Sofort sieht er zur Küche – zu spät. Sein Arbeitszimmer schnellt auf ihn zu und lässt ihn für einen Moment schwanken, obwohl er weiß, dass es nur Bilder sind.

Ein Schweißtropfen rinnt sein Rückgrat hinab. Seine Nackenmuskeln verkrampfen sich, und ein dumpfer Schmerz pocht hinter seinem rechten Auge.

»Wo hast du sie versteckt? Wie konntest du das tun? Weißt du eigentlich, wie viel Geld wir in deine Ausbildung gesteckt haben?« Sein Vater wird immer lauter. »Und du trittst das alles mit Füßen. Auf dem Weg nach ganz oben. Staatsanwalt,

Oberstaatsanwalt, Generalstaatsanwalt. Das stand dir offen. Du beschämst uns.« Er packt seine Schultern. »Wo ist es?«, brüllt er Danilo an.

Es drückt und kribbelt, als wäre sein Griff real. *Weg, bloß weg von dieser brennenden Wut.* Sein Blick landet auf dem Schreibtisch, seinem Laptop. *Verdammt! Augen zu!*

Sein Vater regt sich weiter auf. Seine Mutter stimmt mit ein. Danilo hält die Augen fest geschlossen. *Es ist nicht real, sie sind nicht hier, es geht irgendwann vorüber.* Stattdessen kehrt sein Arbeitszimmer zurück. In seinen Kopf. Hinter seine geschlossenen Lider. War das in der Spritze? Sind sie schon so weit? *O Gott! Was haben wir getan?*

Seine Eltern sehen sich suchend um. Mit der Hand fährt sein Vater über den Inhalt im Regal. Danilo atmet gleichmäßig. Als er bei den roten Ordnern ankommt, beschleunigt sich sein Herzschlag dennoch. Sein Vater zögert, dann tippt er mit den Fingern auf die Ordner. *Verdammt!*

»Wo ist der Rest?«, fragt seine Mutter.

Danilos rechter Arm will sich heben. Er presst ihn an den Körper. Trotzdem hebt er sich. Danilo sieht ihm ungläubig dabei zu. Mit geschlossenen Augen. Es tut nicht weh. Es geschieht einfach. Er wehrt sich. *Nimm das Bonbon!* Unter den Achseln saugt sich sein Pullover mit Schweiß voll. Er befiehlt seiner echten Hand mit aller Kraft, in die Hosentasche zu greifen. Holt das Bonbon heraus. Mit den Zähnen zieht er den Inhalt aus dem knisternden Papier. Sein Herz schlägt schneller.

»Das ist nicht sein Ernst«, hört er den treusten Schüler sagen.

»Typisch«, sagt die Stimme.

Er lutscht ein Bonbon gegen die Nervosität, wie früher. Nur das, nichts weiter. Tränen laufen ihm über die Wangen.

Plötzlich kalter Schweiß, Herzrasen. Sein Arbeitszimmer zerfällt, es blitzt hinter seinen zusammengekniffenen Lidern. Die Krämpfe beginnen. Schmerzen überall. Er fällt auf die Knie, übergibt sich. Hört dumpfe Schritte und Stimmen, doch sein Bewusstsein verliert sich schon in der Ferne.

1. KAPITEL

»Ruhe in Frieden«, beendete die Bestatterin ihre kurze Trauerrede.

Hoffentlich findest du Frieden, Danilo. Veda fror, von innen heraus, deshalb zog sie ihren schwarzen Wollmantel eng um sich, so wie man Babys fest einwickelte, damit sie sich geborgen fühlten. Gelbes und braunes Laub trudelte im kühlen, feuchten Wind von der jungen Buche herab, um deren Stamm ein paar Kränze und Blumengestecke lagen. Sie waren beide verrückt nach Erdbeeren gewesen, am liebsten mit Sahne und Erdbeerminze, die sie in einem weißen Tontopf hegten und pflegten. Deswegen hatte sich Veda für das Gesteck aus Scheinbeeren entschieden. Fürs nächste Jahr nahm sie sich fest vor, eine Minzpflanze zu kaufen.

Links huschte ein Eichhörnchen einen Baum hinauf. Verharrte kurz mit dick gefüllten Backen und raste dann außer Sichtweite hoch bis in die Krone.

Ein gelber Labrador sprang dem Eichhörnchen hinterher, ließ sich aber von einem Pfiff aufhalten. Er sah Veda mit hängender Zunge vergnügt an, drehte sich um und hüpfte in vier großen Sätzen zu seinem Herrchen zurück.

Veda musste lächeln. Einen guten Platz hatte sich Danilo hier ausgesucht. Zu Beginn ihrer Beziehung waren sie gerne in Wäldern spazieren gegangen und hatten sich über Gott und die Welt unterhalten. Manchmal auch darüber, wie sie sich ihre Zukunft vorstellten, um zu sehen, ob sie die Sehnsucht nach Familie, menschlicher Wärme und Geborgenheit teilten.

»Unmöglich, dass es hier keinen Zaun gibt. Und gleich nebenan einen Spazierweg«, giftete Danilos Mutter.

Die Trauergemeinde löste sich auf. Ging einzeln und in Grüppchen zurück zum Parkplatz.

»Veda?«, fragte Julia leise und legte eine Hand sanft auf ihre Schulter. Die Berührung holte Veda zurück ins Geschehen.

»Entschuldige, ich war in Gedanken.« Sie schniefte, nahm ihre Brille ab, zog ein Papiertuch aus der Manteltasche und wischte sich die Tränen von den Wangen.

»Wenn du noch Zeit brauchst …«

»Nein, ist schon gut. Lass uns auch zum Auto gehen.« Veda lächelte traurig, während Julia aufmunternd ihre Schulter rieb, bevor sie die Hand wieder wegnahm. Zusammen gingen sie über den mit Laub bedeckten Sandweg zwischen den Bäumen entlang. Es fühlte sich gut an, eine Freundin dabeizuhaben, die Danilo auch gekannt hatte. Sie und Julia waren während des Studiums bei demselben Professor als wissenschaftliche Mitarbeiterinnen beschäftigt gewesen. Oft hatten sie abends bei Tee und Keksen Klausuren der unteren Semester korrigiert, sich über ihre Eltern, ihre Professoren, arrogante Kommilitonen und den zu geringen Lohn aufgeregt. Wenn sie sich nicht gerade über Filme, Bücher und die Liebe unterhalten hatten.

Die Trauergemeinde vor ihnen war klein. Einige aus der alten Uni-Clique, zu denen Veda keinen Kontakt mehr hatte. Arno war freier Journalist geworden. Er hatte sich wie Veda das zweite Staatsexamen gespart. Manchmal beneidete sie ihn dafür, dass er den Umstieg in die Medienwelt geschafft hatte, mit dem viele Jurastudenten offen oder in Gedanken liebäugelten. Einige Zeit hatte sie auch darüber nachgedacht, Praktika bei Radio und Zeitung gemacht, sich an einer Journalistenschule beworben. Doch es war nichts draus geworden, und irgendwann hatte sie aufgegeben.

Einige alte Freunde von Danilo waren nach Hamburg gereist. Drei oder vier Personen, die Veda noch nie gesehen hatte, ehemalige Kollegen aus Berlin vielleicht. Und seine Eltern natürlich. Sie gingen weiter vorne, dazwischen Marco, auch ein alter Bekannter aus dem Jurastudium.

Veda schloss so dicht zu Julia auf, dass sich ihre Arme berührten. »Ist Marco Staatsanwalt geworden wie Danilo?«, flüsterte sie ihrer Freundin zu.

»Nein«, antworte Julia ebenso leise. »Er arbeitet für eine Großkanzlei in Hamburg und Berlin. Ist mittlerweile Partner, glaube ich.«

Vor ihm unterhielten sich Danilos Eltern mit der Bestatterin. Aufrecht, edel gekleidet und sehr empört.

»Ich verstehe nicht, warum er sich diese Art von Beerdigung ausgesucht hat«, hörte sie seine Mutter meckern. »Wir haben ein wunderschönes Familiengrab in Berlin. Aber er wählt einen Baum in Hamburg, ohne Predigt, ohne Trauerfeier.«

Veda seufzte. Sie erinnerte sich an die seltenen Male, die Danilo ihr mehr von seinem komplizierten Verhältnis zu seinen Eltern erzählt hatte. Er wollte nicht schlecht von ihnen sprechen, aber sie behandelten ihn herzlos und zu kritisch, setzten ihn unter Druck. Nichts konnte er ihnen recht machen. Damals hatte sie sich den Kopf darüber zerbrochen, wie sie ihm helfen könnte. Zusammen so weit wie möglich vor ihnen wegzulaufen, war das Einzige gewesen, was ihr eingefallen war, aber dazu kam es nie.

»Ihr Sohn wandte sich schon vor längerer Zeit mit sehr genauen Vorstellungen an uns«, erklärte die Bestatterin, die bemerkenswert ruhig blieb. Sie hatte sicher Übung darin, die Gefühlsausbrüche der Trauernden nicht persönlich zu nehmen und sie zu beruhigen. Nur leider waren Danilos Eltern immer so kalt. Waren sie selbst genauso behandelt worden?

Es spielte keine Rolle mehr. Sobald sie abfuhren, würde sie die beiden nie wiedersehen.

»Und Ralph, dieser Nichtsnutz, hat sich nicht einmal zur Beerdigung seines großen Bruders blicken lassen«, ärgerte sich der Vater.

»Wir werden in Kürze einen anständigen Trauergottesdienst und eine Gedenkveranstaltung organisieren. So etwas gehört sich«, bestimmte die Mutter, als sie sich gerade von der Bestatterin abwandte.

»Endlich ist er diese Damoklesschwerter los«, raunte Julia Veda ins Ohr.

»Sie gönnen ihm nicht einmal im Tod seinen Frieden«, flüsterte diese zurück.

Marco schloss zu Danilos Eltern auf.

»Wie nett, dass Sie gekommen sind.«

»Wenn Sie Hilfe brauchen, um Danilos Angelegenheiten zu regeln, sagen Sie mir Bescheid«, sagte Marco mit gesenkter und angemessen trauriger Stimme. »Wir behandeln solche Fälle in unserer Kanzlei immer sehr diskret und zügig.«

Was für ein Speichellecker. Wie früher.

»Das ist sehr freundlich«, antwortete der Vater. »Aber wir haben bereits von einem Notar Bescheid bekommen. Unser werter Sohn hat alles Ralph hinterlassen.«

»Ich wünsche dem Notar, dass Danilo ihm wenigstens gesagt hat, wo sich unser zweiter Sohn aufhält«, warf die Mutter ein.

»Sollten Sie dennoch Gesprächsbedarf haben, rufen Sie mich an. Jederzeit. Meine Nummer haben Sie ja.«

Veda und Julia konnten nur mit den Augen rollen. Ein Wunder, dass er Danilos und Ralphs Eltern nicht gleich zu ihrem Pflichtteil beraten und ihnen die Vertretung gegenüber ihrem abtrünnigen Sohn Ralph angeboten hatte.

Marco warf einen Blick über die Schulter und ließ sich zu ihnen zurückfallen. Julia grummelte genervt.

»Ich hätte niemals gedacht, dass sich ein Mann wie Danilo das Leben nimmt«, sagte er leise, sobald er auf gleicher Höhe war. »Wart ihr noch gut mit ihm befreundet?«

Gekonnt zupfte sich Marco den schwarzen Kaschmirschal über die Ohren. Seine krausen schwarzen Haare, sollte er sie immer noch wie früher tragen, hatten noch nicht die übliche Winterlänge erreicht.

Ein Moment aus der Vergangenheit mit einem lachenden Danilo bei strahlendem Sonnenschein, barfuß am Timmendorfer Strand tauchte in Vedas Erinnerung auf. Sie hatte es geliebt, mit den Fingern durch seine dunklen Locken zu fahren. Unwillkürlich zupfte sie an den schnurgeraden Fransen ihres Ponys, in denen sich Locken keine halbe Stunde hielten.

»Niemand hätte das gedacht«, antwortete Julia kurz angebunden. Sie hatte Marco schon im Studium nicht leiden können. Er hatte an den Professoren geklebt wie Naturkaugummi und unerbittlich seine Kommilitonen ausgefragt, um möglichst immer die besten Arbeiten abliefern zu können. Wahrscheinlich war er auch einer von diesen miesen Typen gewesen, die die Bücher in der Bibliothek versteckt hatten, in denen sie die Lösung für die Hausarbeiten vermuteten.

»Habt ihr euch in letzter Zeit mit Danilo getroffen? Wie hat er auf euch gewirkt?«

»Wir haben uns alle paar Monate mal zum Kaffee oder kurz in der Mittagspause getroffen. Unsere Büros lagen nicht weit auseinander. Nach seinem Umzug haben wir allerdings nur einmal telefoniert.« Julia beschleunigte ihren Schritt, und Veda tat es ihr mit einem unterdrückten Grinsen gleich.

Marco atmete bereits angestrengt, um mit ihnen mithalten zu können. Er sah sie auffordernd an.

Um ihn möglichst schnell wieder loszuwerden, antwortete auch Veda: »Wir hatten erst seit Kurzem wieder Kontakt. Zuletzt vor einem Monat.«

»Wisst ihr, woran er vor seinem Tod gearbeitet hat?«

Bei Julias Auto angekommen, öffneten sie die Türen und schickten sich an einzusteigen.

»Nein«, antwortete Veda. Julia schüttelte den Kopf.

»Tja, dann.«

»Gute Heimfahrt«, wünschte ihre Freundin der Höflichkeit halber und stieg ein.

»Ebenso«, murmelte Marco und trollte sich.

Veda setzte sich ebenfalls in den Wagen, schloss die Tür und atmete durch. »Nervensäge!«

»Manche Dinge ändern sich nicht. Ich wette, er hat es nie verwunden, dass Danilo immer der Bessere war.« Julia klapperte mit dem silbernen J-Anhänger an ihrem Schlüsselbund. »Hattet ihr euch wieder vertragen? Du und Danilo?«

Veda rieb ihre kalten Handflächen aneinander, starrte auf den Sand, den sie mit in den Fußraum geschleppt hatte, während sie sich an die schmerzhafte Trennung von Danilo erinnerte. »Wir sind nicht im Streit auseinandergegangen«, antwortete sie. »Unsere Beziehung ist einfach nach und nach gestorben. Vor circa drei Monaten hat Danilo mich dann ganz überraschend in der Kanzlei angerufen und zum Mittagessen eingeladen. Es war seltsam.«

»Ihr hattet eine intensive Zeit.«

»Die Zeit an der Uni war intensiv. Unsere Beziehung war vor allem schwierig.« Veda sah aus dem Fenster. Danilos Eltern stiegen in ihren schwarzen SUV und fuhren vom Parkplatz.

»Soll ich dich zu Hause absetzen, oder musst du noch ins Büro?«, fragte Julia.

»Ich habe heute frei. Du kannst mich zu Hause absetzen. Fährst du direkt zurück nach Berlin?«, wollte Veda wissen.

»Ja, ich habe morgen einen Gerichtstermin. Kindschaftssache.«

Wie gut, dass sie das zweite juristische Staatsexamen nie gemacht hatte. Ihr Chef war zwar selbst im Familienrecht tätig, aber sie arbeitete ihm nur zu, konnte also mehr Abstand zu den Fällen und Mandanten halten und musste die oft emotional aufgeladenen Gerichtsverhandlungen nicht miterleben. Als sie Danilo damals eröffnet hatte, dass sie nach dem ersten Examen nicht weitermachen würde, war er aus allen Wolken gefallen. Letztlich war ihr mangelndes Interesse an einer steilen Juristenkarriere einer der Gründe gewesen, weshalb sie sich auseinandergelebt hatten.

In regelmäßigen Abständen ermutigte ihr Chef sie dazu, Volljuristin zu werden. Er würde sie sogar finanziell unterstützen. Aber Veda hatte keine Lust darauf, zu streiten und zu schachern. Es reichte ihr, die verbalen Kämpfe als Randfigur mitzubekommen. Auf die volle Breitseite konnte sie verzichten.

Julia ließ den Wagen an, und sie setzten sich in Bewegung.

Bis sie auf die nächstgrößere Straße fuhren, schwiegen sie und grübelten vor sich hin. Hatte sie Danilo so wenig gekannt? Niemals hätte Veda gedacht, dass er sich das Leben nehmen würde. Oder hatte es ihn in den letzten Jahren so zermürbt, da er im Grunde seines Herzens ein ganz anderes Leben hatte führen wollen? Ein freieres, bunteres, das seine Eltern nie akzeptiert hätten. Doch genau deshalb hatte er seinen Job gekündigt, war nach Hamburg gezogen. Oder hatte sie ihn falsch verstanden? Sie rieb sich die müden Augen. Die letzte Nacht war unruhig gewesen, voller schöner und schrecklicher Erinnerungen.

»Ich verstehe nicht, warum Danilo sich das Leben genommen hat«, sagte Julia nach einer Weile. »Laut seinen Eltern hat er einen Abschiedsbrief hinterlassen.«

»Haben sie das gesagt?« Verblüfft drehte sich Veda im Sitz zu Julia um. In dem Brief könnten die Antworten auf ihre Fragen stehen.

»Ich habe gelauscht, als die Bestatterin Danilos Eltern freundlich aufgehalten hat. Am liebsten hätten sie sofort auf dem Absatz kehrtgemacht nach der Rede.«

»Was wohl in dem Brief steht?«, murmelte Veda.

»Zum Inhalt haben sie leider nichts gesagt.«

»Vielleicht könnten wir es besser nachvollziehen, wenn wir um seine Beweggründe wüssten«, sprach Veda ihre Gedanken aus. Die Lüftung im Auto wurde lauter und wärmte den Innenraum auf. Erleichtert entspannte Veda die Schultern.

»Als er aus Berlin wegzog und sein Loft vermietete, ging es ihm schlecht. Er brauchte dringend eine Pause. Wir dachten, er würde sich freistellen lassen, um sich in ein Kloster zurückzuziehen, auf dem Jakobsweg zu wandern oder auf Weltreise zu gehen. Stattdessen hat er bei der Staatsanwaltschaft gekündigt und ist hier angeblich einem Fall nachgegangen. Was hattest du für einen Eindruck von ihm?«

Erinnerungsfetzen an die Bahnfahrt von Danilos Wohnung in Winterhude zu sich nach Hause drängten in ihr Bewusstsein. Sie hatte aus dem Fenster gesehen wie in diesem Moment und darüber nachgedacht, wer Danilo gewesen war, wie er sich verändert hatte und wohin sein Weg ihn von nun an führen würde. Tränen stiegen auf, und der Hoisbütteler Bahnhof verschwamm vor ihren Augen. Dahinter bogen sie beim Getränkemarkt links ab. Veda blinzelte die Tränen weg, zog ein Taschentuch hervor und schnäuzte sich. Julia warf ihr einen tröstenden Blick zu, als sie vor einer der Ampeln hielten, und legte ihr kurz die Hand auf den Arm.

»Er hatte zugenommen und viel geraucht«, antwortete Veda und warf ihrer Freundin einen dankbaren Blick zu. »Aber er schien mir zuversichtlicher als bei unserem ersten Treffen. Weniger frustriert von sich selbst. Als wollte er endlich dafür kämpfen, so zu sein, wie er war, und nicht länger dem Ideal seiner Eltern, seiner Lehrer oder Kollegen zu entsprechen. Lebensmüde wirkte er jedenfalls nicht.«

»Hat er dir erzählt, woran er gearbeitet hat?«

»Nein, hauptsächlich habe ich geredet. Das konnte er gut, nicht wahr? Die Leute dazu bringen, ihr halbes Leben vor ihm auszubreiten, ohne dass es ihnen unangenehm war.«

»Das konnte er wirklich gut.« Nun schniefte auch Julia und wischte sich ein paar Tränen mit dem Jackenärmel weg.

In der Auffahrt zu Vedas Wohnung kam das Auto zum Stehen.

»Vielen Dank, dass du mich mitgenommen hast.«

»Das habe ich gerne getan. Ich ruf dich nächste Woche an.«

Als Veda die Autotür öffnete, hielt Julia sie an der Schulter zurück.

»Wenn du etwas Neues zu Danilo oder seinem Abschiedsbrief hörst, ruf mich an. Ich mache das umgekehrt genauso.«

Veda nickte. »Geht klar. Komm gut nach Hause.«

Sie stieg aus und winkte ihrer Freundin hinterher, ehe sie durchs Tor schlüpfte. Sie nahm den Weg über das Granitpflaster und ging um die Doppelgarage des großen Einfamilienhauses herum hinauf in ihre Wohnung.

2. KAPITEL

Erschöpft schloss Veda die Tür hinter sich, trat sich zuerst den einen schwarzen Turnschuh, beim nächsten Schritt den zweiten von den Füßen und warf ihr Schlüsselbund in die große Holzschale auf dem Schuhschrank. Es landete dumpf zwischen den Fahrradlampen, Stiften, Schrauben, Handschuhen und was man sonst so spontan brauchte oder loswerden musste.

Auf dem Weg in die Küche ließ sie ihre Handtasche fallen und warf den schwarzen Wollmantel über einen Stuhl. Weghängen konnte sie ihn später.

Sie wusch sich die Hände und holte einen großen roten Becher aus dem Oberschrank. Während der Wasserkocher rauschte, maß sie den Chai Latte ab und widerstand dem Impuls, daran zu schnuppern. Beim letzten Mal hatte sie einen Niesanfall bekommen.

Mit dem dampfenden Zimtgetränk ging sie ins Wohnzimmer, setzte sich auf die Couch und nahm das dunkelgrüne Kuschelkissen mit dem Aufdruck *»Ich atme, produktiver wird's nicht mehr«* in den Arm.

An dem Kissen hing ein kurzes, dunkelblondes Haar. Sie nahm es und ließ es auf den Boden fallen, wo normalerweise nur ihre eigenen braunen landeten. Das musste vom Fernsehabend vor zwei Wochen mit Philipp stammen. Er war auf dem Sofa eingeschlafen, nachdem er den ganzen Tag einen schwierigen Fall vor Gericht vertreten hatte.

Gedankenverloren griff sie nach dem Tee. »Heiß«, zischte sie, zog die Finger von der Tasse weg und wedelte damit in der Luft, bis der Schmerz nachließ.

Sie brauchte einen Freund zum Reden, aber ihr Handy steckte noch in der Handtasche. Irgendwo zwischen Flur und Küche. Keine Lust aufzustehen. Suchend ließ Veda den Blick schweifen und entdeckte das Festnetztelefon absturzgefährdet auf der Sofalehne. Sie schmunzelte glücklich, weil sie sitzen bleiben konnte, und griff nach dem Telefon. Die Akkus waren sogar noch halb voll. Mit dem linken Daumen suchte und wählte sie Philipps Nummer, während sie mit der rechten Hand den Becher am Henkel nahm und pustete.

Nach dem zweiten Klingeln nahm Philipp ab. Im Hintergrund rauschte es leise. Er saß also im Auto. »Hallöchen, meine liebste Ex-Lebensabschnittsgefährtin«, rief er vergnügt.

»Ich hasse es, wenn du mich so nennst, Rechtsverdreher. Woher kommt die gute Laune?«

»Hast du nicht die Börsen gecheckt? Die Anleger haben die Pandemie hinter sich gelassen und kaufen, was das Zeug hält.«

Veda rollte mit den Augen. Er hatte sie jahrelang genervt – in letzter Zeit fast genötigt –, neben ihrer regelmäßigen Festgeldanlage, die zuletzt kaum noch nennenswerte Zinsen abgeworfen hatte, auch in einen börsengehandelten Indexfond zu investieren. Sie hatte sogar einen Sparplan angelegt. »Du hast gesagt, dass ich mich die nächsten zehn bis fünfzehn Jahre nicht um die Kursschwankungen an der Börse kümmern soll«, meckerte sie und hätte fast ihren Chai Latte verschüttet.

Vorsichtig probierte sie. Jetzt war er gut. Heiß, süß, milchig mit ordentlich Zimt. Der Geschmack hob ihre Laune.

»Richtig, aber das war doch nur der erste Schritt. Jetzt solltest du …«

»Nein.«

»Es sind täglich nur …«

»Nein!«

»Okay, okay.«

Veda seufzte innerlich und trank noch einen großen Schluck. Wenn Philipp einmal Blut geleckt hatte, ließ er nicht mehr locker – typisch Anwalt. Irgendwann musste sie sich wahrscheinlich doch mit Einzelaktien, Anleihen und Zertifikaten beschäftigen, damit er Ruhe gab. Aber nicht heute.

»Bist du gut nach Hause gekommen?« Sie hatten gestern über die bevorstehende Beerdigung gesprochen.

»Julia hat mich abgeholt und wieder heimgefahren. Es war schön, sie wiederzusehen.«

»Waren viele alte Bekannte da?«

Sie hatte Philipp nach ihrem Jurastudium und der Beziehung mit Danilo kennengelernt. Er kannte nur Julia und Arno, hauptsächlich aus Vedas Erzählungen.

»Wenige. Zum Glück nicht diejenigen, die seine Eltern gerne dort gehabt hätten. Einige aus der alten Uni-Clique waren da, aber zu den meisten habe ich keinen Kontakt mehr. Eigentlich schade. Ist jemand umgezogen, waren wir alle zur Stelle. Wir sind zusammen über den Hamburger Dom, durch Clubs und Discos gezogen. Haben bis morgens um vier Uhr getanzt, sind noch zu irgendwem in die Wohnung, haben dort Spiegeleier gebraten und auf übrig gebliebene Brötchen gelegt. Oder wir haben eine Tiefkühlpizza in den Ofen geschoben und geteilt.«

»Die Pizza um vier Uhr morgens kommt mir bekannt vor, aber keiner von uns hätte sich um die Uhrzeit noch an den Herd gestellt. No way!«

»Deswegen gab es bei mir immer nur Chips und Gummibärchen.« Veda lächelte. »Natürlich haben wir uns auch gestritten und miteinander konkurriert. Aber Spaß hatten wir trotzdem. Bis sich Danilo und einige andere Überflieger einen unserer Dozenten als Mentor suchten. Von da an verschrieben sie sich völlig dem Jurastudium. Lernen, essen, schlafen – sonst nichts.«

»Klingt nach Sekte.«

»Dieser Mentor ist jetzt Generalstaatsanwalt hier in Hamburg, Danilo war Staatsanwalt, und Marco, der heute auch da war, ist Partner einer Großkanzlei. Sie sind groß rausgekommen. Ich dagegen bin ewige Referendarin geblieben.«

»Du hast das zweite Staatsexamen bewusst nicht gemacht«, erinnerte er sie, wie immer, wenn sie sich wie eine Versagerin fühlte. »Möchtest du als Staatsanwältin arbeiten?«

»Nein.«

»Möchtest du in einer Großkanzlei angestellt sein, in der an jedem deiner Stuhlbeine mindestens einer sägt, du für viele Jahre weder Feierabend noch Wochenende oder nennenswert Urlaub hast?«

»Du hast manchmal Feierabend.«

»Manchmal.«

»Und du machst zweimal im Jahr Urlaub in irgendeinem karibischen Luxusresort.«

»Ich bin kein Anfänger mehr.«

»Ach, ich weiß auch nicht. Du hast ja recht. Eigentlich habe ich es ganz gut. Ich bekomme jeden Monat mein Gehalt und habe feste Arbeitszeiten. Als selbstständige Anwältin weiß man nie, wie der nächste Monat wird. Man hat die Verantwortung für Angestellte und was man sonst noch so organisieren muss.«

»Siehst du. Und wer weiß, was morgen um die Ecke kommt. Oder wer. Außerdem hat der Job Danilo vielleicht das Leben gekostet.«

»Den hatte er doch vor Monaten gekündigt. Ich verstehe einfach nicht, warum er sich das Leben genommen hat. Bei unserem letzten Treffen wirkte er hoffungsvoll. Gestresst zwar, denn immerhin haben seine Eltern ihn sein Leben lang vor sich hergetrieben. Davon befreit man sich nicht von heute auf morgen. Aber er hatte ein neues Kapitel aufgeschlagen, wollte neu anfangen, herausfinden, wer er wirklich ist und was ihn glücklich macht.« Sie überlegte einen Moment. »Ganz loslassen konnte er seinen Job trotzdem nicht. Laut Julia ging er hier in Hamburg einem Fall nach. Ich wüsste zu gerne, worum es dabei ging.« Sie trank ihren lauwarmen Tee aus.

»Ihr habt euch nach mehreren Jahren für ein kurzes Gespräch getroffen. Wie hättest du da beurteilen können, wie es in ihm aussieht.«

»Ich weiß …«, murmelte Veda.

»Bist du neidisch, dass er Julia von diesem Fall erzählt hat und dir nicht?«

»Quatsch! Ich bin nicht neidisch.« Oder doch? »Die Zeit mit Danilo ist schwierig gewesen. Von romantischen Gefühlen war bei unserem letzten Treffen nichts mehr zu spüren. Bei keinem von uns.«

Stimmte das? Oder wollte sie es sich nur nicht eingestehen? »Jedenfalls waren wir einander nicht mehr nah genug, um zu spüren, was im anderen vorgeht. Damit hast du recht.«

»Hm«, machte Philipp.

Veda hörte ein rhythmisches Klicken. Wahrscheinlich der Blinker. »Julia hat von Danilos Eltern aufgeschnappt, dass er einen Abschiedsbrief hinterlassen haben soll. Mehr aber leider nicht. Wenn ich es wüsste, könnte ich die Sache vielleicht besser verarbeiten.«

»Veda, ich habe gleich ein Mandantengespräch und muss dich abwürgen, aber ich kann heute Abend vorbeikommen. Wir schauen uns einen lustigen Film an und reden. Ich bringe Brötchen und Eier mit.«

Sie musste lachen. Wie gerne hätte sie heute Abend eine Schulter zum Anlehnen. Und Spiegeleier vor dem Schlafengehen. Ein Glas Rotwein vielleicht. Aber weil sie so aufgewühlt war, könnten sie zusammen im Bett landen, denn im Moment waren sie beide Single. Vor einiger Zeit hatte sie Philipp geliebt, doch nur als beste Freunde, die Sex hatten, wenn ihnen danach war, harmonierten sie miteinander. Am Ende hätte sie womöglich ein doppelt schlechtes Gewissen, sowohl Danilo als auch Philipp gegenüber.

»Nein, heute Abend lieber nicht.«

»Verstehe.«

»Schau vor dem Schlafengehen in dein Depot«, sagte er. »Nur um die grünen Zahlen zu genießen.«

»Komm nicht zu spät zu deinem Termin.«

Philipp lachte und verabschiedete sich.

Das Telefon zwitscherte, als Veda auflegte. Akku leer.

Sie legte es in das Durcheinander auf dem Wohnzimmertisch und griff nach dem dicken Fantasieroman. Doch sie konnte nicht in die Welt der Zauberer und Zwerge eintauchen. Immer wieder kehrten ihre Gedanken zu Danilo, zur Beerdigung, zu ihrem letzten Treffen zurück. Hatte sie etwas übersehen, überhört? Hatte er ihr versteckte Hinweise darauf gegeben, dass es ihm schlecht ging?

Eine Stunde und nur fünf Seiten später klappte sie das Buch entnervt zu und legte es zur Seite.

Philipp hatte recht, sie und Danilo hatten sich jahrelang nicht gesehen. Anfangs hatte sie gedacht, Danilo könnte ihr Mann fürs Leben werden – die große Liebe. Aber das war mehr als zehn Jahre her. Sie waren Studenten gewesen, Rohmasse, die sich erst noch zu komplizierten Individuen hatte ausformen müssen. Sie wusste nicht einmal, ob sich Danilo zwischenzeitlich, wenigstens vor seinen engsten Freunden und seinem Bruder, zu seiner Bisexualität bekannt hatte. Veda kannte sein Geheimnis auch nur deshalb, weil er einmal in einer Bar, nach etlichen Drinks, sehnsüchtig einem attraktiven Mann hinterhergesehen hatte. Danilo hatte ihr gegenüber zugegeben, dass er sich in seiner Jugend sowohl in Männer als auch in Frauen verliebt und es als *Findungsphase* abgetan hatte. In Vedas Augen war das eine Ausrede gewesen, denn seine Eltern hätten ihn verstoßen und sowohl im Berufsleben als auch im Freundeskreis wäre er mit seiner Neigung auf Widerstand und Unverständnis gestoßen. Er wollte nicht bisexuell sein. Aber ist das eine Entscheidung, die man treffen kann? Sie selbst hatte befürchtet, Danilo leichter verlieren zu können, an zwei Fronten gleichzeitig kämpfen oder beide Geschlechterrollen erfüllen zu müssen, um die ideale Partnerin für ihn sein zu können. Letztlich hatte sie auf ihren Bruder Hendrik gehört, der fand, es sei einzig wichtig, dass sie einander liebten und vertrauten. War Danilo es am Ende leid gewesen, seine wahren Gefühle und Gedanken vor sich und anderen zu verstecken? Hatte er seinem Leben deshalb ein Ende gesetzt? Veda seufzte. Sie würde den Grund wahrscheinlich nie erfahren.

Auf dem Tisch lag ein Stapel Zeitschriften. Vielleicht half ein Themenwechsel. Sie zog ein Magazin über Kriminalistik heraus. Eine alte Ausgabe, aber es waren noch diverse Artikel übrig, die sie lesen wollte. Die ersten Seiten rollten von selbst bis zur Hälfte auf, weil sie sie so oft umgeschlagen hatte. Lustlos blätterte sie sich durch das Heft und legte es weg, als ihr in einer Überschrift das Wort »Bodyfarm« ins Auge fiel. Lieber etwas über Land und Leute. Sie wühlte erneut in dem Zeitschriftenstapel, schob glattes Hochglanz- und raues Zeitungspapier zur Seite, hob es an und lugte darunter. Mit dem Artikel über Indien hatte sie vor zwei Tagen angefangen, aber nicht einmal das exotisch bunte wie auch gleichzeitig streng hierarchische Land konnte sie von Danilo und ihrem schlechten Gewissen ablenken.

Genervt warf sie das Magazin zurück auf den Haufen, stand auf und machte sich einen großen Salat.

Mit der Schüssel setzte sie sich auf ihre zweifarbige Couch, wieder einmal zufrieden damit, dass sie den braunen Farbton für die Sitzfläche gewählt hatte und nicht den beigefarbenen, den der Verkäufer so passend gefunden hatte.

Genüsslich aß sie Gabel um Gabel mit bunten Salatblättern, Tomaten-, Champignon- und Mozzarellastückchen, die nach Balsamicoessig, Olivenöl und einem Hauch Ahornsirup dufteten. Während des Essens schaute sie die Krimiserie weiter, welche sie vor zwei Wochen begonnen hatte. Zweite Staffel, dritte Folge. Diese war so spannend, dass sie erst wieder an Danilo denken musste, als sie das Geschirr in die Spülmaschine räumte.

Auf dem Weg zurück zur Couch fiel ihr Blick auf den Schreibtisch und den Laptop, der zwischen Taschentuchbox, Ordnern und Unterlagen, die sie dringend einsortieren musste, hervorlugte.

Nur mal schauen, dachte sie, setzte sich an den Schreibtisch, räumte ihn frei und fuhr den Laptop hoch. Während der Zeit im Corona-Homeoffice hatte sie ihren PC lieben und hassen gelernt. Leider war er viel langsamer als die PCs in der Firma. Seit sie wieder täglich ins Büro ging, klappte sie ihn nur noch selten auf.

Wie lauten meine Log-in-Daten für das Depot? Sie wühlte in den Unterlagen neben dem Laptop. Da waren sie. Sorgfältig tippte sie die Zeichenkombination ein – und siehe da, ihr bescheidenes Depot hatte in den letzten drei Monaten acht Prozent zugelegt. Nicht schlecht, lauter grüne Zahlen.

Zufrieden loggte sie sich wieder aus. Wenn der PC schon mal lief, konnte sie auch gleich ihre E-Mails sichten. Im nächsten Moment wünschte sie, sie hätte ihr Postfach nicht geöffnet. Über dreißig ungelesene Nachrichten. Veda seufzte. Sie hatte ein paar Tage nicht nachgesehen.

Zuerst löschte sie die Spam-Mails, danach die Werbung. Die wichtigen Nachrichten überflog sie zuerst nur, eine Rechnung druckte sie aus. Die hätte sie fast vergessen – wie peinlich. Beim Absender *resni@webdesign.com* hielt sie abrupt inne. Im Betreff stand *Danilo*. Veda schluckte schwer und öffnete die Mail:

Hey, Veda,
mein Name ist Ralph Resni. Ich bin Danilos kleiner Bruder.
Können wir vielleicht mal telefonieren? Danilo hat mich gebeten, dir etwas weiterzuleiten. Wenn du mir deine Nummer schickst, kann ich dich auch anrufen.

Viele Grüße aus Queenstown, Neuseeland
Ralph

Der E-Mail hing eine digitale Visitenkarte an. Veda kannte Ralph nicht persönlich, aber Danilo hatte immer voller Stolz von ihm erzählt, weil sein Bruder den Eltern entkommen war, denen er nichts recht machen konnte. Manchmal schwangen auch Neid und Wut mit, weil Danilo diesen Schritt nie gewagt und sich einsam gefühlt hatte.

Bei ihrem letzten Treffen hatte Danilo erwähnt, dass er wieder öfter mit Ralph telefoniere und einen Besuch in Queenstown plane.

Was er ihr wohl weiterleiten wollte? Warum hatte Danilo Ralph ihre E-Mail-Adresse gegeben, ohne ihr davon zu erzählen?

Veda suchte im Internet nach der Zeitverschiebung für Queenstown. Plus zwölf Stunden – Sommerzeit. *Auch das noch!* Wahrscheinlich schien dort bei zwanzig Grad die Sonne, während kalter Herbstregen gegen ihr Wohnzimmerfenster klatschte.

Zehn Uhr abends hier, zehn Uhr morgens in Queenstown.

Sie musste morgen früh aufstehen und zur Arbeit. *Ruf ihn morgen an.* Sie öffnete den Anhang mit der Visitenkarte, umkreiste mit dem Cursor Ralphs Telefonnummer, lauschte dem Regen und der Lüftung des Laptops. Es roch nach einer Mischung aus warm gewordenem Plastik, Metall und Elektronik. *Ach, was soll's.* Eilig huschte sie in den Flur und kramte ihr Handy aus der Handtasche. Was kostete ein Anruf nach Neuseeland? Vermutlich viel. Veda speicherte Ralphs Telefonnummer. Auf gut Glück öffnete sie ihre Messenger-App – und siehe da! –, die hatte er auch installiert. Darüber müsste ein Anruf kostenlos sein. Einen Versuch war es wert.

»Resni.« Seine Stimme klang angenehm tief und sympathisch, ähnelte der seines Bruders.

»Hier ist Veda. Veda Weller.«

»Wie schön, dass du anrufst. Dann hast du meine E-Mail also gelesen.« Er sprach ohne Akzent. Warum hatte sie einen erwartet? Vielleicht weil er schon mehr als zehn Jahre in Neuseeland lebte.

Die Verbindung war verzögert, aber funktionierte.

»Mein Beileid.«

»Danke.«

»Wolltest du nicht zur Beerdigung kommen?«, fragte Veda und beeilte sich, ihre Frage zu entschärfen: »Es ist ein sehr weiter Weg von Neuseeland bis nach Deutschland. Das ist mir klar.«

Ralph seufzte. »Ich hätte es irgendwie möglich gemacht. Aber über seinen Notar hat Danilo mich darum gebeten, im Falle seines Todes nur zur Beerdigung zu kommen, wenn unsere Eltern nicht mehr leben oder ich mich mit ihnen ausgesprochen habe. Ich bin ihm dankbar dafür, dass er mir die Entscheidung leicht gemacht hat.« Veda hörte, wie er schniefte und sich räusperte. Mit belegter Stimme fuhr er fort. »Erst durch den Notar habe ich von Danilos Tod erfahren, weil er mich als seinen Alleinerben eingesetzt hat. Ich hatte gehofft, es sei ein böser Scherz.«

»Mir ist es auch immer noch unbegreiflich. Hast du geahnt, dass es ihm so schlecht ging?«, platzte Veda heraus.

»Wir standen uns nicht mehr so nah wie früher, und aus der Ferne ist das schwer zu beurteilen.« Er machte eine Pause, schien sich zu sammeln. »Danilo wirkte angespannt, gestresst, aber nicht lebensmüde. Wir haben beide Schlimmes erlebt, aber nie aufgegeben. Er hatte viel vor und wollte uns bald besuchen, um seine Nichte und seinen Neffen kennenzulernen und …« Seine Stimme brach ab.

»Ja, davon hat er mir erzählt«, sagte sie, um einen tröstenden Ton für sie beide bemüht.

»Hat er dir von dem Fall erzählt, an dem er dran war?«, fragte Ralph und klang plötzlich nervös.

Veda runzelte die Stirn. Was war das für ein Fall, dass sich so viele dafür interessierten? Oder lag es lediglich daran, dass Danilo nicht verraten hatte, was genau dahintersteckte?

»Nein. Der war anscheinend sehr geheim.«

»Das war er.«

Sie richtete sich in ihrem Bürostuhl auf und starrte in den Raum hinein. Nur die kleine Schreibtischlampe brannte und warf lange Schatten. Vor dem Fenster regierte die Nacht.

»Ist das der Grund für deine E-Mail?«, wollte Veda wissen.

»Ja. Er hat mir diverse Dokumente als Back-up per Post geschickt. Falls er es nicht schaffe, den Fall aufzuklären, oder ihm etwas zustoßen sollte. Danilo hat sich geweigert, sie zu scannen und zu schicken. Erst dachte ich, er will mich ärgern, weil ich Webdesigner bin, aber er wollte es partout nicht digitalisieren. Oldschool sei es sicherer, meinte er, erklärte aber nicht warum.«

Veda war ganz Ohr. »Dann muss es etwas sehr Wichtiges gewesen sein.«

»Na ja, eigentlich nicht«, gab Ralph zweifelnd zurück. »Ich durfte mir die Unterlagen ansehen. Es handelt sich um verschiedene Kriminalfälle. In manchen wird noch ermittelt, manche sind abgeschlossen. Danilo hat Notizen, Zeitungsartikel, Onlineartikel, alles Mögliche gesammelt. Er wollte noch mehr schicken und den Rest bei seinem Besuch mitbringen.«

Vielleicht war Danilo doch verrückt geworden.

»Er hat ein großes Geheimnis aus seinen Ermittlungen gemacht, wollte mit mir über etwas sehr Wichtiges sprechen. Danach würde ich vielleicht nie wieder mit ihm reden wollen, aber das verstünde er.«

»Hört sich dramatisch an.«

»Ich habe ihn gefragt, ob es mit unseren Eltern zu tun hat, aber da lachte er und verneinte. Daraufhin wurde er wieder sehr ernst. Er hat mir erzählt, dass er sich vielleicht in Gefahr befindet und die Unterlagen sichern möchte. Dabei klang er vollkommen rational. Er war hinter etwas oder jemandem her, und das hat ihn anscheinend sehr belastet. Er hatte Angst – um sich und um andere.«

Sie hatte Danilo selten ängstlich erlebt. Wieder betrachtete sie die Schatten an der Decke, versuchte sich zu erinnern. Im Gegensatz zu ihr hatte er keine Prüfungsangst gehabt, fürchtete weder Tod noch Teufel und schon gar keine Richter oder Anwälte.

»Ich sollte die Unterlagen bei mir aufbewahren. Und falls er selbst es nicht könnte, sollte ich sie an ganz bestimmte Menschen weiterleiten. Bevor er mehr schicken oder herkommen konnte«, ihm brach kurz die Stimme, »war er tot.«

Veda wartete, bis Ralph sich wieder gefangen hatte.

»Entschuldigung«, er atmete tief durch. »Wir standen uns zwar nicht mehr so nahe, aber trotzdem war er mein großer Bruder. Ich vermisse ihn.«

Tränen stiegen Veda in die Augen. Wo war die Taschentuchbox, wenn man sie brauchte? *Ach da, auf dem Esstischstuhl.* Sie stand auf und nahm die Box mit zurück zum Schreibtisch.

»Du bist deinen Weg gegangen«, entgegnete sie und drückte die Pappbox an sich, als steckten die Erinnerungen an Danilo darin. Sie waren ihr kostbar, denn trotz aller Schwierigkeiten hatte sie die schönen Momente genossen. All die Erinnerungen waren ein Teil ihrer Vergangenheit, ihres Lebens und prägten sie.

Ralph lachte mit bitterem Unterton auf. »Aus deiner, meiner und der Sicht meiner Familie hier bin ich das.«

Seine Eltern sahen in ihm vermutlich einen abtrünnigen Versager. Umso glücklicher war Veda über ihr enges und gutes Verhältnis zu ihrem Vater, Oma Ella und ihrem großen Bruder Hendrik.

»Du gehörst zu denen, die seine Recherchen sehen dürfen, Veda.«

»Warum?« Sie war seine Ex-Freundin aus Studienzeiten. »Wäre die Polizei nicht naheliegender?«

»Danilo wollte auf keinen Fall, dass Polizei und Staatsanwaltschaft davon erfahren. Es musste jemand sein, dem er bedingungslos vertraute. Ich verstehe nicht, warum, denn so geheim und sensibel kommen mir die Informationen nicht vor, aber vielleicht wirst du schlau daraus. Würdest du sie dir ansehen?«

Nein, lieber nicht. Oder doch? Es hörte sich spannend an – und gefährlich.

»Die Unterlagen brauchen bestimmt lange von Neuseeland bis hierher«, sagte Veda und überlegte, wie sie höflich aus der Sache herauskam. Andererseits enthielten die Dokumente vielleicht einen Hinweis darauf, was mit Danilo geschehen war, warum er sich das Leben genommen hatte. Irgendwo im Hintergrund ihres Bewusstseins setzte Unruhe ein.

»Es geht hauptsächlich um Zeitungsartikel und Notizen. Ich habe alles eingescannt und kann sie dir verschlüsselt schicken.«

»Aber Danilo bestand doch darauf …«, begann Veda zögerlich.

»Er hat sogar seine Steuererklärung noch in Papierform abgegeben. Ich glaube, das war nur eine Marotte von ihm«, setzte Ralph nach.

Früher hatte Danilo sich nicht gegen den technischen Fortschritt gestellt. Er war derjenige gewesen, der ihr erklärte, was eine Dropbox ist, der immer das neuste Smartphone und Tablet, moderne Laptops und einen riesigen Fernseher an der Wand mit einem stylishen Soundsystem dazu besaß.

»Würdest du dir die Daten ansehen?«

Veda seufzte, stützte den Ellenbogen auf die Schreibtischplatte und das Kinn auf die Handfläche.

»Ich kann ja mal reinschauen. Vielleicht klärt sich dann einiges.«

»Great! Das Kennwort zum Entsperren der Datei schicke ich dir per SMS.« Ralph räusperte sich. »Du glaubst auch nicht, dass er sich das Leben genommen hat, oder?«

»Nein.« Ihre innere Unruhe wuchs.

»Sag mir Bescheid, wenn ich von hier aus helfen kann. Und wenn du etwas Neues erfährst.«

»In Ordnung.« Veda konnte ein Gähnen nicht unterdrücken.

»Es ist schon spät bei euch …«

»Ja, ich melde mich.«

»Gute Nacht und vielen Dank.«

Veda verabschiedete sich ebenfalls und warf einen Blick auf die Uhr. *Mitternacht – verdammt! Viel zu spät.*

Sie schloss alle Programme, klappte den Laptop zu und warf ihr Handy auf dem Weg ins Bad wieder in die Handtasche im Flur.

Eine Tonfolge bestätigte den Eingang einer SMS.

Morgen.

Sie zog sich die Klamotten aus, warf sie über den nächstbesten Stuhl. Dann schlüpfte sie in ein übergroßes rotes T-Shirt und suchte die Zahnpasta. Die elektrische Zahnbürste schien statt der voreingestellten zwei Minuten heute zwei Stunden zu laufen.

Um halb eins knipste sie endlich das Licht aus, zog die Bettdecke hoch bis zum Kinn und schlief sofort ein.

3. KAPITEL

»So klingt es, wenn man einen USB-Stick in den Computer steckt«, riet ein Mann im Radio. »Nein, das ist leider falsch«, sagte der Moderator.

Veda wehrte sich gegen die Decke, die sie fesselte, und schlug die Augen auf. Es war taghell im Schlafzimmer. Ihr rechter Arm war eiskalt, und das Radio spielte Musik, die immer lauter wurde. Sie zog die linke Hand aus dem Deckenwirrwarr und schaltete den Wecker aus.

Für fünf Minuten kuschelte sie sich noch einmal ein, damit ihr Arm wieder warm wurde. Hatte wohl draußen gehangen.

Sie konnte sich noch an ihren Traum vor dem Aufwachen erinnern: Julia, in einem rot seidenen Abendkleid, hatte eng mit dem kleineren Marco getanzt. In seinen Locken, die über Nacht zehn Zentimeter gewachsen waren, hatte sich ein Eichhörnchen sein Nest gebaut. Und der Tanzsaal hatte viel zu viele Säulen, als drehten sie ihre Runden durch einen Wald. »Ist das nicht eine schöne Beerdigung?«, fragte Julia. Irgendwann tauchten auch Danilos nörgelnde Eltern auf. »Das Papier für die Einladungen zum Tanztee ist nicht dick genug, und sie sind falsch bedruckt. Warum hast du nicht aufgepasst, Veda. Das ist alles deine Schuld.«

Eine verrückte Kombination ihrer Erlebnisse vom Vortag. Sie schüttelte sachte den Kopf, sodass ihre Haare auf dem Stoff rieben und die Federn im Kissen knisterten.

Ihr Wecker begann erneut zu klingeln. »Och nö«, murmelte sie, streckte sich und gähnte.

Todmüde wälzte sie sich auf die Seite und schaltete ihn aus.

Widerwillig setzte sie sich auf, rieb sich das Gesicht und krabbelte aus dem Bett.

Unter der heißen Dusche wäre sie, die Stirn mit geschlossenen Augen an den Fliesenspiegel gelehnt, fast wieder eingeschlafen. Nicht einmal kaltes Wasser über die Beine half, sondern ließ ihre Füße nur zu Eiszapfen werden. Hoffentlich tauten die in der Kanzlei wieder auf.

Die Hände um ihren extragroßen Kaffeebecher gelegt, dachte sie an Danilos Wohnung in Winterhude und daran, was er bei ihrem Besuch gesagt hatte. Mit keinem Wort hatte er einen Fall erwähnt. Die Wohnung war sauber und aufgeräumt gewesen. Der Schreibtisch hatte mit dem geöffneten Laptop, zwei Ordnern, blauen Heftern und dem darauf liegenden Tablet nach Arbeit ausgesehen.

Danilo hatte einen entschlossenen Eindruck auf sie gemacht. Er denke über seine Zukunft nach. Darüber, was er wirklich wolle. Über seine Vergangenheit und über das, was ihm noch bevorstünde: schwere, vielleicht schmerzhafte Entscheidungen.

Veda hatte das automatisch darauf bezogen, dass er auf Wunsch seiner Eltern Jurist geworden war. Wenn man zu seinem dreizehnten Geburtstag das Grundgesetz geschenkt bekam und für ein Jahr zum Schüleraustausch in die USA, nach Florida auf die The King's Academy ging, die unter anderem für ihre vorbereitenden Jurakurse bekannt war, blieb einem nur übrig, Jurist zu werden. Er hatte zwar beteuert, endlich dem Kokain und den Koffeintabletten abgeschworen zu haben, die ihn sein früheres Arbeitspensum schaffen ließen. Aber er hatte zuletzt viel geraucht, getrunken und gegessen und daher zugenommen, was mit dem Älterwerden den meisten passierte.

Veda konnte ein Lied davon singen. In ihre Hosenanzüge aus dem Studium passte sie längst nicht mehr. Andererseits war sie froh darüber. Sie hasste es, Blusen zu bügeln. Nur die Blazer passten noch. Sie zupfte den beigefarbenen mit dem Fischgrätenmuster zurecht, den sie heute aus dem Schrank gezogen hatte.

Was hatte Danilo damals noch gesagt? Von Neuanfang hatte er gesprochen, aber welcher Art?

Die Uhr am Herd sprang auf halb acht. Seufzend stellte sie den leeren Becher in die Spüle und machte sich auf den Weg zur Haltestelle Hoisbüttel.

Für vierzig Minuten zog die übliche U-Bahn-Routine an ihr vorbei. Halten, Anfahren, Einstieg und Ausstieg. Der Wechsel von kalt und warm, abgestandene Luft, müde und genervte Gesichter. Passagiere, die laut telefonierten oder Musik hörten. Veda hatte ihre Kopfhörer vergessen, also tat sie ihr Bestes, um den Lärm um sich herum zu ignorieren. Da die Bahn längst in den Untergrund gerauscht war, gab es vor dem Fenster nichts mehr zu sehen. Zum Glück hatte sich der Hamburger Verkehrsverbund zu einer deeskalierenden Investition entschieden: kleine Bildschirme. Das Programm war begrenzt, aber bewegt und besser als nichts.

Während des Studiums war sie zu Fuß vom Stadthaus ihrer Familie zur Uni gelaufen. Wenn sie Danilo in Ohlstedt besucht hatte, war sie mit der gleichen Linie gefahren wie jetzt.

Immer wieder ging sie ihre letzten Gespräche mit ihm durch. Er hatte nie davon gesprochen, aufgeben oder sich das Leben nehmen zu wollen, sondern von Veränderung. Viel Arbeit läge noch vor ihm. Genervt schloss sie für einen Moment die Augen und legte den Kopf in den Nacken. Ihre Gedanken und Erinnerungen fuhren Karussell.

Veda hoffte auf Antworten in den Dateien, die Ralph ihr geschickt hatte. Es musste eine Erklärung geben. Hoffentlich kam ihr Chef heute nicht mit einem Spezialauftrag um die Ecke, für den sie stundenlang recherchieren musste, damit sie heute Abend genug Zeit hatte, um Danilos Unterlagen durchzugehen. Oder würden die es nur schlimmer machen? Bestätigen, dass er kurz vor dem Burn-out gestanden und wirre Gedanken gehabt hatte? Wollte sie das wissen?

Für die letzten zwei Stationen setzte sich eine wasserstoffblonde Frau mit tomatenroten Strähnchen neben sie, die heute Morgen in ihre Parfümflasche gefallen war. Veda atmete flach. Knoblauch, rohe Zwiebeln, Bier, Schweiß, alles schon gehabt, alles nicht schön. Aber dieses Aerosol brannte in der Lunge.

Sie schlängelte sich von ihrem Sitz, drängelte sich schwankend ans andere Ende des Waggons und blieb die restlichen Stationen stehen.

»Er kommt heute später ins Büro. Sie sollen sich diese Akte schon einmal ansehen und einen Vorschlag machen, wie Sie mit dem Fall umgehen würden«, sagte Frau Kehl nachsichtig lächelnd, reichte dem sauer dreinblickenden Referendar einen Zettel mit der Aktennummer und wandte sich von ihm ab.

Sie war das Urgestein der Kanzlei. Einundsechzig Jahre alt, mit Nerven aus Stahl und froh, dass sie in absehbarer Zeit nicht mehr für den Sohn ihres früheren Chefs arbeiten musste. Dieser kam notorisch zu spät, arbeitete nie vor neun Uhr, außer ein Richter zwang ihn per Gerichtstermin dazu, und trug immer Cowboystiefel. Etwas, woran sich Frau Kehl niemals gewöhnen würde.

»Guten Morgen, Frau Weller, der Kaffee ist schon durchgelaufen. Sie sehen aus, als könnten Sie einen gebrauchen.« Das einzig Positive an Frau Kehls Abgang in die Rente würde die darauffolgende Anschaffung eines Kaffeevollautomaten sein.

»Mehr als einen«, antwortete Veda und lächelte dankbar.

Die elegante Dame trug wie meistens ein Kostüm, heute ein dunkelbraunes.

Noch bevor Veda in ihr Büro ging, goss sie sich in der Küche einen großen Becher schwarzen Kaffee ein, nahm ihn in die Hände und schnupperte genüsslich daran. Allein der Duft belebte sie.

Vanessa kam hinzu und hob eine Augenbraue, als sie Veda ins Gesicht sah. »Schlecht geschlafen?«

»Und zu spät im Bett gewesen.«

»Wegen der Beerdigung?«

Veda nickte. Im Großen und Ganzen stimmte das.

Vanessa schenkte sich ebenfalls einen Kaffee ein, ehe sie gemeinsam mit ihren Bechern an dem Großraumbüro vorbeigingen, in dem die vier Rechtsanwalts- und Notargehilfen in jeweils mit Sichtschutzwänden und Pflanzen abgegrenzten Abteilen arbeiteten.

»Moin«, grüßte Veda in die Runde.

Vanessa bog zu ihrem Schreibtisch ab.

»Nach einem freien Tag zu spät zur Arbeit kommen, würde *uns* niemand durchgehen lassen«, sagte Frau Rieser leise zu niemand Bestimmtem, aber so laut, dass Veda es hören konnte.

Die fünf Minuten, was für eine blöde Kuh! Wahrscheinlich hing bei ihr – wie so oft – der Haussegen schief. Dann suchte sie Streit, und Veda war ihr bevorzugtes Ziel, weil sie ihr eigenes Büro hatte und den Rechtsanwalts- und Notargehilfen zwar nicht übergeordnet war, aber eine Sonderstellung genoss. Als einfache Juristin arbeitete Veda ihrem

Chef, Dr. Zymo, und manchmal auch den anderen Anwälten zu. Sie war lange genug dabei, um ihnen im Backoffice das Wasser reichen zu können. Aufgrund des fehlenden zweiten Staatsexamens aber nur fast.

Mühsam verkniff sie sich eine Erwiderung auf Frau Riesers Kommentar und schloss die Tür zu ihrem Büro hinter sich. Erschöpft ließ sie sich auf ihren schwarzen Bürostuhl fallen, der knackend protestierte, und trank den noch halb vollen Becher Kaffee in einem Zug leer. *Schon besser.*

Kaum war ihr PC hochgefahren, klopfte es an der Tür.

»Moin«, grüßte Dr. Zymo fröhlich in dunkelblauem Anzug und hellblauem Hemd. Keine Krawatte, denn die hasste er. Für Mandanten und Gerichtstermine holte er sie aus dem Kleiderschrank, nahm sie danach jedoch sofort wieder ab.

»Darf ich?«, fragte er und deutete auf den Besucherstuhl.

»Natürlich.« Irritiert zeigte Veda fahrig mit der Hand zum Stuhl. Er war der Chef, warum fragte er?

Mit einem Grinsen hob er einen dicken blau-roten Gesetzeskommentar und eine Zeitschrift von der Sitzfläche und reichte ihr beides. Sie hatte vergessen, die Sachen zurück in die kleine Bibliothek zu stellen.

»Oh, Entschuldigung«, murmelte Veda nahm ihm die Sachen aus der Hand und suchte einen anderen Platz für Buch und Magazin, was nicht so einfach war. Auf ihrem Sideboard lagen vor den aufgereihten Gesetzestexten Akten und Ringordner. Ihren Schreibtisch nahmen ein großer Bildschirm, Telefon, Stifthalter, Notizzettel und alles, was man sonst noch so brauchte, ein. Letztlich stand sie auf und legte die Sachen zum restlichen Kram auf das Sideboard.

»Das hier ist ein neuer Scheidungsfall«, er reichte ihr ein paar Unterlagen. »Geben Sie den bitte ins System ein und finden Sie heraus, ob deutsches Recht anwendbar ist.«

»In Ordnung.« Veda platzierte die Dokumente im Ordner für die Scan-Post.

»Außerdem müssen wir bei zwei Mandanten unbedingt die Unterlagen anmahnen. Es reicht, wenn Sie mir die Schreiben zur Unterschrift vorlegen. Und wir haben ein am PC geschriebenes Testament hereinbekommen, das die Erblasserin nur eigenhändig unterschrieben hat. Erklären Sie der Tochter möglichst höflich, dass so ein Testament nicht rechtsgültig ist.«

Veda machte sich Notizen auf ihrem To-do-Block.

»Zwei Schreiben muss ich noch für das Gericht diktieren. Die Dateien schicke ich Ihnen dann. Danach muss ich mich für den Gerichtsmarathon morgen vorbereiten. Für die Sache Hansen hat das Gericht vier Stunden angesetzt.« Dr. Zymo seufzte. »Und davor diese scheußliche Kindschaftssache.«

»Wird ein mieser Tag.«

»Das fürchte ich auch.« Er war im Begriff aufzustehen, da fiel ihm noch etwas ein – wie immer. »Stellen Sie mir ruhig schon mal alles für den Fall Hausmann zusammen. Das wird ein komplizierter Ehevertrag.«

Veda schmunzelte. »Sieht so aus. Frau Hausmann hat ein paar sehr spezielle Wünsche geäußert, und Herr Hausmann hängt an seinem Ferrari.«

Dr. Zymo grinste. »Verständlich.«

Mit einem »Danke und bis später« verabschiedete er sich, und Veda machte sich derweil an die Arbeit.

Zuerst sah sie die Fristen durch, erledigte die Standardschreiben und schickte sie ihrem Chef zur Durchsicht.

Bei dem Fall der Erblasserin und ihrer Tochter dachte sie darüber nach, ob diese das Testament mit dem PC verfasst hatte, weil ihre Mutter nicht mehr gut mit der Hand schreiben konnte und sie vielleicht darum gebeten hatte. Oder ob die

Tochter betrügen wollte, indem sie ihre gutgläubige und vielleicht sogar demente Mutter das Testament einfach hatte unterschreiben lassen, ohne ihr den Inhalt zu erklären.

Hatte Danilo seinen Selbstmord so weit im Voraus geplant, dass er vorher extra ein Testament bei einem Notar hatte aufsetzen lassen? Oder hatte er sich erst später zum Freitod entschlossen? Oder war es gar kein Selbstmord? Veda schüttelte bei dem Gedanken den Kopf. *Unsinn.* Ralph hatte gesagt, er habe in Danilos Unterlagen nichts Spektakuläres entdeckt. Oder verstand er die rechtlichen Zusammenhänge nicht? Warum hatte Danilo seinem Bruder nicht erklärt, worum es konkret ging? Hatte er Hinweise in den Dokumenten versteckt, über die nur Juristen stolperten?

Sie sah auf die Uhr und gähnte. Noch kein Mittag. Die Zeit kroch.

Auf dem Weg zum großen Drucker, der auch scannen konnte, räumte sie den Gesetzeskommentar und die Fachzeitschrift zurück in die Bibliothek.

»Ein wichtiger Termin. Hormonbehandlung. Wir wollen so gerne schwanger werden«, gab Frau Rieser extra laut von sich, als sie an ihr vorbeilief und aus der Kanzlei rauschte.

Veda begegnete Vanessas Blick und zuckte mit den Schultern. Frau Rieser versuchte seit Jahren Mutter zu werden, und nun, mit neununddreißig Jahren, wurde es langsam eng. Wenn sie nicht so ein Besen wäre, täte sie Veda leid. Ihr selbst fehlte das Bedürfnis, eine Familie zu gründen. Sie wollte nicht so elendig scheitern wie ihre Mutter, auch wenn ihr Bruder Hendrik es mit seiner Frau gut hinbekommen hatte. Der kleine Paul war ein Goldstück und zu Recht ein glückliches Kind.

»Thailändisch?«, hörte sie Vanessa fragen.

Verdutzt sah Veda auf ihre Uhr. Doch schon Mittagszeit.

»Ja, gerne. M1 mit Huhn!« Wie auf Knopfdruck knurrte ihr Magen.

Sie beeilte sich, noch vor dem Essen den neuen Scheidungsfall ins System einzugeben und das Telefonat mit der Mandantin vorzubereiten. Am Ende brannten ihr die Augen, weil sie zu wenig geblinzelt und zu konzentriert auf den Bildschirm gestarrt hatte.

Zum Glück klingelte in diesem Moment der Lieferservice. Der Kanzleivorraum füllte sich mit exotischen Düften nach Jasminreis, Chilipaste, Frühlingszwiebeln und Sojasauce. Anwälte und Angestellte setzten sich zusammen in den großen Konferenzraum, und Dr. Zymo kochte grünen Tee. Der Referendar hingegen trank seinen Energydrink, der nach aufgelösten und gezuckerten Gummibärchen roch. Nachdem sie fertig waren, wurde gründlich durchgelüftet.

Mit einem großen Becher frischem, dampfendem Kaffee ließ Veda sich wieder auf ihren Schreibtischstuhl fallen. Sie fühlte sich schwer und träge, konnte die Augen kaum offen halten, aber die Uhr zeigte erst halb zwei.

»Bekommen Sie keinen Koffeinschock, mein Kind«, kommentierte Frau Kehl eine Weile später ihre vierte Kaffeerunde und schaute sie besorgt über ihre Lesebrille hinweg an.

»Ich glaube, meine Rezeptoren für Koffein sind desensibilisiert. Vielleicht sollte ich Energydrinks ausprobieren.«

Frau Kehl verzog das Gesicht, als hätte sie in eine Zitrone gebissen.

Lachend machte Veda sich auf den Weg zurück in ihr Büro.

Dort hüpfte sie ein paarmal auf der Stelle, atmete mehrmals tief ein und wieder aus und setzte sich dann an die Recherche. Das war ihre Welt. Im Studium hatte sie sogar Danilo dabei geholfen. Er war ihr drei Semester voraus gewesen. Ein Jahr jünger als sie, aber schneller. Er war ihr enteilt und hatte nicht verstehen können, dass sie ihm nicht folgen, sondern aus der Uni-Elite-Clique hatte ausscheiden wollen, obwohl sie seiner Meinung nach so gut gewesen war wie er. Ein ständiger Streitpunkt. Und irgendwann hatten sie sich beim Abendessen nichts mehr zu sagen gehabt.

Warum hatte er sie dazu bestimmt, seine Unterlagen durchzugehen? Sie waren sich seit Jahren nicht mehr nah. Nur weil sie gut im Recherchieren war und komplexe Zusammenhänge aufdröseln konnte? Je komplizierter die Sachlage, desto größer ihre Motivation. Warum vertraute er ausgerechnet ihr seinen mysteriösen Fall an?

Ihr Blick fiel auf das schwarze Bürotelefon. Wie gerne würde sie Danilo anrufen und fragen, aber das Einzige, was er ihr hinterlassen hatte, waren diese verflixten Dokumente. Stattdessen telefonierte Veda mit der Mandantin aus Togo auf Englisch, Deutsch und Französisch, aber am Ende hatte sie, was sie wissen musste.

Zwischendurch kamen die angekündigten Diktate. *Jetzt bloß dranbleiben.* Je schneller sie alles erledigte, desto früher konnte sie nach Hause gehen und schlafen.

Was lag noch an? Da war dieser kniffelige Vollstreckungsfall, in dem sie herausfinden musste, ob der Schuldner wirklich ein Haus in Schweden besaß. Zum Glück sprachen die Schweden gut Englisch. Darauf freute sie sich, weil die Arbeit daran spannend, fast detektivisch war. Aber das musste bis morgen warten, denn dafür reichte ihre Konzentration nicht mehr aus.

Sechzehn Uhr dreißig. »Sind Sie so weit?«, fragte Dr. Zymo über das Telefon.

»Kann losgehen.« Veda überflog noch einmal ihre Recherchеergebnisse und ging damit ins Büro nebenan.

Dr. Zymo hörte sich ihre Ergebnisse an. Ein paarmal verhaspelte sie sich, und ihre Augen brannten, während sie auf ihren Block starrte. Die Luft war raus, aber sie war zufrieden.

»Wunderbar, das ist also geklärt. Ich hatte schon befürchtet, wir müssten sie nach togoischem Recht scheiden.« Er sah Veda prüfend an. »Schlecht geschlafen?«

»Sieht man mir das so deutlich an?«

»Ja.« Dr. Zymo konnte sich sehr kurzfassen, wenn er wollte.

Sie ließ die Schultern schlapp hängen. Vielleicht hielt ihn das von weiteren Aufträgen ab.

»Das war's für heute. Ich nehme morgen zum ersten Mal nur die auf dem Tablet gespeicherten Akten mit. Halten Sie also die Stellung, falls ich doch noch etwas brauchen sollte.«

Veda nickte, darum bemüht, sich ihre Erleichterung nicht anmerken zu lassen, und verabschiedete sich.

Schnell zog sie sich an und warf die Post in den dafür vorgesehenen gelben Kasten.

Als sie an Frau Kehl vorbeieilte, murmelte diese augenzwinkernd: »Zur Abwechslung mal pünktlich.«

Lächelnd verabschiedete sie sich, mit den Gedanken schon wieder bei Danilo.

In der U-Bahn spielte ihr Handy eine Harfenmelodie. Die Nachricht kam von Philipp:

Bist du heute beim Training?

Ach herrje, es war Dienstag. Drei Stunden Aikido, in der letzten halben Stunde mit Schwert. Wegen der Beerdigung am Montag war sie mit den Wochentagen durcheinandergekommen.

Eigentlich wollte sie sich mit Danilos Unterlagen beschäftigen. Ihr Daumen schwebte über dem Display. Andererseits hatte sie große Lust dazu, ihre Freunde beim Training zu treffen, sich ganz auf die Bewegungen zu konzentrieren und so auszupowern, dass sie vor lauter Müdigkeit ohne weitere Gedanken an den Tod ihres Ex-Freundes einschlafen würde. Sie sah auf die Uhr und seufzte. Jetzt musste sie hetzen, um es rechtzeitig zu schaffen.

Mit rotem Kopf und gepackter Trainingstasche – zum Glück hatte sie noch einen sauberen Anzug gefunden – saß sie keine halbe Stunde später wieder in der Bahn.

Im Dojo traf sie Philipp, der gleichzeitig mit ihr eintraf.

»Ich kann heute aber nur eine Stunde bleiben. Ich habe zu Hause Dokumente, die ich durchsehen muss«, sagte sie zu ihm.

Sollte sie Ralph erwähnen? Danilo? Keine Zeit, denn in fünf Minuten mussten sie auf den blauen Stoffmatten stehen. In diesem Dojo gab es zwar kein Redeverbot, aber ihre Gespräche drehten sich während des Trainings ausschließlich ums Aikido. Für anderes blieb ihnen selten genug Luft. Dafür sorgte der Trainer.

In der ersten Pause blieb Veda mit einer kleinen Gruppe am Mattenrand stehen und sah zu, wie sich Philipp von einer Dan-Trägerin werfen ließ. Der Holzboden unter den Matten bebte, als er klatschend aufschlug, geschmeidig aufstand, angriff und wieder geworfen wurde.

»Alle wieder auf die Matte, Samira macht heute Prüfung«, rief der Trainer fünf Minuten später.

»Oh«, hauchte diese mit großen Augen. *Kalt erwischt!*

Veda fluchte innerlich. Bleiben oder gehen? Sie hatte den ersten Kyu, Samira den zweiten. In den Pausen und an diversen Wochenenden hatten sie zusammen für die Prüfung trainiert, Veda konnte ihr also unauffällig helfen, wenn sie einen Aussetzer haben sollte. Daher trottete sie wieder auf die Matte und schubste den grinsenden Philipp im Vorbeigehen an der Schulter.

Samira bestand ihre Prüfung zum letzten Schülergrad mit Bravour und strahlte am Ende von einem Ohr zum anderen. Veda gönnte es ihr. Außerdem konnten sie jetzt zusammen für den ersten Dan, also ihren ersten schwarzen Gürtel, trainieren.

Die letzte halbe Stunde Schwerttraining nahm sie dann auch noch mit. Immerhin brauchte sie das für die Schwarzgurtprüfung.

Am Ende kroch Veda fast in die Umkleidekabine und wäre auf dem Weg nach Hause mit der U-Bahn beinahe an ihrer Station vorbeigefahren.

Todmüde schleppte sie sich die Treppe zu ihrer Wohnung hinauf und ließ nacheinander Schuhe und Mantel im Flur fallen. Ungeduldig zerrte sie den verschwitzten Anzug und das Handtuch aus der Tasche, warf die Klamotten über den Badewannenrand und machte sich bettfertig.

4. KAPITEL

Heinrich starrt auf den Holzstoß. Warum ist der nicht längst verrottet? Oder steht er gar nicht hier im Wald, sondern ist gefangen in diesem süßen Albtraum, in seiner Vergangenheit? Er sieht sich um. Baumstamm an Baumstamm in der Dämmerung. Gedämpfte Geräusche von einer fernen Straße. Es riecht nach Harz, Nadeln, Erde, feuchtem Herbstlaub, eine dünne Nebelschicht wabert über den Boden. Heinrich hebt die rechte Hacke und bohrt den Ballen in den Boden. Es knirscht und knackt leise. Er ist wirklich hier. Seit gestern weiß er nicht mehr, was real ist und was nicht, wann er in seinem Kopf durch die Vergangenheit oder durch die Räume seines Hauses wandert, ob er schläft oder wacht. Oder wandert er durch den Kopf eines anderen? Nein, unmöglich, denn wer außer ihm selbst kann wissen, wie sie dufteten, sich anfühlten, anhörten? Nur sie und er waren dabei gewesen.

Heinrich hat seit Stunden Kopfschmerzen vom Denken und Wandern. Sein ganzer Körper schmerzt, fühlt sich schwer und ausgelaugt an. Die Suche in seinem Kopf und danach in seinem Haus hat ihn erschöpft, auch wenn er meist nur danebenstand.

Der Wald beruhigt ihn. Das war schon immer so. Gedämpfte Geräusche, Bäume, die ihn umgeben wie Wächter der Zeit und gleichzeitig vor neugierigen Blicken schützen. Ein mystischer Ort voller Verstecke. Wehmütig mustert er den Holzstoß. Darunter liegt sie seit elf Jahren. Ob überhaupt noch etwas von ihr übrig ist?

Sie hatte dieses bezaubernde gelbe Kleid getragen, mit den

kleinen weißen Blüten drauf. Immer wieder war sie ihm bei seinen Spaziergängen aufgefallen. Ihr feines blondes Haar, das sie kurz geschnitten trug. Wenn sie rannte oder hüpfte, flog es hoch, und bei Sonnenschein umgab es sie wie ein Heiligenschein. Ihre weiche Haut, so zart wie Seide und noch ohne jeden Makel. Nicht einmal Sommersprossen. Wie eine weiße Marmorstatue hatte sie ausgesehen. Perfekt und unschuldig zu seinen Füßen gelegen. Ihre großen hellblauen Augen hatten ihn angefleht, sie gehen zu lassen, als er ihr hinter dem Holzstoß die Kleider vom Leib schnitt. Wenn sie doch nur gemocht hätten, was er mit ihnen tat – tun musste. Dann hätte er sie nicht jedes Mal töten müssen. Wie gerne hätte er sie behalten und mit nach Hause genommen. Wenn sie unschuldig geblieben wären. Aber danach hassten sie ihn, hätten ihn verraten.

Es hatte ihn gezwungen zurückzukehren. Zu ihr. Zu ihnen. Während er in seine Vergangenheit zurückgereist war, hatte er das Messer in der Hand gehabt, ihre Zartheit gespürt. Es war schön und furchtbar zugleich gewesen. Fast wie früher und doch anders, weniger, nur noch Erinnerung mit dem Wissen von heute.

Jetzt steht er in der Abenddämmerung hier im Wald. Mit dem Stück Strick, das übrig geblieben ist. Zwölf Jahre lang hat es in seinem Keller gelegen, weil er vergessen hatte, es wegzuwerfen, bis man ihn jeden Winkel seines Hauses durchkämmen ließ, um etwas zu finden, woran er sich erinnerte, obwohl er sich nicht erinnern wollte. Wie diesen Strick. Die anderen Souvenirs liegen neben seinem Abschiedsbrief auf dem Küchentisch. Es sind nicht viele. Er war vorsichtig. Deswegen haben sie ihn nie gefunden – bis jetzt.

Der Brief ist lang. Er musste sie alle nennen. Zwölf an der Zahl. In den letzten acht Jahren keine mehr. Die Dialyse hat sein Verlangen erstickt. Sie alle wiederzusehen und zu spüren, hat ihn trotzdem erregt, aber auch erschöpft. Er umfasst den rauen Strick fester, seine Hand zittert. Das Pflaster auf der Einstichstelle in seiner rechten Armbeuge ist durchgesuppt, weil seine Blutgerinnung schlecht funktioniert. Die Nadel war zu dick gewesen. Was haben sie ihm gespritzt? Es spielt keine Rolle mehr. Er beginnt auf den Holzstoß zu klettern, rutscht mit dem Fuß am glitschigen Holz ab, fängt sich mühsam wieder. Oben angekommen, fällt er vor Erschöpfung fast runter. Einmal kurz ausruhen. Verzweifelt und gleichzeitig erleichtert mustert er den dicken Ast über seinem Kopf. Sieht auf das Holz unter seinen Füßen. Konzentriert sich auf seine Umgebung. Stumme Wächter in der Dunkelheit, Windstille, kaum ein Rascheln oder Atmen. Eigentlich will er nicht sterben, aber zur Ruhe kann er nicht mehr kommen, kann sie nicht mehr vergessen. Es ist Zeit. Er wirft den Strick über den dicken Ast und knüpft die Schlinge.

5. KAPITEL

Zufrieden schloss Veda die Haustür hinter sich.

Heute hatte sie bei der Arbeit richtig viel geschafft. Dr. Zymo war den ganzen Tag bei Gericht gewesen und hatte sie nur einmal angerufen, um ein paar Unterlagen über das digitale Postfach anzufordern. Kein Problem. Zwei, drei Klicks, und zehn Minuten später waren die Infos bei Gericht gewesen. Die Arbeitserleichterung durch das elektronische Behördenpostfach war ein Segen. Da die Kanzlei neue Bücher und Zeitschriften nur noch in digitaler Form einkaufte, könnten sie die Bibliothek vielleicht irgendwann als weiteres Büro oder sogar als Ruhe- und Pausenraum nutzen.

Den Rest des Arbeitstages hatte sie sich frei einteilen können, ohne Störungen und Zusatzaufgaben. Und da sie gestern mit den Gedanken an Samiras Freude über ihre bestandene Prüfung zum ersten Kyu erholsam durchgeschlafen hatte, war ihr die Arbeit leicht von der Hand gegangen.

Sie hatte sogar etwas vorarbeiten und ihrem Chef einiges zur Durchsicht und Prüfung für den nächsten Tag hinlegen können. Wenn er beschäftigt war, kam er weniger auf komische Ideen, wie sich auf ein weiteres Rechtsgebiet zu wagen oder auf Mandantenfang zu begeben, zum Beispiel. Sie hatten mehr als genug davon, die ausreichend Geld in die Kanzleikasse spülten.

Vedas Laune war so gut, dass sie ihre Aikido-Anzüge zusammensuchte und sie in die Waschmaschine beförderte.

Während sie sich mit ihrer Pad-Maschine einen Kaffee kochte, Salzstangen in ein Glas und Gummibärchen in eine blau-weiß geringelte Porzellanschüssel füllte, zwitscherte das Telefon, dass sie im Vorbeigehen noch in die Ladestation gestellt hatte. Es war wieder zum Leben erwacht und lud. Dann piepte es zweimal. Ein entgangener Anruf.

Veda stellte die Leckereien auf den Schreibtisch, startete ihren Laptop und ging nachsehen, wer angerufen hatte. *Sanne. Eine Nachricht.* Veda seufzte und wählte die Nummer ihres digitalen Anrufbeantworters. Wenn sie es nicht tat, verschwand das Blinken nicht. Außerdem würde sie die Nachricht ihrer Mutter ohnehin beim nächsten Mal zu hören kriegen.

»Hallo, Veda, hier ist Sanne.« Gemurmel, laute Motorengeräusche und Rufe in einer fremden Sprache im Hintergrund. »Ich wollte nur mal fragen, wie es dir geht, mein Schatz. Ich bin gerade in Thailand, und es ist himmlisch hier. So viel zu lernen und jedes Wochenende ein Retreat. In meinem ganzen Leben war ich noch nie so entspannt wie hier und jetzt.« *Möglichst weit weg von deiner Familie geht es dir doch immer gut.* Veda biss die Zähne zusammen. »Ich lerne jetzt sogar, wie man eine Thai-Massage gibt. Dann kann ich euch an Weihnachten eine Kostprobe geben.« *Nein, danke.* »Wenn ich es schaffe, an Weihnachten zu kommen. Hier gibt es so viel zu tun.« *Wie immer.* »Ruf mich doch mal zurück, dann können wir besprechen … oh, Monika! Monika!«, rief ihre Mutter. Veda hielt den Hörer vom Ohr weg. »Ich muss auflegen.« *Ja, bitte.* Dann kam die viel leisere, automatisierte Stimme mit ihren freundlichen Anweisungen. Veda ließ sie nicht ausreden und drückte gleich die Sieben. »Die Nachricht wurde gelöscht.«

Sanne würde wieder anrufen. Unweigerlich.

Veda hatte jetzt aber Besseres zu tun. Sie wollte sich endlich die Unterlagen von Danilo ansehen. Auf dem Weg zum Schreibtisch steckte sie das Telefon zurück in die Ladestation und kam dabei an ihrem runden, hölzernen Esstisch vorbei. Der wurde im Wesentlichen von Papier, einem hölzernen Brett, einer Glasscheibe mit aufgemaltem Rahmen, zwei schwarzen Papprahmen und einem Etui mit diversen Bleistiften, Spitzer und Radiergummis besetzt. Ihr vierter Anlauf, Zeichnen zu lernen. Leider fehlte ihr zwischendurch die Zeit und manchmal auch die Lust. Wenn sie die Sachen jetzt wegräumte, würde sie sie wochen- oder monatelang nicht wieder hervorholen. Mit wiederaufflammenden guten Absichten ließ sie sich mitsamt Laptop auf der Couch nieder. Da war es sowieso gemütlicher. Sie stellte ihre Verpflegung dazu, stopfte sich ein Kissen im Rücken zurecht, kuschelte sich in die Fleecedecke und schlug die Beine übereinander. Während des Studiums hatte sie sich ein Laptopkissen mit Becherhalter gekauft, das auch jetzt zum Einsatz kam.

Sogar an ihr Handy hatte sie gedacht, um das Kennwort zum Entsperren der Datei parat zu haben. Gespannt öffnete sie Danilos ersten Ordner aus dem Anhang von Ralphs E-Mail mit der Aufschrift *Notizen und Artikel.*

Sie klickte und scrollte sich zunächst im Schnelldurchlauf durch kurze Textdateien sowie gescannte und heruntergeladene Zeitungsartikel aller Art. Auf den ersten Blick handelte es sich um meistens einzelne Berichte über alle möglichen Vergehen und Verbrechen. Zu manchen hatte sich Danilo Notizen gemacht. Ein Haufen interessanter und weniger interessanter Fälle. *Zu welchem Zweck hatte er die gesammelt?*

Um für sich selbst ein System zu finden, nahm sie sich vor, alles später auszudrucken.

Im nächsten Ordner mit der Bezeichnung *Fall 1* wurde es konkreter.

Weil sie kauend besser denken konnte, griff sie zu den Gummibärchen, aß schnell die weißen und grünen, dann die gelben und orangenen. Die roten lutschte sie genüsslich zum Schluss.

Unter ihr begann es zu brummen. Nanu, der Oldtimer und das Cabrio ihrer Vermieter waren doch gerade erst in den Winterschlaf geschickt worden. Klappern. Etwas schabte an der Wand. Dann brummte es wieder, und das Garagentor schloss sich.

Veda wühlte sich aus der Decke, stand auf und sah aus dem Küchenfenster. Der Strahler am Garagentor erhellte die Auffahrt, und sie konnte den Rücken ihres Vermieters ausmachen, der seine zusammengeklappte Holzstaffelei zur Haustür schleppte. Also kein Autodieb. Sie durfte hier günstig wohnen, weil ihr Vater ein alter Schulfreund ihres Vermieters war. Veda musste bei dem Gedanken daran schmunzeln, dass er und ihr Vater früher zusammen Stinkbomben im Schulflur entzündet und im Winter einmal die Heizung manipuliert hatten, um schulfrei zu bekommen. Außerdem behielt sie die Garage für ihn im Auge.

Zufrieden richtete sie sich wieder ihren Platz auf der Couch. Sie war also nicht die einzige Künstlerin in spe mit launischer Motivation.

Die Datei zu *Fall 1* enthielt zu den Onlineartikeln und einem längeren Zeitungsartikel auch zwei Seiten Notizen von Danilo.

Ein paar Salzstangen knabbernd überflog Veda die Texte über einen noch – oder wieder – unbekannten Täter, der mehrere Prostituierte misshandelt, vergewaltigt und umgebracht haben sollte. Bei dem letzten Opfer schien noch nicht geklärt zu sein, ob es ermordet wurde oder an einer Überdosis Heroin starb. Der Zuhälter hatte zunächst unter Verdacht gestanden, aber er kam für die anderen Morde nicht als Täter infrage. Stattdessen geriet einer der Kunden und Verehrer des Opfers, ein junger Mann namens Lennart Siebert, ins Visier der Ermittler, weil er die Leiche der Frau gefunden hatte. Letztlich ließen sie ihn laufen, doch laut Danilos Notizen befand er sich seitdem in einer psychiatrischen Klinik. Kein Wunder, dass der junge Mann am Ende war. Es musste furchtbar sein, einen geliebten Menschen tot aufzufinden. Veda wollte es sich nicht vorstellen und verbannte die Gesichter von Familie und Freunden mit einem Kopfschütteln aus ihren Gedanken. *Ob es Lennart Siebert mittlerweile besser geht?* Die Unterlagen waren einige Wochen alt. Vielleicht gab es neue Erkenntnisse. Sie selbst kannte den Fall nicht, aber das hieß nichts, weil sie selten Kriminalfälle in der Presse verfolgte. Ihr reichten die Tragödien, denen sie tagtäglich in der Kanzlei begegnete.

Warum hat sich Danilo für genau diesen Fall interessiert? Er hatte zuletzt in einer der Abteilungen für Wirtschafts- und Steuerstrafsachen gearbeitet. Hatte er das Fachgebiet, vielleicht sogar auf die andere Tischseite wechseln und als Strafverteidiger sein Geld verdienen wollen? Für einen fachlichen Wechsel hätte er nicht kündigen müssen, und Strafverteidiger sein passte nicht zu ihm. Hatte nicht gepasst. Jedenfalls nicht zu dem Danilo, mit dem sie vor Jahren zusammen gewesen war.

Sie machte sich Notizen zu allem, was ihr auffiel, und zu ihren Gedanken.

Fall 2 erinnerte sie an eine Meldung aus den Nachrichten. In den letzten drei Jahren hatte eine Bande über das südliche und mittlere Bundesgebiet verteilt mehrere Geldtransporter überfallen und ausgeraubt. Beim letzten Mal hatten sie sogar einen der Fahrer erschossen. Konkrete Tatverdächtige gab es nicht.

Ein fieses Kribbeln zog sich von ihren Zehen über die Füße bis in ihre Beine. Schnell räumte sie das Laptopkissen mitsamt Computer auf die Sitzfläche neben sich. Dann stellte sie die Füße auf den Boden, wackelte damit und massierte sich die Oberschenkel. Tausend kleine Nadelstiche, die langsam nachließen. Sie stand auf, ging in die Küche und holte sich ein Glas mit Leitungswasser, ehe sie zurück zur Couch lief.

Was könnten diese Fälle gemeinsam haben? Die zuständigen Abteilungen innerhalb der Staatsanwaltschaft und der Polizei jedenfalls nicht. Die Geldtransporter-Bande war bisher im Norden Deutschlands nicht in Erscheinung getreten.

Sie leerte das halbe Glas, setzte sich wieder und griff zu den Salzstangen. Eine neue Sorte mit genau der richtigen Menge an Salz.

Der dritte Fall war ihr auch unbekannt, obwohl es um einen verschwundenen Rechtsanwalt ging.

Karsten Rodes war auf einem seiner regelmäßigen Wanderurlaube, die er grundsätzlich ohne seine wesentlich jüngere zweite Ehefrau unternahm, verschwunden. Da Gloria Rodes sein Verschwinden erst meldete, als seine Kanzleipartner sich darüber wunderten, dass er nach seinem Urlaub nicht zur Arbeit zurückkehrte und auch nichts von sich hören ließ, geriet sie in Verdacht. Was sie jedoch nicht daran hinderte, das Geld ihres verschwundenen Gatten mit vollen Händen auszugeben und sich einen Liebhaber zuzulegen, der prompt in die eheliche Villa einzog. Das neue Glück währte nicht lange, denn vor drei Wochen fand man ihre Leiche mit dem Gesicht nach unten schwimmend in ihrem halb leer gepumpten Pool. Die Todesursache war nicht bekannt gegeben worden. Auch nicht, wie sie in den Pool gelangt war. Dass sie in ihrem cremefarbenen Kaschmir-Hausanzug die defekte Pumpe herausziehen und reparieren wollte, erschien allen Reportern als unwahrscheinlich. Ihr Geliebter hatte ein Alibi. Er war mit seinen Kumpel bei einem Fußballspiel gewesen. HSV gegen St. Pauli. Die Männer erinnerten sich sehr gut an diesen Tag.

Veda griff erneut zu den Salzstangen, aber das Glas war leer. Also mussten die restlichen Gummibärchen dran glauben.

Die drei Fälle waren spannend, aber sie konnte noch keine Zusammenhänge erkennen.

Bei *Fall 4* erinnerte sie sich sofort an die Berichterstattung. Heinrich Schneider hatte sich in einem Waldstück über einem Holzstoß erhängt. Er war von einem Jäger gefunden worden. Der Abschiedsbrief auf dem Schreibtisch in seiner Wohnung deutete auf Selbstmord hin. Und auf noch etwas viel Schrecklicheres: Unter dem Holzstoß fand die Polizei die Überreste einer Zehnjährigen, die seit elf Jahren als vermisst galt. Der Selbstmörder hatte sie vergewaltigt, getötet, ihre Leiche vergraben und Holz über das Grab geschichtet. Darüber hinaus hatte er noch mehr Taten dieser Art gestanden, die vorher nicht mit ihm in Verbindung gebracht worden waren.

Erst zehn Jahre alt, dachte Veda und schluckte schwer am letzten Gummibärchen. *Furchtbar*!

Danilo hatte viel dazu gesammelt, aber Veda blieb vor allem an seinen Notizen zum Suizid des Täters und seinem Abschiedsbrief hängen: *Selbstmord oder Strafe? Spuren am Körper? Am Strick? Seine Handschrift auf dem Abschiedsbrief? Hat er ihn freiwillig oder unter Druck geschrieben? Wo befindet er sich? Was steht wirklich drin? Asservate.* Sie las diese Zeilen immer wieder, als klebe ihr Blick daran fest. Warum stellte er diese Fragen? Ihrer Erinnerung nach hatte es keine Zweifel an dem Selbstmord gegeben. Sie überflog noch einmal die Artikel, aber auch dort fand sie keinen Hinweis auf Ungereimtheiten. Dabei wäre genau das ein gefundenes Fressen für die Presse gewesen. Und selbst wenn nicht, woher rührten Danilos Zweifel? Es schien, als hätte er nach dem Abschiedsbrief gesucht und ihn nicht gefunden. Er hatte am Suizid gezweifelt und wissen wollen, was in dem Abschiedsbrief gestanden hatte. So wie Veda und Julia an seinem Selbstmord zweifelten und wissen wollten, aus welchem Grund er sich das Leben genommen hatte.

Veda wurde erst heiß, dann kalt.

Um ihre Gedanken zu ordnen, stand sie auf und ging zum Fenster über dem Garagentor.

Das in kunstvollen Bögen verlegte Steinpflaster lag still und einsam im Schummerlicht der schwarzen schmiedeeisernen Laternen der beiden Garagentore.

Hatte Danilo in den Fällen seiner Kollegen nach Fehlern gesucht? Aber wozu? Um sie abzusägen und ihren Posten übernehmen zu können? Er hatte bereits Erfolge in aufsehenerregenden Wirtschaftsstrafsachen vorweisen können und es daher nicht nötig gehabt, sich hinterrücks zu profilieren.

Oder hatte er beweisen wollen, dass jemand Beweise manipuliert hat, um besser dazustehen? Hatte er deswegen gekündigt, oder war ihm vielleicht sogar nahegelegt worden, selbst zu kündigen, bevor man ihn rauswarf, weil er der falschen Person auf die Füße getreten war?

Veda schwirrte der Kopf. Sie trank den Rest Wasser aus und brachte das leere Geschirr in die Küche. Die Uhr am Herd zeigte Viertel nach acht.

Sie musste ihre Fragen aussprechen, sonst würden sie die ganze Nacht Runden durch ihren Kopf drehen.

Ihr Handy fand sie in der Handtasche im Flur. Da der Ladebalken rot war, kramte sie in der Schale auf dem Schuhschrank, fand aber nur das Kabel. Sie suchte auf dem Schreibtisch, im Schlafzimmer und in der Küche. Wo war der USB-Ladestecker? Wahrscheinlich hatte sie ihn in einem Ordnungsanfall dorthin geräumt, wo sie ihn bestimmt wiederfinden würde. Doch wo konnte das sein?

Letztlich fand sie ihn im Bad, wo er nichts zu suchen hatte.

An die Steckdose in der Küche gefesselt und mit dem Rücken an den Vorratsschrank gelehnt, rief sie Philipp an.

»Du hast Glück, ich habe gerade meinen Croque aufgegessen. Salami, Peperoni und Schafskäse. Und Kraut. Und Remoulade.«

»Hast du es gut«, jammerte Veda.

»Nö, der letzte Mandant hat erst vor einer halben Stunde mein Büro verlassen.«

»Okay, dann hast du dir den Croque verdient.«

»Lust auf einen Film bekommen? Die Pizza müsstest du alleine essen. Oder soll ich dir einen Croque mitbringen?«

Veda dachte an die für ihren Geschmack zu hohe Zahl, die ihre Waage seit Monaten anzeigte, und widerstand diesem verlockenden Angebot.

»Nein, danke. Ich hatte Salzstangen und Gummibärchen.«

»Ein würdiger Ersatz.«

»Hör zu, Ralph, Danilos Bruder hat sich bei mir gemeldet.«

»Der in Neuseeland abgetauchte Bruder? Warum? Geht es um die Erbschaft, von der du erzählt hast?«

»Nicht direkt. Es geht um Informationen, die Danilo Ralph geschickt hat. Unterlagen und Notizen zu Kriminalfällen.«

Vom anderen Ende der Leitung ertönte Klappern und Gewühl. Wahrscheinlich machte er Feierabend und räumte seinen Kram zusammen.

»Willst du die Fachrichtung wechseln? Was sagt der Doktor dazu?«

Weil Dr. Zymo der einzige Anwalt in ihrer Kanzlei mit einem Doktortitel war, hatte Philipp ihm diesen Spitznamen verpasst.

»Nein. Ralph hat mich gefragt, ob ich mir die Dokumente ansehen könnte.«

Ein rhythmisches Rascheln verriet Veda, das Philipp eiligen Schrittes die Kanzlei verließ.

»Hast du noch einen Termin? Störe ich?« Zum Training schaffte er es jetzt eh nicht mehr. Vielleicht hatte er eine neue Freundin. Nein, dann hätte er das mit dem Film nicht gesagt. Ihre Vereinbarung war in dieser Hinsicht eindeutig: Während der Beziehung zu jemand anderem, auch in der Kennenlernphase, waren sie nur beste Freunde.

»Ich will hier schnell raus, bevor wieder ganz dringende Arbeit auftaucht. Deshalb fange ich immer erst um neun Uhr an. Früh raus komme ich nie, und je früher ich anfange, desto länger wird der Arbeitstag.«

»Armer Kerl«, meinte Veda halbherzig. Er liebte seinen Job und verdiente viel Geld damit.

»Was also ist mit diesen Unterlagen?«, fragte Philipp.

»Er hat eine Menge Artikel zu verschiedensten Fällen gesammelt und sich Notizen dazu gemacht. Für vier davon hat er eigene Ordner angelegt. Einer beschäftigt mich besonders. Erinnerst du dich an den Mann, der sich im Wald erhängt hat?«

»Der zugegeben hat, ein Serienvergewaltiger und Mörder gewesen zu sein?«

»Ja, genau der. Mit diesem Fall hat sich Danilo besonders intensiv beschäftigt. Er hat Artikel ausgegraben, die sich mit der Hintergrundgeschichte des Täters auseinandersetzen. Er und seine Schwester sind in ihrer Kindheit von Vater und Onkel sowohl geschlagen als auch missbraucht worden. Offenbar war der Junge von den Männern sogar dazu getrieben worden, seine eigene Schwester zu vergewaltigen. Die Mutter hat weggesehen. Nach kurzer, schwerer Krankheit starb sie früh. Der noch minderjährige Sohn flüchtete vor Vater und

Onkel und geriet auf den Jungenstrich, prügelte einen Freier krankenhausreif, floh erneut und schlug sich mit Aushilfsjobs durch. Er zog oft um und fiel immer wieder auf, weil er Mädchen belästigte, bedrängte und schlug.«

»Ich erinnere mich, gelesen zu haben, dass er die Ablehnungen irgendwann nicht mehr ertragen konnte und das tat, was er als Einziges gelernt hatte: Er nahm sich die Mädchen mit Gewalt. Und damit sie ihn nicht verrieten, brachte er sie hinterher um.«

»Genau das stand auch in seinem Abschiedsbrief«, bestätigte Veda.

»Ach, es geht dir um den Selbstmord und den Abschiedsbrief.«

»Ja, denn Danilo hatte Zweifel daran, dass der Abschiedsbrief echt war. Oder vermutete jedenfalls, dass er unter Zwang geschrieben worden sein könnte.«

»Hat er den Brief gesehen? Verfügt er über eine Kopie?«, wollte Philipp wissen.

»Nein, leider nicht. Ich weiß nicht, ob er den Brief gesehen oder sogar kopiert hat. Er hätte es gerne, denke ich. In seinen Notizen steht, dass man bei den Überresten des Mädchens unter dem Holzstoß dieselbe Art von Strick fand, mit dem sich der Täter erhängt hat. Es gab sogar Reste davon in seiner Wohnung.«

»Das steht in keinem der Artikel?«

»Nein. Nur, dass er sein Opfer erdrosselt hat.«

»Dann hat Danilo sich die Akten angesehen. Aber er war in der Abteilung für Wirtschaftsstrafsachen, oder?«

»Ja, eben. Deshalb wundere ich mich so. Er hat auch nie darüber gesprochen, dass er die Abteilung wechseln wollte. Und doch hat er sich damit beschäftigt, dass der Täter sich vielleicht nicht selbst getötet hat, sondern umgebracht wurde.«

»Du meinst, jemand hat einen Vergewaltiger und Mörder dazu gezwungen, seine Taten zu gestehen, ihn danach ermordet und es dann wie einen Selbstmord aussehen lassen?«

»So sieht es anhand von Danilos Recherchen aus«, antwortete Veda und schaute auf den Ladezustand ihres Handys. Es wurde warm in ihrer Hand, und sie hätte sich lieber hingesetzt. Aber noch war der Akku zu leer. Sie drehte sich auf die Seite und lehnte die Schulter an den Vorratsschrank, um ihre verspannten Nackenmuskeln zu entlasten.

»Eine solche Tat erfordert umfangreiche Vorbereitungen, präzise Planung und jede Menge Kaltblütigkeit. Familienangehörige der Opfer hätten ihn aus Rache einfach erschossen oder aufgeknüpft, wenn überhaupt«, schloss Philipp.

»Dazu hat Danilo nirgendwo eine These notiert. Vielleicht hat er sich auch nur wegen der Vorgeschichte des Mannes für den Fall interessiert. Danilos eigene Kindheit und Jugend war auch nicht schön. Finanziell fehlte es ihm an nichts, aber seine Eltern haben ihn permanent unter Druck gesetzt, ihm die eigenen Vorstellungen aufgezwungen.«

»Sie haben ihn aber nicht geschlagen und vergewaltigt, oder?«

»Nein, das nicht. Aber sie haben ihn psychisch gequält. Wollten ihn nach ihren Idealen formen. Er war bisexuell, weißt du, und hat sich nie getraut, dazu zu stehen. Er meinte, sein Vater würde ihn totprügeln, wenn er davon wüsste.«

»Ich sehe keine Parallelen.«

Veda seufzte. »Natürlich ist Danilos Leben nicht mit dem des Täters vergleichbar. Objektiv gesehen gibt es keine Parallele, aber der Täter hat sich das Leben genommen und einen Abschiedsbrief hinterlassen, woran Danilo zweifelte. Er hat sich ebenfalls das Leben genommen und einen Abschiedsbrief hinterlassen, woran ich zweifle. Und Julia übrigens auch.«

Geraschel und ein leiser Glockenton drangen an ihr Ohr. Philipps Handy hatte sich mit dem Auto verbunden.

»Ohne die Abschiedsbriefe und weitere Infos von Polizei und Staatsanwaltschaft wirst du aber in beiden Fällen nicht weiterkommen.«

»Ich weiß.«

»Was ist mit den anderen Fällen? Geht es da auch um Selbstmord?«

»Nicht direkt«, antwortete Veda. »Einmal geht es um diese Prostituiertenmorde.«

»Ach ja, bei dem letzten Opfer war nicht klar, ob sie an einer Überdosis gestorben ist und wer ihr diese Überdosis gegeben hat«, sagte Philipp.

»Überdosis könnte man auch als Suizid werten, wenn sie es selbst getan hat.«

»Hat sie einen Abschiedsbrief hinterlassen?«, fragte Philipp.

»Nein, dazu steht nirgendwo etwas. Dann hätte die Polizei vermutlich gar nicht weiter ermittelt. In dem Fall beziehen sich Danilos Notizen auf einen Verdächtigen, Lennart Siebert. Er war ein Freier des letzten Opfers und hat ihre Leiche gefunden. Alte Prügel- und Würgeverletzungen sprachen aber wohl eher für einen anderen Täter, und letztlich hat man ihn laufen lassen. Danilo hat *siehe Interview* notiert. Das habe ich noch nicht gefunden.«

»Gibt es mehr Material?«

»Er wollte Ralph kurz vor seinem Tod mehr schicken, kam aber nicht mehr dazu.«

»Vielleicht findest du das Interview in einem anderen Ordner, oder Danilo hat es zu Hause liegen und nur noch nicht verschickt.«

»Es muss irgendwo sein, sonst hätte er nicht darauf verwiesen.«

»Er hat dir nicht zufällig einen Ersatzschlüssel gegeben, oder?«

Hörte sie einen schärferen Ton heraus? War ihr Ex-Freund eifersüchtig auf ihren Ex-Ex-Freund? Oder ging sie ihm nur auf die Nerven?

»Nein, hat er nicht«, antwortete sie resolut.

»Okay«, sagte Philipp besänftigend. »Was ist mit den anderen Fällen, die du erwähnt hast?«

»Da sind noch die Raubüberfälle auf die Geldtransporter. Seit ein paar Jahren immer das gleiche Schema in verschiedenen Bundesländern.«

»Zuletzt wurde ein Mitarbeiter der Sicherheitsfirma erschossen, stimmt's?«

»Korrekt.«

»Sie haben einen ausgebrannten Pkw gefunden und einen Notizzettel mit einer Telefonnummer, aber noch keine Verdächtigen.«

Im Gegensatz zu Veda schien Philipp sich intensiv mit aktuellen Kriminalfällen auseinanderzusetzen. *Gut zu wissen.*

»Danilo hat den Namen des Pkw-Besitzers ausfindig gemacht. Dieser hatte den Wagen gebraucht gekauft und dann als gestohlen gemeldet. Die Telefonnummer auf dem Zettel, der laut Danilos Notizen in der Nähe des ausgebrannten Fahrzeugs gefunden wurde, stammt vom Bruder des Pkw-Besitzers.«

»Durften diese Infos die Ermittlungsakten überhaupt verlassen?«

»Keine Ahnung.«

»Geh lieber nicht damit hausieren.«

»Wofür hältst du mich? Das weiß ich auch ohne zweites Staatsexamen.«

»Entschuldigung, komm wieder runter. Du weißt genau, dass ich dich für cleverer und fähiger halte als die meisten Volljuristen, mit denen ich mich täglich rumärgern muss. Die Warnung hätte ich dir so oder so gegeben. Hat Danilo noch mehr Infos gesammelt, die er nur aus den Ermittlungsakten kennen kann?«

»In *Fall 3*. Hast du von dem Partner einer Kanzlei gehört, der auf einem Wanderausflug verschwand?«

»Ja, Karsten Rodes von Remke, Rodes und Partner. Selbstgefälliger Typ. Hat seine blitzgescheite erste Ehefrau gegen ein junges, verschlagenes Ding eingetauscht, der Idiot. Seine erste Ehefrau trauert ihm nicht mehr nach. Sie ist froh, ihn los zu sein. Hat ein gutes Geschäft gemacht.« Philipp räusperte sich. Veda schwieg und folgerte, dass jemand aus seiner Kanzlei das gute Geschäft verhandelt hatte. »Die Neue hat sein Geld mit vollen Händen ausgegeben. Vor und nach seinem Verschwinden. Jeder, der Gloria Rodes kennt, glaubt, dass sie etwas damit zu tun hat. Hatte, denn sie ist ja tot.« In seiner Stimme schwang ein Hauch Genugtuung mit.

»Danilo hat notiert, dass der Pool nur halb leer war, weil die Pumpe auf halber Strecke den Geist aufgab. Es sollte eine neue besorgt werden. Die Frau ist nicht ertrunken oder aufgrund eines Sturzes im Pool gestorben, sondern hat vermutlich aus heiterem Himmel in ihren besten Jahren einen plötzlichen Herztod erlitten. Danilo wollte die neusten Obduktionsergebnisse recherchieren.«

»Bevor er gekündigt hat oder danach?«

»Weiß ich nicht. Aber nach ein paar Jahren in der Staatsanwaltschaft wird er sicher Freundschaften oder zumindest Bekanntschaften geschlossen haben, die ihm auch nach seinem Ausscheiden den einen oder anderen Hinweis gegeben haben.«

»Vermutlich hast du recht.«

Was das anging, war sich Veda ziemlich sicher, denn das dürfte sich über die Jahre nicht geändert haben. Die Fähigkeit, gute Beziehungen zu knüpfen, hatten Danilo seine Eltern schon von frühester Kindheit an eingebläut.

»Und was machst du nun mit diesen Infos?«

Sie hörte, wie er das Auto verließ und kurz darauf die Umgebungsgeräusche verstummten.

»Wenn ich das nur wüsste.« Sie seufzte. »Mich beschäftigen die Abschiedsbriefe. Nein, eigentlich beschäftigt mich vor allem Danilos Abschiedsbrief. Was drinsteht. Ob sein Selbstmord mit diesen Fällen zu tun hat. Wonach hat er gesucht? Ich habe nichts gefunden, was alle Fälle miteinander verbindet. Ralph hat von nur einem Fall Danilos gesprochen. Die Fälle müssen also etwas gemeinsam haben. Außerdem soll er Angst gehabt haben, sich vielleicht in Gefahr zu befinden.«

»Ernsthaft?«

»So hat es Ralph erzählt. Und er hatte den Eindruck, dass sein Bruder es ernst meinte.«

»Dann grabe tiefer. Vielleicht verbirgt sich der Zusammenhang im Hintergrund. Deswegen wollte er vermutlich, dass du dir die Unterlagen ansiehst. Du pulst so lange an einem Knoten, bis du ihn gelöst hast.«

Der Gedanke war ihr auch schon gekommen. Andererseits wollte sie die Vergangenheit ruhen lassen, sich nicht wieder in Danilos zerstörerisches Umfeld begeben. Sie hatte einen anspruchsvollen Job und wollte sich weder dort noch in ihrer Freizeit mit Strafsachen beschäftigen.

»Es wäre mir lieber gewesen, er hätte mich nicht ausgewählt.«

»Noch ist nichts passiert. Du hast ein paar Unterlagen und die Bitte, sie dir anzusehen. Niemand weiß, wonach Danilo gesucht hat, und vielleicht hat er sich geirrt. Sieh dir die Dokumente in Ruhe so objektiv wie möglich an. Vergiss für einen Moment Danilo und die Umstände seines Todes. Ordne, was du hast, lass deine Gedanken arbeiten. Vorher wird es dir eh keine Ruhe lassen. Wenn du eine Verbindung zwischen den Fällen findest, sehen wir weiter. Und wenn nicht, hake es ab.«

Er kannte sie gut.

»Du hast recht. So mache ich es. Danke für dein offenes Ohr.«

»Gern geschehen. Sehen wir uns am Freitag beim Training?«

»Das ist der Plan.« Sie bemerkte, dass es mittlerweile neun Uhr geworden war, als sie auflegten.

Für eine weitere Stunde setzte sie sich an die Unterlagen, mit Philipps Rat im Hinterkopf.

Da sie jedoch keinen Zusammenhang fand, brach sie ab und ging zu Bett. Vor dem Einschlafen hörte sie R&B-Balladen. Zu Beginn ihrer Beziehung mit Danilo hatten sie massenhaft Musik zusammen gehört, heruntergeladen und über das Web ausgetauscht. Irgendwann waren es nur noch Texte und Recherchen für das Studium gewesen, die sie austauschten, bis sie einander gar nichts mehr zu sagen hatten. Auch am Ende blieben ihr von Danilo nur Texte und Recherchen.

6. KAPITEL

Gloria nimmt die Schaufel. Zögert. Hat Schmerzen in der Brust. Sie kann nicht graben, will nicht graben. Der Schmerz strahlt aus in Nacken und Arme. Und ihre Beine sind so schwer, seit gestern angeschwollen. Dabei will sie weglaufen, einfach nur weg von hier, aber ihr Körper gehorcht ihr nicht. Statt zu fliehen, sieht sie, wie ihre Hände den Griff umklammern, fühlt das raue Holz des Stiels, spürt den leichten Widerstand der Erde, die erst am Morgen ausgehoben worden war. Für den neuen Pool. Dem ihr Mann endlich zugestimmt hatte, nachdem sie bereit gewesen war, ihm regelmäßig einen zu blasen und am Ende gefälligst auch zu schlucken. Da wusste sie längst, wie sie ihn töten würde. Eigentlich wollte sie ihn vergiften. Nach der Spritze war er aber nicht tot, sondern taumelte durchs Schlafzimmer, beschimpfte sie, bewarf sie mit allem, was er in die Finger bekam. Genauso wie er es damals getan hatte. Sein »Denkste, Schlampe, so leicht wirst du mich nicht los« hatte sie nächtelang wach gehalten. Wird sie ihn nie mehr los? Er kroch die Treppe hinunter. Im gefliesten Eingangsbereich schlug sie ihm den Kopf ein. Mit seiner Buchstütze aus Marmor in Form eines Paragrafenzeichens. Nur einmal musste sie zuschlagen, weil sie wütend genug war. Heute ist sie so erschöpft, von der Angst, von dem, was sie hier festhält, ihren Körper, ihren Geist wiederholen lässt, was sie längst vergessen wollte.

Jetzt vergraben sie ihn. Wie vor ein paar Wochen, ganz genauso. Eben noch stand sie im Haus über seinem eingeschlagenen Schädel, musste sich wegdrehen, weil da nicht nur

Blut war. Dann schoss sie aus dem Haus in den Garten, nein, das Hause wurde ihr unter den Füßen weggezogen und der Garten daruntergeschoben. Das war zu viel, sie übergab sich, aber alles, was sie jetzt schaufelt, ist Erde. Sie kann ihr Erbrochenes ganz leicht riechen, aber nicht sehen. Stattdessen erkennt sie ihren Mann, wie er da in seinem Auto sitzt, das sie in die frisch ausgehobene Grube im Garten bugsiert haben. Seine Augen wollen nicht geschlossen bleiben. In Filmen drücken sie den Leichen die Lider einfach zu, aber bei diesem arroganten, herrischen, unsensiblen Arschloch von Ehemann bleiben sie offen. Er ist verflucht, sie ist verflucht, gefangen in einer Zeitschleife.

Sieht so etwa die Hölle aus? Sind das die sich unendlich wiederholenden Qualen, die man in der Hölle erleiden muss?

Das Mondlicht lässt ihn wie lebendig erscheinen. Als könne er hier und jetzt den Motor starten und sie überfahren. Erde fällt aufs Dach, durchs offene Seitenfenster, auf seine Schulter. Ihr neuer Liebhaber schaufelt wie wild. Wie ferngesteuert sieht sie ihrer Schaufel zu, wie sie Erde aufnimmt und aufs Auto wirft. Gleichzeitig fühlt es sich an, als stünde sie ganz still und schwer auf kribbelnden Fußsohlen. Trotzdem arbeiten ihre Arme mit wütender Energie, unter Schmerzen und völliger Erschöpfung. Sie kann nicht mehr. Schaufelt und greift sich gleichzeitig an die Brust. Sinkt auf die Knie und kommt hart auf Metall auf statt auf weicher Gartenerde. Auf allen vieren ringt sie nach Luft. Starrt auf den Metallboden. Wo ist die Erde? Ist sie zurück aus der Hölle?

Schwere Schritte erschüttern den Grund, auf dem sie kniet. Hier war sie angekommen, bevor dieser Albtraum begann. Vor Minuten oder Stunden? Oder Tagen? Zur Befragung, mal wieder, aber sie wusste, was sie sagen durfte und was nicht. Sie erinnert sich an den Arzt und die Spritze, weil es ihr so schlecht ging. Sie half nicht, sondern drehte ihre Welt auf den Kopf.

Zwei Männer schleifen sie zur Tür hinaus. Der eine mit rasiertem Kopf, auf dem die ersten dunklen Stoppeln nachwachsen, der andere mit einem Zopf und rasierten Seiten. Ist das gerade modern? Sie verliert das Bewusstsein.

Am Fuß der Treppe in ihrem Haus wacht sie wieder auf. Ist sie jetzt hier? Oder wieder in der Hölle, zurück in der Zeit?

»Sollen wir einen Krankenwagen rufen?«, hört Gloria einen der Männer ins Handy sprechen. Sie kann sich nur halb aufrichten. Der Mann mit dem Zopf beendet das Gespräch, kommt zu ihr.

»Lass mich …« Sie schlägt seine Hand weg. Die zwei Männer ziehen sie um. Es ist furchtbar, so komplett wehrlos. Was wollen die von ihr? »Ich brauch … Krankenhaus …«, stammelt sie. Zum letzten Mal wird ihr schwarz vor Augen.

7. KAPITEL

»Er soll nach Spanien zurückgegangen sein. Aber das Schreiben des Gerichts kam als unzustellbar zurück. Unsere Mandantin glaubt den Eltern, dass sie nicht wissen, wo ihr Sohn derzeit wohnt. Er telefoniere nur mit ihnen.«

Frau Kehl hob eine Augenbraue, und Vanessa runzelte die Stirn. Frau Rieser blieb – wie meistens – sitzen und tat so, als habe sie zu viel Arbeit, um sich an der gemeinsamen Problemlösung zu beteiligen.

Veda zuckte mit den Schultern. »Davon muss ich jetzt ausgehen.«

Sie lehnte mit der Hüfte an dem altehrwürdigen Empfangstresen aus dunklem Holz. Er war schlicht, nur mit einem schmalen Streifen aus grafischen Schnitzereien. Wie ein langer Satz in Keilschrift. Das einzige Stück, das von der vorherigen Kanzlei geblieben war.

»Was ist mit seinem Anwalt hier in Deutschland?«, wollte Frau Kehl wissen. Sie trug einen dunkelblauen Hosenanzug und eine rosafarbene Schlupfbluse. Das Thermometer war heute Nacht bis auf den Gefrierpunkt gefallen. Kein gutes Wetter für leichte Kleidung. Vor allem dann nicht, wenn die Heizung runtergedreht wurde, um Gas zu sparen. Veda war froh über ihren kuscheligen weißen Kurzpullover. Weniger froh war sie über die hoch geschnittene Jeans. Zusammen mit dem Kurzpullover zauberte sie eine so tolle Figur, dass Frau Kehl ihr ein Kompliment gemacht und Vanessa sich gleich die Marken notiert hatte. Beim Sitzen drückte und spannte die Hose allerdings überall.

»Sein letzter Anwalt hat das Mandat niedergelegt«, antwortete Veda.

»Der Kerl hat sich abgesetzt«, mutmaßte Vanessa.

Frau Kehl nickte. »Das Bundesministerium für Justiz kann in Unterhaltsfällen helfen, den Wohnsitz bestimmter Personen im Ausland zu ermitteln.«

»Stimmt!«, erinnerte sich Vanessa. »Im Netz gibt es eine Infoseite.«

Aufgeregt klopfte Veda mit der flachen Hand auf den Tresen.

»Da sehe ich gleich mal nach. Danke für eure Hilfe.« Vanessa strahlte, Frau Kehl lächelte zufrieden, und Veda war froh, dass sie gefragt und nicht weiter alleine über dem Problem gebrütet hatte.

»Frau Rieser, bringen Sie mir bitte den Bauplan aus der Akte *Ammann/Lokstedt*«, rief einer der angestellten Anwälte aus dem Büro des Seniorpartners durch die geöffnete Tür des Großraumbüros.

Frau Rieser stand mit zusammengekniffenen Lippen auf und steuerte auf das Archiv zu. Neben Veda blieb sie stehen. »Ich hätte es gewusst, aber mich fragen Sie natürlich nicht.«

»Der Bauplan holt sich nicht von selbst«, merkte Frau Kehl an, woraufhin Frau Rieser die Nase hob und weiterstöckelte.

Veda seufzte, tauschte einen vielsagenden Blick mit Vanessa und sah auf die große Kanzleiuhr an der Wand.

»Ich sollte besser gleich im Ministerium anrufen, sonst erreiche ich niemanden mehr.« Außerdem wollte sie Frau Rieser aus dem Weg gehen. Offensichtlich suchte sie wieder Streit, und Veda hatte darauf absolut keine Lust. Ihre Mutter hatte früher auch oft Streit angefangen. Mit Papa, Oma, Opa, dem Postboten. Dass sie ausgewandert war, hinterließ zwar eine Lücke, aber Vedas Leben war dadurch ruhiger geworden und sie selbst auch. Deshalb hasste sie es zu streiten. Anwälte stritten sich ständig mit ihresgleichen, Richtern, Mandanten, manche konnten gar nicht mehr normal kommunizieren. Selbst wenn es nichts zu diskutieren gab, schickten sie bissige Schreiben. Einer der Gründe, warum sie keine Volljuristin mehr werden wollte.

Frau Rieser kam mit dem Bauplan aus dem Archiv, gerade als Herr Vasquez wieder die Tür öffnete.

Veda nickte ihren Kolleginnen zu und wollte sich in ihr Büro zurückziehen.

»Hallo, Frau Weller«, grüßte Herr Vasquez. »Vielen Dank noch mal für Ihre Hilfe beim HafenCity-Fall.«

»Es hat Spaß gemacht, die ganzen Baumängel zu ordnen und zu beschreiben. Zusammen in einem Haufen Akten zu wühlen und einen komplizierten Fall erfolgreich zum Abschluss zu bringen.«

Herr Vasquez nahm den Bauplan entgegen, murmelte ein »Danke, Frau Rieser« und grinste Veda an. »Ich weiß, dass der Doktor es aufgegeben hat, aber Sie sollten sich wirklich überlegen, das zweite Staatsexamen zu machen. Wir könnten Verstärkung gebrauchen.«

Ihre Wangen wurden heiß, und sie bemerkte aus dem Augenwinkel gerade noch Frau Riesers verkniffenes Gesicht, ehe diese auf dem Absatz kehrtmachte und zurück zu ihrem Schreibtisch stolzierte.

»Versuchst du etwa, Frau Weller abzuwerben? Überlegen Sie es sich gut, ob Sie in so ein trockenes Rechtsgebiet wie das Baurecht wechseln wollen«, rief Dr. Zymo, der sich, im schwarzen Anzug mit hellblauem Hemd, gegen den Türrahmen gelehnt mit Frau Latih, der Kollegin aus dem Strafrecht, unterhielt.

Verlegen rückte Veda ihre Brille, heute die mit dem durchsichtigen blauen Plastikgestell zurecht, die plötzlich unangenehm auf den Nasenrücken drückte.

»Ich will dir nur helfen, Zymo«, meinte Herr Vasquez und zog sich wieder ins Büro zurück.

So schnell wie möglich wollte Veda zurück an ihren Schreibtisch, schnappte aber einen Namen auf, als sie an Dr. Zymo und Frau Latih vorbeikam: *Rodes*.

»Der von Remke, Rodes und Partner?«, fragte sie und blieb abrupt stehen.

Ihr Chef blinzelte überrascht. »Äh, ja.«

»Anwalt, Partner, ist auf einem Wanderausflug verschwunden«, zählte Veda auf.

»Sie haben sich mit dem Fall beschäftigt«, stellte Frau Latih lächelnd fest.

»Na ja«, druckste Veda herum. »Ich habe davon gehört.« Nervös zupfte sie die vorderen Strähnen ihres Bobs zurecht. »Seine Frau wurde ja erst vor Kurzem tot in ihrem Pool gefunden.«

»Ein aufsehenerregender Fall, der immer seltsamer wird«, bestätigte Frau Latih nickend.

»Warum?«, fragte Veda, und ihr Herzschlag beschleunigte.

»Man hat soeben ihren Ehemann gefunden – tot«, warf Dr. Zymo ein. »Der Kripo kam der Riss in der Wand des neu angelegten Pools im Garten seltsam vor. Sie fragten bei den Handwerkern nach, und die erzählten, dass mehrere Wochen vorher eine andere Firma beauftragt worden war, ein Stück weiter einen viel größeren Pool zu bauen, und deshalb ein entsprechendes Loch ausgehoben hatte. Frau Rodes warf ihnen dann aber plötzlich vor, an der falschen Stelle gegraben zu haben, und feuerte sie.«

»Die neuen Handwerker«, fuhr Frau Latih fort, »fanden das Loch bereits halb gefüllt vor und sollten daneben einen kleineren Pool bauen als ursprünglich geplant. Auf dem zugeschütteten Gelände pflanzten die Frau und ihr Lebensgefährte Blumen. Einer der beiden war immer anwesend während des Poolbaus und bewachte das Blumenbeet richtiggehend. Als die Handwerker die Stabilität des Bodens zum Beet hin prüfen wollten, damit es zu keinen größeren Bewegungen um den Pool herum kommt, wenn sich die Erde des Beets setzt, behauptete Frau Rodes, das die Handwerker vor ihnen das schon erledigt hätten. Es sei alles stabil.«

Sie nickte Dr. Zymo zu, dessen Mundwinkel sich zu einem leichten Grinsen verzogen. »Natürlich kam die Erde später in Bewegung, denn unter den frisch gepflanzten Blumen fand man das verschwundene Auto von Rodes – und ihn selbst.«

»Oh«, war alles, was Veda hervorbrachte. Sie stellte sich vor, wie die Erde langsam das Autodach herunterdrückte, die Leiche verweste, sich Gase, Regen und Käfer ihren Weg bahnten. In nächster Zeit würde sie einen Bogen um True-Crime-Serien machen. »Die Frau und ihr Lebensgefährte müssen davon gewusst haben.«

»Am wahrscheinlichsten ist, dass sie Rodes dort mit seinem Auto begraben haben.«

»Weiß man schon, wie er gestorben ist?«, fragte Veda.

»Nein. Jedenfalls gibt es dazu noch keine Informationen«, sagte Frau Latih, die mehr darüber zu wissen schien. Ihre Lebensgefährtin war auch Strafverteidigerin. Vielleicht kamen die Infos von ihr.

»Aber Frau Rodes …«, Veda bremste sich gerade noch rechtzeitig, »ist doch selbst gestorben. Gibt es dazu neue Erkenntnisse?« Philipps Rat blinkte in ihrem Kopf auf: *Geh mit Danilos Notizen nicht hausieren.*

»An plötzlichem Herztod aufgrund einer nicht behandelten Herzmuskelentzündung, habe ich gehört. Ihr Lebensgefährte soll ein Alibi haben.« Dr. Zymo runzelte die Stirn. »Dass die Frau tot im Pool schwamm, ist wirklich seltsam. Als hätte ihr Mann sie mit seinem letzten Atemzug dazu verflucht, ihm zu folgen.«

Veda musste an die Legenden um Tutanchamuns Graböffnung denken.

»Ihre Leiche hat förmlich auf den Toten gezeigt. Sonst hätte man ihn vielleicht nie gefunden«, ergänzte Frau Latih.

Vedas Herz setzte einen Schlag aus. *Auf den Toten gezeigt.* Wie der Kinderschänder, der sich über einem seiner Opfer erhängt und seine Taten in einem Abschiedsbrief gestanden hatte. Eine Verbindung?

»Alles in Ordnung, Frau Weller?«, fragte Dr. Zymo besorgt.

Veda merkte, dass ihr der Mund offen stand. Schnell klappte sie ihn wieder zu und sammelte sich. »Hat sie ein Geständnis hinterlassen?«

»Nicht, dass ich wüsste«, antwortete Frau Latih. »Warum sollte sie?«

Ja, warum? »Ich weiß nicht«, gab Veda zu. »War nur so ein Gedanke.«

Dr. Zymo verschränkte die Arme vor der Brust. »Erst Baurecht, jetzt Strafrecht. Wollen Sie dem Familienrecht untreu werden?«

»Nein, nein. Allein die Vorstellung, einen Vergewaltiger verteidigen zu müssen, schreckt mich schon ab.« Frau Latih holte Luft, aber Veda schnitt ihr das Wort ab. »Ich weiß, jeder hat das Recht auf rechtlichen Beistand und Verteidigung. Aber nicht von mir.«

»Siehst du, Zymo. Behandle sie gut, und sie wird dir erhalten bleiben«, riet Frau Latih ihm lächelnd.

Veda nickte fahrig. Zwei Fälle mit einer Verbindung. Die

Mörder zeigten auf ihre Opfer. Gab es bei den anderen Fällen eine ähnliche Konstellation? Ihr fiel ad hoc kein weiterer ein. Sie musste nachsehen.

Warum hatte sie sich auf den Weg in ihr Büro gemacht? *Ach ja.* »Ich muss im Justizministerium anrufen, bevor die alle in den Feierabend gehen«, murmelte sie, hob fahrig eine Hand wie zum Abschied und eilte in ihr Büro.

Um den Gedanken an Danilos Fälle vorübergehend aus dem Kopf zu bekommen, schrieb sie das Gespräch mit Dr. Zymo und Frau Latih stichwortartig auf ein Blatt aus ihrem Notizblock und steckte es gleich in ihre Handtasche. Dann rief sie im Justizministerium an und klärte, was sie für die Aufenthaltsermittlung veranlassen musste.

Kurz bevor sie gehen wollte, kam Dr. Zymo mit einem kleinen Packen unterzeichneter Schreiben in ihr Büro und schloss die Tür.

»Bitte sagen Sie Bescheid, wenn Sie eine Fortbildung machen möchten, Frau Weller. Oder doch das zweite Staatsexamen.« Veda seufzte, woraufhin Dr. Zymo besänftigend die Hand hob. »Ich weiß, es nervt Sie, aber ich glaube wirklich, dass es ein Klacks für Sie wäre. Sie wissen, dass Sie meine volle Unterstützung hätten!«

»Ich weiß, danke, aber ich will das zweite Staatsexamen nicht machen.«

»Das Rechtsgebiet wechseln?«, bohrte er weiter.

»Nein.« Sie schüttelte den Kopf. »Ich bin einfach nur durcheinander wegen der Beerdigung. Die alten Bekannten aus dem Studium wiederzusehen, all die Erinnerungen und dann dieser Spanien-Fall.« Veda kämmte sich mit den Fingern den Pony zurecht, um seinem Blick auszuweichen. Sie musste diese ganze Sache erst einmal für sich selbst ordnen und mit Philipp darüber sprechen.

»Na, gut. Aber bitte sagen Sie mir Bescheid, wenn Sie Ihre Meinung ändern, ja?«

»Natürlich«, beteuerte sie aufrichtig. Dr. Zymo ging zurück in sein Büro, Veda tütete die Briefe ein und machte sich dann eilig auf den Weg zur U-Bahn. Sie hatte Glück, denn die U1 in ihre Richtung fuhr gerade ein.

Die nächsten fünf Haltestellen dachte sie darüber nach, was Dr. Zymo über Fortbildungen gesagt hatte. Sicher gäbe es noch einiges zu lernen. Auch andere Rechtsgebiete wären interessant.

Sie zog ihr Smartphone aus der Tasche und schrieb Philipp eine Nachricht:

Wichtig! Habe eine Verbindung
zwischen Danilos Fällen gefunden.
Bin in zehn Minuten zu Hause.

Kurz vor dem Tor zur Einfahrt sah sie ihre Vermieter in ihrem schwarzen SUV vom Hof fahren. Sie winkte ihnen zu, da klingelte ihr Handy.

»Ich habe etwas gefunden«, begrüßte sie Philipp.

»Wie?«

»In dem Fall Rodes gibt es Neuigkeiten. Habe ich bei einem Gespräch zwischen Dr. Zymo und Frau Latih aufgeschnappt.«

»Die ist gut.«

»Frau Latih?«, fragte Veda.

»Ja, sie hat einem unserer Mandanten ganz schön die Hölle heiß gemacht.«

»Dann hatte er es verdient.« Veda mochte Frau Latih.

»Genau darüber haben die Kollegen mit ihr gestritten«, verriet Philipp lachend.

Sie schloss ihre Wohnungstür auf, streifte die Schuhe von den Füßen und schälte sich aus Mantel und Schal.

»Was gibt es Neues im Fall Rodes?«

Aufgeregt berichtete sie ihm von dem Gespräch in der Kanzlei.

Währenddessen warf sie einen Blick in den Kühlschrank. Danach in den Tiefkühlschrank. Sie musste einkaufen gehen.

»Hast du in Danilos Unterlagen weitere Hinweise zu diesen und ähnlichen Fällen gefunden?«

»Nein, ich bin gerade erst nach Hause gekommen. Aber ich glaube nicht, dass sich in den Dateien viel dazu finden lässt. Ich hätte mich an ähnliche Konstellationen erinnert. Es muss noch mehr Dokumente geben. Irgendwie muss ich in Danilos Wohnung kommen.«

Vor ein paar Wochen war sie bei ihm in Hamburg-Winterhude zu Besuch gewesen und erinnerte sich an herumliegende Ordner, Bücher und Hefter, aber nichts daran war ihr auffällig erschienen.

»Danilo hat Ralph mehr Material angekündigt, und er hat in den Dateien auf andere Quellen verwiesen.«

»Du hast keinen Schlüssel«, erinnerte Philipp sie.

Veda überlegte kurz.

»Ich frage Ralph. Er ist der Alleinerbe. Also sollte er auch an die Wohnungsschlüssel kommen. Oder zumindest wissen, wo sie sich befinden. In Neuseeland ist es jetzt früh am Morgen. Ich schicke ihm eine Nachricht.«

»Falls du ihn heute noch erwischst, könnte ich morgen mit dir in die Wohnung gehen. Der Gerichtstermin war für mehrere Stunden angesetzt, mit Nachbesprechung in der Kanzlei, aber mein Mandant hat nun doch einer außergerichtlichen Einigung zugestimmt. Ich kann morgen also zur Abwechslung früh ins Wochenende starten.«

»Okay, ich versuche es.«

Kaum hatte sie aufgelegt, schrieb sie Ralph die Nachricht. Ehe sie groß darüber nachdenken konnte, was sie sich zum Abendbrot machen könnte, begann ihr Smartphone zu klingeln.

»Hi, Ralph, danke für deinen Anruf.«

»Ich bin froh, dass du mehr herausfinden willst«, sagte Ralph. »Mir lässt es auch keine Ruhe.«

»Ich bin vielleicht weitergekommen, aber ich muss möglichst alle Unterlagen haben, um beurteilen zu können, ob Danilo tatsächlich etwas auf der Spur war. Und worum es dabei geht.«

»Mehr habe ich leider nicht«, erwiderte Ralph.

»Vielleicht liegt der Rest in seiner Wohnung«, mutmaßte Veda.

»Darauf hätte ich auch selbst kommen können. Ich habe mich noch nicht entschieden, wie ich …«, Ralph räusperte sich und setzte neu an, »die Erbschaft mit dem Notar abwickeln will, aber Danilo hat einen Ersatzschlüssel im Keller in einer Schlüsselbox deponiert, für den Fall, dass er sich mal aussperrt. Der Zahlencode lautet 53369. Man kommt von außerhalb des Abteils dran, wenn man weiß, wo sie an die Wand geschraubt ist. Du musst nur irgendwie ins Haus gelangen.«

Veda schloss die Augen, um sich das Haus in Erinnerung zu rufen, in dem Danilos Wohnung lag. Stattdessen schummelte sich eine Begebenheit dazwischen, die sich vor Kurzem in Julias Treppenhaus zugetragen hatte, und prompt kam ihr eine gute Idee. »Ich überlege mir etwas. Den Notar davon zu überzeugen, mir einen Schlüssel zu geben, könnte schwieriger werden und länger dauern.«

»Ich könnte ihn darum bitten, aber er hat seinen Sitz in Berlin. Vielleicht lässt er ihn an dich zustellen.«

»Dazu müssten wir ihn vermutlich erst überreden.« Um den Schlüssel zu den Geschäftszeiten abholen zu können, müsste sie sich mindestens einen halben Tag freinehmen, eher einen ganzen, und sich ein Auto ausleihen.

»An deiner Stelle würde ich als Erstes hinter einem großen weißen Kleiderschrank suchen«, riet Ralph. »Wenn er noch existiert, hat er eine doppelte Rückwand. Halte nach einem flachen Riegel Ausschau und öffne die Klappe, dahinter befindet sich ein DIN-A4-großes Fach.«

»Was habt ihr früher da versteckt?«

»Indizierte PC-Spiele, von denen unsere Eltern nichts wissen durften zum Beispiel.«

»Ihr habt Ballerspiele gespielt?«, platzte Veda heraus, unschlüssig, ob sie das unter den gegebenen Umständen lustig oder besorgniserregend fand.

»Resident Evil, SiN und Mortal Kombat haben einfach Spaß gebracht, und spätestens nach Danilos Schüleraustausch in die USA war es gar kein Problem, uns die Spiele zu besorgen, obwohl wir noch minderjährig waren«, antwortete Ralph mit der Art von Begeisterung und Sehnsucht in der Stimme, die geliebten Jugenderinnerungen vorbehalten ist.

»Soll ich sie dir schicken, wenn da noch welche kleben?«

»Hmmm«, überlegte Ralph und lachte. »Lass sie einfach da und sag mir Bescheid. Vielleicht finde ich einen alten PC, auf dem ich sie wieder zum Laufen bekomme.«

»Alles klar!« Sie stimmte in sein Lachen mit ein. Es hörte sich an, als wüsste er schon jemanden, den er fragen konnte.

Sie verabschiedeten sich, und Veda schickte sofort Philipp eine Nachricht.

Gerade als sie sich wieder mit ihrem Abendessen beschäftigen wollte, kam seine Antwort:

Wir sollten heute planen, wie wir vorgehen wollen. Pizza oder Croque ohne Knofi und rohe Zwiebeln?

Er wusste, wie er sie herumkriegte.

Croque, wie üblich

Rasch verschaffte sie sich einen Überblick über ihr Wohnzimmer. Sie schob die Unterlagen und Ordner auf ihrem Schreibtisch zurecht und stellte den Laptop in die Mitte. Dann nahm sie die Zeitschriften und den Roman vom Couchtisch, klappte den Deckel des Sofahockers auf und warf alles hinein. Dabei fiel ihr eine blaue Strickjacke auf, die sie schon gesucht hatte.

Mit kritischem Blick betrachtete sie das honigbraune Laminat. Ging noch. Sonntag hatte sie zuletzt gesaugt.

Auch in der Küche räumte sie ein bisschen auf, im Schlafzimmer sammelte sie verstreute Klamotten ein und warf sie über die anderen auf die Stuhllehne. Noch hielt sich der Stuhl aufrecht unter seiner Last. Im Badezimmer gab sie sich besonders viel Mühe, obwohl sie wusste, dass es müßig war. Sie beruhigte nur ihr Gewissen.

In dem Moment, als sie das Badezimmerfenster nach dem Lüften schloss, klingelte es am Tor. Auf dem kleinen Videobildschirm erkannte sie Philipps dunkelblauen Tesla und ließ ihn durch die schmiedeeisernen Tore auf den Hof fahren. Er hielt vor den großen, dunkelgrün lackierten Garagentoren mit den weißen Beschlägen.

Keine zwei Minuten später stand er breit grinsend mit zwei länglichen in Silberfolie gewickelten Päckchen in der Tür, aus denen es nach Salami, Käse, Weißkraut und anderen Leckereien duftete. Sie atmete tief ein und nahm ihm die warmen Croques ab.

»Wie bestellt, Madame«, sagte er, zog seine schwarzen Chelsea Boots aus und stellte sie ordentlich nebeneinander auf die Fußmatte. Mit seiner ledernen Aktentasche unter dem Arm folgte er ihr ins Wohnzimmer.

»Ah, du hast wieder angefangen«, kommentierte er die Zeichenutensilien und stellte die Tasche auf einen der vier Stühle um den Esstisch.

»Ja, und schon länger wieder pausiert. Früher hatte ich mehr Zeit. Sie schrumpft mit dem Alter, wie der Körper. Die Tage werden kürzer und die Nächte komischerweise auch.«

Philipp schüttelte lächelnd den Kopf, wobei sich eine Strähne seines kurzen dunkelblonden Haares verselbstständigte und ihm in die Stirn fiel. Er zog Sakko und Krawatte aus und hängte beides über die Lehne des Stuhls, auf dem schon seine Tasche stand.

Veda legte die Croques in der Küche auf Teller, knüllte die Silberfolie zusammen, warf sie weg und brachte die Teller danach zum Esstisch. Philipp räumte ihre Zeichenutensilien zur Seite, um für ihren Laptop Platz zu machen, während sie Gläser und Besteck holte.

Eine halbe Stunde lang kämpften sie genüsslich mit etlichen Weißkohlstreifen, die zusammen mit der Remoulade an den Seiten herausquollen und auf dem Teller landeten.

Nach dem Essen wuschen sie sich die klebrigen Hände, und Veda kochte zwei Tassen dampfenden Roibuschtee mit Vanillearoma, während Philipp den Laptop aufklappte.

»Unter *Danilo,* nehme ich an?«

»Du bist ein Fuchs!«, antwortete Veda, was mit einem Augenrollen quittiert wurde.

Blitzschnell las er sich durch die Dateien. Sie konnte auch

querlesen, aber Philipp nahm dabei mehr Informationen auf als sie und konnte sich das meiste davon sofort merken. Er wollte auf demselben Wissensstand sein wie Veda. Und vielleicht fielen ihm Details auf, die ihr bisher entgangen waren, weil er sich auf Gesellschafts- und Steuerrecht spezialisiert hatte. Also auf einen ähnlichen Fachbereich wie Danilo während seiner Zeit als Staatsanwalt.

»Und?«, wollte Veda wissen, als er sich nach zwanzig Minuten zurücklehnte und einen Schluck Wasser trank.

»Wie du schon sagtest. Viele Fälle, wenig Infos. Ich sehe weder eine Verbindung zu seiner früheren Abteilung bei der Staatsanwaltschaft noch zwischen den jeweiligen Fällen. Nur die mit dem erhängten Täter im Wald und der Frau im Pool ähneln einander. Allerdings erscheint mir die Parallele vage und vor allem konnte Danilo sie vor seinem Tod nicht kennen, weil die Leiche des Ehemannes gerade erst aufgetaucht ist. Und die Frau hat keinen Selbstmord begangen. Es könnte also Zufall sein.«

»Ein sehr auffälliger Zufall«, entgegnete Veda und blinzelte das Bild eines Autos weg, das in ihren Gedanken im Mondschein mit einem gesichtslosen Mann hinterm Steuer aus einem Blumenbeet auftauchte.

»Bei zwei von etwa zwanzig Fällen? Du konstruierst eine Verbindung. Vielleicht wollte Danilo nur ein Buch über mysteriöse Mordfälle schreiben«, schlug Philipp vor.

»Kann ich mir nicht vorstellen. Jedenfalls hat er nie etwas dergleichen erwähnt.« Veda erinnerte sich an ihr letztes Gespräch mit ihm und kramte in ihrer gemeinsamen Vergangenheit nach Hinweisen auf schriftstellerische Ambitionen, fand aber keine. Er hatte nicht mal Interesse daran gezeigt, ein juristisches Fachbuch zu schreiben, obwohl er dafür sicher ein geeignetes Thema und einen Verlag gefunden hätte.

Philipp fuhr mit der Rückseite seiner Finger ein paarmal unter seinem Kinn entlang. Dadurch setzte er einen Hauch seines Aftershaves frei, das Veda in der Nase kitzelte.

Mit seinen braunen Augen sah er sie forschend an und fragte: »Warum hat er dich ausgesucht? Ihr hattet jahrelang keinen Kontakt, habt erst vor Kurzem wieder miteinander gesprochen, und dennoch vertraut er dir etwas an, was er für sehr wichtig hielt.«

Veda wich seinem Blick aus und rieb sich die Nase. »Eigentlich hat er die Unterlagen seinem Bruder Ralph anvertraut, und ich war nur eine derjenigen, die Danilo als vertrauenswürdig genug eingestuft hat, um die Unterlagen zu sehen und mit Ralph darüber zu sprechen.«

»Das verstehe ich, aber ihr habt beide mit Strafrecht nichts am Hut. Ralph ist Webdesigner, oder?«

Veda nickte.

»Danilo muss während seiner Zeit als Staatsanwalt jede Menge Bekanntschaften geschlossen haben, die sich besser in der Materie zurechtfänden«, fuhr Philipp fort. »Bestimmt auch Seilschaften, so wie du ihn mir beschrieben hast. Warum hat er davon niemanden gefragt?«

Unbehaglich rutschte Veda auf ihrem Stuhl herum. »Danilo hat in dieser Sache laut Ralph weder der Polizei noch der Staatsanwaltschaft vertraut. Warum, weiß ich nicht, und es ist mir im Moment auch egal. Er hat meinen Namen genannt, und Ralph hat mich darum gebeten. Punkt.«

Beschwichtigend hob Philipp die Hände. »Ich frag ja nur.«

Sie atmete tief durch. »Ich habe das Gefühl, ihm etwas schuldig zu sein. Vielleicht habe ich bei unserem letzten Treffen Andeutungen überhört. Vielleicht hätte ich ihm helfen können.« Philipp schüttelte den Kopf, aber Veda ließ ihn nicht zu Wort kommen. »Ich weiß, was du sagen willst, aber mein schlechtes Gewissen wird erst Ruhe geben, wenn ich Gewissheit darüber habe, was es mit diesen Fällen und Danilos seltsamem Verhalten auf sich hat. Dir würde es auch keine Ruhe lassen.« Sie zeigte mit dem Finger auf ihn.

»Okay, also suchen wir nach weiteren Hinweisen in seiner Wohnung.«

»Fein.« Veda nickte zufrieden. »Ich habe auch schon eine Idee, wie wir unauffällig ins Haus kommen können.«

»Klingeln?«, feixte Philipp und setzte eine unschuldige Miene auf.

Mit dem Handrücken gab Veda ihm einen Klaps auf die Schulter. »Sehr witzig! So weit war ich auch schon, aber wenn wir überall klingeln und jemand im Erdgeschoss die Tür öffnet, kommst du nicht ungesehen in den Keller. Die Leute im Haus kennen einander, und Danilos Nachbarin von gegenüber ist ziemlich penetrant. Als ich bei ihm zu Besuch war und gerade die Treppe hochkam, öffnete sie die Tür, als hätte sie dahinter gestanden und gewartet. Danilo war genervt, weil sie das wohl öfter macht.«

»Bei der sollten wir also nicht klingeln«, sagte Philipp und verzog das Gesicht. »Dann klingeln wir in den anderen Stockwerken außer im Erdgeschoss und bei der Nachbarin gegenüber.«

»Ich weiß nicht, ob die Nachbarn wissen, dass Danilo tot ist.« Veda erschauerte. »Und wo er gefunden wurde.«

»Oh«, entgegnete Philipp betreten. »Wenn sie wissen, dass er in seiner Wohnung gefunden wurde, oder wissen wollen, wo Danilo abgeblieben ist, sollten wir uns tatsächlich eine plausible Erklärung überlegen. Zu sagen, wir seien Freunde und wollten ihn besuchen, könnte uns dumm dastehen lassen. Warum warten wir nicht vor der Tür, bis jemand aus dem Haus kommt?«

»Da bräuchten wir großes Glück«, warf Veda ein. »Und wenn wir minuten-, womöglich stundenlang vor dem Haus rumlungern, machen wir uns verdächtig.«

Philipp schmunzelte. »Wie wäre es, wenn wir einander verliebt in die Augen sehen, flüstern, uns zärtlich küssen. Die Leute werden verlegen wegschauen und sich nicht an unsere Gesichter erinnern. Und wenn jemand rein- oder rausgeht, huschen wir zur Tür.«

»Ich bitte um mehr Ernsthaftigkeit.«

»Neben dem Ernst könnten wir uns etwas Spaß gönnen, dachte ich, aber ohne einen Plan wirst du nicht hinfahren, das weiß ich mittlerweile. Was hast du vor?«

Sie war ihm so dankbar dafür, dass er sie nicht mehr damit aufzog, dass sie für solche Aktionen einen Plan brauchte. Philipp wäre einfach losgefahren und hätte die Dinge auf sich zukommen lassen. Für Veda war das undenkbar. Sie würde von einer Angststarre in die nächste rutschen und nur Blödsinn von sich geben.

»Ich erinnere mich noch an eine Gegensprechanlage und einen Türsummer. Ralph sagt, es gibt einen Ersatzschlüssel in Danilos Kellerabteil. Den Code für den Schlüsseltresor hat er mir geschickt. Ich leite ihn an dich weiter.« Sie schickte Philipp den Code.

»Kommt man von außen an die Box, oder müssen wir die Tür aufbrechen?«

»Man kommt von außen dran. Es wäre vielleicht schlau, wenn du das machst, denn du bist ungefähr so groß wie Danilo. Mein Arm könnte zu kurz sein.«

Philipp grinste breit.

»Lach nicht!«, wies Veda ihn zurecht.

»Deine Arme sind genau richtig«, sagte er mit dem Gesichtsausdruck eines unschuldigen Jungen.

»Wir könnten zuerst bei einigen Wohnungen klingeln und hoffen, dass uns jemand blind die Tür öffnet. Wenn das nicht klappt, geben wir uns als Vertreter für Energieverträge aus.«

»Ganz heikles Thema im Moment«, entgegnete Philipp.

Die Nebenkosten seines großen Lofts inmitten der Hamburger Innenstadt mit Blick auf den Stadtpark dürften doppelt so hoch sein wie die von Vedas Zweizimmer-Bude.

»Willst du Danilos Nachbarn Mondpreise anbieten?«

»Nein, im Gegenteil. Viele werden von ihren Anbietern bereits wegen der steigenden Preise angeschrieben worden sein, aber ich spekuliere darauf, dass uns mindestens einer reinlässt, weil er der Aussicht auf ein Schnäppchen nicht widerstehen kann. Dann machen wir ihnen ein Angebot am oberen Rand, und sie werden ablehnen. Ich war mal bei Vanessa zum Brunchen eingeladen, und da stand so jemand vor ihrer Tür. Eine andere Nachbarin hatte ihn blind reingelassen. Er trug eine Art ID-Karte um den Hals, auf der auch das Logo des örtlichen Grundversorgers prangte. Vanessa hatte natürlich keine Zeit und sagte, er solle ihr einen Flyer geben, oder sie würde im Internet nachsehen. Als er erwiderte, die Angebote gebe es nur bei ihm, hat sie dankend abgelehnt. Später fanden wir über das Internet heraus, dass das Freiberufler sind. Sie arbeiten rein auf Provisionsbasis«, erläuterte Veda.

Philipp überlegte und tippte dann auf seinem Smartphone herum. »So was?« Er hielt ihr den Bildschirm vor die Nase, auf dem ein Ausweis zu sehen war. Das Logo eines Energieversorgers, ein kleines Foto, klein gedruckter Text.

»Ja, so ähnlich sah der aus.«

Sie suchten das Logo der Hamburger Stadtwerke heraus, und Philipp knipste Veda vor ihrer weißen Wohnzimmertür. Auf dem ersten Foto hatte er ihren dunkelblauen Hoodie mit drauf. »Nein, so geht das nicht, noch eins.« Für das nächste zog sie ihn aus. Darunter trug sie ein schwarzes T-Shirt. Danach machte sie Bilder von Philipp. Er wollte ihr das Handy abnehmen, aber sie hielt es fest. Es fühlte sich an, als machten sie schon im Vorhinein ihre eigenen Verbrecherfotos. Sie bekam Gewissensbisse.

»Wir müssen lügen, und es fühlt sich an, als würden wir einbrechen wollen.«

Philipp legte seine Hände auf ihre Schultern. »Wir brechen nicht ein, wir benutzen den Schlüssel mit Ralphs ausdrücklicher Erlaubnis. Danilo hat dich ausgewählt, und Ralph hat es dir erlaubt. Du hast einen Plan, und sollte doch etwas schiefgehen, dann bin ich da, um zu improvisieren. Du wirst das schaffen, bis ich mit dem Schlüssel aus dem Keller zurück bin.« Er nahm ihr sein Handy aus der Hand. »Das bearbeite ich in der Firma und drucke es dort aus.« Er lud auch gleich einen Mustervertrag aus dem Internet herunter.

Veda musste an ihren Tintenstrahldrucker denken, dessen Qualität zu wünschen übrig ließ. Außerdem war die Kartusche mit den Farben eingetrocknet und steckte nur noch drin, damit er überhaupt druckte. Sicher hatte Philipps Kanzlei die besten Drucker und das richtige Programm, um die PDF-Dateien, die er heruntergeladen hatte, zu bearbeiten. Aber durfte er das?

»Nicht, dass du meinetwegen in Schwierigkeiten kommst«, wandte sie ein.

Er sah sie einen Moment verständnislos an. »Warum?«

»Na ja, wenn du in der Kanzlei Privatsachen erledigst.«

»Wo sonst? Ich bin den ganzen Tag dort, oft bis spät in den Abend. Das ist kein Problem. Solange es nicht ausartet, sind alle damit einverstanden. Schließlich investieren wir viel Zeit und Energie in unsere Arbeit und bringen ordentlich Geld rein, dafür können wir unsere Privatkorrespondenz erledigen,

Pakete in die Kanzlei schicken lassen, und so weiter. Mach dir darum keine Sorgen. Müssen wir Danilos gesamte Wohnung auf den Kopf stellen, oder hat dir Ralph gesagt, wo wir weitere Unterlagen finden könnten?«

»Ich würde auf jeden Fall in seinem Arbeitszimmer nachsehen, aber Ralph hat auch von einem Geheimfach in einem alten Schrank gesprochen, in dem sie als Jungen ihre Ballerspiele versteckt haben.«

Philipps Augen leuchteten auf. »Alien vs. Predator?«

Verblüfft hob Veda die Augenbrauen. *Philipp auch?* Vielleicht hatte sie doch etwas verpasst, als sie damals abgewunken hatte, wenn ihr jemand von Kriegs- und Strategiespielen vorgeschwärmt hatte.

»Er hat von Resident Evil, SiN und Mortal Kombat gesprochen.«

»Cool! Vielleicht hat er eine der ungekürzten Versionen aufbewahrt, die in Deutschland auf dem Index gelandet sind.«

Veda schüttelte den Kopf, konnte sich aber ein »Ts, ts, ts« und das Grinsen nicht verkneifen. Bei den teils hollywoodreifen Grafiken heutzutage mussten die alten Spiele wie Schwarz-Weiß-Filme anmuten. Aber Fans war das vielleicht egal.

»Okay, dann haben wir alles?«, fragte Philipp.

»Ich denke schon«, erwiderte Veda gedehnt, woraufhin Philipp sein Handy einsteckte und Vedas Laptop zuklappte.

»Was tun wir, wenn wir nicht verhindern können, dass uns jemand in seine Wohnung bittet?« Ihr würde spontan garantiert nur dummes Gestammel über die Lippen kommen.

»Ich quassle uns raus.«

»Und wenn du noch nicht aus dem Keller zurück bist?«

»Dann redest du besonders viel und lange. Mach Small Talk über das Wetter, das Haus, die Straße, die Gegend. Irgendetwas. Und wenn du doch Unterlagen rausholen musst, fällt dir auf, dass du nur noch ein Exemplar des Vertrages dabeihast, aber zwei brauchst. Eins für den Kunden, eins für die Firma. Du musst also erst deinen Kollegen suchen, der bestimmt noch ein paar Exemplare übrig hat. Ich rette dich dann.«

Kurz blitzte ein albernes Bild von Philipp auf einem weißen Ross in ihrem Kopf auf.

»Wann wollen wir uns morgen treffen? Gegen 15 Uhr vor meiner Kanzlei?«

»Abgemacht. Wir haben ein Abenteuer-Date.«

»Vielen Dank, dass du mir hilfst. Ohne dich würde ich mich das nicht trauen.«

»Das mache ich gerne.« Philipp streckte sich und krempelte die Ärmel seines Hemdes runter. »Oh«, sagte er, als er seine linke Manschette zuknöpfen wollte. Der Knopf hing nur noch an einem Faden. Er warf Veda einen Seitenblick zu.

Sie senkte das Kinn und sah ihm über ihre Brille hinweg in die Augen. »Es wird hinterher schlimmer aussehen als jetzt.«

»Hast du Nähzeug?«

Bestimmt, aber wo? Veda überlegte. »Sieh mal in dem Hocker neben der Couch nach. Der Deckel lässt sich aufklappen.«

Währenddessen ging sie in die Küche und sah dort in den Schubladen nach. Besteck, Schere, Feuerzeug, Batterien, Gummibänder, ein Schraubendreher, aber kein Nähzeug.

»Hast du es?«, fragte sie und sah über die Theke hinweg ins Wohnzimmer. Philipp öffnete gerade den Deckel des Hockers und blieb einen Moment so stehen.

»Hm«, machte er und kramte vorsichtig in dem Sammelsurium. »Hast du alles, was vorher hier rumgelegen hat, in den Hocker geschmissen?«

Früher wäre sie hochgegangen wie der Korken einer geschüttelten Sektflasche. Doch seit sie nicht mehr zusammenlebten, war sein Tonfall neutral, und ihr war es egal. »Ich habe mich weiterentwickelt und aus dem Scheitern unserer Beziehung gelernt. Deshalb schmeiße ich meinen Kram sofort in die Körbe, Boxen und Hocker, die ich extra dafür gekauft habe. Meistens jedenfalls. Das hat den Vorteil, dass die Sachen dort bleiben, wo sie gebraucht werden.« Nur eine ganz kleine Notlüge. Außerdem kam es darauf an, wie man das Wort *sofort* definierte.

»Aha«, sagte er und hielt einen Moment später das kleine Lederetui mit der aufgestickten roten Nadel in die Höhe. Ein Geschenk ihrer Oma Ella.

»Siehst du«, rief sie triumphierend. »Alles da.«

Langsam klappte er den Deckel wieder zu. Am liebsten hätte er in dem Hocker aufgeräumt, aber auch Philipp hatte sich weiterentwickelt. Er wusste, es wäre nicht von Dauer und würde ihn bloß wütend machen. Spätestens auf der Türschwelle zu seiner eigenen aufgeräumten Wohnung wäre er wieder ganz in seinem Element. Veda war stolz auf sie beide.

Er zog sein Hemd aus, fädelte einen Faden durch das Nadelöhr und begann, den losen Knopf festzunähen, während Veda mit der Hüfte am Kühlschrank lehnte und ihm zusah. Sein sportlicher Oberkörper zeichnete sich unter dem weißen T-Shirt ab. Wie gefühlvoll seine Hände arbeiteten. Veda hätte sich schon längst mit der Nadel in den Finger gestochen. Er wickelte den Faden unterhalb des Knopfes ein paarmal rundherum, schob noch einmal die Nadel durch Knopfloch und Stoff, machte einen Knoten und schnitt den Faden ab. Während er alles wieder zusammenpackte, bemerkte er ihr Lächeln und erwiderte es.

Nein, sie musste morgen zur Arbeit und danach in Danilos Wohnung. Es würde ein langer Tag werden.

Schnell räumte sie das Geschirr ab und brachte es in die Küche, während Philipp sein Hemd wieder anzog. Veda hatte das Gefühl, dass er sie die ganze Zeit beobachtete. Die Haut in ihrem Nacken kribbelte, und Wärme machte sich in ihrem Körper breit.

Philipp gähnte laut. »Was? Schon zehn Uhr? Verdammt! Bis ich zu Hause im Bett liege, ist es mindestens elf. Und dabei müssen wir doch morgen früh aufstehen, um zeitig Feierabend machen zu können.«

Durchschaubar. So durchschaubar.

»Du kannst auf der Couch schlafen. Von hier aus bist du schneller bei der Arbeit«, merkte Veda so beiläufig wie möglich an. »Sofern dir die Unordnung um dich herum nicht den Schlaf raubt.«

Philipp kniff die Augen zusammen. Ein wunder Punkt, aber nicht so sehr, dass er sich vom Bleiben abhalten ließ. »Dann können wir als Betthupferl noch ein Glas von dem Rioja aus deinem Vorratsschrank trinken. Das ist doch der, den ich dir bei meinem letzten Besuch mitgebracht habe, oder?« Er holte sein Dienst- und Privathandy heraus, tippte kurz etwas und legte die Geräte zurück in seine Tasche. Bestimmt der Flugmodus, den er nur anstellte, wenn er absolut nicht gestört werden wollte.

»Alleine Alkohol trinken macht mir keinen Spaß. Meistens schlafe ich dabei auf der Couch ein und wache mitten in der Nacht mit Rückenschmerzen wieder auf.«

»Aber jetzt bist du nicht alleine, und wenn du einschläfst, trage ich dich ins Bett«, gelobte Philipp. Wahrscheinlich würde er das sogar tun.

»Wenn du unbedingt willst«, lenkte Veda mit einem übertriebenen Seufzer ein, holte den Rotwein und zwei Gläser aus dem Schrank und setzte sich zu Philipp auf die Couch.

Er schenkte ein, und sie stießen an. Dabei fiel ihr Blick wie so oft auf die kleine, verwegen wirkende Narbe über seiner rechten Augenbraue, die aussah wie ein Degenschmiss. Sie musste schmunzeln, weil sie eine der wenigen Personen war, die wussten, dass sie von einer Kindergartenrangelei um einen Spielzeugtraktor herrührte.

Erschöpft legte sie ihren Kopf an seine Schulter, was einfach möglich war, da er sie auch im Sitzen um einen Kopf überragte. Das vermisste sie. Die Zweisamkeit am Abend. Die Wärme, das Prickeln.

»Dein neues Aftershave gefällt mir«, murmelte sie.

Er nahm ihr das Glas aus der Hand und küsste sie zärtlich.

Auch das vermisste sie.

Schnell wurden die Küsse intensiver, ihre Hände fanden mühelos die richtigen Stellen. Sie waren die Kleidung los, bevor sie das Bett erreichten.

Wen interessierte schon der nächste Morgen.

8. KAPITEL

Ihr Wecker simulierte den obligatorischen Sonnenaufgang. Dazu lief im Radio ein Beach-Song. Veda drehte sich schlaftrunken im Bett um. Von Philipp keine Spur. Er war schon immer mit wenig Schlaf ausgekommen, denn er schlief wie ein Stein. Manchmal schob er sogar tagsüber einen Powernap ein und war danach erholt. Wenn Veda tagsüber schlief, kam ihr Kreislauf bis zum Abend nicht wieder in Schwung.

Sie wühlte sich aus den Laken, huschte zu ihrem Bademantel an der Tür und wickelte sich bibbernd darin ein. Ihr T-Shirt und die schwarze Thermoleggins von gestern hingen zusammen mit anderen Klamotten ordentlich über dem Stuhl. Philipp hatte den Weg vom Wohn- ins Schlafzimmer aufgeräumt.

Gähnend schlurfte sie ins Bad. Zum Glück war heute Freitag.

Noch bevor sie das Licht anknipste, wusste sie, was sie erwartete. Kopfschüttelnd und noch nicht zu einem Lächeln fähig, begann sie das Morgenprogramm. Alles war ordentlicher als gestern, nachdem sie aufgeräumt hatte. Spiegel und Armaturen glänzten makellos. Sogar ihr Zahnputzbecher war frisch. Er konnte es nicht lassen.

Auf dem Esstisch standen Schüssel, Löffel, Müsli und Milch bereit. Der Wassertank ihrer Kaffeemaschine war voll.

Sie war schneller mit dem Frühstück fertig als sonst und erwischte eine Bahn früher als üblich. Der Tag fing gut an.

Um 15 Uhr waren sie verabredet. Veda trat vor der Kanzlei von einem Bein aufs andere. Sie hatte extra ihre braune Ledertasche aus dem Studium mitgenommen, um Platz für Unterlagen zu haben. Schon fünf Minuten zu spät. Sie hasste Unpünktlichkeit. Ihre Mutter war ständig unpünktlich gewesen. Oft hatten sich ihr Vater oder Oma Ella abgehetzt, um Veda bei den wütenden Erzieherinnen abzuholen, die ihretwegen Überstunden machen mussten. Kurz nach Vedas siebtem Geburtstag sagte Sanne am Telefon, sie käme morgen wieder nach Hause, nachdem sie eine Woche zuvor in der Nacht abgehauen und mit einer anderen Yoga-Lehrerin zusammen nach Mallorca aufgebrochen war, um dort einen Kurs zu geben. Erst zwei Monate später kam sie überraschend für einen Besuch zurück, während Veda mit einer Freundin und deren Mutter in Hagenbecks Aquarium vor dem Panoramabecken die Trägheit und Schwerelosigkeit der Wasserwelt genoss. Nach dem Zoobesuch fuhr sie zu ihrer Freundin nach Hause und wollte dortbleiben, um ihrer Mutter zu Hause nicht begegnen zu müssen.

Nahezu lautlos fuhr Philipp in diesem Moment endlich vor.

»Fast pünktlich«, sagte er strahlend, als Veda die Tür öffnete.

»Fünf Minuten gehen noch«, murmelte Veda.

»Wimmelsweg, richtig?« Er kannte sich in Winterhude aus, weil sein Loft in diesem Teil Hamburgs lag.

Veda bejahte und konnte nicht verhindern, dass ihre Gedanken auf der kurzen Fahrt zu dem abschweiften, was sie in Danilos Wohnung erwarten mochte. Was war dort in seinen letzten Stunden geschehen? Hatte er den Abschiedsbrief an seinem Schreibtisch verfasst? Vorher die Wohnung verwahrlosen lassen oder verwüstet? Wollte sie das als Erinnerung mitnehmen? Vielleicht war ihre Idee doch nicht so gut gewesen.

In einer der umliegenden Straßen suchten sie einen Parkplatz. Von der Kanzlei aus hätten sie zwar zu Fuß gehen können, aber Philipp musste sein Auto ohnehin irgendwo abstellen.

In der Geibelstraße hatten sie Glück, es parkte gerade jemand mit einem Kombi aus. Philipps Auto war genauso lang und passte perfekt in die Lücke. Er wollte gerade seine Tür öffnen, als ein kleiner roter Wagen, beklebt mit Pizzen, neben ihm in die Auffahrt rauschte und abrupt bremste. Schnell zog er die Tür wieder zu, und ein Schwall kalter Luft drängte ins Wageninnere, der Veda frösteln ließ.

»Das war knapp«, grummelte er, und schon ließ der Pizzabote den Motor wieder an und fuhr weiter. »Weiß wohl nicht, wohin er sie liefern soll.«

Sie stiegen aus und machten sich auf den Weg zu Danilos Wohnung. Aus seiner blauen Ledertasche zog Philipp zwei Ausweise mit Band, die sie sich um den Hals hängten.

Das Haus im Wimmelsweg hatte einen hellgelben Anstrich. Um manche Fenster war der alte Fassadenstuck noch erhalten, an anderen war er bei der letzten Renovierung nicht erneuert worden.

Vor dem Eingang zu Nummer 8 überquerten sie die beidseits von parkenden Autos gesäumte Einbahnstraße. Die Pflanzen auf der kleinen Beetinsel zwischen Fußweg und Haus waren verblüht und gestutzt, die Wege geharkt. Nur die alten, von Grünspan bedeckten Betonboxen für die Mülltonnen störten das gepflegte Bild.

Veda sah sich um. »Wie auf dem Präsentierteller. Wir sollten nicht lange vor der Tür rumstehen.«

Um Zeit zu schinden, wühlten sie in ihren Taschen, sahen sich um und einander dann mit zuckenden Schultern an.

»Kommt keiner raus. Wir sollten loslegen«, sagte Philipp und ging zur Haustür. Veda folgte ihm.

Er fuhr mit dem Zeigefinger über die Zweierreihe aus Klingelknöpfen. »Zwölf Klingeln, acht Chancen, wenn wir Danilo, die Nachbarwohnung und das Erdgeschoss auslassen.«

Im zweiten Stock standen die Namen *Resni* rechts und *Wellbrock* links. »Fangen wir ganz oben an.« Veda drückte die linke Klingel für den fünften Stock. Philipp hatte die Hand am Türknauf, aber nichts rührte sich. Auch bei der rechten Klingel kam keine Reaktion.

Veda wurde flau im Magen. Nur noch sechs Chancen. Vielleicht sollten sie doch mit dem Notar in Berlin über den Schlüssel verhandeln.

Im nächsten Stockwerk bekamen sie auf ihr Klingeln eine Antwort: »Ja? Wer ist da?«, sprach eine Frau.

»Schönen guten Tag«, antwortete Veda mit belegter Stimme. »Wir sind für die Stadtwerke Hamburg hier und würden Ihnen gerne ein Angebot für Ihren Strom machen.«

»Ach, das passt mir gerade gar nicht. Werfen Sie einfach einen Flyer in den Briefkasten.«

»Die Angebote gibt es nur hier bei uns.«

»Ich habe keine Zeit«, sagte sie, und der Lautsprecher verstummte.

Veda seufzte und klingelte rechts im vierten Stock.

»Ja?«, erklang eine schon älter wirkende Männerstimme.

Philipp zog sie ein Stück weg, schob sie zur Tür und beugte sich über die Gegensprechanlage.

»Guten Tag, Herr Bellmann. Römer ist mein Name«, Philipp hatte ihnen auf den Ausweisen andere Nachnamen verpasst. Sie war Frau Meyer. Einen Kreativwettbewerb würde er damit nicht gewinnen. »Meine Kollegin und ich kommen von den Hamburger Stadtwerken, und wir möchten Ihnen ein wirklich gutes Angebot für Ihren Stromtarif machen. Es wird jetzt ja alles teurer. Da muss man sparen, wo man kann.« Seine Stimme war tief, aber nicht zu tief, weich, aber nicht anbiedernd. Er lächelte, während er sprach, klang freundlich und verbindlich. Es war, als wäre es sein tägliches Brot, anderen Menschen Stromtarife zu verkaufen.

»Ich sehe mir gerne an, was Sie haben. Vierter Stock«, kam es aus dem Lautsprecher.

An der Tür summte es, und als sich Veda gegen das weiße Holz lehnte, ging sie mit einem Klick auf.

»Du hast es drauf«, murmelte sie und schwankte zwischen Neid und Bewunderung.

»Sag ihm, ich muss noch kurz telefonieren«, flüsterte er und ging federnden Schrittes Richtung Kellertreppe, die hinten im Haus lag.

Gleich links neben Veda befand sich eine der Wohnungstüren. Weiter den Gang entlang führte auf der linken Seite das Treppenhaus nach oben. Rechts befand sich die Eingangstür zur zweiten Erdgeschosswohnung. Der Boden war grau gefliest, genauso wie die Treppe mit dem Metallgeländer, sodass die Kunststoffabsätze an ihren Stiefeletten klappernde Geräusche machten. Es roch scharf und süßlich nach einem dieser Industriereiniger.

Veda blieb auf der Hälfte der ersten Treppe kurz stehen und sah hoch, aber es gab keinen Zwischenraum, durch den man bis ganz nach oben hätte schauen können. Die Wände zeigten innen das gleiche Hellgelb wie außen, und es gab auf jedem ersten Treppenabsatz ein Fenster zum begrünten Innenhof.

Sie stieg gleichmäßig die Stufen hinauf, fuhr mit der Hand den kühlen, metallenen Handlauf entlang und wiederholte im Geiste ihren Text. Auf der letzten Stufe im vierten Stock angekommen, sah sie einen Mann mit weißen Haaren und wachen blauen Augen. Er trug eine schwarze Stoffhose, ein weißes Hemd und eine graue Strickjacke darüber. Aufrecht und lächelnd stand er im Rahmen seiner Wohnungstür.

»Sie sind also die Kollegin«, stellte er amüsiert fest.

Erleichtert registrierte Veda eilige Schritte hinter sich.

»Entschuldigen Sie bitte«, sagte Philipp, als er zu Veda aufschloss. »Ich musste noch kurz telefonieren.«

»Kein Problem«, entgegnete der Mann. »Ich habe von meinem Stromanbieter vor vier Tagen ein Angebot bekommen. Meine Tochter sagt, es wäre in Ordnung, ich soll es annehmen. Aber vielleicht sind die Preise bei Ihnen besser.«

Veda überließ Philipp die Gesprächsführung. »Haben Sie die Zahlen parat? Dann kann ich Ihnen sagen, ob wir das Angebot unterbieten können.«

»Arbeitspreis 34 Cent pro Kilowattstunde und Grundpreis 110,- Euro im Jahr«, kam es wie aus der Pistole geschossen.

Veda fiel die Kinnlade herunter.

»Oh«, erwiderte Philipp verdutzt. »Das ist wirklich ein sehr guter Preis. Ich fürchte, den können wir leider nicht unterbieten.«

»Wie schade. Dann nehme ich das Angebot meines Anbieters wohl besser an.«

»Ja, das sollten Sie«, riet Veda freundlich und freute sich insgeheim, dass sie so unkompliziert abgeblitzt waren.

»Es tut mir leid, dass Sie an mir heute nichts verdienen.«

»Das macht nichts, das bringt unser Job mit sich«, sagte Philipp, und sie verabschiedeten sich voneinander.

Veda und Philipp stiegen langsam die Treppe hinab und hörten, wie sich eine Tür schloss.

»Hast du ihn?«, flüsterte Veda der Vorsicht halber.

»Ja«, antwortete Philipp und gab ihr den Schlüssel.

Vor Danilos Wohnung angekommen, schloss Veda auf und öffnete die Tür einen Spaltbreit. Für einen Moment fürchtete sie, Danilo könnte durch den Flur kommen und sie fragen, ob sie nicht mehr ganz dicht sei, sich hier einfach Zutritt zu verschaffen.

Glücklicherweise kam ihr niemand entgegen, sodass sie in die Wohnung schlüpfte. Philipp folgte dicht auf und zog die Tür hinter sich zu.

»Geschafft!«

»Wir haben schauspielerisches Talent, findest du nicht?«

»Geht so«, murmelte Veda. Sie mochte sich nicht vom Fleck rühren. Wo hatte man Danilos toten Körper gefunden? Hier etwa? Sie wusste es nicht.

Am Ende des Flurs mit den Eichendielen befand sich das Wohnzimmer mit der offenen Küche. Links an der weißen Wand hingen drei große, moderne Bilder, rechts führte die erste weiß lackierte Holztür ins Arbeitszimmer. Es roch leicht muffig. Nur ungelüftet? *Hoffentlich.*

Philipp drückte vorsichtig die Klinke zum Arbeitszimmer hinunter und trat ein. Durch das Fenster rechts fiel Tageslicht auf den großen Schreibtisch mit der matten Glasplatte. Bei ihrem Besuch hatte Danilo Veda gezeigt, wie sich der Schreibtisch auf Knopfdruck rauf- und runterfahren ließ. Noch immer überlegte sie, mit welchen Argumenten sie Dr. Zymo dazu überreden konnte, ihr einen höhenverstellbaren Schreibtisch zu spendieren. Unter dem Tisch standen weiße Rollcontainer mit undurchsichtigen Glaseinsätzen. Die Regale passten perfekt in das Farb- und Materialkonzept. Nur die bunten Buchrücken und Ordner brachten Farbe in den Raum. Und das Konzertposter mit Ray Charles von 1968 hinter Glas.

Sie sahen sich um, aber dort, wo zuletzt Danilos Laptop

gestanden hatte, klaffte eine Lücke, um die herum Stromkabel, Funkmaus und ein schwarzes Pad gruppiert waren, so als habe jemand kurzerhand die Stecker gezogen und den Laptop mitgenommen. Ein Stück weiter lag das USB-Ladegerät samt Kabel für sein Handy.

Philipp musterte den Schreibtisch. »Komisch«, murmelte er, »der Stecker für die Maus ist nicht hier. Er muss noch im Laptop stecken.«

»Den vergesse ich auch immer.«

»Hhm …«Philipp zuckte mit den Schultern. Als Nächstes zog er behutsam die Schubladen auf und stupste sie nach kurzer Durchsuchung an, damit sie sich wieder schlossen.

»Kein Tablet, Handy oder Laptop. Eine Powerbank, die Tablet-Hülle, aber keine externe Festplatte. Nur Stifte, Umschläge und so'n Zeug«, analysierte er.

»Vielleicht hatte er die Geräte bei sich«, mutmaßte Veda und sah sich das vollgestopfte Regal gegenüber dem Fenster an, das die ganze Wand einnahm. Unten lagen Zeitschriften über Geschichte und Wissenschaft. Rechts, ungefähr auf Griffhöhe, klaffte eine Lücke. Zuletzt hatten dort vier oder fünf große knallrote Ordner gestanden.

Philipp ging zur anderen Seite des Regals. Zog hier und da Fachliteratur über Finanzen und Jura heraus, betrachtete die Musik-CDs, Blu-Rays und Romane. »Er mochte die Klassiker und Politthriller«, stellte er fest.

»Pflicht und Kür«, kommentierte Veda seinen Fund, hob dann aber den Zeigefinger. »Außer Hesse und Böll, die mochte er wirklich.« Sie erinnerte sich mit einem sanften Lächeln an ihre gemeinsame Begeisterung für Hermann Hesses *Siddharta*.

Danilos Eltern hatten großen Wert darauf gelegt, dass sich ihr Sohn in Sachen Kultur vor anderen nicht blamierte und ihn zum Lesen einiger Bücher gezwungen. Erst unter Androhung von Hausarrest, später damit, ihm den Geldhahn zuzudrehen.

Die anderen Ordner beinhalteten laut Aufschrift Danilos private Korrespondenzen. Veda zog wahllos drei von ihnen heraus. Es war drin, was darauf stand.

Philipp trat hinzu und zeigte auf die leere Stelle. »Was stand da?«

»Rote Ordner. Und bevor du fragst: Ich weiß nicht, was sie enthielten.«

»Schade. Die hat er dann wohl mitgenommen.«

»Oder es war die Polizei«, sagte Veda. »Stellen die Beweise sicher, wenn jemand Selbstmord begangen hat?«

Philipp runzelte die Stirn und wiegte leicht den Kopf hin und her. »Wer weiß, wo sie den Abschiedsbrief gefunden haben und wie schnell. Oder sie wollten hinsichtlich der Todesursache auf Nummer sicher gehen und haben mitgenommen, was sie für wichtig hielten.«

»Hätten sie das Ralph als Alleinerben nicht mitteilen müssen?«

»Vielleicht haben sie ihm geschrieben, und er hat es vergessen. Oder der Notar weiß davon und konnte noch nicht mit Ralph sprechen.«

»Kann sein«, murmelte Veda und dachte über ihre Gespräche mit Danilos Bruder nach. Sie würde ihn später fragen. Möglicherweise hatte der Notar die Sachen von der Polizei zur Aufbewahrung erhalten.

Philipp schlenderte durchs Arbeitszimmer, legte am Schreibtisch den Kopf schief und fuhr mit Zeige- und Mittelfingerkuppe über die Fensterbank. »Alles sauber und ordentlich. Erkennungsdienstlich hat die Polizei hier nichts gemacht.«

»Stimmt. Die räumen nach einer Durchsuchung nicht auf oder putzen.«

»Ich sehe kein Staubkorn«, stellte Philipp fest und runzelte die Stirn.

»Danilo hatte schon im Studium eine Reinigungshilfe für seine Wohnung. Den Luxus wird er nicht aufgegeben haben«, sagte Veda und fasste sich mit der flachen Hand an die Stirn. »Wenn die einen Schlüssel hat, hätten wir uns den ganzen Aufwand sparen können.«

»Wollen wir?«, fragte Philipp und zeigte auf die geschlossene Schlafzimmertür, genau gegenüber der Tür zum Flur. Die Sonne ging langsam unter. Bald würden sie das Licht anschalten müssen, um noch etwas sehen zu können.

»Philipp, das ist das Schlafzimmer«, murmelte Veda.

»Bist du neuerdings prüde?«

Veda schüttelte sachte den Kopf. »Vielleicht wurde er dort gefunden«, flüsterte sie.

»Oh.« Für einen Moment starrte er die Schlafzimmertür an. »Lass mich vorgehen«, beschloss er und drückte die Klinke nach unten. Kurz danach atmete er erleichtert auf und winkte Veda zu sich.

Ein gemachtes Kingsize-Bett mit hellgrauem, gestepptem Kopfteil aus Kunstleder stand rechts. Weiße Laken mit stahlblauen Streifen. Es duftete leicht nach Weichspüler.

Sie betraten den Raum, und Philipp warf einen Blick in die Schubladen der Nachtschränkchen. Eine Buddha-Figur sah ihm milde lächelnd von einem der Nachttische aus zu. Veda erinnerte sich daran, dass Ralph Danilo die Figur geschenkt hatte, ein Jahr bevor er nach Neuseeland ausgewandert war. Um seinen großen Bruder zum Umdenken zu bewegen. Ob Danilo das vor seinem Tod getan hatte?

Während Philipp nacheinander die Türen und Schubladen

des großen Kleiderschranks an der gegenüberliegenden Wand öffnete, blieb Veda stehen, wo sie war. Es fühlte sich an, als hielten Magnete ihre Füße fest an Ort und Stelle.

Der abgenutzte Holzschrank links wirkte klein und verloren zwischen den ansonsten modernen und großzügigen Möbeln. Schon als Jugendlicher hatte Danilo weiße Möbel gemocht. Dahinter musste sich das Versteck befinden, von dem Ralph gesprochen hatte.

Mit dem Kopf deutete Philipp auf den kleinen Schrank, den er sich bis zum Schluss aufgehoben hatte. Veda nickte. Er warf einen Blick auf die Lücke zwischen Zimmerwand und Schrank und schüttelte den Kopf. »Da passt mein Arm nicht durch«, schätzte er, versuchte es trotzdem, kam aber nur bis zum Ellenbogen. Er griff mit der einen Hand die obere Kante des Schranks, mit der anderen die vordere Seitenkante und begann damit, ihn von der Wand abzurücken.

Vedas Starre löste sich, und mit wenigen Schritten stand sie neben Philipp. »Vorsichtig«, merkte sie an und wollte helfen, aber die Lücke schien schon groß genug. Sie kniffen die Augen zusammen und betrachteten die Rückwand, bis Philipp sein Handy herausholte und die Taschenlampe aktivierte. Jetzt erst erkannten sie den flachen Haken und die Umrisse des geheimen Türchens. Er trat einen Schritt zurück und ließ Veda den Vortritt, während er die Schrankrückwand weiterhin beleuchtete. Sie schob den flachen Haken hoch und klappte vorsichtig ein Holzbrett in der Größe eines PC-Bildschirms auf. Dahinter lehnte in einem schmalen Fach ein gut gefüllter brauner DIN-A4-Umschlag.

Veda warf einen Blick hinein.

»Und?«, fragte Philipp erwartungsvoll.

»Bedruckte Seiten, Zeitungsartikel, Fotos und …«, sie klappte den Umschlag etwas auf und hielt ihn unter Philipps

Handyleuchte, »anscheinend ein USB-Stick. Keine PC-Spiele, wie es aussieht, tut mir leid.«

Die Enttäuschung stand ihm ins Gesicht geschrieben. Veda verschloss das Geheimfach wieder sorgfältig. »Wir sollten den Schrank zurück an die Wand schieben und alles so hinterlassen, wie wir es vorgefunden haben.« Aus dem Augenwinkel beobachtete sie amüsiert, wie Philipp den Inhalt noch einmal kontrollierte und trotzdem nicht fand, was er suchte.

Nachdem alles wieder an seinem Platz war, betrachtete Veda Wand und Schrank aus zwei Schritten Entfernung. Nichts deutete auf ihren Eingriff hin. Alles sah so aus wie vorher.

Zufrieden nahm sie Philipp die Beute aus der Hand und steckte sie in ihre Umhängetasche.

»Lass uns gehen«, sagte sie, drehte sich um und spürte im nächsten Moment Philipps Hand auf ihrer Schulter.

»Wir sollten auch in die anderen Räume einen kurzen Blick werfen«, bemerkte er sanft.

Veda seufzte. Er hatte recht. Sie ließ ihm erneut den Vortritt. Die Eichendielen knarzten leise unter ihren Schritten.

Bad und Küche enthielten das Übliche. Auch im Wohnzimmer fanden sie, abgesehen von dem riesigen Fernseher an der Wand und der Home-Entertainment-Anlage, keine digitalen Geräte. Und auch sonst nichts Ungewöhnliches.

Allerdings rieselten bei ihrem Eintreten eingerollte braune Blätter von einem mannshohen Ficus und bildeten mit vielen anderen einen Kranz um den weiß lackierten Tonkübel. Auch die Blätter, die noch an den dürren Ästen hingen, waren vertrocknet. Die Grünlilie ebenso. Den Pflanzen war nicht mehr zu helfen, und Veda bekam ein schlechtes Gewissen. Nicht, dass sie einen grünen Daumen gehabt hätte, aber ein paar Tage früher hätte sie immerhin Danilos Pflanzen retten können. Jetzt waren auch sie verloren.

Mit Tränen in den Augen wandte sie sich ab, ging zur Wohnungstür und wartete dort auf Philipp. Er schloss sich ihr an und legte ihr den Arm um die Schultern.

»Tut mir leid«, flüsterte er und drückte sie kurz an sich.

»Lass uns gehen«, murmelte Veda und schniefte.

Als sie die Tür schloss, versetzte es ihr einen Stich ins Herz, aber es war auch erleichternd. Sie hatten gefunden, wofür sie hergekommen waren, ohne jemandem unangenehm aufzufallen.

9. KAPITEL

Veda gähnte herzhaft und streckte sich auf dem Weg in die Küche. Die Sonne schien auf die Theke, die als Abgrenzung zum Wohnzimmer diente. Darauf lag die Fernbedienung, sodass sie den Fernseher anschaltete. Beim Durchzappen erwischte sie die Nachrichten und stellte den Ton lauter. Die blonde Dame berichtete davon, dass der verschwundene Anwalt Karsten Rodes vergraben in seinem Auto gefunden worden war. Der Bericht war kurz und brachte Veda keine neuen Erkenntnisse. Sie zog ihr Smartphone aus der Tasche ihrer hellblauen Fleecejacke und rief ein paar Nachrichtenseiten auf. Am meisten interessierte sie, wie genau seine Frau gestorben war. Weshalb war sie im Pool gewesen? Dazu gab es aber keine Neuigkeiten. Sie könnte Frau Latih fragen, ob sie mehr zu dem Fall wusste oder in Erfahrung bringen konnte. Allerdings hatte sie sich ihr gegenüber schon verdächtig verhalten. Sie müsste sich vorher einen plausiblen Grund überlegen, warum sie nach dem Fall fragte. Sonst stammelte sie wieder irgendwas vor sich hin, weil sie nicht lügen, aber auch nicht die Wahrheit sagen mochte. Hoffentlich fand sie zu dem Fall mehr in dem neuen Material aus Danilos Wohnung, dann konnte sie sich die weitere Recherche ersparen.

Ihr fiel wieder ein, dass sie Ralph zum Verbleib von Danilos IT-Geräten und den roten Ordnern befragen wollte, und schrieb ihm eine Nachricht.

»Uff«, machte Veda und legte eine Hand auf ihren knurrenden Magen. Aus einer Schublade ihres Gefrierschranks holte sie die Tüte mit den Aufbackbrötchen und zog eines mit spitzen Fingern heraus. Sie überlegte, ob sie noch ein zweites nehmen sollte, entschied sich aber stattdessen für ein Aufback-Croissant. Als sie den Gefrierschrank wieder schloss, waren ihre Finger rot und kalt. Sie stellte den Backofen an und rieb die Hände aneinander, während sie sich einen Kaffee machte und diesen zusammen mit Butter, Himbeermarmelade, Käse und Geschirr auf den Esstisch stellte.

Danach holte sie ihren Laptop und den Umschlag aus Danilos Wohnung dazu.

Während sie geistesabwesend den Backofen anstarrte, wanderten ihre Gedanken zu Philipp. Er war bestimmt schon auf dem Weg nach Berlin zu seiner Schwester.

Nach ihrem kleinen Abenteuer gestern hatte er Veda nur schnell zu Hause abgesetzt und ihr erzählt, dass er noch das Geschenk für seine Schwester einpacken müsse und morgen zu ihr nach Berlin fahre. Er sagte das so miesepetrig, dass Veda ihn überrascht fragte, ob er sich mit seiner Schwester gestritten habe.

»Nein«, hatte er geantwortet. »Sie feiert ihren Vierzigsten und hat unsere Eltern eingeladen.«

Letzteres war die schlechte Nachricht gewesen. Seine Eltern hatten sich während ihrer ganzen Ehe abwechselnd geliebt und gehasst. Seit ihrer Trennung hassten sie sich nur noch. Da waren Philipp und seine Schwester zehn und zwölf Jahre alt gewesen und regelmäßig zu einem Sicherheitsbeamten gerannt, wenn ihre Eltern sich bei der Übergabe der Kinder am Flughafen anschrien. Irgendwann einigten sie sich über ihre Anwälte darauf, dass sie Philipp und seine Schwester in den Flieger setzten und der jeweils andere sie nach der Ankunft beim Flugpersonal abholte.

Bis zum heutigen Tag gab es grundsätzlich Streit, wenn sie aufeinandertrafen. Daran änderten auch die neuen Partner nichts.

»Wenigstens halten die sie davon ab, nach ihren Hasstiraden Sex zu haben«, hatte Philipp gesagt. »Wenn sie früher schreiend die Treppe hochstiegen, bin ich mit meinem Plüschesel und Bettzeug ins Zimmer meiner Schwester geflüchtet. Wir haben die Gästematratze unter ihrem Bett rausgezogen und Hörspiele gehört, bis wir eingeschlafen sind. So musste ich das Gestöhne und Geschreie im Zimmer nebenan nicht die ganze Nacht ertragen.«

Veda hatte es die Sprache verschlagen. Sie hatte sich immer für den größeren Pechvogel gehalten, dessen unzuverlässige und überforderte Mutter vor ihren Kindern und der heilen Familienwelt geflohen war. Zumindest waren bei ihr zu Hause alle friedlich, wenn sie aufeinandertrafen.

»Ich muss meine Mutter in Berlin vom Flughafen abholen. Hoffentlich ist mein Vater nicht zur selben Zeit dort. Genau genommen hat er nicht einmal zugesagt. Das muss zwar nichts heißen, aber ich klammere mich an das Fünkchen Hoffnung, dass er nicht kommen wird.« Philipp hatte geseufzt und sie mitleidig angesehen. »Und du musst quasi arbeiten. Auch nicht das, was man sich für sein Wochenende wünscht.«

So schlimm fand sie das nicht. Es gab keinen Termindruck, und es war spannend. »Ich gebe dir am Sonntag einen Lagebericht«, versprach sie, weil sie wusste, dass er genauso neugierig war wie sie.

»Versuch es gern. Wenn ich Glück habe, hat mein Schwager genug Wein eingekauft, damit wir uns den Abend schönsaufen können. Dann werde ich wahrscheinlich nach der Heimfahrt am nächsten Morgen auf dem Sofa einschlafen.«

Sie drückte Philipp die Daumen, dass der Abend entgegen allen Befürchtungen fröhlich würde.

Endlich piepte die Backofenuhr, und Veda verbrannte sich leicht die Finger an dem Gebäck, weil sie keine Lust hatte, nach den Backhandschuhen zu suchen.

Eilig schnitt sie das Gebäck auf, belegte und bestrich es, damit sie es essfertig neben den Laptop und den Umschlag stellen konnte. Während der Laptop hochfuhr, breitete sie den Inhalt des Umschlags vor sich auf dem Tisch aus: diverse Zeitungsartikel, meistens Ausdrucke aus dem Internet, Notizen von Danilo, ein paar Fotos und Prospekte, ein USB-Stick. Während sie sich einen Überblick verschaffte, biss sie in das Croissant mit Butter und Himbeermarmelade. Für einen Moment schloss sie die Augen und genoss den süß-sauren Geschmack

Das Piepen ihres Handys ließ sie die Augen wieder öffnen und nachschauen. Ralph hatte geantwortet.

Keine Ahnung. Ich werde den Notar fragen.

Auf dessen Antwort war Veda gespannt.

Während sie weiter ihr Frühstück genoss, ordnete sie das Material aus dem Umschlag. Den USB-Stick legte sie erst mal beiseite, genauso wie einige ausgedruckte Fotos, mit denen sie nichts anfangen konnte. Sie zeigten eine Lagerhalle. Auf einem der Bilder stand ein Datum von in drei Wochen. Auch den Flyer, der für ein Hotel auf Island warb, legte sie dazu und hoffte, später eine passende Verbindung zu finden.

Der Rest bestand wieder aus Zeitungsartikeln mit handschriftlichen Notizen am Rand. Außerdem Mitschriften zweier Interviews, die Danilo geführt hatte. Ihr fielen einige

Fehler darin auf, die typisch für automatische Korrekturprogramme von Smartphones waren. Wahrscheinlich hatte Philipp eine Diktiersoftware verwendet. Bei ihrem Besuch hatte er davon geschwärmt, dass es die Arbeit von Anwälten so sehr erleichtern würde. Auch Dr. Zymo experimentierte manchmal damit. Beide schrieben langsam am PC. Für Veda machte es kaum einen Unterschied. Bislang hatte sie für die von ihrem Chef mit der Software diktierten Schreiben genauso lange gebraucht wie für das Schreiben vom Band, weil sie etliche falsch verstandene Wörter und Satzzeichen korrigieren oder einfügen musste. Letztens hatte Dr. Zymo sogar von ChatGPT gesprochen, aber Veda gruselte sich vor solchen Softwares. Wenn sie den Menschen schon so weit imitieren konnten, was taten sie noch, um die ihr vorgegebenen Ziele zu erreichen?

Eines der festgehaltenen Interviews hatte Danilo in einer Haftanstalt in Hamburg mit einem Mann namens Boris F. geführt, der wegen gefährlicher Körperverletzung einsaß. Wo genau, hatte er nicht notiert. *F.*, wie Danilo ihn im weiteren Verlauf des Interviews nannte, hatte seine Ehefrau, Affären und Kinder wiederholt verprügelt und erniedrigt. Zwei Jahre hatte er noch abzusitzen, nachdem er früher schon mehrfach zu Bewährungs- und Haftstrafen verurteilt worden war. Mit einer Büroklammer hatte Danilo eine Zeitungsmeldung auf der ersten Seite des getackerten Interviews befestigt, in der die Verurteilung *F.*s zu drei Jahren und fünf Monaten Haft mit anschließender Bewährung bekannt gegeben wurde. Noch im Gerichtssaal hatte er die Richter und den Staatsanwalt angebrüllt, bevor er abgeführt wurde: *Ich schlage euch alle tot!*

Ein kalter Schauer lief Veda über den Rücken, als sie sich vorstellte, sie wäre eine der Richterinnen gewesen.

Hatte F. während der Haft wirklich einen Unfall?, stand in Danilos gehetzter Handschrift am Rand des Artikels.

Gegen Ende des Interviews fragte er *F.* dann auch, ob er sich wieder ganz erholt habe. *Geht schon. Das Knastkrankenhaus ist kein Sanatorium, wissen Sie. Und die Typen hier sind, wie ich früher war.*

Was er dann berichtete, verblüffte Veda, und sie fragte sich, ob *F.* log, weil er sich davon einen Vorteil versprach, oder ob er den Verstand verloren hatte: Während er nach seinem Unfall wiederbelebt werden musste, habe er eine Offenbarung gehabt. Er habe seine Taten, all die Fehlentscheidungen seines Lebens noch einmal durchlebt. All die Wut, den Hass, die Rachegefühle wie im Zeitraffer. Wie der Blick in eine Hölle, die er für andere erschaffen hatte. Danach wollte er nie wieder einem lebenden Wesen etwas zuleide tun. Nicht einmal den Mücken in seiner Zelle. Auch die hätten Gefühle und wollten leben. Er habe so viel Leid verursacht und wolle sich bessern. Seine Wut sei fast verflogen, er meditiere und bete jeden Tag.

Danilo fragte mehrmals, was für eine Art Unfall *F.* erlitten habe, aber der wand sich wie ein Aal um die Antwort. Es musste etwas Schlimmes wie ein Sturz oder ein Angriff gewesen sein, immerhin hatte man ihn wiederbeleben müssen. Am Rand hatte Danilo mit Bleistift *Selbstmordversuch? Haftprotokoll?* notiert. Nach Vedas Erinnerung gab es zu diesem Fall nichts in der Datei, die Ralph ihr geschickt hatte, aber sie wollte später sicherheitshalber dort und im Internet nach weiteren Infos suchen. Allerdings hatte sie wenig Hoffnung, dass über einen lebensbedrohlichen Vorfall während der Haft viel nach außen gedrungen war.

Sie stand auf, verschränkte die Arme vor dem Körper und ging langsam zu einem der zwei Wohnzimmerfenster, das auf den Platz vor den Garagen hinausging. Wolkenfetzen zogen rasch nach rechts in Richtung Sonne und Balkon.

Was hatte Danilo dazu veranlasst, mit dem Mann zu sprechen? Ging es um den Zwischenfall in der Haft? Hatten die Beamten ihre Aufsichtspflichten verletzt? Wollte er *F.* zu einer Aussage bewegen, um interne Missstände aufzuklären? Als Staatsanwalt für Wirtschaftsstrafsachen? War er im Zusammenhang mit einem seiner Fälle vielleicht zufällig auf etwas gestoßen? Bei einer Prüfung oder einer Durchsuchung?

Sie ging zurück zum Esstisch und nahm das zweite Interview zur Hand. Endlich etwas Bekanntes! Es ging um den Fall, in dem mehrere Prostituierte vergewaltigt, misshandelt und vermutlich ermordet worden waren. Danilo hatte mit der Mutter des Verdächtigen Lennart Siebert am Telefon gesprochen.

Ihr Sohn habe der jüngst verstorbenen Prostituierten helfen wollen, sich von ihrem Zuhälter zu befreien. Am Tag ihres Todes stritten sie sich lautstark in ihrer Wohnung. Sie schrie ihn an, dass der Letzte, der behauptete, sie retten zu wollen, ihr Zuhälter gewesen sei. Wütend verließ er zunächst die Wohnung, trank ein paar Bier und kehrte zurück, um sich mit ihr zu vertragen. Dort fand er sie tot im Bett. Bevor er die Polizei rufen konnte, standen die Beamten schon vor der Tür und nahmen ihn fest. Die Nachbarn hatten sie aufgrund eines weiteren lautstarken Streits gerufen. Letztlich ließen sie den jungen Mann frei, aber er war danach nicht mehr derselbe.

Frau Siebert hatte Danilo nicht mit ihrem Sohn reden lassen. Weder sie noch die Ärzte konnten das erlauben. Er sei schon als Teenager psychisch labil, vor der ganzen Sache aber auf einem guten Weg gewesen. Die Ärzte und sein Ausbildungsbetrieb waren zufrieden mit ihm gewesen, und er hatte endlich eine bezahlbare Wohnung in Reinbek bei Hamburg gefunden. Von der Prostituierten hatte er seiner Mutter nichts erzählt. Nur davon, dass er ein sehr liebes Mädchen getroffen habe, dem er helfen wolle. Sie habe es nicht leicht, und so wie man ihm geholfen habe, wollte er nun ihr helfen.

Nach seiner Festnahme und der ersten Vernehmung war er sehr traurig und erschüttert gewesen, sprach mit seinem Therapeuten, nahm aber weiter am Leben teil. Doch einige Tage später, nach der zweiten Vernehmung im Präsidium, wurde er orientierungslos und völlig benommen in der Nähe einer Notaufnahme gefunden. Seine Mutter rief bei der Polizei an. Dort teilte man ihr mit, dass ihr Sohn nach wie vor nur als Zeuge und daher ohne Hinzuziehung eines Strafverteidigers vernommen worden war und nach der Befragung gesund und munter das Gebäude verlassen habe. Doch Frau Siebert berichtete von Wahnvorstellungen, Angstzuständen, Selbstmordgedanken. Die Ärzte waren ratlos. Sie konnten nicht genau feststellen, woher dieser Rückfall kam. Sie nahmen an, dass das Auffinden seiner toten Freundin der Auslöser war, aber seine psychischen Störungen wurden immer schlimmer, sodass er bis heute in der geschlossenen Psychiatrie saß. Seiner Mutter sagten sie, er sei nicht mehr in der Lage, Wahn und Realität voneinander zu unterscheiden.

Veda schluckte trocken. Sie ging zur Küchenspüle, füllte sich ein Glas mit Leitungswasser und trank es in einem Zug aus.

Was war dem jungen Mann passiert? Wo? Wann? Warum?

Sie setzte sich zurück an die Unterlagen, aber Danilos Notizen konnten diese Fragen nicht beantworten. Stattdessen fand sie einen Namen: *Natalie S. Bregum*. Ein weiteres Opfer? Eine Freundin, vielleicht bei der Staatsanwaltschaft? Oder eine Polizistin? Über ihr Handy suchte sie im Internet nach dem Namen, bekam aber keine nützlichen Ergebnisse.

Ein paar Bilder, aber kein Profil auf den Social-Media-Plattformen, zu denen sie Zugang hatte, keine Zeitungsartikel oder Ähnliches.

Unter den Namen hatte Danilo das Aktenzeichen *6123 ~~Bx~~ UJs 118/22* notiert. Das *UJs* konnte sie zuordnen. Das *Js* stand für ein Ermittlungsverfahren bei der Staatsanwaltschaft und *U* dafür, dass es gegen eine unbekannte Person geführt wurde. Dahinter folgten die laufende Nummer und das Jahr. Die Nummern davor standen für den zuständigen Richter oder die zuständige Kammer, je nachdem, um welches Gericht es ging. Sie nahm wieder ihr Smartphone zur Hand und recherchierte die Bedeutung der staatsanwaltlichen Aktenzeichen. Die Nummer vor den Buchstaben stand für die Abteilung und das Dezernat. Der Fall war also der Abteilung 61, Rauschgiftsachen, zugeordnet worden. Aber wofür stand das *Bx*? Dazu fand sie nichts. Und warum war es durchgestrichen worden? Handelte es sich um ein offizielles Kürzel, oder hatte Danilo es eingefügt? Veda musste wieder an die roten Aktenorder denken, die in seinem Arbeitszimmer gestanden hatten, als sie ihn zuletzt besucht hatte. Ob darin vielleicht Aktenauszüge abgeheftet waren? Die Pappakten der Staatsanwaltschaft waren auch rot. Jedenfalls die, die noch nicht digitalisiert waren.

Ihr Handyklingelton ließ sie hochschrecken, und das Display zeigte eine Nummer, die sie nicht kannte. Sollte sie drangehen? Sie nahm ab. »Weller?« Nichts. Sie wartete einen Moment. »Hallo?« Ganz leise hörte sie im Hintergrund etwas. Ein Summen oder Rauschen. Sie legte auf. Kurz danach klingelte es wieder. »Hallo?« Wieder nur das leise Summen, ein Klicken, aber aufgelegt wurde nicht. Veda beendete den Anruf, suchte die Nummer online, aber ohne Treffer. Wieder ein Anruf. Diesmal schaltete sie genervt auf stumm und ließ es klingeln. Sollte die Person auf den Anrufbeantworter sprechen.

Sie wandte sich den anderen Artikeln und Notizen zu. Die meisten enthielten nur wenige Details zu den unterschiedlichsten kriminellen Vorkommnissen. Viele davon gehörten in Danilos ehemaliges Ressort als Staatsanwalt im Bereich Wirtschaftsstrafsachen. Philipp würde wohl eher daraus schlau werden, wenn er demnächst wieder Zeit hatte, um es sich anzusehen. Allerdings zeigte keiner dieser Vorfälle eine Verbindung zu denen, die Ralph ihr bereits geschickt hatte.

Beim nächsten Fall, der ihr in die Hände fiel, schlug ihr Puls wieder höher. Ein längerer Onlineartikel handelte von einem Täter, der wegen Vergewaltigung einer jungen Frau zu einer Haftstrafe verurteilt worden war. Fast sofort nach seiner Entlassung entführte er eine Siebzehnjährige, sperrte sie tagelang in einem verlassenen Haus ein, vergewaltigte und misshandelte sie schwer. An einen Stuhl gefesselt, ließ er sie danach in der Ruine sterben. Beim nächsten Entführungsversuch, nur einen Tag nachdem er das Mädchen zum Sterben zurückgelassen hatte, wurde er erneut gefasst. Ob sie die Tote aufgrund eines Geständnisses, zufällig oder im Zuge der Ermittlungen fanden, stand nicht in dem Artikel. Der Täter drehte durch, sobald er in die Hamburger Untersuchungshaftanstalt kam, und starb. Wie, ließ der Artikel offen. Eine handschriftliche Notiz Danilos verwies auf einen USB-Stick, darunter stand: *jetzt PK14 HH*.

Für die erneute Recherche fuhr Veda ihren Laptop hoch und verfluchte die lahme Gurke. Zuerst gab sie die kryptische Notiz in die Suchmaschine ein. Und tatsächlich fand sie etwas, das Sinn machte: Polizeikommissariat 14 in der Caffamacherreihe in Hamburg. Es schien ein Zusammenhang zu bestehen. *So kann es weitergehen.* Aufgeregt steckte sie den USB-Stick ein und fand eine einzige Datei. Benannt nach dem Aktenzeichen der Staatsanwaltschaft für Ermittlungsfälle. Diesmal mit *BxJs* aus dem Jahr 2021. Vielleicht die Antwort auf all ihre Fragen. Sie klickte auf die Datei und konnte es nicht fassen: Sie war verschlüsselt.

»Verdammt noch mal, Danilo!«, fluchte sie laut, versuchte es mit Namen und Geburtstagen, aber es half nichts, der Ordner blieb verschlossen. Entnervt trennte sie den Stick wieder vom Laptop und schmiss ihn zurück in den braunen Umschlag.

Eine Warnmeldung ihres Anti-Virenprogramms erschien unten rechts am Bildschirmrand und verschwand, bevor sie lesen konnte, worum es ging. Einen Moment lang starrte sie den Laptop an und überlegte, was sie tun sollte. Ihr fielen die komischen Anrufe von vorhin ein. Da der Computer mit dem WLAN verbunden war, konnte sie kein LAN-Kabel ziehen, um sicherheitshalber die Verbindung zum Internet zu trennen. Sie klickte auf das Verbindungssymbol, aber die Liste mit den verfügbaren WLAN-Geräten öffnete sich nicht. *Was, zum Teufel?* Wie bekam sie nun den Laptop vom Internet getrennt? Ihn abzuwürgen könnte fatale Folgen haben. Oder nicht? Der Router! Er hatte einen Stecker. Sie sprang auf, hastete in den Flur und kappte sowohl die Stromversorgung als auch die Internetverbindung. Mit klopfendem Herzen ging sie zurück und klickte auf dem Desktop hier und da etwas an. Jetzt ließ sich die Liste mit den WLAN-Verbindungen in der Umgebung wieder aufrufen. Sicherheitshalber schmiss sie die Virenprüfung an. Das würde länger dauern.

Sie nahm den USB-Stick wieder aus dem Umschlag und betrachtete ihn. Versteckte sich darauf eine Schadsoftware? Oder hatte Danilo eine Art zusätzliche Sicherung neben der Verschlüsselung eingebaut? Konnte er das? Und wozu? Verwirrt stand sie auf, verschränkte ihre Finger und legte sie verzweifelt auf den Kopf. So ging sie vor dem Wohnzimmerfenster auf und ab. Draußen pickte eine schwarze Amsel etwas aus den Ritzen des in großen Ornamenten gelegten Steinpflasters und flog damit auf einen nahen Baum. Der Vogel hatte mehr Erfolg als sie.

Seufzend ließ Veda die Arme sinken und kehrte an den Esstisch zurück. Mit der Virenprüfung im Hintergrund überflog sie noch einmal die Dateien von Ralph, und tatsächlich fielen ihr diesmal mehrere Aktenzeichen der Staatsanwaltschaft auf. Mal gegen Unbekannt und mal gegen bekannte Verdächtige. Und sowohl in dem Pool-Fall als auch bei dem Täter, der sich selbst erhängt hatte, stolperte sie über das *Bx*. Dies war ihr vorher nicht aufgefallen. Auch Philipp nicht. Vielleicht wusste er, was die Abkürzung zu bedeuten hatte. Sie musste ihn morgen unbedingt anrufen und fragen.

Genüsslich streckte sie sich, schlüpfte unter der Bettdecke hervor und öffnete die Brokatvorhänge mit dem Blättermuster, um die Herbstsonne reinzulassen. Oma Ella hatte den Stoff nach einem von Vedas liebsten Buchcovern ausgesucht und ihr Vorhänge daraus zum Geburtstag genäht.

Sie hatte tief und fest geschlafen, nachdem sie gestern Abend zur Ablenkung einen Liebesfilm im Fernsehen geschaut und danach im Bett ihren Fantasieroman weitergelesen hatte, bis ihr die Augen zufielen. Schnell machte sie sich einen Latte Macchiato, stellte ihn auf ihren Nachtschrank und kuschelte sich wieder in die noch warmen Laken. Sie nahm das Buch in die eine Hand, den Kaffee in die andere und las zwei weitere Kapitel, bevor sie aufstand.

Als sie das Frühstücksgeschirr wegräumte, war es fast Mittagszeit. Spät genug, um Philipp anzurufen. Dabei fiel ihr auf, dass sie gestern vergessen hatte, den Ton ihres Handys wieder anzustellen. Es waren noch zwei Anrufe von der Nummer mit dem Rauschen eingegangen. Keine Nachricht. Veda grummelte und blockierte die Nummer.

Philipp nahm nach dem fünften Klingeln ab.

»Habe ich dich geweckt?«

»Ja, macht aber nichts. Wenn ich zu lange auf der Couch schlafe, bekomme ich Rückenschmerzen«, murmelte er und gähnte.

»Wie war es?«, fragte Veda.

»Die gute Nachricht: Mein Vater hat mit körperlicher Abwesenheit geglänzt. Die schlechte: Er und Mama haben einander mehrfach angerufen und sich gestritten. Hauptsächlich haben wir natürlich Mama brüllen gehört, aber gelegentlich kamen seine Beschimpfungen auch recht klar über den Äther. Meine Schwester hat es mit Fassung getragen und ist jedes Mal schnell mit meinem Neffen und dem Hund in den Garten gerannt. Vor allem der Hund war froh, der Furie zu entkommen. Mein Schwager und ich haben uns mit dem hervorragenden Wein getröstet. Nach der zweiten Flasche waren wir entspannt. Meine Schwester meinte, so langsam müssten unsere Eltern das Kriegsbeil begraben. Ich könnte es in zwei Jahren an meinem Vierzigsten erneut versuchen. Daraufhin habe ich beschlossen, diesen denkwürdigen Tag mit keinem Familienmitglied zu feiern, sondern einen Tauchurlaub auf den Malediven zu buchen.«

Veda seufzte. »Die Malediven. Da wollte ich schon immer hin.«

»Gemeinsam in einem Holzhaus auf Pfählen über türkisblauem Meer. Nur wir zwei.«

Für einen kurzen Moment überlegte sie, aber das sprengte ganz sicher ihr Urlaubsbudget. Und nach ihrer gescheiterten Beziehung möglicherweise auch ihre Freundschaft zu Philipp.

»Dafür muss ich noch ein paar Jahre sparen«, erwiderte Veda daher nur und wechselte das Thema. »Bist du wach genug für Neuigkeiten?«

»Schieß los! Wem war Danilo auf der Spur?«

»Ich habe leider immer noch keine Ahnung«, gab sie zu und erzählte ihm, was sie herausgefunden hatte. Am Ende kam sie auf die Aktenzeichen und das ominöse Kürzel zu sprechen.

»Noch nie davon gehört«, sagte Philipp. »Früher habe ich in einer Kanzlei gearbeitet, in der wir den Aktenzeichen des Gerichts manchmal Zusatzkürzel gaben, um die jeweiligen Richter oder Kammern kenntlich zu machen. Richter sind Menschen wie du und ich. Sie haben ihre Meinungen und Eigenheiten. Außerdem hat in einer meiner Stationen während des Referendariats die interne Revision in ihrer eigenen Aktenführung Zusatzkennzeichen vergeben. War Danilo bei der Revision? Oder hat er auf eigene Faust Fälle geprüft und diese Kennzeichnung dafür verwendet?«

»Es steht direkt vor dem *Js*, manchmal mit und manchmal ohne Leerzeichen. In den Unterlagen aus dem Umschlag steht das Aktenzeichen mal mit und mal ohne das *Bx* drin. Wenn er es sich ausgedacht hat, wäre es sinnvoller, es ganz nach vorn oder hintendran zu setzen.«

»Leuchtet mir auch eher ein. Ich werde mich schlaumachen. Vielleicht kann einer meiner Kollegen etwas damit anfangen.«

»Danke, das ist lieb von dir.«

»Das mache ich gerne. Wirklich vorangekommen sind wir aber nicht, oder?«

»Nein, leider. Ich werde in den nächsten Tagen weiter recherchieren. Ralph habe ich eine Nachricht geschickt wegen

Danilos Laptop, Tablet und Handy. Er wird den Notar fragen. Vielleicht verwahrt er sogar weitere Unterlagen und weiß, ob die Polizei die roten Ordner mitgenommen hat.«

»Wenn es etwas gibt, wirst du es finden«, sagte Philipp.

»Sag das nicht. Sonst suche ich in zehn Jahren noch.«

10. KAPITEL

Er wird diesen Wahnsinn überstehen. Damals konnten sie ihm keine Mordmerkmale nachweisen, und ein zweites Mal können sie ihn nicht wegen derselben Tat vor Gericht bringen. Peter hat sich informiert. Die beiden Männer, die ihn beim Saatguthändler abgefangen und ihn ein weiteres Mal durch die Hölle getrieben haben, fahren ihn endlich nach Hause. Sie strahlen die Stärke von Leuten aus, die kämpfen können. Aufgrund der körperlichen Arbeit auf dem Bredersen'schen Hof ist Peter kräftig und zäh, aber wirklich kämpfen kann er nicht. Vor allem nicht, nachdem er wieder dort im Wald war mit ihr – wie damals. Erschöpfender als ein Tag mitten in der Erntezeit. Sie hatte ihn ausgesaugt, seine Energie, sein Herz, sein Hirn und heute wieder, obwohl sie gar nicht wirklich da war. Sie ist längst tot. Wer weiß das besser als er.

Einer der Männer trägt einen Undercut, das vorne kinnlange Haar zu einer Seite gekämmt, sodass es wie ein langer, abgeschrägter Pony seine rechte Gesichtshälfte einrahmt. Für so eine Frisur hätte sein Vater ihn totgeprügelt. Damals tat er es fast. Ihn heute wie damals so wütend zu sehen, hatte Peter in Panik versetzt. Er hatte seinem Alten nur von Ilonas Schwangerschaft erzählt, weil es nicht mehr zu verheimlichen war.

Mit diesem Teil seines Lebens hatte Peter längst abgeschlossen. Bis zu dem Zeitpunkt, als sie wieder vor ihm stand und ihn anschrie, anbettelte, anflehte. Wie funktioniert das? Bestimmt hat das Zeug in der Spritze etwas damit zu tun. Eine neue Droge?

Er muss unbedingt alle Daten, Fotos und Accounts löschen, die Hinweise auf Ilona liefern könnten. Sämtliche Benutzernamen und Kennwörter waren ihm eingefallen, selbst die alten, an die er sich nicht mehr erinnern konnte. Sein Vater hatte immer gesagt, dass Peter nur wegen grenzenloser Dummheit und ebensolchen Glücks in Freiheit leben durfte. Immerhin war er schlau genug gewesen, den Mund zu halten und zu vergessen. Bis heute.

Auf dem Hof angekommen, gehen sie mit ihm ins Haus. Seine Frau ist heute bei ihrer gebrechlichen Mutter. Nach dem ersten Mal hatte Peter versucht, seiner Frau zu erklären, was ihm Seltsames passiert war, aber sie hatte ihn für verrückt oder besoffen gehalten. »Hast etwa die ganze Zeit an sie gedacht? Wünschst du dir, du wärst mit ihr anstatt mit mir verheiratet?«, hatte sie ihn angekeift. »Red keinen Scheiß!«, hatte er zurückgebrüllt.

Wenn er könnte, würde er die Zeit zurückdrehen und Ilona aus dem Weg gehen. Heute hat er es versucht, wollte weglaufen, kam nicht vom Fleck, wie in seinen Albträumen. Fühlte sich zu ihr hingezogen, obwohl er wusste, dass er sie in der nächsten Minute hassen würde. Gefühle, die er nur damals gehabt und seitdem nie wieder zugelassen hat. Sie brachten nur Ärger. Er weiß selbst nicht, was genau ihm widerfahren ist. Wie sie es machen und wer sie sind. Ist überhaupt noch einer aus Ilonas Sippe übrig? Kann einer allein so was organisieren? Wozu? Er sollte mit Frau und Kindern weglaufen, sich verstecken, aber wohin? Der Hof ist alles, was sie haben.

Die beiden Männer bewegen sich durch die Räume, als wohnten sie hier. Natürlich, er hat es ihnen beim ersten Mal gezeigt, obwohl sie nie vorher hier waren. Nur er, in seinem Kopf, erst im Heute und dann im Damals. Deshalb wissen sie, wo sein Büro ist, wo das seines Vaters auch war. Holen Zettel und Stift, zwingen ihn, am großen hölzernen Küchentisch aufzuschreiben, was er vor Minuten, Stunden, einem Tag … er weiß es nicht mehr, ein zweites Mal durchlebt hat. Diese überwältigende Wut und Verzweiflung, wie er es danach nie wieder erlebt hat. Hätte er sich nach dem ersten Gang durch die Hölle der Vergangenheit stellen sollen? Auf keinen Fall! Den Kopf hatte er sich darüber zermartert, was sie mit ihrem irren Zauber bezweckten. Beim ersten Mal war er zusammengebrochen, bevor sie zum Ende kamen. Er fand sich in einem Krankenhausbett wieder. Angeblich hatte die Polizei ihn ohnmächtig am Steuer seines Wagens am Rande einer Landstraße gefunden, als er auf dem Weg nach Hause gewesen war. Aber er hatte das nicht geträumt. Mit zitternder Hand nimmt er den angekauten Kugelschreiber, schreibt auf, was und warum er es getan hat. Die Männer lassen keinen Zweifel daran, dass sie nicht nur ihn, sondern auch seiner Frau und seinen Kindern etwas antun werden, wenn er nicht festhält, woran er sich so gut erinnert. Er wird es widerrufen, wie damals. Von der Leiche dürfte nach dreißig Jahren nichts mehr übrig sein. Erst mal machen, was sie verlangen. Er kennt sich aus, hat in diesem Fall schon einmal als freier Mann den Gerichtssaal verlassen, obwohl klar war, dass er das dickköpfige Miststück getötet hat. Warum hat sie nicht einfach abgetrieben? Stattdessen wollte sie ihn zur Heirat zwingen. Wozu? Er hätte alles verloren. Sein Vater hätte ihn enterbt. »Die Schlampe und ihr Balg werden keinen Flecken meines Landes bekommen! Verdammtes Aussiedlerpack«, hat sein Vater ihm heute wie damals ins Gesicht geschrien, obwohl er längst tot ist. Ihn wiederzusehen war genauso schlimm wie Ilonas Anblick.

»Schreib *Es tut mir leid* drunter«, befiehlt der Mann mit dem Undercut.

Erst als Peter den Satz geschrieben hat, wird ihm klar, dass dies nicht nur ein Geständnis, sondern ein Abschiedsbrief ist. Was haben die Kerle vor? *Steh auf und hau ab!* Er stützt sich auf den Tisch, will aufspringen, aber der Typ mit den kurz geschorenen Haaren packt von hinten seine Schultern, setzt sein Gewicht ein. Peter fällt zurück auf den Stuhl, während sich die Finger in die Kuhle über seinem Schlüsselbein graben.

Der Mann mit dem Undercut verschwindet und kommt kurze Zeit später zurück – mit Peters 38er in der Hand. Als Jäger braucht er sie für Fangschüsse. Die Zahlenkombination für den Waffenschrank haben sie sich heute erschlichen. Routiniert kontrolliert der Mann das Magazin. Dass es geladen ist, erkennt Peter an dem Aufblitzen der helleren Patronen inmitten des schwarzen Metalls. Er schiebt das Magazin in die Waffe, entsichert sie und reicht sie an seinen Kumpan weiter, der hinter Peter steht.

»Was soll das? Was haben Sie vor?«, fragt Peter panisch.

Mit einem Ruck versucht er sich aus dem Griff um seinen Nacken zu befreien, aber der Druck des kühlen Waffenlaufs an seiner Schläfe lähmt ihn augenblicklich. Angst trifft ihn wie ein Schlag in die Magengrube. Er schließt die Augen und hält die Luft an.

11. KAPITEL

Was für ein Tag! Veda ließ sich rücklings auf die Couch fallen, und legte die Hände auf ihr Gesicht. *Grässlich!*

Gleich am frühen Morgen dieser Anruf von einer verängstigten Mutter, die sich mit ihrem Kind im Badezimmer eingeschlossen und von dort Dr. Zymo angerufen hatte. Er und Frau Latih verbrachten den Tag damit, die Polizei in das Haus und den Mann hinauszubefördern. Nachdem seine Frau ihm die Trennung verkündet hatte, war er ausgerastet und hatte das halbe Mobiliar zerlegt. Einstweilige Anordnung gegen den Mann, Frau und Kind ins Frauenhaus, Strafanzeige, Antrag ans Gericht, das volle Programm im Schnelldurchlauf.

Und weil das nicht schlimm genug war, brach ab neun Uhr plötzlich die Kanzlei-IT zusammen, und nichts ging mehr. Mit dem Handy musste sie die IT-Firma anrufen und um einen Servicemitarbeiter betteln, der immerhin eine Stunde später vor der Tür stand. Er brauchte mehrere Stunden, um alles wieder zum Laufen zu bringen. Irgendjemand hatte sich Zugriff verschafft. Aber offenbar waren keine Viren, Trojaner oder Sonstiges ins System geschleust oder Daten runtergeladen beziehungsweise zerstört worden. Das wäre das schlimmstmögliche Szenario gewesen. Sie hätten Glück gehabt, hatte der Servicemitarbeiter gesagt. In letzter Zeit würden immer öfter Systeme von außen gesperrt und die Firmen damit erpresst werden. Morgen wollte Dr. Zymo die Sache zusammen mit der IT-Firma der Polizei melden.

Kurz vor Feierabend stand dann noch dieser Selbstständige vor der Tür, der viel zu spät seine zwei prall gefüllten

Ringordner für ein Unterhaltsverfahren ablud. Dr. Zymo und Veda mussten sich daraufhin direkt an eine schnelle Unterhaltsberechnung setzen und ein paar der Unterlagen zu Gericht schicken, um die letztmalig verlängerte Frist halten zu können. Veda war abwechselnd nach Lachen, Weinen und Schreien zumute gewesen. Nur weil Dr. Zymo und Frau Latih die Ruhe bewahrten, drehte sie nicht durch. Sie hasste solche Tage, an denen Chaos herrschte und ihre Tagesplanung auf den Kopf gestellt wurde. Ein richtig beschissener Montag. Hoffentlich kein böses Omen für den Rest der Woche.

Die Prüfung ihres Laptops hatte gestern weder Viren noch sonst etwas ergeben. Sie hatte dem Servicemitarbeiter von der Meldung des Virenprogramms auf ihrem privaten Laptop erzählt und ihn gefragt, ob das vielleicht damit zusammenhängen könnte, dass sie im Homeoffice über eine Workspace-App auf die Kanzleisoftware zugriff. Möglicherweise hatte er sich dabei etwas eingefangen. Alle anderen hatten allerdings keine Probleme mit ihren Geräten oder Internetverbindungen gehabt. Deshalb hatte er ihr nur ein paar Tipps mit auf den Weg gegeben, bevor er zum nächsten Kunden geeilt war.

Veda rieb sich kurz über das Gesicht. *Nicht auf der Couch einschlafen.* Sie hievte sich hoch, ging in die Küche und machte sich einen Rooibusch-Tee.

Ein sinnbefreiter, netter Film musste jetzt her, der weder intellektuell noch emotional anspruchsvoll war. Leichte Kost. Oder eine dieser Serien, bei denen man schon nach den ersten drei Minuten wusste, wie es weiterging.

Ihr Blick fiel auf ihre Aloe-Vera-Pflanze, sie so groß geworden war, dass sie sich schon zu einer Seite neigte. Das ist es! Mit einem Obstmesser trennte sie ein äußeres Blatt ab und stellte es hochkant mit der Schnittfläche auf den Ausguss der Küchenspüle.

Auf ein richtiges Abendbrot hatte sie keine Lust, deshalb begnügte sie sich mit Joghurt, Weintrauben und einem Stück Käse. Alles zusammen stellte sie auf den Wohnzimmertisch. Erst dann schnitt sie das Aloe-Vera-Blatt längs auf und legte zwei Stücke mit der Innenseite auf die geschlossenen Augenlider. So blieb sie sitzen, bis ihr Tee abgekühlt war.

Ein wenig erleichtert schaltete sie den Fernseher an und zappte sich durch das Programm ihres Streamingdienstes, verlor aber schnell die Lust. Nichts passte zu ihrer Laune. Sie entschied, die Acht-Uhr-Nachrichten zu schauen, denn sie hatte bei dem Chaos heute keine Zeit gehabt, sie über ihr Handy zu checken.

Nur mit halbem Ohr hörte sie zu, während sie Weintrauben mampfte und in der Fernsehzeitung nach einem passenden Film suchte.

»… wurde heute die Leiche des Hofbesitzers Peter B. in seiner Scheune in Niedersachsen gefunden. Wie er zu Tode kam, ist noch nicht bekannt. Es soll sich um den Mann handeln, der vor zehn Jahren wegen der Tötung von Ilona Raab angeklagt war.«

Ihr fiel die Weintraube aus der Hand, und ihr Kopf ruckte hoch. Ungläubig starrte sie die brünette Nachrichtensprecherin in hellblauer Bluse und blassgelbem Blazer an. Raab? Der Name hatte sich während des Studiums wahrscheinlich für immer in ihr Gedächtnis gebrannt. Bestimmt nur ein Zufall. Trotzig senkte sie den Blick wieder auf die Zeitung. *Denk nicht an ihn, er ist die Energie nicht wert.* Raab ist ein gebräuchlicher Name. Oder konnte es sein, dass …?

Zur Abwechslung lag ihr Handy griffbereit auf dem Tisch. Sie schmiss die Zeitung auf die Couch neben sich und suchte im Internet nach weiteren Informationen. Auf den ersten Blick nichts zum Tod einer Ilona Raab. *Mist!* Fluchend übersprang sie die Seiten, die nur mit einem Abonnement geöffnet werden konnten, und klickte sich durch unzählige Cookie-Banner, bis sie die Bestätigung fand: *Bei Ilona Raab soll es sich um die vor Jahrzehnten getötete Schwester von Rufus Raab handeln, derzeit Hamburger Generalstaatsanwalt.*

Veda wurde abwechselnd heiß und kalt. Es ging tatsächlich um ihn, und er hatte eine Schwester gehabt. Sie suchte alles online nach Ilona Raab ab, bis ihr die Augen brannten, fand aber nur wenig über den Fall. Vermutlich, weil er schon alt war. Vor zweiundvierzig Jahren verschwand Ilona auf dem Weg nach Hause spurlos. Erst zweiunddreißig Jahre später wurde der nun verstorbene Peter B. aufgrund der Aussage eines Tathelfers vor Gericht gestellt und verließ den Gerichtssaal trotz eines Schuldspruchs als freier Mann, weil ihm nur Totschlag nachgewiesen werden konnte.

Veda überlegte einen Moment. *Stimmt. Totschlag verjährte nach dreißig Jahren.* Mordmerkmale hatten sie ihm also nicht nachweisen können. Es muss furchtbar für Ilonas Familie gewesen sein, den Täter einfach so aus dem Gerichtssaal spazieren zu sehen, ohne dass ihrer Tochter und Schwester Gerechtigkeit widerfahren war. Der Gedanke machte sie wütend und traurig zugleich.

Mit dem kürzlichen Ableben von Peter B. waren neue Beweise zur Tat aufgetaucht. Mehr dazu und zu den Umständen seines Todes wollte die Staatsanwaltschaft in den nächsten Tagen bekannt geben. Dann würde auch die Presse ihre Archive nach Details durchforstet haben. Vor zweiundvierzig Jahren gab es das kommerzielle Internet noch nicht, und wer digitalisierte schon alte Informationen, wenn sie niemanden mehr interessierten. Veda war damals noch nicht einmal geboren, und bisher war der Fall auch in keiner dieser True-Crime-

Dokus im Fernsehen aufgetaucht. Vielleicht war niemand dazu bereit gewesen, mit den Fernsehleuten zu sprechen. Rufus Raab sicherlich nicht.

Davon, dass seine Schwester vor Jahrzehnten ermordet worden war, hatte Veda bis zum heutigen Tag nichts gewusst. Danilo womöglich?

Rufus musste ungefähr vierzehn Jahre alt gewesen sein, als seine Schwester verschwand. War sie älter oder jünger gewesen? Die Presse wird es bald herausfinden. Vor zehn Jahren war Rufus noch kein Generalstaatsanwalt, aber auf dem besten Wege dorthin. Zeitweise war er als Dozent an der Uni tätig und während Vedas Studium ein Fixstern für eine Gruppe Auserwählter gewesen. Dazu zählten unter anderen Danilo, Andrea, Marco und einige Zeit auch Veda, Arno und Julia. Rufus förderte sie, trieb sie an, verlangte mehr von ihnen als von anderen. Veda und Julia konnten und wollten mit dem Tempo irgendwann nicht mehr Schritt halten. Danilo und Andrea dagegen marschierten mit Volldampf durch bis zur Staatsanwaltschaft. Marco bekam seine Prädikatsexamen und konnte sich danach die Kanzlei aussuchen, für die er arbeiten wollte. Eine Weile pushten sie sich gegenseitig von einem Erfolg zum nächsten, taten kaum etwas anderes als lernen und nebenher für Kanzleien oder Professoren zu arbeiten. Veda erinnerte sich an die Enttäuschung und die Herablassung in Rufus' Blick, nachdem sie ihm gesagt hatte, dass sie das Tempo etwas rausnehmen wollte. »Du kannst viel mehr. Sei nicht faul und feige, mach was aus deinen Fähigkeiten!«, hatte er sie bei einem unvermeidbaren Wiedersehen angeraunzt. Veda hätte sich damals am liebsten aufgelöst. Die Beziehung mit Danilo ging vor ihren Augen den Bach runter, sie wusste nicht mehr, welchen Weg sie beruflich gehen wollte, und dann auch noch Rufus' Groll dazu. Als sie nach dem

Gespräch zu Hause ankam, weinte sie zwei Stunden vor Wut und Enttäuschung in ihr Kissen.

Danilo wurde ihr zu der Zeit immer fremder, denn je mehr er sich ins Zeug gelegt hatte, desto ähnlicher war er seinen Eltern geworden. Veda hatte das Jurastudium begonnen, weil sie Gerechtigkeit liebte und brauchte. Bei Streit und Chaos wollte sie die Ordnung wiederherstellen, die Verirrten aufklären, Konflikte friedlich beilegen und die Gesellschaft sicherer machen. Aber sie musste schmerzlich lernen, dass Recht nicht mit Gerechtigkeit gleichzusetzen war, dass jeder seine eigene Gerechtigkeit hatte und am Ende immer der Stärkere gewann. Sie sah den anderen irgendwann nur noch von außen zu und schloss sich einer anderen Lerngruppe an, deren Mitglieder regelmäßig ausgingen, Spieleabende veranstalteten und tagsüber im Stadtpark mit einem großen Eis Jura Jura sein ließen.

Die Nachrichten waren vorüber, und Veda schaltete den Fernseher ab. Mittlerweile tränten ihre Augen, da sie weiter jeden Artikel las, den sie im Internet finden konnte, bis sie eine Überschrift sah, die ihr Gänsehaut bereitete: *Richtete sich der Täter selbst?*

In dem Artikel stand, was sie schon auf anderen Seiten gelesen hatte. Neu war, dass es Hinweise auf einen Selbstmord des Täters gab und er einen Abschiedsbrief hinterlassen habe.

Sie legte ihr Handy neben sich, lehnte sich zurück und schloss die Augen. Drei mysteriöse Todesfälle in den letzten zwei bis drei Jahren, bei welchen die Toten selbst zur Aufklärung ihrer Taten beitrugen, zwei sogar auf die Leichen ihrer Opfer hinwiesen. Der Erhängte im Wald, die Frau im Pool und jetzt der Mann, der Rufus' Schwester getötet hatte. Zwei Fälle konnten Zufall sein, drei waren ein Muster. Der letzte Tod tauchte zwar nicht in Danilos Unterlagen auf, weil er erst jetzt geschehen war, aber er passte ins Bild. Nicht nahtlos, aber die Verbindung zu Danilo konnte keine Willkür sein. Aber weshalb hinterließen alle Täter diese Hinweise auf ihre Taten? Späte Reue? In ihrer ganzen Ausbildung hatte sie noch nie von derartigen Fällen gehört. Wer einen anderen Menschen planvoll tötete und damit davonkam, der nahm sich nicht Jahre danach aus plötzlicher Einsicht das Leben. Und selbst wenn, warum gestanden sie schriftlich ihre Schuld ein?

Ohne Umschweife rief sie Philipp an. Um halb neun war er sicher noch wach.

»Decka«, meldete er sich.

»Ich habe einen weiteren Fall«, brachte Veda aufgeregt hervor. Sie hörte, wie *Another One Bites The Dust* von Queen im Hintergrund leiser wurde. »Sitzt du im Auto?«

»Ich bin gerade erst aus der Kanzlei raus. Wir brauchen alle etwas Schlaf. Morgen geht es weiter. Einer unserer Fälle hat sich übers Wochenende ganz übel entwickelt. Apropos Kanzlei, ich habe meine Kollegen nach dem Kürzel *Bx* in staatsanwaltlichen Aktenzeichen gefragt. Das haben sie noch nie gesehen und wissen auch nicht, was es bedeuten soll.«

»Mist«, sagte Veda und seufzte.

»Erzählst du mir trotzdem, wieso du angerufen hast?«

»Du hattest bestimmt keine Zeit, dir die Nachrichten anzusehen. Heute wurde ein Mann gefunden, der sich vermutlich selbst getötet und einen Abschiedsbrief mit Hinweisen auf eine frühere Tat hinterlassen hat.«

»Es ist also noch nicht sicher, ob er sich das Leben genommen hat?«

»Es wurde noch nicht bestätigt, aber die Info soll aus Polizeikreisen stammen, und die Onlinezeitschrift ist seriös.«

»Hm«, machte Philipp.

»Außerdem hat mich die Überschrift *Richtete der Täter sich selbst?* auf eine Idee gebracht. Vielleicht war Danilo einem Racheengel auf der Spur.«

»Einem was?«, fragte Philipp verdutzt, und Veda kam sich sofort dumm vor, obwohl ihr die Idee vor ein paar Minuten noch völlig plausibel erschienen war.

»Jemand, der die Täter ihre Taten gestehen lässt und sie dann tötet. Richter und Henker in einem.«

»Wow! Das ist weit hergeholt.«

Veda wurde sauer. »Finde ich nicht. Warum sollten die Täter nach Wochen, Jahren, Jahrzehnten plötzlich so reumütig werden, dass sie sich selbst umbringen und der Nachwelt ein Geständnis hinterlassen?«

»Die Frau im Pool hat sich nicht das Leben genommen.«

»Vielleicht doch«, widersprach Veda trotzig. »Auf jeden Fall wäre die Leiche ihres Mannes nicht gefunden worden, wenn sie nicht dort gestorben wäre.«

»Möglich. Was willst du mit deiner Idee anstellen?«

Aus Gewohnheit nahm Veda eine Strähne ihres Haars und wickelte sie immer wieder um den Finger. Das half ihr beim Nachdenken. »Gute Frage. Wenn ich einen Kontakt bei der Polizei hätte, könnte ich ihm von meinen Gedanken erzählen und er könnte dann vielleicht ermitteln. Oder zumindest die Fakten prüfen.« Sie wartete einen Moment. Vielleicht verband Philipp wie durch ein Wunder eine Sandkastenfreundschaft mit einem Ermittler des LKAs. Aber er blieb stumm.

»Ansonsten kann ich nur zur Polizei gehen und ihnen darlegen, was ich weiß.«

»Wollte Danilo sie nicht aus der Sache raushalten?«

»Laut Ralph wollte er das, aber ich bin weder Staatsanwältin noch Ermittlerin, kenne nicht alle Fakten, habe keine polizeilichen Kompetenzen. Wenn ich mich einmische, könnte etwas schiefgehen und ein Mörder davonkommen.«

»Wenn es deinen mordenden Racheengel überhaupt gibt.« Ehe Veda ihrer erneuten Wut Luft machen und sich rechtfertigen konnte, fuhr Philipp schon fort. »Außerdem waren die Toten selbst Täter ...« Den Rest ließ er ungesagt.

»Du meinst, es sollte mich nicht kümmern, weil sie ihre gerechte Strafe bekommen haben? Soll ich alles in eine Kiste packen, Ralph schicken und ihn dann ignorieren? So tun, als wäre nichts geschehen?« Veda schüttelte den Kopf. »Vielleicht liege ich falsch. Vielleicht lag Danilo falsch. Aber er hat explizit verlangt, dass ich die Unterlagen bekomme. Also werde ich ihn nicht im Stich lassen. Und selbst du musst zugeben, dass die Umstände von Danilos Tod mysteriös sind. Was, wenn Unschuldige mit hineingezogen werden?« Sie musste an die tote Prostituierte und ihren Freund in der Psychiatrie denken. Was hatten sie verbrochen? Waren sie zwischen die Fronten geraten? Oder waren sie schon die Unschuldigen, um die sich Veda Sorgen machte?

»Dann geh zur Polizei. Aber rechne nicht damit, dass sie dich mit offenen Armen empfangen, wenn du in ihrem Revier wilderst«, entgegnete Philipp leicht genervt.

Sie konnte sich gut vorstellen, wie die Polizisten auf eine Amateurermittlerin reagieren würden. Obwohl sie sich nicht als solche empfand. Sie war durch Zufall an möglicherweise interne Informationen gelangt und wollte einfach nur das Richtige tun. Falls es einen Zusammenhang zwischen den Fällen gab, den sie nicht sehen konnte, weil ihr die nötigen Hintergrundinformationen fehlten, könnte die Polizei diesen am ehesten herausfinden. Und wenn es keinen gab, hatte sie zumindest alles getan, um Danilo bei seinem letzten Fall zu helfen, selbst wenn er sich als Hirngespinst herausstellte.

Lennart Siebert schlich sich erneut in ihre Gedanken, und der junge Mann in der Psychiatrie brachte sie auf eine Idee.

»In den Dokumenten aus Danilos Wohnung habe ich unter anderem ein Interview von ihm mit der Mutter von Lennart Siebert, dem mittlerweile entlasteten Verdächtigen der Prostituierten-Ermittlungen, gefunden. Du erinnerst dich? Er befand sich zum Zeitpunkt des Gesprächs in der Psychiatrie. Ich werde versuchen, die Mutter zu erreichen. Vielleicht hat Danilo ihr gesagt, worum es ihm geht, damit sie mit ihm über ihren psychisch kranken Sohn spricht. Wenn das nichts bringt, gebe ich der Polizei, was ich habe. Mehr kann ich nicht tun.« Sie war erleichtert, endlich einen Plan zu haben. Pläne gaben eine Richtung vor, und man konnte sie erledigen.

Die leise Musik im Hintergrund endete, und es piepte leise. Philipp war angekommen.

»Das hört sich vernünftig an. Willst du ihnen Danilos Unterlagen eins zu eins übergeben?«

»Nein, ich möchte nicht, dass sein Name irgendwo auftaucht.«

»Dann solltest du die drei Fälle selbst zusammenfassen.« Für einen Moment schwiegen sie beide. »Hast du dir Gedanken darüber gemacht, warum er mit seinem Wissen nicht zur Polizei oder zur zuständigen Staatsanwaltschaft gegangen ist?«

»Entweder wollte er es vermeiden, Ermittlungen ohne guten Grund loszutreten, oder es ging um eine interne Angelegenheit«, sagte Veda mit fester Stimme und ignorierte die anderen Gründe, die ihr einfielen. Vielleicht sah Danilo Gespenster. Vielleicht hatte er in letzter Zeit selbst Fehler begangen und wollte sie wiedergutmachen.

»Tut mir leid, dass ich im Moment keine Zeit habe, dir zu helfen. Sobald wir diesen Fall abgeschlossen haben, wird es wieder ruhiger. Tu bitte nichts Unüberlegtes«, mahnte Philipp sie.

»Sagt der Richtige, Mr. No-risk-no-fun.«

»Entschuldige den kurzen Rollentausch, aber überlege dir erst, wie du dein Anliegen an die Polizisten formulieren willst. Sie könnten denken, dass du ihnen Fehler oder Nachlässigkeiten bei ihren Ermittlungen vorwerfen willst.« Er gähnte.

»Geh schlafen und mach morgen deinen Fall wasserdicht. Ich komme klar.«

Veda beendete das Gespräch, stand auf, ging zum Tisch und suchte nach der Telefonnummer von Lennart Sieberts Mutter. Noch war es nicht zu spät für einen Anruf. Sie wählte, doch es hob niemand ab.

Enttäuscht legte sie das Handy auf den Küchentisch. Eigentlich hatte sie weder Lust noch die Kraft, die Recherchen zu den Fällen und ihre Schlussfolgerungen daraus zusammenzuschreiben. Andererseits wollte sie ihr Wissen so schnell wie möglich in kompetente Hände geben. Es erschien ihr plötzlich eilig.

Der nächste Tag verlief zum Glück ruhiger. Sie musste zwar viel Arbeit nachholen, aber wenigstens funkte ihr nichts und niemand dazwischen.

Den restlichen Abend hatte sie gestern damit verbracht, die Fälle so zusammenzuschreiben, dass man keine Verbindung mehr zu Danilo herstellen konnte. Details, von denen sie annahm, dass sie aus internen Kreisen stammten, ließ sie möglichst aus. Einige Artikel fand sie im Internet und druckte sie neu aus. Per SMS hatte sie ihr Vorgehen mit Ralph abgesprochen. Auch ihm war keine andere Möglichkeit mehr eingefallen. Dadurch war sie wieder zu spät ins Bett gekommen, hatte aber sehr gut geschlafen.

Nach der Arbeit wollte sie ihre Informationen der Polizei im Kommissariat 14 in der Caffamacherreihe übergeben. Danilo hatte es in seinen Unterlagen erwähnt, und es bestand eine Fifty-fifty-Chance, dass er irgendeine positive Verbindung zu jemandem dort hatte. Das Kommissariat befand sich in der Nähe der Gerichte, und Veda war im Studium und auch später noch öfter an dem Gebäude vorbeigekommen. Außerdem lag es weit genug von ihrem Wohnort und der Kanzlei entfernt. Sollte sie sich zum Narren machen, dann lieber nicht in ihrem Umfeld. Zuerst hatte sie überlegt, gleich zum Landeskriminalamt in Winterhude zu gehen. Heute Morgen beim Zähneputzen kam ihr der Gedanke allerdings größenwahnsinnig vor. Deshalb hatte sie im Handy noch schnell nach einer anderen Dienststelle gesucht.

Als sie die Bahn Richtung Zentrum betrat, fühlte sie sich etwas leichter. Danilo hatte ihr seine Recherchen vermacht, und sie gab sie nun in Expertenhände, so wie sie ihre Arbeit an Dr. Zymo übergab, der das Beste für die Mandanten daraus machte.

Draußen jagten die Wolken über den Himmel, es dämmerte. Bald würde es dunkel sein, wenn sie zur Arbeit kam und die Kanzlei nach Feierabend verließ. Eine trübe Zeit, die sie sich mit Tee, Büchern, Suppen und Serien versüßte, bis die Tage wieder länger werden würden.

Die U-Bahn arbeitete sich von einem Halt zum nächsten. An der Haltestelle *Hoheluftbrücke* erklang ein lauter Warnton. Zwei junge Männer sprangen noch schnell in die Tür, dann ging es weiter bis zur Haltestelle *Schlump.* Veda stieg in die U2 um und warf einen Blick in ihre Umhängetasche. Die Unterlagen hatte sie extra in einen großen braunen Umschlag gesteckt. Philipps Worte gestern hatten ihr zu denken gegeben. Wenn die Polizisten sie abwiesen, ohne ihre Notizen zu lesen, würde sie den Umschlag in den Briefkasten werfen. Dann mussten sie sich die Dokumente ansehen und würden sich Gedanken dazu machen.

An der Haltestelle *Gänsemarkt* stieg sie aus, ging den Valentinskamp entlang und bog links in die Caffamacherreihe ab. Am Straßenrand parkte ein bekanntes rotes Pizza-Auto, der Fahrer war nicht zu sehen. Hatten die gerade Sonderaktionen? Oder fiel es ihr nur auf, weil eines davon an Danilos Wohnung fast mit Philipps Tür kollidiert wäre? Sie schüttelte den Kopf. Ein großer Lieferdienst, der durch ganz Hamburg fuhr. Nichts Besonderes.

Vor dem fünfstöckigen Polizeigebäude aus rotem Backstein blieb sie stehen und zog den Umschlag aus der Tasche. Eine abgerundete Betontreppe führte hinauf zum Eingangsbereich. Ein Briefkasten war nirgends zu sehen. Veda holte tief Luft, stieg festen Schrittes die Stufen empor und öffnete schwungvoll die Glastür. Danilo war Staatsanwalt gewesen, rief sie sich ins Gedächtnis. Wenn er einen Verdacht gehabt hatte, dann nicht ohne Grund.

Im Eingangsbereich befand sich rechts der Wartebereich mit festgeschraubten Stuhlreihen aus Metall.

Auf der linken Seite stand eine Beamtin mit blondem Pferdeschwanz hinter einem verglasten Tresen.

»Wie kann ich Ihnen helfen?«, fragte sie freundlich, aber reserviert.

Veda zog ihre Notizen aus dem Umschlag und legte sie in eine Schublade zum Durchreichen.

»Ich bin auf etwas gestoßen, das eventuell strafrechtlich relevant sein könnte«, antwortete Veda mit fester Stimme und sah, wie das Lächeln der Beamtin kühler wurde. Sie zog die Schublade auf ihre Seite und nahm die Papiere heraus. Schräg hinter ihr sah ein hagerer Beamter in Uniform von seinem PC-Bildschirm auf und musterte Veda ernst. Sie hatte erwartet, am Tresen eines Kommissariats nur junge Polizisten anzutreffen, die ihre Laufbahn erst begangen, aber die blonde Frau und der hagere Beamte wirkten schon älter und erfahren.

Ihre Zuversicht bröckelte. Sie begann zu schwitzen, obwohl es ihr beim Eintreten kühl im Raum vorgekommen war. Schon jetzt fühlte sie sich wie ein ungebetener Gast, der nichts Besseres zu tun hatte, als die Polizei mit Unzulänglichkeiten zu nerven.

Nervös verschränkte Veda die Hände vor dem Körper und knetete ihre kalten Finger, während die Beamtin die Unterlagen überflog. Komisch, dass sie gleichzeitig schwitzen und kalte Finger haben konnte.

Bei dem Fall des Täters, der sich über seinem Opfer im Wald erhängt hatte, zögerte die Polizistin, warf ihr einen kurzen Blick zu und griff zum Telefon. »Hier steht jemand am Tresen mit Infos zu einem deiner alten Fälle. Das Mädchen unter dem Holzstoß.« Sie legte auf und wies auf die Besucherstühle hinter Veda. »Warten Sie bitte einen Moment.«

Veda nickte, durchquerte den Raum, klappte eine der grauen, mit Luftlöchern versehenen Sitzflächen herunter und setzte sich. Unbehaglich rutschte sie auf dem kühlen Metall herum. Eigentlich wollte sie nur noch raus hier. Warum hatte sie den Umschlag nicht einfach per Post geschickt, versehen mit einem seriösen Anschreiben und ihrer Telefonnummer. So unsicher wie jetzt war sie zuletzt bei Auftritten vor Gericht gewesen, die sie während ihrer Praktika im Studium hatte absolvieren müssen. Sie fühlte sich, als stünde ihre Glaubwürdigkeit auf dem Prüfstand, als Mensch und als Juristin.

Eine schlanke Frau in Zivil mit kurzen schwarzen Haaren trat zu der blonden Beamtin, wechselte ein paar Worte mit ihr, nahm Vedas Notizen in die Hand und kam durch eine Glastür in den Warteraum. Der Metalldetektor schrillte, und an den Seiten leuchteten rote Lampen auf, als sie den massiven, dunkelgrauen Rahmen passierte. Veda stand auf.

»Bregum mein Name. Kriminaloberkommissarin.« Ihre kobaltblauen Augen fixierten Veda neugierig. Der Name Bregum kam ihr bekannt vor, aber sie erinnerte sich nicht, wo sie ihn schon mal gehört hatte. Vor Corona hätten sie sich wahrscheinlich die Hände geschüttelt, so musste ein knappes Nicken reichen. Eine alternative Begrüßungsform hatte sich seitdem nicht etabliert.

»Weller«, stellte Veda sich ihrerseits vor. »Mir ist zufällig eine Verbindung zwischen den Fällen aufgefallen.« Der Pegel ihres Selbstbewusstseins sank angesichts des bedächtigen Blätterns von Frau Bregum auf unter null. »Vielleicht ist nichts dran. Aber mir ist wohler, wenn ich es jemandem mitteilen kann, der sich damit auskennt.« Gestern waren ihre Gedanken noch überzeugender gewesen. Sie hatte im Geiste das Gespräch durchgespielt und alles sorgfältig und schlüssig niedergeschrieben. So wie sie es auch in der Kanzlei tat. Warum fiel ihr jetzt nichts Eloquentes ein? Noch dazu klang ihre Stimme hell und dünn. Was hatte sie sich nur dabei gedacht? Nervös trat sie von einem Fuß auf den anderen.

Frau Bregum blätterte die Fälle durch, las den des ermordeten und unter einem Holzstoß im Wald versteckten Mädchens durch, überflog einen Teil, las Vedas wenige Notizen zu Ilona Raab. Der Uniformierte am PC stand auf und diskutierte mit der Beamtin hinter dem Tresen. Sie schüttelte genervt den Kopf, während er an ihr vorbei das Telefon nahm und aus ihrem Blickfeld verschwand.

»Interessante Schlussfolgerung. Darf ich die behalten?«, fragte Frau Bregum mit den hochgehaltenen Papieren.

Veda blinzelte verwirrt. »Sicher. Ich habe sie extra ausgedruckt.« Ihr wurde leichter ums Herz, und ein wenig Anspannung fiel von ihr ab. Frau Bregum schien ehrlich interessiert zu sein.

»Ob es zu etwas führt, kann ich Ihnen nicht sagen, aber …«

»Frau Weller?«, rief ein großer, leicht untersetzter Mann in Anzug, der mit dem uniformierten Beamten vom Empfang im Schlepptau in den Wartebereich rauschte. Die blonde Beamtin hinter dem Tresen verschränkte die Arme vor der Brust und kniff die Lippen zusammen.

Aus Kommissarin Bregums Gesicht verschwand das leichte Lächeln, und sie schob das Kinn etwas vor, als sie sich zu dem Mann umdrehte.

»Erster Kriminalhauptkommissar, Voß«, stellte sich der Mann vor. »Lassen Sie mich mal sehen.« Mit einem überheblichen Ausdruck griff er nach Vedas Unterlagen. Für einen kurzen Moment maßen er und Frau Bregum sich mit Blicken, bis die Kommissarin ihm den Packen Papier überließ und ebenfalls die Arme vor der Brust verschränkte.

Die Stimmung im Raum hatte sich um hundertachtzig Grad gedreht. Veda schluckte trocken.

»Hm, hm«, machte der Mann und sichtete ihre Notizen. Sie wusste von Philipp, wie es aussah, wenn jemand in diesem Tempo lesen konnte. Der Mann vor ihr blätterte nur. »Nett von Ihnen, dass Sie uns bei unserer Arbeit unterstützen wollen, aber hier steht nur drin, was wir bereits wissen.« Es sollte wohl freundlich klingen. *Arschloch!* Veda erinnerte sich an einen der Richter bei ihrer mündlichen Prüfung zum ersten Staatsexamen. Das gleiche großkotzige Auftreten. Wie sie das hasste. »Und Sie erwarten doch sicher nicht von uns, dass wir gegen Tote ermitteln. Es sei Ihnen versichert, dass wir den Fall Ilona Raab sehr sensibel und gewissenhaft behandeln werden. Sagen können wir Ihnen dazu natürlich nichts.« Er reichte ihr die Unterlagen. »Sollten Sie irgendwelche neuen Erkenntnisse gewinnen, kommen Sie gerne wieder«, sagte er und lächelte erneut freudlos. Frau Bregum hatte ihn die ganze Zeit über ernst und kalt gemustert, bis das Klingeln ihres Handys sie ablenkte. Sie zog es aus einer am Gürtel befestigten Hülle, sah auf das Display, warf Veda einen etwas sanfteren Blick zu, entschuldigte sich murmelnd und verschwand aus dem Warteraum.

Veda fühlte sich blamiert, herabgesetzt und ignoriert. Philipp hatte sie gewarnt. Sie hatte sich auf Widerspruch vorbereitet, darauf, jemanden mit Argumenten überzeugen zu müssen. Mit einem höflichen Rauswurf hatte sie nicht gerechnet.

»Tja dann«, sagte sie, machte auf dem Absatz kehrt und verließ das Polizeikommissariat.

Sie rannte fast zur U-Bahn-Haltestelle, weil sie so wütend war. Auf die Polizei, sich selbst, Danilo, sogar Philipp. *Diese Ignoranten!* Es war naiv gewesen, zu glauben, dass man sie ernst nehmen würde. In der Bahn hätte sie die Unterlagen am liebsten in den Mülleimer geschmissen. Leider guckten oben schon Pappbecher heraus, sodass sie Zettel und Umschlag einfach in ihre Tasche zurückstopfte.

Als sie ihre Haustür aufschloss, war ihr Ärger noch immer nicht verraucht. Sie pfefferte die Umhängetasche im Flur unter die Garderobe, ließ sich auf die Couch fallen und schlug mit den Fäusten neben sich auf die Sitzfläche.

12. KAPITEL

Heute war es ruhig im Büro – leider. So hatte sie Zeit nachzudenken. Die Szene im Polizeikommissariat vor zwei Tagen war wie ein Mückenstich. Man vergaß ihn, bis er wieder wie verrückt juckte. Was konnte sie noch tun? Ihr fiel nichts Sinnvolles ein. Die Unterlagen in den Briefkasten eines anderen Kommissariats zu werfen, würde ihr Dilemma nicht lösen. Oder doch? Wollte sie den Fall nur loswerden? Oder sich nicht eingestehen, dass es keinen gab?

Nach Feierabend stieg sie in die Bahn. Brauchte sie noch etwas? Sie könnte sich beim Bäcker Nervennahrung kaufen, ein Franzbrötchen vielleicht oder ein Stück Biskuitrolle.

Ihr Handy klingelte. Im Aufstehen zog sie es aus ihrer Segeltuchhandtasche, denn hier musste sie aussteigen. Die Schwankungen des bremsenden Zuges ausgleichend, stolperte sie zur Tür, während ihr das Display *Unbekannt* anzeigte. Sie ließ das Handy klingelnd in der Hand, während sie aus dem Zug ausstieg, und ignorierte die irritierten Blicke der anderen Fahrgäste auf dem Bahnsteig. War es Firmen nicht längst verboten, mit unterdrückter Nummer anzurufen? Veda steckte ihr Smartphone in die Tasche zurück, und keine zwei Sekunden später hörte es auf zu klingeln. Vielleicht waren es Trickbetrüger. Auf die hatte sie erst recht keine Lust. Philipp machte sich manchmal einen Spaß daraus, diese Verbrecher an der Nase herumzuführen. Er nahm den Anruf an, tat so, als gehe er auf den Schwindel ein, und brachte sie dazu, nach kurzer Zeit von selbst aufzulegen.

Anstatt zum Bäcker ging sie nun geradewegs nach Hause.

Auf halbem Weg vom Tor zu ihrer Wohnung kroch Scheinwerferlicht von hinten heran über die Auffahrt und verlängerte ihren Schatten zu einer gespenstischen Gestalt. Sie drehte sich um und erkannte ein rotes Auto mit Pizzastücken darauf. Ihr Herz begann laut und heftig zu pochen, und ihr Mund wurde staubtrocken. Der Fahrer stieg aus und starrte das Tor an. Veda ging rückwärts und überlegte, ob sie sich umdrehen und rennen sollte. Der Lieferant beugte sich wieder ins Auto zurück. Was hatte er vor? Sollte sie jemanden anrufen? Philipp? Ihren Vermieter? Die Polizei? Die Telefonanrufe vor einigen Tagen, vorhin der Anruf mit unterdrückter Nummer, das Pizza-Auto bei Danilos Wohnung und beim Polizeikommissariat, ihr spinnendes Virenprogramm … verfolgte sie jemand?

Letztes Jahr hatten sie eine Frau vertreten, die von einem Mann gestalkt worden war. Sie war völlig am Ende gewesen und die Möglichkeiten, gegen den Mann vorzugehen, schrecklich begrenzt. Aber wer könnte ein so krankes Interesse an ihr haben? Sie hielt die Luft an, als sich der Mann an dem roten Auto wieder aufrichtete. Er hatte zwei in Isoliertaschen eingepackte Pizzakartons dabei, drehte sich um und ging zu den Nachbarn. Erleichtert atmete Veda auf und fühlte ihre Wangen heiß werden. Wie peinlich wäre es gewesen, wenn sie tatsächlich jemanden angerufen hätte. Sie brauchte mehr Schlaf.

Als sie den Postkasten aufschloss, begann ihr Handy erneut zu klingeln. »Verdammt!« Sie klemmte sich die Post unter den Arm, schloss den Briefkasten und holte es hervor. Wieder *Unbekannt*. Auf der zweiten Treppenstufe wollte sie den Anruf wegdrücken. Auf der vierten überlegte sie, ob sie annehmen und den Anrufer abwimmeln sollte, damit er nicht ein drittes Mal anrief. Vor der Haustür nahm sie ihn an.

»Weller«, blaffte sie.

»Hallo, Frau Weller, hier ist Natalie Bregum. Wir haben uns auf dem Polizeikommissariat kennengelernt.«

Vor Schreck ließ Veda ihren Haustürschlüssel fallen.

»Oh! Einen Moment, ich muss nur schnell aufschließen.«

Hektisch hob sie ihren Schlüssel auf und warf einen Blick über die Schulter. Wer sollte mithören? Sie schüttelte den Kopf und schlüpfte in ihre Wohnung.

»Woher haben Sie meine Nummer?«

»Sie stand auf Ihrem Anschreiben drauf«, antwortete Frau Bregum freundlich.

Blöde Frage! Veda räusperte sich verlegen. *Sie ist als Polizistin bestimmt darauf trainiert, sich solche Details schnell einzuprägen.*

»Was wollen Sie?« Sie trat sich die braunen Schnürschuhe von den Füßen, zog den Mantel aus, ließ ihre Handtasche unter die Garderobe fallen und warf die Post ungeöffnet in die große Schale. Erschöpft ließ sie sich auf einen Esstischstuhl fallen, stützte beide Ellenbogen auf und legte ihren Kopf in die linke Hand.

»Ich würde mir gerne die Unterlagen ansehen, die Sie am Dienstag bei sich hatten.«

Veda runzelte die Stirn, sodass die Spitzen ihres Ponys sie kurz unter den Augenbrauen kitzelten. Auf einmal wollten sie doch mit ihr reden?

»Warum hat man mich dann vorgestern weggeschickt? Wer war das?« Wut flammte wieder auf. Sie mochte nicht streiten, aber auch nicht klein beigeben.

»Mein Chef.«

»Hat er es sich anders überlegt?«

Frau Bregum stieß einen kurzen, tiefen Ton der Missbilligung aus. »Mich interessieren Ihre Informationen.«

»Wird das Ihren Chef nicht stören?«

»Das lassen Sie ruhig meine Sorge sein. Außerdem geht es ihn nichts an, was ich in meiner Freizeit tue.«

Veda nahm den Kopf von ihrer Hand und war plötzlich hellwach.

»Haben Sie morgen Abend Zeit für ein Treffen? Wir können uns auch gerne duzen. Sag einfach Talli zu mir.«

Ungewöhnliche Abkürzung für den Namen Natalie. Wieder löste der Name etwas in ihr aus, aber sie kannte sonst niemanden, der so hieß. Schon im Kommissariat war ihr der Name bekannt vorgekommen. Aber woher? Veda starrte auf Danilos Dokumente, die zusammengeschoben auf dem Esstisch lagen, und zog einen Packen zu sich heran.

»Wenn es nicht offiziell ist, was willst du dann mit den Unterlagen?« Sie überflog die Seiten, schob sie weg und zog die vier Fälle zu sich heran, zu denen sie die meisten Infos hatte. Dort stand es: Natalie S. Bregum. In Danilos Notizen zu dem Fall mit den Prostituierten und dem jungen Mann, Lennart Siebert, der jetzt in der Psychiatrie saß.

»Vielleicht kann ich nichts weiter damit anfangen, aber das weiß ich erst, wenn ich sie mir in Ruhe angesehen habe.«

Sollte sie nach Lennart Siebert fragen? Kannte sie Danilo? Wusste sie vielleicht, was das *Bx* in den Aktenzeichen der Staatsanwaltschaft zu bedeuten hatte? All diese Fragen waren heikel, weil Veda eventuell verraten müsste, von wem sie das Material erhalten hatte. Konnte sie Talli vertrauen? Das musste sie erst noch herausfinden.

»Warum hat deine Kollegin am Schalter dich nach vorne gerufen?« Sie erinnerte sich an die Lagerbildung im Kommissariat: die Beamtin am Schalter und Talli gegen den uniformierten Kollegen und Tallis Chef.

»Ich habe in einem der Fälle ermittelt«, antwortete die

Polizistin zögerlich. »Warum interessierst du dich überhaupt dafür?«

»Ich bin Juristin.«

»Strafverteidigerin bist du nicht.«

Veda schluckte. Wie umfassend hatte sich Talli über sie informiert? Wo waren die schlauen Erwiderungen, wenn man sie brauchte?

»Der Fall, in dem ich ermittelt habe, beschäftigt mich noch sehr«, gab die Kommissarin zu. »Kurz nach meiner Versetzung in eine andere Abteilung wurde er plötzlich aufgeklärt.« Ihre Stimme klang mit einem Mal tief und etwas rau. Als müsse sie sich zurücknehmen.

»Jemand schmückt sich mit fremden Federn?«, fragte Veda.

»Vielleicht. Jedenfalls hat es kein gutes Licht auf mich geworfen.«

Wollte sie nur ihren Ruf wiederherstellen? Spielte das eine Rolle, solange die Ermittlungen in professionellen Händen lagen?

»Wohin wurdest du versetzt?«

»Abteilung für organisierte Kriminalität.«

Das passte zu dem Fall mit der toten Prostituierten. Möglicherweise ging es ihr nicht nur um den einen Fall, in dem sie ausgebootet worden war.

»Also gut. Treffen wir uns im *Serra* in Volksdorf? Kennst du das?«

»Das Restaurant im alten Gewächshaus?«

»Genau das. Morgen um neunzehn Uhr?«

»Das sollte ich schaffen. Wenn nicht, rufe ich an. Und bitte behalte das Treffen für dich. Es ist privat. Unter Bekannten.«

»Klar«, sagte Veda und dachte an Tallis unangenehmen Chef. Wieder einmal wurde ihr bewusst, dass sie großes Glück mit Dr. Zymo hatte.

Erleichtert legte Veda ihr Handy ab, stand auf und streckte sich. Endlich ging es voran. Wenn ihr Talli weiterhin sympathisch war, konnte sie ihr die Unterlagen ruhigen Gewissens anvertrauen und hatte ihren Job getan.

Zu Abend kochte sie sich Grießbrei, gab etwas warm gemachte Kirschgrütze dazu und setzte sich an ihren Esstisch.

Nebenher durchblätterte sie die Dokumente nach weiteren Erwähnungen von Tallis Namen, fand aber keine. Es sah so aus, als hätten sich die beiden nicht persönlich kennengelernt.

Was sollte sie morgen preisgeben? Erst mal nur den Umschlag überreichen? Gab es etwas, das Veda in Schwierigkeiten bringen konnte? Ihr fiel nichts ein. Manches hätte Danilo vielleicht in die Bredouille bringen können, weil es so aussah, als hätte er geschützte Daten für seine privat geführten Ermittlungen genutzt. Würde Veda sie an die Polizei weiterreichen, wäre das sogar sinnvoll, um weitere Verstöße gegen den Datenschutz zu vermeiden.

Nach dem Essen räumte sie das Geschirr in die Spülmaschine und setzte gerade Wasser für einen Tee auf, als ihr Handy piepte. Sie stellte den Wasserkocher an und ging zum Esstisch. Eine Nachricht von Philipp.

Wie ist es gelaufen?

Veda überlegte, ob sie ihn anrufen sollte, aber er hatte ihr nur eine Nachricht geschickt. Vermutlich war er immer noch im Stress wegen seines problematischen Falls.

Erst schlecht, jetzt besser.

Fünf Minuten später klingelte ihr Smartphone. Veda musste grinsen.

»Was ist passiert?«, fragte er, sobald sie sich gemeldet hatte.

»Du hattest recht.« Veda seufzte. »Gestern im Kommissariat machten sie zuerst einen interessierten Eindruck. Die Polizistin am Empfang hat eine Kollegin in Zivil nach unten gerufen. Kurz danach hat mich ihr Chef allerdings hinauskomplimentiert.«

»Interessante Reihenfolge.«

»Der Typ war herablassend.«

»Daran bist du von unserem Berufsstand doch gewöhnt«, sagte Philipp amüsiert.

»Deswegen ärgert es mich besonders«, zischte sie.

»Und was hat deine Laune gebessert?«

»Die Polizistin, Natalie Bregum, hat mich vorhin angerufen. Sie möchte sich die Unterlagen genauer ansehen. Bei einem privaten Treffen. Sie hat mir sogar das Du angeboten.«

»Sieh an«, murmelte Philipp.

»Was, denkst du, hat das zu bedeuten?«

»Vielleicht soll sie dir ins Gewissen reden, damit du dich nicht weiter einmischst.«

Veda brauste auf: »Ich mische mich nicht ein. Das sind nur Recherchen, und ich wollte sie ihnen geben, um damit abschließen zu können.«

»Vielleicht wollen sie die Unterlagen nicht haben, weil es Arbeit bedeutet, für die sie weder Zeit noch Personal haben.«

»Oder es steckt doch mehr dahinter als tote Täter, gegen die man nicht mehr zu ermitteln braucht, weil eine Bestrafung hinfällig ist.«

»Vielleicht will diese Natalie die Lorbeeren einheimsen, falls an der Sache mehr dran ist, als wir ahnen.«

»Das würde mich nicht stören. Ich habe nicht deinen oder

Dr. Zymos Ehrgeiz. Auf Ruhm lege ich keinen Wert. Was würde mir das in einer Strafsache auch bringen? Ich möchte nicht zu unseren Strafrechtlern wechseln, so toll ich Frau Latih auch finde.«

»Was macht Natalie Bregum für einen Eindruck auf dich?«

»Sie hatte einen sehr offenen, selbstbewussten Blick. Hat sich von ihrem Vorgesetzten ungern ausbooten lassen. Außerdem hat sie gesagt, dass sie in einem der Fälle ermittelt hat, bevor er nach ihrer Versetzung plötzlich aufgeklärt wurde. Jetzt arbeitet sie in der Abteilung für organisierte Kriminalität.«

»Spannende Abteilung«, sagte Philipp.

»Anscheinend nicht für Talli, das ist ihr Spitzname. Ich glaube, sie wäre lieber in der Mordkommission geblieben.«

»Dann versucht sie wahrscheinlich ihren Ruf wiederherzustellen.«

»Keine Ahnung, ob die Unterlagen das hergeben. Deswegen will ich mich mit ihr morgen nach Feierabend im *Serra* treffen. Wenn wir uns persönlich gegenüberstehen und sie sich die Papiere ansieht, werde ich ein besseres Bild von ihr bekommen. Dann kann ich auch entscheiden, ob ich ihr mehr erzähle.«

»Du hast mal wieder einen Plan.«

»Ich kann das nicht ohne, sonst sterbe ich vor Nervosität.«

»Mach dir Stichpunkte«, neckte er sie.

»Blödmann! Was macht dein Fall?«

»Ein Ende ist in Sicht. Ein paar Tage noch, dann sind wir aus dem Gröbsten raus.«

Veda bewunderte seine positive Einstellung.

Nachdem sie das Gespräch beendet hatten, holte Veda ihre Umhängetasche, in der noch der Umschlag steckte, und legte ihn zu ihren Schuhen, damit sie ihn nicht vergaß. Sie hatte vor, morgen gleich nach der Arbeit ins *Serra* zu fahren.

Ihr fiel die Post wieder ein, und so nahm sie die drei Briefe und den Modekatalog mit zum Esstisch.

Der zweite Umschlag bestand aus dickem weißem Papier mit schwarzem Rahmen. Vedas Magen zog sich zusammen, als sie die geprägte Karte mit der Einladung zu Danilos Gedenkfeier herauszog. Sie sollte in einer Woche, nach dem Trauergottesdienst im engsten Kreis, in einem edlen Restaurant in Poppenbüttel stattfinden. Seine Eltern hatten die Location vermutlich mitsamt Küche für den ganzen Tag gebucht.

Aber warum war Veda eingeladen worden? Danilos Eltern hatten sie nie gemocht und schon gar nicht respektiert. Nichts, was sie getan hatte, war ihnen recht gewesen. Wenn sie nicht hinginge, müsste sie Danilo gegenüber kein schlechtes Gewissen haben. Er hatte keine Trauer- oder gar Gedenkfeier gewollt. Also steckte sie die Karte zurück in den Umschlag und schob beides zur Seite.

Um Viertel vor sieben radelte Veda zum *Serra*. Letzte Woche war sie nur einmal beim Aikido gewesen und die Woche davor auch. Da kam ihr die kleine Tour bei milden Temperaturen und Trockenheit ganz gelegen.

Während der Fahrt dachte sie an die Szene im Polizeikommissariat. Wollte Talli wirklich nur die Unterlagen haben? Sie musste aufpassen, wenn sie Danilos Namen raushalten wollte. Als Kriminaloberkommissarin kannte Talli sich mit Vernehmungen aus. Andererseits hatte Veda tagtäglich mit Mandaten zu tun, die ihr immer nur das erzählten, was sie selbst im besten Licht erscheinen ließ, und mit Juristen, die auch ständig versuchten, im Vorteil zu sein. *Entspann dich, du bist kein leichtes Opfer.*

Sieben Minuten zu früh rollte sie über den Parkplatz an der Stirnseite des Restaurants zu den Fahrradständern. In dieser Ecke des ehemaligen Hauptgewächshauses stand innen ein mit Holzpaneelen verkleideter Bau für Küche und Büro. Über Vedas Kopf leuchtete der Name des Restaurants in grün mit roter Umrandung in geschwungenen Lettern.

Von Talli war nichts zu sehen. Veda schloss ihr Rad an und ging langsam zum Eingang des Restaurants in der Mitte des Glasbaus, wo der Holzbau endete.

Fünf vor sieben kam Talli aufrecht und dynamisch von links auf die Tür zugelaufen. Pünktlich. Sehr sympathisch. War sie mit dem Taxi gekommen? Die Bahnstation lag auf der anderen Seite. Wohnte sie hier? Oder hatte sie ihr Auto woanders abgestellt?

»N'Abend«, begrüßte Talli sie kaugummikauend, joggte die wenigen Stufen zum Eingang hinauf und lächelte freundlich. Sie überragte Veda um einen Kopf. Über die Mindestgröße bei der Einstellung hatte sie sich bestimmt keine Sorgen machen müssen. Die schlichte schwarze Lederjacke sah gut aus an der schlanken, durchtrainierten Kommissarin. Unwillkürlich zupfte Veda am Saum ihrer Übergangsjacke. Samira versicherte ihr in der Umkleide zwar regelmäßig, dass sie ihre überflüssigen Kilos wunderbar gleichmäßig verteilte, aber so richtig ließ sich Veda davon nicht überzeugen. Ihr Verlangen nach einer schwarzen, taillierten Lederjacke verblasste.

»Wollen wir?«, fragte Talli und deutete in Richtung Tür. Veda nickte und öffnete sie. Warme, aromatische Luft waberte ihnen entgegen. Ihre Brille beschlug augenblicklich, weshalb sie sie abnahm und damit vorsichtig wedelte, bis sie wieder einigermaßen freie Sicht hatte. Gedämpfte Gespräche, klapperndes Besteck und eine vorbeieilende Bedienung mit zwei üppig befüllten Salattellern in den Händen, die ihnen freundlich »Bin gleich für Sie da« zurief.

Sie zogen ihre Jacken aus und warteten am Tresen, der rund um den Holzbau verlief.

Veda sah sich um. Sie standen in einem Glashaus innerhalb des Gewächshauses. In den kalten Jahreszeiten gab es aus energetischen Gründen nur in diesem kleineren Glasbau einen geregelten Restaurantbetrieb. Im Rest des Gewächshauses standen lediglich einzelne Tische mit Decken über den Stuhllehnen. Von dort kam gerade ein Paar herein, nachdem es sein Geschirr auf einem Wagen abgestellt hatte.

»Wollen wir nach draußen gehen, oder ist es dir dort zu kalt?« Veda hatte sich für genau diesen Fall eine Strumpfhose und einen warmen Pulli angezogen, da sie schnell fror.

»Von mir aus gerne. Heute ist es mild, und dort sind wir ungestörter.«

Die Bedienung kehrte zu ihnen zurück.

»Wir würden gerne nach draußen gehen.«

»Dann geben Sie Ihre Bestellung bitte bei meinem Kollegen vorne am Tresen ab. Das Essen bringe ich Ihnen, Ihre Getränke nehmen Sie selbst mit, und das Geschirr stellen Sie hinterher einfach auf den Wagen dort«, sie zeigte darauf. »Waren Sie schon mal hier?«

»Ja, wir wissen Bescheid«, antwortete Talli.

»Fein«, sagte die Bedienung. »Suchen Sie sich einen Tisch aus, sobald Sie bestellt haben.« Ein Mann ihnen gegenüber hielt sein Bierglas hoch und bedeutete der Bedienung fröhlich, dass er ein weiteres bestellen wollte.

Veda und Talli gingen um die Ecke des Tresens und setzten sich auf die Barhocker neben der Kasse. Vor ihnen lagen zwei dunkelgrüne Karten aus dickem, beschichtetem Karton. Ein Mann zapfte weiter links Bier.

»Wollen Sie draußen essen?«, fragte er und warf ihnen einen kurzen Blick zu. Veda bejahte und schlug eine der Karten auf, Talli nahm sich die zweite vor. Nachdem der Mann vier volle Biergläser mit perfekter Schaumkrone auf einem runden Tablett für seine Kollegin bereitgestellt hatte, wandte er sich wieder Veda und Talli zu.

»Ich nehme die grünen Linguine mit Kräuter-Sahne-Soße und eine Weißweinschorle«, orderte Veda.

»Für mich den Salat mit der gegrillten Hähnchenbrust und ein kleines Pils«, sagte Talli und legte die Karte beiseite. Er gab die Bestellung an die Küche weiter und machte sich an ihre Getränke.

Talli drehte sich auf ihrem Hocker zum großen Gewächshaus um und deutete mit dem Kinn in die Ferne. »Wofür ein Rechenzentrum auch noch gut sein kann.«

Veda folgte ihrem Blick und sah durch eine Lücke in der Bepflanzung jenseits der gläsernen Rückwand und der kahl werdenden Baumreihe das fast fensterlose Flachdachgebäude. Hier und da blitzte der blaue Lichtstreifen durch die Äste, der sich einmal ums Gebäude zog. Er nahm seinen Ursprung im Logo der Webhosting-Firma: ein Planet, stilisiert durch vier Streifen in heller werdendem Blau.

Dort, wo früher die Beete für die alte Gärtnerei lagen, stand jetzt das Rechenzentrum, das mit dem Wasser, welches seine Server kühlte, die nähere Umgebung mit Heizwärme versorgte. Nur das Hauptgewächshaus war übrig geblieben und von der aktuellen Generation der Familie zu einem Restaurant mit mediterranem Flair umgebaut worden.

»Eine tolle Idee, oder? Ich sitze zu gerne zwischen Lorbeer, Zitrusbäumchen und Oleander. Als wäre man gerade im Süden Italiens im Urlaub.«

Talli stimmte zu, runzelte die Stirn und sah Veda genauer in die Augen. »Ja, ich habe ein braunes und ein grünes Auge«, kam sie der unausgesprochenen Frage zuvor.

»Das ist mir im Kommissariat nicht aufgefallen«, murmelte Talli. »Hoher Wiedererkennungswert.«

»Ich hatte nicht vor, in einer Verbrecherkartei zu enden«, entgegnete Veda und entlockte ihr damit ein leises Lachen.

Ihre Getränke wurden vor ihnen abgestellt. Sie prosteten einander zu und nahmen jede einen Schluck. Anschließend verließen sie den inneren Glasbau und liefen zu einem Tisch rechts bei den Zitronenbäumchen, an denen noch einzelne Früchte hingen. Veda atmete den frischen Duft, den die Pflanzen verströmten, tief ein. Talli nahm die Fleecedecke von der Sitzfläche, reichte sie ihr und setzte sich mit Blick zur Eingangstür, sodass Veda ihr gegenüber Platz nehmen und so die ganze Pracht der Pflanzen genießen konnte. Zwischen Zwergpalmen erspähte sie Aloe Vera und an der linken Glaswand einen mit Wein berankten Gartenpavillon samt Tisch und zwei Stühlen. Ein Platz für romantische Dinner.

In zwei Hochbeeten wuchsen Kräuter. Weiter hinten, dort, wo es keine Tische mehr, aber Wege mit Informationstafeln gab, standen Feigenbäume und andere exotische Pflanzen. Eine kleine, blonde Frau mit dunkelblauer Kochschürze und einer Schüssel in den Händen eilte an ihnen vorbei, schnitt ein paar Kräuter aus einem der Hochbeete und verschwand wieder in der Küche.

»Praktisch«, stellte Talli fest und nickte kurz in Richtung Küche. »Unser Essen kommt.«

Veda legte die Fleecedecke über ihre Beine und die Serviette darauf. Ihre Jacke hatte sie – genau wie Talli – wieder angezogen, aber geöffnet.

Sie machten sich über ihr Essen her und ließen nur gelegentlich ein paar Worte über die gute Küche, die Pflanzen oder das Wetter fallen. Veda war das recht. Sie wollte es genießen. Außerdem konnte sie Talli dabei ein bisschen beobachten.

Sie hatte eine starke und trotzdem weibliche Ausstrahlung, schien genau zu wissen, wer sie war und was sie wollte. Der Mann hinter dem Tresen war ihr gegenüber reserviert gewesen. Vielleicht fand er sie einschüchternd. Veda mochte ihre Art, sie ähnelte der von Philipp. Vor Menschen, die so mit sich selbst im Reinen waren, hatte Veda automatisch Respekt.

»Woher kommt eigentlich dein Vorname?«, fragte Talli, als sie das letzte Stückchen Baguette in die Reste ihres Dressings tunkte.

Veda legte Löffel und Gabel auf den leeren Teller. »Der Name kommt aus dem Indischen und bedeutet Weisheit. Meine Mutter hat ihn ausgesucht. Sie hat eine spirituelle Ader und ein Faible für exotische Länder«, erklärte sie und hörte, wie ihre Stimme rau wurde. Sie räusperte sich, ehe sie fortfuhr. »Mein Bruder Hendrik hatte mehr Glück. Unser Vater durfte bei ihm aussuchen.«

Talli lächelte. »Ein Kollege von mir hat auch eine spirituelle Ader. Er ist Buddhist. Na ja, zumindest auf dem Weg dorthin.«

Über ihre Mutter und deren Lebenswandel wollte sie nicht sprechen, also griff sie nach dem Umschlag in ihrer Umhängetasche, die sie auf den Boden neben ihren Stuhl gestellt hatte.

»Hier«, sie reichte die Unterlagen über den Tisch.

»Du sagtest, du bist Juristin. Arbeitest du als Anwältin?« Talli nahm den Umschlag und legte ihn auf ihren Schoß.

»Nein, ich habe nur das erste Staatsexamen. Ich bin das, was man eine ewige Referendarin nennt.«

»Willst du das zweite Staatsexamen nicht machen?«

»Nein. Wolltest du immer Polizistin werden?«

»Ja«, kam es schlagartig. Was hatte die Frau doch für ein Glück. »Mein Großvater war Kriminaldirektor und mein großes Vorbild.« Versonnen lächelte sie, sah auf Vedas Umschlag und runzelte die Stirn. »Entschuldige die Reaktion meines Chefs. Er war herablassend.«

Vielleicht konnte Veda sie damit aus der Reserve locken. »Hat er dich in eine andere Abteilung versetzt?«

Als Talli ihr darauf einen ernsten Blick zuwarf, hielt sie für einen Moment die Luft an. War sie zu weit gegangen?

»Warum interessierst du dich so sehr für diese drei Fälle? Bist du im Strafrecht tätig?«

Eigentlich hatte sich Veda auf diese Frage vorbereitet, aber plötzlich wirkten ihre vorgefertigten Antworten lahm und durchschaubar. »Bei uns in der Kanzlei gibt es zwar Strafrechtler, aber ich befasse mich hauptsächlich mit Familienrecht«, druckste sie herum. Improvisation gehörte leider nicht zu ihren Stärken. »Durch Zufall bin ich auf die ersten beiden Fälle gestoßen, und als dann im Fernsehen der Bericht über Ilona Raab kam, hat es irgendwie Klick gemacht.« Warum konnte sie sich aus solchen Situationen nicht eloquent rausreden? Sie hatte Philipp und Dr. Zymo oft genug dabei beobachtet. »Ist es für Frauen schwer bei der Polizei?« Veda wusste, dass es viele Juristinnen gab, aber wie überall besetzten sie auch in diesem Berufsfeld selten hohe Positionen. Bei der Polizei stellte sie es sich noch mühsamer vor.

Tallis Augen verengten sich kurz, dann lehnte sie sich entspannt zurück und ging auf Vedas Ablenkung ein. »Es wird nach wie vor als Männerberuf angesehen, obwohl wir in diesem Jahr etwas mehr Frauen als Männer neu eingestellt haben, weil sie die besseren Testresultate hatten. Ich selbst habe den Beruf wie mein Großvater von der Pike auf gelernt.« Sie schob die schlichte, etwas zu locker sitzende Herrenarmbanduhr mit dem dunkelbraunen Lederarmband zurecht. Ob diese ihrem Großvater gehört hatte? »Mein Opa war davon überzeugt, dass Kriminalkommissare nicht direkt nach der Verwaltungshochschule anfangen, sondern erst die Ausbildung bei der Schutzpolizei machen, dort zwei, drei Jahre arbeiten und sich erst danach weiterqualifizieren sollten. Wenn man als Kriminalkommissar seine eigenen Fälle bearbeitet und ein Team leitet, dann hilft es, wenn man schon Erfahrungen auf Streife und in einer Hundertschaft gesammelt hat.«

Nerv getroffen, dachte Veda zufrieden.

»Zur Zeit meines Großvaters gab es nur wenige Frauen bei der Schupo. Ich hatte es leichter, weil er mich unterstützt hat.« Talli legte ihre Unterarme auf den Tisch und beugte sich etwas vor. »Wusstest du, dass Frauen erst ab 1978 bei der SchuPo eingestellt wurden?« Veda schüttelte verblüfft den Kopf. »Vorher gab es nur einige wenige bei der Kriminalpolizei. Ursprünglich wurden sie dort angestellt, um die männlichen Kollegen durch die Präsenz einer Frau beim dienstlichen Umgang mit Prostituierten zu schützen. Es hatte – vermutlich zu Recht – böse Presse gegeben, und die Dienstherren standen deshalb unter Druck. Die Frauen sollten deeskalierend wirken. Als einige von ihnen jedoch die Frechheit besaßen, sich eigene Gedanken zu machen, sie aufzuschreiben und Vorträge zu halten, sägte man sie schnell wieder ab.«

»Und wie haben sie sich den Weg zurückgekämpft?«

»Gar nicht. In den Achtzigerjahren war abzusehen, dass es bald überall an Polizisten fehlen würde, wenn sie Frauen weiterhin ausschlossen.«

»Irgendwie erbärmlich, oder?«, fragte Veda.

»Das Problem ist oft die Vereinbarkeit von Beruf und Familie, denn es sind nach wie vor wir Frauen, die für die Familie zurückstecken. Wer hat schon einen Mann zu Hause, der bereit ist, sich um Haushalt und Kinder zu kümmern, während sie beim Kriminaldauerdienst nachts als Alleinverantwortliche zu einem Tatort gerufen wird und tagelang Überstunden schiebt, um einen Mord aufzuklären? Viele Ehen zerbrechen an den Arbeitsanforderungen. Und manch toughe Kollegin hat sich versetzen lassen, weil sie mit zwei kleinen Kindern nicht mehr das Risiko eingehen wollte, bei einem Einsatz ums Leben zu kommen.«

Keine Kinder also, schloss Veda. Und sie lebte für ihren Beruf, wollte Karriere machen. Für sich und ihren Großvater. Die Frau wurde ihr immer sympathischer.

Nachdem sie ihren Teller beiseitegeschoben hatte, zog Talli die Dokumente aus dem Umschlag und blätterte sie durch. Von der Seite fiel Licht durch ihre kurzen Stirnfransen auf eine schmale Narbe, die dicht am Haaransatz seitlich von der Stirn bis zum linken Ohr verlief. Ob die von einem Einsatz stammte? Hundertschaften waren doch diejenigen, die bei Demonstrationen, Fußballspielen und ähnlichen Veranstaltungen für Ruhe sorgen mussten und nicht selten angegriffen wurden.

»Ist das alles?« Talli sah Veda von unten herauf an.

Bis eben hatte sie noch gefröstelt, jetzt wurde ihr heiß. »Ich habe alles, was mir wichtig erschien, zusammengefasst«, antwortete sie ausweichend. Ihr Gegenüber hob die Augenbrauen, und Veda fuhr schnell fort. »Seitdem mir die Verbindung zwischen den Fällen aufgefallen ist, hat es mir keine Ruhe gelassen.« Sie schob sich die kinnlangen Haare hinter die Ohren. »Ich mag es nicht, wenn Fragen offenbleiben.«

»Ungelöste Fälle lassen mir auch keine Ruhe.« Sie steckte die Unterlagen wieder in den Umschlag. »Möchtest du auch noch etwas trinken?«

»Gerne, ein Wasser«, sagte Veda. Schließlich saß sie mit der Kripo am Tisch. Selbst wenn Talli für Trunkenheit am Fahrradlenker nicht zuständig war, würde sie sicherlich nicht tatenlos zusehen, sollte Veda in Schlangenlinien vom Parkplatz fahren.

Auf dem Weg zur Bar brachte Talli die leeren Teller und Gläser auf dem Tablett weg, das die Kellnerin stehen gelassen hatte.

Sollte sie Talli wegen des *Bx* in den Aktenzeichen fragen? Kripobeamte legten ihre Ermittlungsberichte den Staatsanwälten vor, kannten sich also mit deren Aktenzeichen aus. Wenn es eine Kennzeichnung war, die Danilo für sich allein benutzte, hatte Veda nichts zu befürchten. Wenn es sich hingegen um eine interne Kennzeichnung handelte, würde sie fragen, woher Veda davon wusste. Sollte sie ihr trotzdem die ganze Geschichte erzählen? Noch konnte sie sich nicht dazu durchringen, denn sie hatte das Gefühl, dass auch Talli ihr etwas verschwieg.

Mit abwesendem Blick kehrte die Kommissarin zurück, stellte die Getränke ab und setzte sich. »Als ich die Ermittlungen im Fall des kleinen Mädchens, dessen Überreste unter dem Holzstoß im Wald gefunden wurden, aufnahm, war das noch ein Cold Case. Ein alter Vermisstenfall, der bis dahin nicht aufgeklärt werden konnte. Wir fassen solche Fälle nur erneut an, wenn es frische Hinweise gibt, oder nach Ablauf eines gewissen Zeitraums. Mord verjährt nicht, weshalb wir ungeklärte Fälle nicht abschließen können.«

Was für eine Erleichterung, dass Talli den Anfang machte. Ob Veda vielleicht sogar etwas Neues zu Danilos Fällen erfahren würde, ohne selbst aus der Deckung kommen zu müssen?

»Ich habe mehr als dreißig Aktenordner und diverse Kartons mit Beweismaterial durchgesehen und bin auf drei Namen gestoßen, die mehr als einmal auftauchen, aber nie in den

Fokus der Ermittlungen gerieten. Auf die wollte ich mich konzentrieren, als ich plötzlich in die Abteilung für organisierte Kriminalität versetzt wurde.« Sie nahm einen großen Schluck von ihrem Wasser, stellte das Glas ab und drehte es mit den Fingerspitzen im Kreis. »Keinen Monat später fand man eines meiner Ermittlungsziele erhängt über dem Grab seines Opfers und per Abschiedsbrief als Serienvergewaltiger und -mörder überführt. Ich war – gelinde gesagt – überrascht.« Tallis Stimme war kontrolliert, aber es schwang Wut mit.

Hatten ihre Ermittlungen vielleicht dazu geführt, dass der Täter sich ertappt vorkam? Hatten ihre Kollegen ihn nach ihrer Vorarbeit irgendwie aufgeschreckt? Oder zweifelte sie an der Echtheit des Abschiedsbriefes? Vedas Herzschlag beschleunigte sich. Konnte sie Talli nach dem Brief fragen, ohne Danilos Abschiedsbrief zu erwähnen? Besser noch nicht, sonst verplapperte sie sich vielleicht. »Dein Chef hat gesagt, ihr ermittelt nicht gegen Tote.«

Talli holte tief Luft. »Was er damit gemeint hat, muss er dir selbst erklären.«

Netter Schachzug. Weder verriet sie ihren Chef noch verteidigte sie ihn, denn seine Aussage stimmte nur, wenn die tote Ehefrau im Pool als Täterin feststand. Dann machte es keinen Sinn, weiter gegen sie zu ermitteln, sofern nicht Mittäterschaften oder andere Verfahren davon abhingen. Eine Tote kann man weder bestrafen noch rehabilitieren, und man muss die Gesellschaft nicht mehr vor ihr schützen. »Das würde mir keine Ruhe lassen«, murmelte Veda.

»Mir auch nicht. Deswegen bin ich hier. Es gibt in allen drei Fällen offene Fragen. Die neusten Erkenntnisse zur Ermordung von Ilona Raab sind zwar noch frisch, aber ich erkenne einiges aus meinem Cold Case wieder.«

»Geht es dir darum, die offenen Fragen zu beantworten und damit deinen Ruf wiederherzustellen?«, wollte Veda wissen.

»Ja«, antwortete ihr Gegenüber und lehnte sich zurück.

»Wie?«

Talli verschränkte die Arme vor dem Oberkörper, neigte den Kopf etwas zur Seite und sah Veda eindringlich an. Dann seufzte sie, löste die Arme und setzte sich aufrecht hin. »Ich bin aktuell an einem anderen Fall dran, bei dem es um Mord gehen könnte, und wieder werden mir Steine in den Weg gelegt. Ich will wissen, warum.«

Der Fall musste mit Tallis neuer Abteilung zu tun haben. Organisierte Kriminalität, Rotlichtmilieu.

»Geht es um die Prostituierte, die vergewaltigt wurde und angeblich an einer Überdosis gestorben ist?«, platzte Veda aufgeregt heraus und hielt sich im nächsten Moment die Hand vor dem Mund.

Tallis linker Mundwinkel zuckte. »Angeblich?«

Mist! Wie rettete sie die Situation jetzt? Oder sollte sie reinen Tisch machen?

»Na ja, also … Mir tut ihr Freund so leid, der sie gefunden hat und jetzt in der Psychiatrie sitzt.«

Mit immer größer werdenden Augen beugte sich Talli über den Tisch und senkte ihre Stimme. »Woher weißt du das?«

Veda zog den bestimmt knallroten Kopf ein und wurde kleinlaut. »Aus der Presse?«

Ohne sie aus den Augen zu lassen, schüttelte Talli langsam den Kopf. »Das sind interne Informationen. Wer hat die dir gegeben?«

Verdammte Scheiße! Wenigstens Danilos Namen musste sie raushalten, vage bleiben, im Notfall einfach schweigen.

»Genau genommen habe ich alle Informationen von

jemand anderem. Die Person hat mich gebeten, mir die Unterlagen anzusehen.«

»Und dich damit zur Kripo geschickt?«

»Nein, das war meine eigene Entscheidung.«

»Was bezweckt diese Person damit?«

Wenn sie das nur wüsste. Veda konnte Talli nicht in die Augen sehen und starrte deshalb auf ihre verknoteten Hände, die im Gegensatz zu ihrem Gesicht kalt waren.

»Verrätst du mir den Namen?«, fragte Talli.

Veda schüttelte den Kopf.

»Warum bist du nur mit diesen drei Fällen zu uns gekommen und nicht mit allen Unterlagen?«

»Ich habe lediglich zwischen diesen Fällen eine Verbindung gefunden. Darauf gebracht hat mich die kurze Zeitungsmeldung, die ich mit ausgedruckt habe.« Sie deutete mit dem Kopf auf den Umschlag. »Der Autor hat die Frage in den Raum gestellt, ob ein Racheengel für den Tod von Ilona Raabs Mörder verantwortlich sein könnte. Mörder, die mit ihrem Tod das Versteck ihrer Opfer verraten und sich quasi selbst überführen, kommen doch höchstens einmal alle paar Jahrzehnte vor, und plötzlich tauchen drei davon innerhalb weniger Monate auf.« Talli hob die rechte Hand und wollte etwas einwenden, aber Veda ließ sie nicht zu Wort kommen. »Ich weiß, der Pool-Fall ist anders und die Infos zu Ilona Raab noch ganz frisch, und es sind sicher nur Bruchstücke an die Öffentlichkeit gelangt, aber wenn man die Fälle von der Seite eines Racheengels aus betrachtet, der die Opfer rächen und die Täter bestrafen will, die sonst nicht verurteilt würden, passen alle drei genau ins Bild.«

Veda suchte in Tallis Gesicht nach einer Bestätigung. Die jedoch setzte ein Pokerface auf. »Weit hergeholte These«, sagte sie und verschränkte wieder die Arme.

»Finde ich nicht«, murmelte Veda trotzig.

»Was steht noch in diesen Unterlagen? Es wäre wirklich besser, wenn ich sie mir alle ansehen könnte«, erwiderte sie in versöhnlichem Ton.

Danilos Namen zu nennen traute Veda sich noch immer nicht. »Ich habe auch etwas zu der Bande, die vor allem im Süden Geldtransporter überfällt.«

»Die passen nicht zu deiner Theorie des Racheengels.«

»Ich weiß.« Veda seufzte.

»Gegen die Bande ermitteln wir außerdem nicht von Hamburg aus. Ich glaube, das LKA Bayern ist federführend.«

»Habt ihr ein bundesweites IT-System, in dem ihr nachsehen könntet?« Ein Teil des Gelernten für das erste Staatsexamen war bei Veda irgendwann hintenübergefallen, um neuem Wissen Platz zu machen.

»Polizei ist Ländersache, und wie es um die Digitalisierung der Behörden, insbesondere der Landesbehörden steht, ist während der Corona-Pandemie ja mehr als deutlich geworden.«

Warum hatte sich Danilo dann für die Geldtransporter-Bande interessiert? Veda hatte gehofft, dass das Gespräch mit Talli einen Schlusspunkt unter ihr Engagement für ihren Ex und Ralph setzen würde. Dass sie Antworten auf ihre Fragen bekäme. Stattdessen war sie noch verwirrter als zu Beginn ihrer Recherche.

»Willst du mir nicht einfach alle Unterlagen geben, die du hast? Du musst mir den Namen deiner Kontaktperson auch nicht nennen.«

Veda gab auf. »Okay.« Sie würde trotzdem versuchen, das auszulassen, was direkt auf Danilo hindeutete. Sie sah auf ihre Armbanduhr. »Es ist schon spät. Wollen wir einen neuen Termin ausmachen, oder ich gebe dir die Unterlagen irgendwie anders?«

Talli nickte und gab Veda ihre Handynummer.

»Sagst du mir Bescheid, wenn du etwas Neues herausfindest?«, bat Veda.

»Sobald es die Öffentlichkeit wissen darf, erfährst du es als Erste. Für ein weiteres Treffen melde ich mich bei dir.«

Obwohl sie diese Antwort erwartet hatte, war Veda enttäuscht.

Sie brachen auf, stellten ihre Gläser weg, bezahlten und verließen das Restaurant. Talli holte eine Packung Kaugummis aus der Jackentasche und steckte sich zwei in den Mund.

»Behalte unser Gespräch bitte für dich. Das ist für alle am besten. Überlass uns das Ermitteln. Um deiner selbst willen und für eine gerichtsfeste Aufklärung der Fälle, die noch nicht abgeschlossen sind.«

Veda suchte in ihrem Gesicht nach einer Drohung, fand aber keine. Liebend gerne wollte sie Talli alles Weitere überlassen. Falls sie die richtigen Antworten auf Vedas Fragen fand.

Auf den ersten Metern fror Veda noch wegen des mittlerweile kühlen Fahrtwindes, aber schon bald fiel die Anspannung von ihr ab, und sie radelte sich warm. Endlich lag die Sache in professionellen Händen.

Jetzt wollte sie abwarten und die Initiative Talli überlassen. Wenn sie sich bei Veda wegen weiterer Erkenntnisse melden musste, erfuhr sie im Gegenzug vielleicht auch etwas Neues.

Und wenn sich Talli gar nicht mehr meldete? Konnte Veda die Sache auf sich beruhen lassen? Erst mal abwarten.

Hoppla! Sie hatte gerade rechts vor links verschlafen. Zum Glück war kein Auto von rechts gekommen. Allerdings fuhr jemand langsam hinter ihr her. Sie wechselte auf den Fußweg, weil von vorne mehrere Autos kamen. Der Wagen blieb hinter ihr. Sie sah sich kurz um, wurde aber von den Scheinwerfern geblendet und konnte weder das Kennzeichen noch den Autotyp erkennen. Als sie wieder nach vorne sah und einem späten Gassigänger auswich, beschleunigte der Wagen und war kurz danach um die nächste Kurve verschwunden.

Ein Stück weiter parkte jemand am Straßenrand ein. Hier gab es mehrere ältere Reihenhausblöcke mit Vorgärten, die sich noch so nennen durften. Veda blieb auf dem breiten Gehweg, weil die schmale Straße auf einer Seite nahezu lückenlos zugeparkt war. Ab und zu hob sie ein Riss im Asphalt aus dem Sattel, weil sie ihn in der künstlichen Beleuchtung zu spät sah. Der Stoß schüttelte sie durch und ließ die Schutzbleche klappern. Allmählich wurde die Bebauung spärlicher, der Weg dunkler, und der Radweg endete, sodass sie wieder auf die Straße wechselte.

Weiter vorne stand ein Wagen ausgerechnet zwischen dem schmalen Fußweg und einer Insel in der Straßenmitte, die das Überqueren der tagsüber viel befahrenen Straße erleichtern sollte. »Nur Idioten unterwegs heute«, murmelte Veda und fuhr langsamer, weil sie wegen des Gegenverkehrs nicht links vorbeifahren konnte und eine Person neben dem Auto auf dem Gehweg stand. Ein zweiter Mann hockte am linken Hinterreifen und inspizierte ihn. In der feuchtkalten Luft wurden die Abgase deutlich, die aus dem Auspuff quollen. Warum ließ er den Motor laufen und atmete den ganzen Mist ein?

Jetzt war sie nur noch wenige Meter entfernt und klingelte. Links kein Vorbeikommen. Rechts stellte sich der Mann breitbeinig auf den Fahrradweg.

»Ah, unsere Retterin naht. Können Sie uns helfen?«, fragte der Mann und breitete die Arme aus. Veda wollte rechts an ihm vorbeifahren, aber er versperrte ihr den Weg. Sie bremste und kam einen Meter vor ihm zum Stehen.

Er war groß und hatte stoppelkurze dunkle Haare. Der Typ am Reifen richtete sich auf. Dieser hatte einen Undercut und das längere Deckhaar am Hinterkopf zu einem Knoten gebunden. Er war genauso groß wie sein Kumpel, aber athletischer. Seine aufrechte Haltung und die ruhige, aber selbstsichere Ausstrahlung erinnerten Veda an ihren Trainer. Vor ihr ein Typ wie ein Schrank, der aussah wie ein Schläger, hinter ihr ein Kämpfer, rechts eine hohe Hecke und links ein Auto.

Der Wagen auf der Gegenfahrbahn war vorbeigefahren, ehe Veda winken konnte. Dahinter nur leerer Asphalt. *Mist!*

Sie stieg ab, stellte sich neben ihr Fahrrad und zog das Handy aus der Jackentasche.

»Ja, das ist eine Spitzenidee, ruf doch mal bitte einen Abschleppdienst«, forderte der Schlägertyp und trat einen Schritt auf sie zu. Der Mann mit dem Undercut lachte leise. Aus dem Augenwinkel sah sie, dass auch er näher kam.

Kein Gegenverkehr. Keine Passanten. Schräg rechts ging es in eine Wohnstraße, aber die Häuser standen versetzt hinter ihren Hecken und Bäumen.

Vanessa sagte oft, dass Veda keine Angst haben müsse, weil sie Kampfsport trainiere, und die Geschichten ihres Trainers, der es bereits bis zum sechsten Lehrergrad gebracht hatte, hörten sich ähnlich an. Allerdings hatte Veda nur den höchsten Schülergrad, keinen sechsten Dan und gegen die zwei Männer sicher keine Chance. Außer der Mann hinter ihr ging noch etwas nach rechts, dann könnte sie den Überraschungseffekt nutzen, ihr Fahrrad in seine Richtung schubsen und zwischen ihm und dem Auto durchschlüpfen. Sie war schnell, einigermaßen trainiert und kannte sich hier aus. Vielleicht konnte sie ihn mit ihrem Handy locken.

»Was wollt ihr von mir?«, fragte sie und klappte mit einer Hand den Deckel ihrer Handyhülle auf.

»Eine Lektion erteilen«, höhnte der Schlägertyp und grinste.

Der Undercut griff nach ihrem Handy, packte ihren Arm, lockerte aber den Griff, als Veda ihm das Fahrrad entgegenschubste. Sie ließ das Smartphone los, zog ihren Arm weg, und stürmte nach links. Zum Glück kam kein Auto, und endlich sah sie einen Fußgänger auf sich zukommen. Ein Stück hinter ihm eine Frau mit Handy am Ohr.

»Hey, was soll das?«, rief der Fußgänger den beiden Männern zu.

Veda drehte sich im Laufen um. Ihre Angreifer zögerten kurz, schickten sich dann aber an, in ihren Wagen zu steigen. Der eine hatte noch ihr Smartphone in der Hand, als er um das Heck zur Fahrerseite ging.

»Mein Handy!«, rief Veda und blieb stehen.

Der Mann warf das Smartphone lässig in Richtung ihres Fahrrads, dann stiegen die beiden ein und fuhren davon.

»Alles in Ordnung?«, fragte der Fußgänger.

»Ich bin beim Notruf noch nicht durchgekommen. Hat sich jemand das Kennzeichen gemerkt?«, wollte seine Begleiterin wissen.

Veda schüttelte den Kopf und ärgerte sich darüber, dass ausgerechnet sie versäumt hatte, sich so ein wichtiges Detail zu merken.

»Ich leider auch nicht«, gab der Mann zu. »Verdammt!«

Da kein Auto kam, überquerten sie die Straße, und Veda sammelte ihre Habseligkeiten auf. *Glück gehabt!* Ihre Handyhülle hatte den Aufprall abgefedert, und das Display war noch intakt. Sie entsperrte das Telefon, der Bildschirm flackerte kurz und wurde schwarz. Ihr Magen zog sich zusammen. *Bitte nicht.* Sie drückte auf die Taste an der Seite, und Gott sei Dank leuchtete das Display wieder auf und zeigte das Zeichen für den Fingerabdruckscanner. Mit angehaltenem Atem legte sie ihren Daumen auf das kühle Glas, und das Gerät erwachte zum Leben. Sie wischte ein bisschen hin und her, um es zu testen. Komisch, warum waren Bluetooth und Standorterkennung aktiviert? Der Mann mit dem Undercut konnte es nicht gewesen sein. Er hatte das Handy nur kurz mit geschlossener Hülle in der Hand gehabt, und es war gesperrt gewesen. Vermutlich hatte sie das letzte Mal vergessen, es nach der Kopplung mit einem anderen Gerät wieder auszuschalten. Sie kappte beide Verbindungen.

»Lassen Sie ruhig«, sagte Veda zu der Frau, die noch immer nicht durchkam. Vielleicht war die Nummer ausgefallen. »Ich gehe die Tage zur Polizei und melde den Fall. Das macht mehr Sinn, als jetzt zu warten. Würden Sie mir Ihre Kontaktdaten geben? Das wäre echt nett.«

Sie tauschten ihre Daten aus, und Veda versicherte den beiden, dass sie es nicht mehr weit bis nach Hause hatte.

Dann setzte sie sich aufs Rad und strampelte in Rekordgeschwindigkeit zu ihrer Wohnung. Erst als sie ihre Haustür hinter sich abschloss, konnte sie aufatmen. Was für eine Lektion sollte sie nun gelernt haben?

13. KAPITEL

Eine Woche später schnurrte Philipps Tesla durch Poppenbüttel, während der Bordcomputer Jazzstücke streamte. Seiner Meinung nach die richtige Musik vor einer Gedenkveranstaltung. Veda wäre Rock oder Pop lieber gewesen, aber es war sein Auto, und sie war froh, dass er sie mitnahm und auf die Veranstaltung begleitete. Sie zupfte am kratzigen Kragen ihres dunkelblauen Rollkragenpullovers. Ganz in Schwarz aufzutauchen, empfand sie als unpassend, weil es keine Beerdigung war. Philipp trug ein weißes Hemd und eine dunkelblaue Krawatte zum schwarzen Anzug, also konnte sie nicht so falschliegen.

»Was ist mit deinen beiden Verehrern, gibt es etwas Neues?«, fragte Philipp.

»Noch nichts. Ich habe Anzeige gegen Unbekannt erstattet. Warum habe ich mir das Autokennzeichen nicht gemerkt? Wie dumm von mir. Ich bin Juristin, ich sollte es besser wissen.« Zuerst hatte sie nicht zur Polizei gehen wollen. Ihr peinlicher Auftritt in der Caffamacherreihe stand ihr noch zu frisch vor Augen, aber Philipp hatte sie so lange genervt, bis sie ins Kommissariat um die Ecke gegangen war.

»Das war eine gefährliche Situation.« Er warf ihr einen besorgten Blick zu. »Mein Blutdruck steigt jetzt noch, wenn ich daran denke. Wer weiß, was die Typen getan hätten, wenn das Pärchen nicht aufgetaucht wäre.«

»Ab und zu habe ich das Gefühl, es nur geträumt zu haben. Aber laut der Polizei hat das Paar seine Zeugenaussagen abgegeben, also muss es passiert sein.«

Der Beamte, der ihre Anzeige aufgenommen hatte, war freundlich, aber reserviert gewesen, und Veda hatte sich die ganze Zeit gefragt, ob er wusste, wer sie war. Ob es sich herumgesprochen hatte, dass sie in der Caffamacherreihe vom Dienstellenleiter hinauskomplimentiert worden war.

»Denkst du immer noch, dass sie dich auf dem Kieker haben? Glaub mir, das war keine große Sache mit Danilos Unterlagen. Die tauschen sich nicht über jeden aus, der dort auftaucht, schon gar nicht dienststellenübergreifend. Außerdem kommt es öfter vor, dass Bürger etwas melden, was sie für wichtig halten, sich später aber als unspektakulär entpuppt«, sagte Philipp mit sanftem Ton.

»Woher willst du das wissen?« Sie wollte natürlich nicht, dass die Polizei sie auf ihre Liste für nervige Bürger setzte, aber ihre Recherchen als unspektakulär abzutun, fand sie auch nicht nett.

»Ich habe mal einen Mann gemeldet, der mir verdächtig vorkam.«

»Dann war er es vermutlich auch«, entgegnete Veda.

»Im Nachhinein betrachtet nicht.«

»Ach?«

Philipp konnte seine Fehler zugeben, gerne tat er es aber nicht. Lieb von ihm, dass er sie damit trösten wollte.

»Ich dachte, er wolle Internet- und Telefonleitungen manipulieren, weil einige Tage zuvor im Radio und Fernsehen von möglichen Angriffen ausländischer Geheimdienste auf unsere Kommunikationsnetzwerke die Rede gewesen war. Mein überarbeitetes Gehirn hat aus einer Lappalie einen Krimi gemacht, denn vermutlich war er nur ein Techniker, den ich völlig zu Unrecht verdächtigt habe.«

»War dir das peinlich?«

»Für eine Sekunde, aber passiert ist passiert. Mach dir keine

Sorgen um deinen Ruf. Auf dem Polizeikommissariat hast du nichts Unrechtes oder Peinliches getan. Im Zweifel hast du dich einfach geirrt. Und für den Vorfall mit den beiden Männern gibt es Zeugen.«

Veda nickte. Er hatte recht. Vergessen würde sie die Abweisung trotzdem nicht so schnell.

»Hast du eine Idee, warum dich die beiden Typen angehalten haben?«, wollte Philipp wissen.

»Ein Wagen ist hinter mir hergefahren und kam wegen der zugeparkten Straße nicht vorbei. Weil mir das Gespräch mit Talli noch im Kopf herumspukte, habe ich es nicht gleich bemerkt, glaube ich. Bei der nächsten Gelegenheit bin ich auf den Fußweg gefahren, und nach einer Weile hat er Gas gegeben. Vielleicht wollten sie mir deswegen eine Lektion erteilen.«

»Bisschen übertrieben«, murmelte Philipp und bog auf den Parkplatz eines großen Restaurants ein.

»Eventuell erfahren wir es noch. Der Polizist hat gesagt, es sei wichtig, dass ich die Anzeige erstatte, auch wenn ich die Männer nicht kenne und kein Kennzeichen habe. Manchmal sind es nämlich Wiederholungstäter, und beim nächsten Mal meldet möglicherweise jemand das Kennzeichen oder einen Namen.«

»Fahr aber in Zukunft lieber mit Bus oder Bahn, oder ruf mich an.« Philipp stellte den Wagen ab.

In nächster Zeit würde sie im Dunkeln keine weiten Strecken mit dem Rad fahren. Zur Not konnte sie sich auch ein Auto ihrer Familie ausleihen, aber das musste sie immer erst in der Hamburger Innenstadt abholen.

Ihr Handy zwitscherte, sie zog es aus der kleinen schwarzen Handtasche und hörte die Sprachnachricht ab. »Julia kommt später. Stau auf der Autobahn.« Sie stellte das Telefon stumm.

»Let's go«, sagte Philipp und stieg aus. Veda blieb sitzen, die Handtasche auf dem Schoß. Plötzlich bereute sie ihren Entschluss, der Einladung von Danilos Eltern gefolgt zu sein. Sie hätte besser auf ihrer Couch bleiben sollen. Man würde auf sie herabsehen.

»Bist du auf einmal zur Lady geworden und möchtest, dass ich dir aus dem Auto helfe?« Philipp hielt ihr eine Hand hin und deutet eine Verbeugung an.

»Kann ich mich noch drücken?«, fragte Veda und versuchte sich an einem Dackelblick.

Philipp schmunzelte. »Wir können wieder fahren, uns auf dem Weg eine Pizza holen und bei dir zu Hause Serien gucken, bis wir auf der Couch einschlafen.«

Das wäre schön.

»Warum wolltest du überhaupt hierherkommen? Nicht deines Pflichtgefühls Danilo gegenüber und schon gar nicht wegen seiner Eltern, oder?«

Sie schüttelte den Kopf. »Ich habe die Mutter des Verdächtigen aus Danilos Interview noch immer nicht erreicht und wollte nicht auf den Anrufbeantworter sprechen. Wenn ich nur meinen Namen und meine Telefonnummer nenne, ruft sie wahrscheinlich nicht zurück, und wenn ich sage, es gehe um ihren Sohn, erst recht nicht.«

»Und?«

»Die Unterlagen, die ich erst zur Seite gelegt hatte, enthalten keine Neuigkeiten, und Talli hat sich seit unserem Treffen im Restaurant nicht mehr gemeldet. Das frustriert mich. Vielleicht kann ich heute noch etwas herausfinden. Und außerdem hatte ich ein schlechtes Gewissen wegen meiner anfänglichen Entscheidung, nicht hierherzukommen.«

Philipp stützte sich mit der linken Hand am Autodach ab und legte den rechten Arm auf die Tür. »Das Treffen war vor einer Woche. Was soll in der Zwischenzeit passiert sein?«

»Du hast recht. Trotzdem sitze ich wie auf heißen Kohlen.«

»Wolltest du nicht zur Normalität zurückkehren?«

Wie konnte sie das, wenn es keinen Abschluss gab? »Ja, schon«, murmelte sie.

»Mir war klar, dass du nicht so leicht aufgibst. Hab Geduld. Talli wird sich melden.« Er winkte sie aus dem Wagen. »Komm! Spätestens, wenn ich wieder im Auto sitze, willst du doch reingehen.«

Veda ärgerte sich über seine Hänselei, obwohl sie wusste, dass er recht hatte. Einmal getroffene Entscheidungen revidierte sie selten. »Okay.« Sie stieg aus. Philipp schlug die Tür zu und verriegelte den Wagen per Fernbedienung.

»Verquatsche dich nur nicht und frag niemanden aus.« Er grinste.

»Das war mies«, zischte sie und hielt ihm den Zeigefinger vor die Nase. »Ich habe mich nur ein einziges Mal vor Talli verplappert. Einer Kriminaloberkommissarin, deren täglich Brot Vernehmungen sind.«

Philipp deutete auf das Restaurant ein paar Meter vor ihnen. »Da wird es nur so von Rechtsanwälten wimmeln. Die können auch hinterlistig sein.«

»Das ist ein Unterschied. Erstens kenne ich die Pappenheimer, und keiner von ihnen ist Vernehmungsspezialist oder Psychologe. Viele können nicht mal ihren Job als Anwälte ordentlich machen. Vor denen habe ich keine Angst.« Sie richtete sich auf, hob das Kinn und marschierte durch die feuchtkalte Luft. Um sie herum kamen laufend neue Wagen an. Oft dicke SUVs, Limousinen, Coupés, gelegentlich ein röhrender Sportwagen und die fast lautlosen Elektroautos, vor denen sich Veda oft erschreckte, weil sie sich im Straßenverkehr noch viel auf ihr Gehör verließ.

»Hier versammelt sich ordentlich Blechgeld. Hoffentlich gibt es einen Wachdienst für die dicken Schlitten.«

Philipp runzelte die Stirn und warf einen Blick zurück zu seinem Tesla.

Zuletzt war Veda im Sommer, zur Hochzeit einer Freundin, hier gewesen. Der ehemalige Hof war zu einem Restaurant mit vielen Fensterelementen umgebaut worden, und die Sonne hatte die frisch Vermählten und ihre Gäste bis in den Abend hinein angelacht. Ein seltsames Gefühl, nun zu einer Gedenkveranstaltung zu gehen. Wenigstens war die Stimmung dementsprechend, denn kurz vor sechzehn Uhr stand die Sonne schon tief und schaffte es kaum noch durch die Wolken.

»Danke, dass du mich begleitest.«

Philipp legte ihr eine Hand auf den Rücken. »Gern geschehen.« Sie blieben kurz stehen und ließen einen weißen Landrover vorbei. »Wann willst du Talli die restlichen Unterlagen geben?«

»Sobald sie sich meldet.« Sie hatte in den letzten Tagen alles neu zusammengestellt, sodass es keine direkten Hinweise mehr auf Danilo gab.

»Es wundert mich, dass du ihr so schnell vertraust«, merkte er an.

Die freundliche Art, auf welche sie mit ihrer uniformierten Kollegin umgegangen war, und die Spannungen zwischen ihr und ihrem Vorgesetzten im Kommissiariat, das Gespräch im *Serra*, Tallis respekteinflößende, aber offene Art kamen ihr wieder in den Sinn. »Wir sind uns auf Augenhöhe begegnet. Sie hat mich und meine Meinung respektiert, mich ernst genommen. Und sie hat einen Teil ihres Wissens mit mir geteilt. Das hätte sie nicht tun müssen.«

»Lass dich nicht ausnutzen«, sagte Philipp und ließ ihr den Vortritt an der niedrigen Treppe zum Eingang.

»Viel zu geben habe ich nicht, und wenn sie später irgendwelche Lorbeeren in einem Fall erntet, dann sei es ihr gegönnt. Mir würde das sowieso nichts nützen.«

»Du könntest dein zweites Staatsexamen machen und hättest schon Mandanten, die Schlange stehen«, warf er ein und hielt ihr grinsend die Tür auf.

»Nein, danke.«

Sie traten in einen Vorraum, in dem ein Porträt von Danilo aus älteren Tagen aufgestellt war. Darunter ein Blumengesteck in Grün und Weiß. Danilos Eltern, beide ganz in Schwarz gekleidet, standen an einem Tisch zwei Meter davon entfernt. Hinter ihnen führte ein Gang in den Hauptraum des Restaurants.

»Veda«, begrüßte Danilos Mutter sie höflich, und eine Wolke Coco Chanel kam ihnen entgegen. »Wie schön, dass du es einrichten konntest.« *Scheinheilig*.

Sie sprach den beiden erneut ihr Beileid aus und stellte Philipp vor.

»Decka ... von der Kanzlei Weiß, McCarthy und Partner?«, fragte Danilos Mutter freundlich. Philipp nickte, und Veda bekam einen kühlen Seitenblick von ihr.

Es war die dümmste Idee seit Langem gewesen hierherzukommen. Am liebsten hätte sie sich in Luft aufgelöst. Zum Glück trafen ständig weitere Gäste ein, darunter offenbar besonders geschätzte, denn Veda und Philipp waren plötzlich abgeschrieben. Sie wandten sich erleichtert nach rechts Richtung Garderobe und gaben ihre Mäntel ab.

Von da aus gingen sie in den angrenzenden Nebenraum, in dem mit weißen und schwarzen Tüchern verkleidete Stehtische verteilt waren, in deren Mitte Gläser auf dem Kopf standen.

An den meisten Tischen unterhielten sich bereits Gäste miteinander. Zwei Männer grüßten Philipp mit erhobener Hand, und sie gesellten sich zu ihnen.

»Philipp, schön, dich zu wiederzusehen, nur schade, dass der Anlass ein trauriger ist«, sagte der Mann mit den grauen Locken.

»Hey, Till, wir haben uns lange nicht gesehen. Guten Abend, Herr Kling«, grüßte Philipp auch den anderen Mann, dessen kurzes braunes Haar zurückgekämmt war. »Heute bin ich nur Vedas Begleitung.« Er stellte sie den beiden vor.

»Woher kannten Sie Danilo?«, wollte Till wissen.

»Wir haben zusammen studiert«, antwortete Veda vage und drehte für sich und Philipp ein Glas um. Kellner machten mit je einer Flasche Wasser und einer Flasche Wein die Runde. Veda und Philipp nahmen Wasser, Till und Herr Kling Wein. Sie musste zwar nicht fahren, brauchte heute aber einen klaren Kopf, wenn sie Neuigkeiten aufschnappen wollte.

»Und woher kennen Sie sich?«, fragte Veda die beiden Männer und deutete auf Philipp.

»Aus dem Referendariat«, antwortete Till. »Wir waren zusammen in der Verwaltungsstation, Abteilung für Ausländerrecht. War nicht so meine Leidenschaft.«

»Wir treffen uns gelegentlich vor Gericht«, ergänzte Herr Kling.

»Haben Sie Danilo auch dort getroffen?«

»Unsere Familien sind mit den Resnis befreundet und verschwägert«, erklärte Herr Kling. »Schrecklich, was mit Danilo passiert ist.«

Alle stimmten betroffen zu, kamen dann aber schnell auf Berufliches und einen neuen Fall von Till und Herrn Kling zu sprechen. Till hatte sich auf Medizinrecht spezialisiert, Herr Kling war auch im Strafrecht tätig. Es ging um neuartige medizinische Experimente, die die Wissenschaft revolutionieren könnten, aber höchst illegal waren. Sie vertraten eine junge Frau gegenüber einem großen Pharmaunternehmen, dessen Zukunft mittlerweile in den Sternen stand. »Die Polizei setzt der jungen Frau wegen der Ermittlungen ziemlich zu«, meinte Herr Kling. »Dabei hat sie so viel durchgemacht. Wenn jemand Schadensersatz und Schmerzensgeld verdient hat, dann sie«, fügte Till hinzu.

Veda hörte nur mit halbem Ohr zu, da sie sich nebenher umsah. Ein paar Gesichter, die ihr bekannt vorkamen, aber niemand, den sie näher kannte.

Fünf Minuten später fuhr sie erschrocken zusammen, weil Julia sie plötzlich von der Seite ansprach. »Entschuldigt die Verspätung. Schon wieder Stau auf der Autobahn, und keiner weiß, warum.«

Erleichtert atmete Veda aus.

Julia legte ihr kurz eine Hand auf die Schulter. »Sorry, ich wollte dich nicht erschrecken.«

»Jetzt bin ich wach«, erwiderte Veda lächelnd. Je mehr Freunde sie um sich hatte, desto sicherer fühlte sie sich.

Julia und die Männer wurden einander vorgestellt. »Machst du immer noch die Berliner Familiengerichte unsicher?«, fragte Philipp.

»Na klar«, erwiderte Julia fahrig. Sie stieß Veda mit dem Ellenbogen an, beugte sich zu ihr hinüber und murmelte: »Erst der Stau, und eben habe ich auch noch den werten Präsidenten des Hamburgischen Oberlandesgerichts a.D. getroffen.«

Veda konnte nicht anders und verzog das Gesicht. Sie hatte plötzlich einen sauren Geschmack im Mund.

»Mal einen Fall vorm OLG verloren?«, feixte Till amüsiert, als er ihre Reaktion bemerkte. Stünde ihr nicht gerade die schreckliche mündliche Prüfung zum ersten Staatsexamen bildlich vor Augen, hätte sie sich ein bisschen darüber gefreut, dass er sie für eine Rechtsanwältin mit Zulassung zum Oberlandesgericht hielt.

»Nein, er war der Vorsitzende bei unseren mündlichen Prüfungen«, antwortete Julia. Sie war in einer anderen Gruppe gewesen, hatte aber ähnlich schlechte Erfahrungen gemacht wie Veda.

»Während des Vorgesprächs hat er in seinem Büro im OLG Kette geraucht«, erzählte Veda.

»War das da noch erlaubt?«, fragte Till.

»Wenn nicht, hat es ihn nicht interessiert. Umso mehr aber der tiefe Ausschnitt einer Kommilitonin, obwohl da nicht viel zu sehen war. Dafür hatte sie Haare bis zum Hintern, die sie mir gekonnt vors Gesicht geschnippt hat, als wir ins Büro gingen. Es war sofort klar, wem er helfen und eine gute Note geben würde. Die Prüfung war eine Farce. Der Strafrechtsprofessor musste den Herrn Vorsitzenden zwei Mal mit einem Tritt gegen das Schienbein aufwecken. Rapunzel bekam natürlich die leichtesten Fragen und so viele Punkte, dass die anderen Prüfer ein gewisses Unbehagen nicht verbergen konnten.« Veda wurde heiß vor Wut. Sie hatte während des Studiums Prüfungsangst entwickelt und bei der mündlichen Prüfung so viel Respektlosigkeit erfahren, dass ihr heute noch das Blut hochkochte, wenn sie daran dachte.

»Mach dir nichts draus. Der Vorsitzende bei meiner Prüfung hat mir die 0,02 Punkte zur nächsten Notenstufe verweigert. Seiner Meinung nach hatte ich die nächste Notenstufe nicht verdient. So arrogant sind nur Juristen.« Till grinste und zuckte mit den Schultern. »Dafür verdiene ich jetzt mehr Geld als die werten Herrn Beamten mit ihrer festen Besoldung.«

Es wurde voller, und um halb fünf sprach ein evangelischer Pastor ein paar Worte über den Danilo von früher. Bevor er sein Leben auf den Kopf gestellt hatte.

Danach zerstreute sich die Gesellschaft. Veda, Philipp und Julia gingen in den Hauptraum, Till und Herr Kling blieben zurück.

Im Hauptraum des Restaurants konnte man die dunkelbraunen Dachbalken und das offene Ständerwerk sehen. Links und rechts gab es je einen breiten Fensterstreifen von der Dachkante bis zum Boden. Ihr stieg der Duft nach süßem Gebäck in die Nase, und ein Stück weiter roch es nach Deftigem. Im Raum verteilt standen eingedeckte Tische mit schwarzen und weißen Tischdecken, dekoriert mit kleinen weißen Blumengestecken und einigen Tupfern in Aubergine. Hier lief das Restaurantpersonal nicht nur mit Wein und Wasser die Tische ab, sondern reichte auch Teller mit Antipasti, Tapas und Gebäck.

Sie setzten sich an den nächstbesten Tisch, beobachteten ihre Umgebung und aßen ein paar der köstlichen Kleinigkeiten. Philipp beschränkte sich im Wesentlichen auf Süßes, während Veda und Julia den deftigen Tapas nicht widerstehen konnten.

Ganz hinten im Gebäude war die Decke wieder niedriger. Dort befand sich die Bar und davor eine Tanzfläche, auf der ebenfalls schwarz-weiß verhängte Stehtische aufgestellt waren.

Abgesehen von der Dekoration und den Worten des Pastors fühlte sich Veda wie auf einer Cocktailparty und nicht wie auf einer Gedenkveranstaltung. An den Tischen nebenan wurde angeregt diskutiert, aber nicht über Danilo gesprochen. Es war seltsam.

Julia beugte sich zu Veda. »Hast du etwas Neues erfahren?«, flüsterte sie.

»Äh«, machte Veda, um Zeit zu schinden. Sie erinnerte sich an Philipps Worte, dass sie sich nicht verplappern dürfe, und sah ihn kurz an. Er schob sich gerade einen Mini-Brownie mit Guss und Kaffeebohne in den Mund.

»Ich meine, warum er sich das Leben genommen haben könnte«, setzte Julia nach.

Veda schüttelte den Kopf. »Leider nichts.«

»Lasst uns an die Bar wechseln«, schlug Philipp vor, vielleicht, um sich selbst vor einem Zuckerschock zu bewahren. Veda entschuldigte sich und suchte nach den Toiletten.

Beim Händewaschen dachte sie darüber nach, was sie bisher erreicht hatte: nichts. Gute zwei Stunden war sie schon hier und hatte weder Neues erfahren noch irgendwo Gesprächsfetzen aufschnappen können, die überhaupt etwas mit Danilo zu tun hatten. Nur im Vorraum mit seinem Porträt hatte sie ein paarmal gehört, wie schade es sei, dass ein junger, vielversprechender Mann so früh habe sterben müssen. Natürlich würde ihr aus dem Kreis um Danilos Eltern niemand Geheimnisse oder Gerüchte um seinen Tod auf die Nase binden. Aber gelästert wurde doch immer irgendwie. Nicht einmal das war ihr zu Ohren gekommen.

Auf dem Weg zurück zur Bar überlegte sie, ob sie es forcieren sollte. Mehr durch den Raum schlendern, Leute ansprechen. Aber was sollte sie fragen? Wie ein Gespräch beginnen? Nein, das kam alles nicht infrage.

Ach, Danilo, was hast du mir da aufgebürdet!

Sie ging zu Philipp und Julia, die mittlerweile mit einem ehemaligen Kommilitonen, Arno, dort standen. Er war auch auf Danilos Beerdigung gewesen. Veda wunderte sich, dass man ihn eingeladen hatte. Als investigativer Reporter gehörte er definitiv nicht zu dem Kreis, den Danilos Eltern um sich haben wollten.

»Arno, wie schön, dich zu sehen«, begrüßte ihn Veda und meinte es ernst. Er hatte sich wie immer die Krawatte gespart und trug eine schwarze Jeans, ein dunkelblaues Hemd und ein schwarzes Sakko. Sie hatte das Gefühl, aufatmen zu können. Arno hatte ungefähr zum gleichen Zeitpunkt wie sie beschlossen, das zweite Staatsexamen nicht zu machen, um Investigativjournalist zu werden. Sie hatte damals in Erwägung gezogen, sich auch in Richtung Medien zu orientieren, allerdings nicht investigativ. Während sie neben Schule und Studium bei einer kleinen Zeitung jobbte, hatte sie jedoch gelernt, dass zu viele auf einen Job in der Medienwelt scharf waren. Gerade zu Beginn musste man bereit sein, sich aufzuopfern. Nur so konnte man sich gegen die vielen Bewerber durchsetzen – vielleicht. Außer man hatte gute Beziehungen oder VIP-Status, dann war es einfacher. Letztlich hatte sie nicht genug für den Journalistenberuf gebrannt.

»Hallo, Veda.« Arno umarmte sie. »Es tut mir leid«, sagte er, schob sie an den Schultern ein Stück von sich und sah ihr prüfend in die Augen.

»Es ist lange her, dass Danilo und ich ein Paar waren«, sagte sie mit fester Stimme, entschlossen, sich heute von niemandem aus der Fassung bringen zu lassen.

Er nickte, lächelte und ließ sie los.

»Wir unterhalten uns gerade über ChatGPT«, erzählte Philipp. »Sagtest du nicht, dass Dr. Zymo auch damit rumspielt?«

Sie verdrehte die Augen. »*Rumspielen* ist das richtige Wort dafür.«

»Hast du keine Angst, dass dich diese Textmaschinen ersetzen könnten?«, wollte Julia von Arno wissen. »Wer braucht noch einen Journalisten, wenn ein Algorithmus die Artikel schneller und preiswerter schreiben kann?«

»So weit sind diese Programme noch lange nicht.« Er

winkte ab. »Außerdem sind wir Journalisten keine stumpfen Textmaschinen. Einige der von Bots verfassten Texte sehen auf den ersten Blick vielleicht fertig aus, sind es aber nicht. Ich habe es zusammen mit meinen Kollegen ausprobiert, und wir mussten so viel nacharbeiten, dass es schneller gegangen wäre, wenn wir die Texte gleich selbst geschrieben hätten. Außerdem kann ein Bot keine außergewöhnliche Themenauswahl treffen, keine analogen Kontakte aufbauen und nicht investigativ recherchieren. Im Gegenteil, er verlässt sich auf die Masse im Internet und reproduziert dieselbe graue Soße.« Er hob den Zeigefinger und tippte sich damit an die Stirn. »Und überhaupt könnte eine Maschine niemals meinen messerscharfen Verstand ersetzen.«

»Hört, hört«, sagte Veda und schüttelte grinsend den Kopf. An Selbstbewusstsein hatte es Arno nie gemangelt.

»Denken deine Kollegen auch so?«, hakte Julia nach.

»Wir benutzen alle die Bots, aber fast ausschließlich zur Unterstützung bei der Recherche und um Zeit zu sparen. Zu viel mehr werden sie in naher Zukunft nicht zu gebrauchen sein.«

»Außerdem muss irgendjemand die Software warten und Fehler korrigieren«, pflichtete Philipp bei. »Und vor Manipulationen schützen. Das kostet Geld und Manpower. Ich habe gehört, die Bots arbeiten bisher sogar noch mit alten Datenquellen.«

Arno nickte. »Derzeit gehen die Daten bis April 2023. Sie wollen auf Echtzeit umstellen, aber überleg mal, wie viel tagtäglich rund um die Welt ins Netz eingespeist wird. Um die Quellen der Bots aktuell zu halten, muss es unglaublich viel Rechenleistung brauchen. Am Ende müssten wir ganz Island mit Serverfarmen zupflastern.«

»Warum Island?«, fragte Julia.

»Weil man dort mit der Vulkanthermik viel bezahlbaren und grünen Strom produzieren und die Server in dem nordischen Klima besser kühlen kann«, antwortete Veda stolz, auch etwas zum Thema beitragen zu können.

»Ich glaube, der Hype um diese Programme dient im Moment vor allem PR-Zwecken«, sagte Arno.

»Wie das?«, fragte Veda.

»Sieh dir an, wer mehr oder weniger spektakuläre Statements zu dem Thema abgibt«, erklärte Arno. »Es sind diejenigen, die diese Programme finanzieren und ihre Entwicklung vorantreiben. Milliarden sind geflossen, und nun müssen sie für ihre Aktionäre liefern. Schließlich wollen sie nicht das gleiche Schicksal wie andere sogenannte Visionäre erleiden, die ihre Innovationen vollmundig angekündigt haben, ohne die hohen Erwartungen bisher erfüllen zu können.«

»Ich denke, sie nutzten den Hype auch, um ihre Programme kostenlos testen zu lassen«, warf Philipp ein. »Wer ist besser dafür geeignet als die Internet-Community. Alles, was neu ist, wird auf Herz und Nieren geprüft und gehackt, manchmal durch Zufall. So gut und groß kann man ein Entwicklerteam gar nicht aufstellen und bezahlen, als dass sie das schaffen könnten.«

»Offenbar ein guter Plan«, befand Veda. »Dr. Zymo hat den Textgenerator sogar schon bei Fehlern und dem Erfinden von Quellen erwischt.«

»Ohne verlässliche Quellenangaben sind die Bots für uns Juristen wertlos«, sagte Julia. »Soll ich vor Gericht sagen, ich habe recht, weil der Bot das sagt?«

Das brachte sie alle zum Lachen. Veda stellte sich das Gesicht des Richters am Familiengericht vor, bei dem sie während ihres Studiums ein Praktikum absolviert hatte. Ein großer, ernster Mann mit tiefer Stimme und leicht bedrohlicher

Aura, obwohl er ihr gegenüber immer freundlich und sehr korrekt gewesen war.

»Ich frage mich, wer die Echtzeitdaten kontrollieren soll. Menschen können das nicht schaffen«, sagte Philipp. »Braucht man dann weitere Algorithmen zur Überwachung der Algorithmen, die gewartet und kontrolliert werden müssen?«

»Keine Ahnung«, gab Arno zu. »Ich denke, in Zukunft können die Bots die Aufgaben übernehmen, die man ohnehin ungern macht. Zum Beispiel Protokolle schreiben, E-Mails und Termine verwalten.«

Veda hatte bisher keine Lust gehabt, sich mit den Textgeneratoren näher zu beschäftigen. Wenn sie ihr allerdings Aufgaben abnehmen könnten, die sie nicht leiden konnte, sollte sie sich vielleicht doch mit ihnen anfreunden.

»Stellt euch vor«, sinnierte Julia, »ein Bot könnte zukünftig in verschiedenen Datenbanken, Gesetzeskommentaren und Rechtsliteratur für unsere Fälle recherchieren, und wir müssten nur noch prüfen, ob das Gefundene wirklich passt und die Quellen existieren.«

»Dazu müsste er Zugriff auf kostenpflichtige Datenbanken und digitalisierte Fachliteratur bekommen«, erwiderte Philipp. »Das wird so schnell nicht passieren.« Er hob die rechte Hand und rieb den Daumen gegen Zeige- und Mittelfinger.

Ausgerechnet die Recherche machte Veda am meisten Spaß, die wollte sie keinesfalls abgeben, denn dabei kamen ihr die besten Ideen. Würden sie nicht verlernen, juristische Probleme zu lösen, wenn sie nur noch das Ergebnis einer Bot-Recherche präsentiert bekämen, jedoch nicht mehr den Weg dorthin kannten? Wie oft hatten ihre Ergebnisse im Studium plausibel geklungen, beruhten am Ende aber auf falschen Annahmen?

»Die erste blöde Nebenwirkung dieser Innovation ist, dass wir uns ab sofort mehr vor Phishing-Mails in Acht nehmen müssen«, gab Philipp zu bedenken. »Die werden vermehrt mit Chatbots formuliert, sodass man sie nicht mehr an unpersönlichen Anreden und Rechtschreibfehlern erkennt.«

»Sei bloß vorsichtig mit deinen Dating-Apps, Arno«, warf Julia ein. »Es wird schwerer werden, die Betrügerinnen zu erkennen, die nur an dein Geld wollen.«

»Von welchem Geld redest du?«, fragte Arno und verzog kurz das Gesicht, als würde er leiden. »Außerdem habe ich die Apps nur zu Recherchezwecken ausprobiert.«

»Ja, klar«, sagte Julia und grinste.

»Viel mehr Sorgen macht mir, dass es eine Sicherheitsfirma vor Kurzem sogar geschafft hat, einen Chatbot dazu zu bringen, Schadsoftware zu programmieren, die Daten absaugt, Hintertüren installiert und neben Daten auch ganze Computer verschlüsseln kann«, erzählte Arno.

»Das macht der Bot auf eine Anfrage hin?«, fragte Julia entgeistert.

»Nicht ganz«, antwortete Arno und wiegte den Kopf hin und her. »Man muss selbst ein wenig programmieren können, damit man dem Chatbot die richtigen Anweisungen geben kann. Der Vorteil ist, dass die Programmierung viel schneller geht und denen der Einstieg erleichtert wird, die noch nicht so versiert sind.«

»In der Branche geht es um Zeit«, fügte Philipp hinzu. »Die ersten Warnungen vor Phishing-Mails, Trojanern et cetera tauchen schnell im Netz auf, und schon werden die Firewalls und Anti-Viren-Programme aktualisiert. Je schneller also eine neue Schadsoftware programmiert ist, desto mehr Menschen kann man betrügen und beklauen, bevor sie abgefangen wird.«

»Mindestens genauso unheimlich sind mir die Bildgeneratoren, mit denen man täuschend echte Bilder und Videos produzieren kann, ohne dass die Menschen, deren Gesichter dort auftauchen, etwas davon wissen«, sagte Arno.

»Bald wissen wir nicht mehr, welche Informationen im Internet echt sind und welche gefälscht.« Julia seufzte. »Viele Menschen vertrauen blind nur noch dem, was sie sehen, ohne die Quelle zu prüfen, ohne über das Gesehene nachzudenken.«

»Das Dumme ist, dass Bots manipulierbar sind und es wahrscheinlich immer bleiben werden.« Arno war die leichte Rage anzusehen.

Kein Wunder, dachte Veda. Menschen haben sie programmiert, also lösen sie Probleme, wie Menschen es tun. Sie lügen und schummeln und lassen sich überlisten. Bald tanzen wir nicht mehr nur auf dem atomaren, sondern auch auf dem digitalen Vulkan. Früher mussten die Menschen nur einander in Schach halten, jetzt auch noch das, was sie in die Welt setzen.

»Wusstet ihr, dass ein Richter in Kolumbien eines seiner Urteile mit ChatGPT geschrieben hat?«, fragte Arno.

»Hah!« Philipp lachte kurz auf. »Chatbots machen wahrscheinlich weniger Fehler als so mancher Richter. Beim letzten Termin konnte ich einen gerade noch davon abhalten, nach einer seit einem Jahr geänderten Norm zu entscheiden.«

»Hat Italien ChatGPT nicht gerade gesperrt?«, merkte Julia an.

Arno nickte. »Sie haben Bedenken hinsichtlich des Daten- und Jugendschutzes. Die Behörden haben allesamt die Entwicklung der generativen KI, die diesen Bots zugrunde liegt, verpennt. Jetzt versuchen sie sich an einer Regulierung. Bis sie so weit sind, haben die Nerds ihre Algorithmen längst von der

Leine gelassen, und wir finden unsere Körper als lebende Batterien in Türmen und unseren Verstand in der Matrix wieder.«

»An so ein Szenario glaube ich nicht. Wie soll ein von Menschen geschriebenes Programm, also ein digitales Teilabbild von uns, über die Menschheit hinauswachsen können?«, sinnierte Veda. »Es ist ein uralter Menschheitstraum, unser ganz eigener Größenwahn, dass wir glauben, etwas, das wir erschaffen, könnte besser und größer werden als wir selbst. Als könnten wir damit unserem begrenzten, alternden Körper entfliehen und ewig leben.«

»Deshalb warst du in Rechtsphilosophie so gut«, kommentierte eine Stimme schräg hinter Veda und bescherte ihr eine Gänsehaut, die im Nacken begann und sich wie eine Armee von Ameisen über Arme und Beine ausbreitete.

Rufus Raab ging halb um den Tisch herum und reihte sich ihr schräg gegenüber in eine Lücke neben Philipp ein, den er um ein paar Zentimeter überragte.

Wenn man von Größenwahn spricht …

Rufus' immer noch dichte kurze Locken waren weißer, seine Falten tiefer geworden. Nach wie vor etwas übergewichtig und teigig, aber immerhin der Zigarettengeruch war verschwunden, der ihn früher ständig umweht hatte. Dafür strömte Selbstbewusstsein aus all seinen Poren. Jedem war sofort klar, dass er beruflich und gesellschaftlich dort angekommen war, wohin er gehörte. Als Kind von Aussiedlern aus der Nähe von Danzig hatte er es schwer, seine Ziele aber immer vor Augen gehabt und mit aller Energie Tag und Nacht verfolgt. Er hatte es weit gebracht und das erwartete er auch von seinen Jüngern.

»KI lässt sich nicht mehr aufhalten.« Marco tauchte neben Rufus auf und stellte sich kerzengerade neben seinen deutlich größeren Mentor. »Sie wird bald überall, auch in die

Rechtsprechung und die anwaltliche Arbeit, Einzug halten. Wir sollten den Fortschritt nicht aufhalten, sondern lieber die Welle reiten.«

Veda und Julia wechselten einen genervten Blick. Wie früher im Studium folgte Marco Rufus wie ein Schatten und produzierte besonders viel heiße Wortluft.

»Herr Decka, von Weiß, McCarthy und Partner, richtig?«, fragte Rufus Philipp und streckte ihm die Hand hin. »Sind Sie Vedas oder Julias Lebensgefährte?«

Philipp ergriff souverän die dargebotene Hand. »Weder noch«, erwiderte er kühl und strich beiläufig mit dem Zeigefinger über die schmale Narbe an seiner rechten Augenbraue. Marco registrierte die Bewegung, die Narbe und hob das Kinn. Einige Kollegen und wahrscheinlich auch Marco dachten, sie könnte vom Initiationsritual einer Studentenverbindung herrühren. Veda war es recht, wenn Marco so dachte. Philipps Geste zeigte ihr, dass ihm der Schleimer genauso unsympathisch war wie ihr.

»Probleme bei der Anwendung von künstlicher Intelligenz wird es nur geben, wenn wir nicht ganz nah an der Entwicklung bleiben«, dozierte Rufus und verschränkte die Hände hinter dem Rücken. »Wir dürfen den IT-Firmen nicht weiter hinterherlaufen, sondern müssen selbst aktiv werden. Verstehen lernen, wie KI funktioniert, welche Vor- und Nachteile sie hat, was sie kann und wozu sie in Zukunft fähig sein könnte. Wir müssen offen sein und ausprobieren. Es gibt eine Menge aufzuholen.«

Veda beobachtete Rufus, während er sprach. Seine Haltung mit den hinter dem Rücken verschränkten Händen und sein Ton waren genau wie früher, als sie in Hamburg in den fensterlosen, stickigen Räumen des WiWi-Bunkers – wie die Studenten der Wirtschaftswissenschaften ihr Gebäude nannten – gesessen, seinen Worten gelauscht oder sich von ihm zu leidenschaftlichen Diskussionen über Recht und Ordnung hatten mitreißen lassen. Dabei wusste man oft nicht, welcher Meinung er selbst war. Er provozierte, vermittelte und kämpfte für wechselnde Standpunkte, zog die Strippen und hatte seine Freude an dem, was sich vor ihm entfaltete. Je unterschiedlicher die Meinungen und je zahlreicher die Argumente waren, mit denen sie vertreten wurden, desto glücklicher war Rufus.

»Für viele Jahre wird am Ende noch der Mensch stehen müssen, der überprüft und entscheidet«, fuhr er fort. »Künstliche Intelligenz muss zuallererst dem Menschen dienen und dem geltenden Recht folgen.«

Marco nickte eifrig und setzte damit einen Hauch seines nach Moschus riechenden Aftershaves frei. Veda atmete flacher, weil sie den Geruch nicht ertragen konnte.

Arno lachte auf. »Warum sollte KI dem geltenden Recht folgen, wenn das nicht einmal die Menschen selbst tun? Das ultimative Ziel ist es doch, ein menschliches Gehirn nachzubauen, das am Ende effizienter funktioniert als unser eigenes.«

»Das wäre großartig, oder nicht?«, merkte Rufus mit leuchtenden Augen an.

»Wenn KIs noch effizienter Krieg gegeneinander führen könnten? Eher nicht.« Veda straffte die Schultern. Rufus mochte sie für ein gescheitertes Talent halten, bloß, weil sie nicht werden wollte, was er in ihr zu sehen glaubte. Klein beigeben musste sie deshalb aber noch lange nicht.

»Apropos manipulieren, wie sollen wir diese Systeme und uns vor ihnen schützen, wenn sie schlauer werden als wir?« Arno sah sich fragend in der Runde um. »Mit einer anderen schlauen KI? Was, wenn die gehackt und benutzt wird? Wenn

KIs sich gegenseitig hacken, wie Menschen einander belügen und betrügen?«

»Du warst schon immer ein Schwarzmaler«, sagte Rufus und schnaubte missbilligend. »Hat nicht auch jeder deiner Zeitungsartikel das Potenzial zu manipulieren?«

»Ich berichte über Tatsachen, nicht über Meinungen. Die muss und soll sich jeder selbst bilden. Wir haben die größte Dokumentations- und Rechercheabteilung der Welt, und meine Artikel sind alle sorgfältig recherchiert. Ich bin nicht zuerst dem Recht, sondern der Wahrheit verpflichtet. Deswegen konnten wir schon diverse Staats- und Wirtschaftsaffären aufdecken.«

»Oder habt sie frei erfunden«, warf Marco süffisant ein.

Veda erinnerte sich an den Reporter, der mehrere seiner Artikel gefälscht hatte.

»Solche Leute gibt es überall. Bei der Presse, an der Börse, in Rechtssystemen«, erwiderte Arno gereizt.

»Mit einer KI haben wir die Chance, die Fehler und Unzulänglichkeiten der Menschen auszuschließen«, behauptete Rufus.

Was aber waren Fehler und Unzulänglichkeiten? Funktionierte ein Intellekt wirklich besser, wenn man Emotionen und gewisse Eigenschaften aus ihm heraustrennte? Oder funktionierte er nur als Einheit?

»Rechtssysteme in anderen Ländern arbeiten längst mit intelligenten Programmen«, fuhr Rufus fort. »Zum Beispiel mit Prognosetools wie COMPAS in den USA, ProKid in den Niederlanden und SAVRY in Spanien. In Estland gibt es bereits einen digitalen Richter, der bei vertraglichen Auseinandersetzungen mit einem Streitwert von unter siebentausend Euro vollkommen autonom Entscheidungen trifft.«

Veda und Julia blieb der Mund offen stehen, selbst Philipp

machte ein verblüfftes Gesicht. Nur Arno schien auf demselben Wissensstand zu sein. Warum interessierte sich Rufus so sehr für dieses Thema? Er war Veda nie technikaffin erschienen.

»Worauf beruhen die Entscheidungen dieses digitalen Richters?«, fragte Veda.

»Ausschließlich auf den von den Parteien hochgeladenen Dokumenten«, antwortete Rufus.

Es gruselte sie davor, eine Maschine über ihr Schicksal entscheiden zu lassen. Nicht, dass menschliche Richter immer richtiglägen. Aber man konnte sie ansehen, ihre Reaktionen beobachten, mit ihnen reden, wütend auf sie sein. Es gab soziale Interaktion, die für die Schlichtung oder Entscheidung eines Streits genauso wichtig war wie die rein logische Abwägung von Argumenten und Beweismitteln. Viele Verhandlungen verliefen dynamisch, und manchmal hatte Veda Überraschungen erlebt, mit denen weder Anwälte noch Richter gerechnet hatten. Wie sollte eine KI darauf reagieren, wenn sie schon mit dem autonomen Fahren eines Pkws überfordert war?

»Wer übernimmt die Verantwortung für die Entscheidungen und vor allem für eventuelle Fehler?«, wollte sie wissen. »Die Programmierer? Das Gericht, das die KI anwendet? Der Verantwortliche für den Trainingsdatensatz der KI? Die KI selbst?«

»Dafür gibt es den Rechtsweg«, warf Marco selbstgefällig ein.

»Pff«, machte Arno. »Und den Leuten schön die Kosten dafür aufbrummen.«

Und den Ärger, denn ein Rechtsstreit ist kein Spaß, er zerrt an den Nerven. Die wenigsten wollen das in die Länge ziehen.

»Wenn es keine Verhandlungen, sondern nur noch Entscheidungen gäbe, könnte man die Parteien nicht mehr zu einer Einigung bewegen«, gab Julia zu bedenken. »Sie kämen nicht mehr gemeinsam zu einer Lösung. Ein Albtraum im Familienrecht. Streitende Eltern, die nur noch Entscheidungen einfordern, anstatt sich um ihrer Kinder willen miteinander zu arrangieren.«

Rufus lächelte zufrieden, während er ihnen beim Diskutieren zusah und zuhörte. Es war wie früher an der Uni. Damals hatte er die Diskussionen gerne mit Ausschnitten aus Filmen, Interviews und Büchern eröffnet. Anfangs fanden das alle toll. Er fütterte sie vorher mit Wissen, gab ihnen eine Aussage, eine Idee, einen Anstoß, eine Provokation, um sie darüber diskutieren zu lassen. Zuerst fühlte sich Veda dabei frei, kreativ und kritisch, fast ein bisschen revolutionär. Aber bald bewegte sich die Mehrheit nur noch auf Rufus' Linie, und die Diskurse wurden einseitiger, intoleranter. Wer anderer Meinung war, ging unter. Irgendwann kam Veda auch inhaltlich nicht mehr mit, sodass sie keine Freude und später auch keine Kraft mehr fand, um dabeizubleiben.

Sie spürte Rufus' Blick. »Ihr solltet eure Talente besser nutzen, du und Arno.«

Wütend starrte Veda auf ihr leeres Glas und zählte still bis zehn. *Kümmere dich um deinen eigenen Scheiß! Sag ihm das.* Aber sie traute sich nicht.

Arno lachte leise und schaute kopfschüttelnd in den Raum. Zwei Männer erregten seine Aufmerksamkeit: einer sehr blond und groß, der andere kleiner und rothaarig. Veda hatte keine Ahnung, wer die Männer waren, aber Arno verfolgte sie mit seinem Blick wie ein Gepard seine Beute. »Apropos Talent. Ich sehe gerade jemanden, den ich seit Langem interviewen will. Entschuldigt mich bitte.« Und schon war er verschwunden, um den Männern zu folgen.

»Der wühlt nur wieder im Dreck«, murmelte Marco.

»Bin gleich wieder da«, sagte auch Julia und verzog sich Richtung Toilette.

»Das war ein spannendes Gespräch«, resümierte Marco und lächelte falsch. »Leider muss ich wieder an die Arbeit. Ein großer Fall.« Er zwinkerte Veda zu, trollte sich und nahm seinen Moschusgestank mit.

Was für ein arrogantes Arschloch! Hau bloß ab. In ihrer Fantasie stellte sie sich vor, wie sie Marco beim Aikido auf der Matte fixierte und ihm Arm und Handgelenk verdrehte, bis er um Gnade winselte. Rufus durfte auch gerne abhauen. Hatte der Herr Generalstaatsanwalt nichts Besseres zu tun? Oder … Für einen Moment sah sie sich auf einer Plattform über einer Schlucht stehen, das Bungeeseil um die Fußgelenke gebunden, bereit zum Sprung.

Sollte sie ihn auf Danilo ansprechen? Bisher hatte er seinen früheren Musterschüler nicht erwähnt. Wusste er, dass Danilo seine Stelle als Staatsanwalt in Berlin gekündigt hatte? War er wütend auf ihn oder enttäuscht? Würde er ihr Fragen zu seiner toten Schwester beantworten? Möglichst unauffällig rieb sie sich den Schweiß von ihren Handflächen an der Hose ab.

»Mir ist zu Ohren gekommen, dass du dich für Ilonas Ermordung interessierst, Veda«, sagte Rufus mit ernster, kalter Stimme.

Ihr Magen zog sich zusammen. Freier Fall. Sie war nicht gesprungen, er hatte sie gestoßen.

Philipp trat einen halben Schritt an Veda heran, wofür sie dankbar war. Seine Rückendeckung gab ihr Mut.

»Na ja«, druckste sie herum. »Mir ist da etwas aufgefallen.« Woher wusste er davon? Hatte Talli es ihm etwa erzählt und sich deshalb nicht mehr gemeldet? Hatte Veda sie falsch eingeschätzt? Nein, das konnte sie sich nicht vorstellen. Oder war es ihr Vorgesetzter, der Dienststellenleiter, Herr Voß, gewesen? Was hatte er im Kommissariat noch gesagt? *Wir werden den Fall Ilona Raab sehr sensibel und gewissenhaft behandeln.* Hatte der hagere Beamte vom Empfang ihn hinzugezogen, weil es um Rufus' Schwester ging und er wusste, dass die beiden sich kannten?

Rufus hob die Augenbrauen. »Was glaubst du denn gefunden zu haben?«

Ihr Mut fiel in sich zusammen, und plötzlich war sie wieder die Studentin, die nicht ambitioniert, nicht klug, nicht fleißig genug war. »Es war wohl nur in meinen Augen wichtig«, gab sie klein bei und schluckte trocken. Talli erwähnte sie lieber nicht. Hatte sie ihr Interesse nur vorgespielt? Aber wozu sollte sie das tun? Hoffentlich meldete sie sich bald.

»Wenn du neue Erkenntnisse hast, teile sie mit mir«, forderte er freundlich, aber sein Gesicht wirkte wie eine Maske, eine Tarnung für die Missbilligung dahinter.

Philipp legte ihr die Hand auf den Rücken.

Sei kein Hasenfuß. Fieberhaft wartete sie darauf, dass ihr eine schlaue Erwiderung einfiel, so wie sie es schriftlich in allen Facetten beherrschte, aber es war, als stünden ihre Gedanken unter Schockstarre.

»Hast du etwa deine Leidenschaft fürs Strafrecht entdeckt?«, setzte Rufus nach. »Ich erinnere mich, dass du diesen Zweig am wenigsten mochtest.« Seine Mundwinkel zuckten. »Oder möchtest du in Arnos Fußstapfen treten und wie sein Ex-Kollege spannende Fälle erfinden?«

Was für eine Frechheit! Sprich es aus. Trau dich. Aber ihr Kopf war leer, als sei ihr Gehirn spontan ausgelaufen.

»Wenn du früher fleißiger und mutiger gewesen wärst, hättest du den Fall vielleicht als zuständige Staatsanwältin aufklären und vor Gericht bringen können«, fuhr er fort. »Jetzt hältst du dich besser raus und störst die Ermittlungen nicht. Wenn du irgendwas bei mir gelernt hast, dann doch hoffentlich, dass dir die rechtssichere Aufklärung juristischer Fälle am Herzen liegt.«

Veda schoss das Blut in den Kopf. So etwas Ähnliches hatte Talli auch gesagt.

»Wie bist du überhaupt auf die irrationale Idee gekommen, Ilonas Tod könnte mit den anderen beiden Fällen zusammenhängen?« Rufus fixierte sie.

Kannte er den gesamten Inhalt der Unterlagen, die sie im Kommissariat abgegeben hatte? Herr Voß hatte sie nicht gelesen – oder doch? Hatte Veda ihn unterschätzt? Oder hatten ihm die blonde Polizistin und Talli an dem Tag noch Rede und Antwort stehen müssen? Immerhin war er ihr Vorgesetzter. Veda rang nach Worten. »Ich habe die Nachrichten zu den Fällen verfolgt. Und plötzlich kam mir die Idee, dass sie miteinander in Verbindung stehen könnten.«

»Du siehst zu viel Fernsehen«, befand Rufus. Am liebsten hätte sie ihn einfach stehen lassen und wäre gegangen. Aus dem Augenwinkel sah sie Arno und Julia zurückkehren.

»Sind Sie nicht letztens in einer True-Crime-Serie zu sehen gewesen?«, kam Philipp ihr zu Hilfe.

Veda drehte sich verblüfft zu ihm um und erschrak über seinen harten Gesichtsausdruck. So hatte sie ihn nur einmal gesehen, als sie sich kurz vor ihrer Trennung als Paar furchtbar gestritten hatten.

»Du trittst in einer True-Crime-Serie im Fernsehen auf?«, fragte Arno und trat mit Julia wieder an den Tisch. »Ich dachte, du hältst nichts von den lügenden Medien.«

Ärger machte sich auf Rufus' Gesicht breit.

»Reicht es dir nicht mehr, bundesweit von anderen Staatsanwaltschaften um Rat gebeten zu werden?«, legte Arno nach. »Du willst in den Medien groß rauskommen? Ich kann dir helfen. Gib mir ein Interview.«

Schmallippig lächelte Rufus. »Ich tue das, um zur Abwechslung fundiertes Wissen über den Bildschirm zu transportieren, und ganz sicher werde ich dir kein Interview geben. Sichere Heimfahrt.« Er warf Veda einen letzten kalten Blick zu und ging.

Ein Aufatmen ging durch die Runde. Arno war schon immer der Einzige gewesen, der Rufus aus der Ruhe bringen konnte. »Seit jeher seid ihr wie Feuer und Wasser«, sagte Veda.

»Ich bewundere seinen Intellekt, seinen Scharfsinn und seine Fähigkeit, andere in seinen Bann zu ziehen. Aber ich mag Menschen nicht, die ich nicht einschätzen kann«, erwiderte Arno und machte ein nachdenkliches Gesicht.

»Er sieht auf andere herab«, warf Philipp wütend ein. »Was er erreicht hat, macht ihn weder besser noch größer als andere. Es macht ihn nur zu dem, der er ist.«

Veda schenkte Philipp ein dankbares Lächeln. Rufus kannte ihre Schwachstellen und nutzte sie aus, heute wie früher. Erst, um sie voranzutreiben, und später, um sie für ihren Verrat an seiner Hilfe zu bestrafen. Daraufhin hatte Danilo sie fallen gelassen. Ihre Beziehung war da schon am Ende gewesen, aber es hatte wehgetan, ihn auch als Freund zu verlieren. Bei ihrem letzten Gespräch vor seinem Tod hatte er sich dafür entschuldigt.

»Haben ihn Staatsanwälte in anderen Bundesländern wirklich um Rat gebeten, Arno?« Julia schaute ungläubig.

»Ich habe von einer zuverlässigen Quelle erfahren, dass er in einem Fall den Münchner Generalstaatsanwalt unterstützt hat. Welcher Fall das war, weiß ich nicht, aber seine Hilfe ist nicht bei allen gut angekommen.«

Veda wollte nach Hause. Sie hatte die Nase voll.

»Lass uns gehen«, schlug sie vor, und Philipp nickte.

»Ich werde mich noch ein wenig umhören«, entschied Arno, und seine Augen blitzten auf. »Eigentlich hatten Danilos Eltern den Justiziar der Zeitung eingeladen. Dummerweise hat er sich eine Corona-Infektion eingefangen und mich gebeten, ihnen sein Beileid auszusprechen.«

»Weiß er, dass du mit Danilo studiert hast?«

»Das habe ich ihm nicht auf die Nase gebunden.« Mit einem schelmischen Grinsen mischte sich Arno wieder unter die Gäste.

Julia schloss sich Veda und Philipp an. Danilos Eltern waren nirgendwo zu sehen, also holten sie ihre Mäntel und verließen das Restaurant.

Marco stand auf der Treppe am Ausgang, in der einen Hand eine Zigarette, in der anderen sein Smartphone. »Fahrt vorsichtig«, sagte er mit so viel falscher Fürsorge in der Stimme, dass es Veda kalt den Rücken herunterlief.

»Was ist sein Problem?«, wollte Philipp außer Hörweite wissen.

»Sein Schädel ist zu klein für sein Ego. Es drückt«, murmelte Julia angewidert. Veda musste lachen. Das tat gut.

Bevor ihre Freundin zu ihrem Auto abbog, umarmte sie Veda. »Wir telefonieren«, sagte sie zum Abschied und eilte zu ihrem Wagen.

In Gedanken versunken trottete Veda neben Philipp her und stieg ins Auto.

»Wächter aus«, befahl er dem Auto, und der große Touchscreen erwachte zum Leben. Darunter befand sich in der Mittelkonsole eine Ablage, auf die Philipp sein Smartphone zum Laden platzierte. Er hob den Finger, um auf dem Display in den Rückwärtsgang zu schalten, als der Bildschirm dunkel wurde. »Was zum …«, murmelte er und starrte einen

Moment den schwarz glänzenden Bildschirm an. Dann tippte er mit dem Zeigefinger einmal drauf, aber es passierte nichts.

»Abgestürzt?«, fragte Veda, und plötzlich verriegelten sich die Türen. Sie schreckte zusammen, zog die Ellenbogen an den Körper und legte die Hände aneinander, als könnte ihr das Auto einen Stromstoß verpassen.

»Türen entriegeln«, befahl Philipp verdutzt und nahm sein Handy von der Ladestation. Veda löste sich aus ihrer Verkrampfung und drückte die Taste für die Türentriegelung, aber das Auto blieb verschlossen. Sie hatte das Bedürfnis, sich gegen die Tür zu werfen, am Griff zu rütteln, das Fenster einzuschlagen und rauszukrabbeln wie ein Tier im Käfig. Ein halb im Blumenbeet steckendes Auto, auf das eine große Schippe Erde fiel, tauchte vor ihrem geistigen Auge auf. Hatte Herr Rodes noch gelebt, als er mit seinem Auto begraben worden war? Mit einem tiefen Atemzug brachte sie ihre irrationalen Gedanken zur Ruhe.

»Versuch mal den Griff vor den Fensterschaltern«, riet Philipp.

Veda wischte die schwitzende Handfläche zuerst am Stoff ihrer Hose trocken und tat wie ihr geheißen, aber nichts passierte.

»Hä?« Philipp probierte es auch auf seiner Seite.

Plötzlich erschien auf dem Touchscreen ein Zeichen, das aussah wie der Rand eines Handys mit einem dicken Pfeil in der Mitte. Gleich darauf erlosch es wieder. »Hast du das gesehen?«, fragte Veda und zeigte auf den Bildschirm.

»Was war es, ein Symbol?« Philipp hatte gerade etwas in sein Smartphone eingegeben und nicht hingeschaut.

»Sah aus wie ein Handy mit einem dicken, nach oben zeigenden Pfeil«, antwortete Veda.

»Das steht dafür, dass auf den GPS-Standort des Autos zugegriffen wird, glaube ich. Ja, hier steht es.« Er zeigte ihr auf dem Smartphone eine Seite der Bedienungsanleitung des Tesla.

Sie hob ihre Brille und beugte sich näher an den Bildschirm. »Genau so sah es aus.«

»Merkwürdig«, murmelte Philipp und scrollte in der Anleitung nach unten. »Versuchen wir das mal«, sagte er, legte sein Handy in den Schoß und drückte mit den Daumen gleichzeitig die beiden Scrolltasten im Lenkrad. Nach ein paar Sekunden erschien das Tesla-Logo auf dem Bildschirm, und wenig später sah alles wieder normal aus.

»Türen entriegeln«, befahl er, und es klickte.

Veda machte den Test, öffnete die Tür und zog sie gleich darauf wieder zu.

»Das war etwas beängstigend gerade«, sagte Veda und zog ihren Schal aus, weil sie schwitzte. »Wie wären wir aus diesem mit Technik vollgestopften Kasten wieder herausgekommen, wenn er sich nicht von selbst erholt hätte?«

»Im Handbuch hätte ich bestimmt eine Lösung gefunden, aber es war schon komisch, dass die manuelle Entriegelung nicht funktioniert hat. Das werde ich auf jeden Fall checken lassen.«

Sie kamen am Haupteingang des Restaurants vorbei, und Veda suchte aus dem Fahrerfenster heraus nach Marco, aber er war verschwunden. Klar, sie hatten mehr als eine Zigarettenlänge gebraucht, um hierherzukommen.

Sobald sie eine Weile ohne weitere Vorkommnisse gefahren waren, konnte sie sich so langsam wieder entspannen. Während sie nach draußen starrte, ohne auf die Umgebung zu achten, grübelte sie über ihre Vergangenheit nach. Hatte sie damals einen Fehler gemacht? War sie ein Feigling?

»Rufus hat dich ganz schön aus dem Gleichgewicht gebracht«, stellte Philipp fest.

»Er hat genauso viel Spaß an der Provokation wie Arno. Nur mit anderen Hintergedanken.«

»Ich schätze, Rufus kann den Leuten nicht nur die Worte im Mund, sondern auch die Gedanken im Kopf umdrehen.«

»O ja.«

»Hat er etwas mit deiner Entscheidung zu tun, das zweite Staatsexamen nicht zu machen?«

Veda seufzte. »Möglicherweise hat er dazu beigetragen.« Rufus war nicht der einzige Grund gewesen, aber der Tropfen, der das Fass am Ende zum Überlaufen gebracht hatte.

»Was glaubst du, woher er von deinem Besuch auf dem Polizeikommissariat wusste?«, fragte Philipp. »Von Talli?«

»Rufus hat nur von drei Fällen gesprochen. Talli weiß bereits, dass es noch mehr davon in meiner Sammlung gibt. In die Caffamacherreihe habe ich nur drei mitgenommen. Ich gehe also davon aus, dass er es von ihrem Vorgesetzten, Herrn Voß, erfahren hat.«

»Wegen Ilona Raab?«

Veda zuckte mit den Schultern. »Vermutlich. Außerdem war Rufus Danilos Mentor und wusste vielleicht von dessen Recherchen.«

»Sag mir Bescheid, wenn du dich wieder mit Talli triffst. Ich möchte gerne dabei sein und mir ein Bild von ihr machen.«

Erst wollte Veda widersprechen, aber nach dem Gespräch mit Rufus konnte sie etwas Unterstützung für ihr Selbstbewusstsein brauchen.

»Mir ist bei der ganzen Sache einfach nicht mehr wohl«, gab Philipp zu.

14. KAPITEL

Veda hatte Schwierigkeiten, mit Philipp Schritt zu halten, so voll war es in der Hamburger Meile. Im ersten Obergeschoss kämpften sie sich durch die ankommenden und abziehenden Mittagsgäste die lang gezogene Rampe zu den Imbissen hoch. Die unterschiedlichsten Düfte waberten ihnen entgegen, und sofort knurrte Vedas Magen. Ihr Plan ging auf. Unter der Masse an Besuchern fielen sie nicht auf. Philipp hatte gegrinst, als sie nach Tallis Anruf vorgeschlagen hatte, eine längere Mittagspause zur Übergabe der restlichen Unterlagen in der Hamburger Meile zu verbringen, um sich dort zwischen den anderen Gästen zu verstecken. Sollte er sich ruhig über ihre Vorsicht amüsieren. Für Talli war es in Ordnung.

Rechts gab es Burger, links indische Gerichte und ein Stück weiter Sushi. *Ein paar Minuten noch*, versprach sie ihrem Magen. Hinten links gab es einen Asia-Imbiss, der ihr Lieblingsgericht Huhn mit Cashewkernen anbot.

Die Tische zum Gang waren belegt, aber hinten an der Wand, neben der offenen Garküche, wurde gerade etwas für vier Personen frei. Veda schlängelte sich durch, zog ihren Mantel aus, setzte sich auf die Bank und legte den Mantel über den großen braunen Umschlag neben sich. Von hier aus hatte sie alles im Blick. Talli war noch nicht zu sehen. Philipp folgte, legte seinen Mantel über ihren und setzte sich ihr gegenüber auf einen Barhocker.

»Warm hier«, stellte er fest, zog sein Sakko aus und legte es zu den Mänteln. Nebenan brutzelten verschiedenste Zutaten in zwei Woks gleichzeitig, Köche, Kassiererin und Gäste riefen durcheinander. Es duftete nach gebratenem Erdnussöl, Currypaste, Sojasoße, und endlich wurde Veda warm. Draußen herbstete es mal wieder gewaltig mit Wind, Nieselregen und elf Grad. Zum Glück hatte Philipp ein Auto und das Einkaufszentrum ein Parkhaus. Fuhr man nach ganz oben, gelangte man von dort aus trocken und geschützt direkt zu den Geschäften.

Nur wenige der Gäste hatten Tüten dabei. Die meisten sahen wie Geschäftsleute und Arbeitnehmer aus, die hier ihre Mittagspause verbrachten. Manche aßen schweigend und oft schnell, andere unterhielten sich angeregt.

»Zwei M5 und einmal M1«, rief einer der Köche und stellte die gut gefüllten Teller neben einen Stapel Tabletts auf den Abholtresen. Zwei Männer neben ihnen standen auf, holten das Essen, Besteck und Servietten und trugen alles zurück zu der jungen Frau, die sitzen geblieben war.

Hoffentlich kam Talli pünktlich. Veda legte eine Hand auf ihren knurrenden Magen und sah auf die Uhr. Fünf Minuten noch bis zur vereinbarten Uhrzeit.

Philipp checkte sein privates Handy, stand auf und steckte es zurück in die Hosentasche. Sein Firmensmartphone zog er aus der Innentasche seines Sakkos, klappte es auf, wischte zweimal über den Bildschirm, klappte es zu und legte es vor sich auf den Tisch. »Was, glaubst du, wird Talli mit den Unterlagen anfangen?«

Veda betrachtete sehnsüchtig Philipps Falt-Handy. Wie gerne hätte sie auch eins, aber es war ihr zu teuer. »Nach neuen Hinweisen suchen, nehme ich an.«

Für einen Moment senkte er seinen Blick auf den Tisch. »Hast du an die Möglichkeit gedacht, dass sie selbst in etwas drinstecken könnte, das Danilo aufdecken wollte?«

»Was sollte das sein?« Sie versuchte, sich Talli als korrupte

Polizistin vorzustellen, brachte die Bilder aber nicht zusammen.

»Ihr Name taucht in den Unterlagen auf. Sie interessiert sich für Fälle, mit denen andere längst abgeschlossen haben. Was, wenn Talli gegen Dienstvorschriften verstoßen, einen unverzeihlichen Fehler gemacht oder gar eine Straftat begangen hat und nun mit deiner Hilfe ihre Spuren verwischen will?«

»Das ist jetzt weit hergeholt. Dazu gibt es nicht den geringsten Hinweis.« Sie schüttelte den Kopf. Nein, das traute sie Talli nicht zu.

Philipp nickte. »Okay, ich habe spekuliert. Vertrau ihr nur bitte nicht leichtfertig.«

»Hä?« Veda zeigte mit dem Finger auf ihre Brust. »Du weißt noch, mit wem du sprichst, oder? Wann habe ich das letzte Mal jemandem leichtfertig vertraut?«

Besänftigend hob er die Hand. »Trotzdem sollte sie erst etwas geben, ihre Beweggründe klar auf den Tisch legen, bevor du ihr mehr Infos gibst. Selbst wenn Danilos Name da«, er zeigte auf den Mantelhaufen neben Veda, »nicht auftaucht, wirst du ihn bald nicht mehr verheimlichen können.«

Vermutlich nicht. »Du kannst dir heute ein Bild von ihr machen. Kick mich gegen das Schienbein, wenn du sie tatsächlich für eine Kriminelle hältst.«

Die Vorstellung schien ihm zu gefallen, denn er nickte grinsend. *Sieh dich vor. Ich habe genauso schnelle Füße und trage feste Stiefel.*

Hinter Philipp tauchte endlich Talli auf. Groß und schlank ging sie selbstbewusst durch die Reihen, ohne dass sich ihr jemand in den Weg stellte. Die meisten Männer an den Tischen warfen ihr nur einen kurzen Blick zu, bevor sie demonstrativ wegsahen. Einige beobachteten sie verstohlen. Die Frauen ringsum reagierten entweder eingeschüchtert oder feindselig, so als würde Talli ihnen ihre Männer vom Mittagstisch klauen.

»Da ist sie.« Veda deutete mit dem Kopf zum Eingang, sodass Philipp sich umdrehte. Tallis Gesichtsausdruck wurde ernst, als ihr klar wurde, dass sie zusammengehörten. Veda hatte ihr am Telefon nicht gesagt, dass sie jemanden zu dem Treffen mitbringen würde. Das war ihre Art, Talli zu testen.

»Natalie Bregum«, stellte sie sich Philipp vor, als sie bei ihnen ankam, und nickte Veda zur Begrüßung zu.

»Philipp Decka.« Sie gaben einander die Hand, ehe Talli ihre Lederjacke zu ihren auf den Haufen legte.

»Wollen wir erst mal bestellen?«, fragte sie.

»Unbedingt!« Veda sprang auf und schlängelte sich um den Tisch nach vorne.

»Was möchtest du?«, wollte sie von Philipp wissen.

»M8 und eine Apfelschorle«, antwortete Philipp und gab ihr sein Portemonnaie.

Veda und Talli gingen an die Kasse, gaben ihre Bestellungen auf und bezahlten. Zur fetten Soße gönnte sich Veda eine Cola. Talli nahm ein gekühltes Wasser.

»Ich hatte dich gebeten, niemandem von unserem Treffen zu erzählen«, tadelte Talli sie auf dem Weg zurück.

»Philipp ist mein bester Freund. Er weiß von der ganzen Sache und dass ich bei euch auf dem Kommissariat war. Er wird es nicht weitersagen.« Ihr Tonfall war fest. Wenn jemand integer war, dann Philipp.

»Na, dann«, lenkte Talli ein und nahm im Vorbeigehen drei in Papiertücher eingewickelte Bestecksets mit.

Sie setzten sich wieder zu Philipp.

Talli hielt ihre Wasserflasche in der linken Hand und seufzte. »Ah, das tut gut.«

»Alles in Ordnung?«, fragte Veda.

»Ach, es ist nichts Ernstes.« Talli lächelte. »Ich habe am Wochenende an einem Kendo-Lehrgang teilgenommen und mir eine dicke Blase geholt. Das kommt davon, wenn man zu wenig trainiert.«

Veda warf Philipp einen Seitenblick zu. Er behielt sein Pokerface, aber sie wusste, dass Talli nicht nur bei ihr Sympathiepunkte sammelte, weil sie ebenfalls eine japanische Kampfkunst trainierte.

Ihr Essen wurde aufgerufen und auf den Tresen gestellt. Diesmal standen Philipp und Talli auf und holten die Teller. Veda konnte es kaum abwarten und genoss den ersten Bissen ganz besonders. Der duftende Reis, die cremige Soße, das Knacken der Cashewkerne und die leichte Schärfe der Currypaste. Einfach himmlisch! Nur kurz plagte sie das schlechte Gewissen, weil ihr Gericht im Gegensatz zu Philipps Ente süß-sauer und Tallis Gemüsecurry reichlich Knoblauch und bestimmt mehr Kalorien enthielt. Mit dem zweiten Bissen vergaß sie endgültig ihre Bedenken. Es schmeckte einfach zu gut.

»Hast du die Unterlagen dabei?«, wollte Talli nach einer Weile wissen.

Veda dachte an den Umschlag unter den Mänteln und daran, was Philipp gesagt hatte.

»Haben dir die ersten Infos weitergeholfen?«, entgegnete sie, statt zu antworten.

Tallis rechter Mundwinkel zuckte. »Die Sichtweise anderer auf einen Fall ist immer hilfreich.« Sie aß den Rest ihres Currys auf, wischte sich den Mund ab und fuhr fort. »Zum Pool-Fall und dem Erhängten im Wald gab es nichts Neues in deinen Unterlagen. Aber die Verbindung zum Fall von Ilona Raab war mir neu und macht mich deshalb hellhörig, weil Herr Voß und Rufus Raab einander gut kennen.«

»Ist das ungewöhnlich?«, fragte Philipp. »Er ist hier immerhin Generalstaatsanwalt, also quasi einer von euren Leuten.«

Tallis Augen verengten sich kurz. »Quasi.«

Die Staatsanwaltschaft war die Herrin des Ermittlungsverfahrens. Aber war der Generalstaatsanwalt selbst überhaupt noch an Ermittlungsverfahren beteiligt? Je höher der Posten, desto weiter entfernten sich die Verantwortlichen von der Praxis. Nach Feierabend würde sie es im Internet recherchieren.

Veda schob ihr Tablett mit dem leer gekratzten Teller zur Seite, zog den Umschlag unter den Mänteln hervor und legte ihn auf den Tisch. Weder Danilos Name noch seine Interviews oder das merkwürdige Aktenzeichen tauchten darin auf.

Talli griff nach dem Umschlag, aber Philipp legte seine Hand darauf.

»Wenn dir die letzten Dokumente kaum neue Erkenntnisse gebracht haben, warum willst du noch mehr davon?«

Veda hielt die Luft an. So direkt hätte sie nicht gefragt.

Die Polizistin zog ihre Hand zurück und verschränkte die Arme vor der Brust. Dann lächelte sie Philipp an. »Ich mag deine Art. Vielleicht finde ich in den restlichen Unterlagen mehr als ihr, weil mir Hintergrundwissen und Recherchemöglichkeiten zur Verfügung stehen, worauf ihr keinen Zugriff habt. Warum habt ihr sie überhaupt zurückgehalten?«

»Weil vieles nicht zusammenpasst«, verteidigte sich Veda.

»Vielleicht finde ich einen Zusammenhang. Dafür bist du doch zu uns gekommen, oder?«

»Ja, schon«, murmelte Veda.

»Falls es wirklich Verbindungen gibt, die bisher niemandem aufgefallen sind, wäre das für mich schon ein Pluspunkt«, gab Talli zu. »Und sollte es tatsächlich ein Racheengel sein, der hier sein Unwesen treibt, und ich dazu beitragen kann, dass er gefasst wird, bevor er sein nächstes Opfer findet, wird auch Herr Voß nicht darum herumkommen, mich wieder in die Mordkommission zu versetzen.«

»Warum hat man dich versetzt?«, fragte Philipp.

»Offiziell, weil sie dringend Personal bei der organisierten Kriminalität brauchten und eine Planstelle frei war.« Tallis Gesicht verschloss sich. Ihr Ton klang endgültig. Mehr würde sie dazu nicht preisgeben, und das war ihr gutes Recht. Außerdem war sie nur versetzt und nicht degradiert oder suspendiert worden. Langweilig war es in der neuen Abteilung bestimmt nicht.

Philipps Hand blieb, wo sie war. Er sah Talli eindringlich an und tippte mit dem Zeigefinger auf den Umschlag. »Dein Name taucht hier auf.«

»In welchem Zusammenhang?« Die Polizistin kniff die Augen zusammen.

»Im Fall der Bande, die Geldtransporter überfällt.«

Das stimmt nicht! Veda warf ihm einen kurzen Blick zu, aber weil er Talli unverwandt ansah, hielt sie sich zurück. Ihr Name hatte bei den Notizen zu Lennart Sieberts Fall gestanden. Testete er Talli? Schade, dass er kein Kendo trainierte. Veda hätte die beiden gerne bei einem Duell in voller Rüstung beobachtet.

Talli seufzte und löste die Arme. »In Ordnung, Quidproquo.« Sie beugte sich vor und senkte die Stimme. »Da die Bande ihr Tätigkeitsfeld langsam, aber sicher auf das ganze Bundesgebiet auszudehnen scheint, haben wir in unserer Abteilung ein halbes Auge auf die Burschen. Gut möglich, dass sie irgendwann auch in Hamburg zuschlagen, wenn sie nicht vorher gefasst werden. Anfangs waren sie nur einmal im Jahr unterwegs. Nach einem großen Coup sogar ein Jahr gar nicht. Letztes und dieses Jahr waren sie schon zweimal aktiv, und sie rücken immer weiter nach Norden vor.«

»Warst du bei den Kollegen in München?«, wollte Philipp wissen.

»Nein, aber wir haben uns mit ihnen kurzgeschlossen, nachdem sie gegen jemanden aus unserem Bezirk ermittelt haben. Letztlich ist nichts dabei herausgekommen, aber so ist mein Name vielleicht da reingekommen.« Sie deutete auf den Umschlag.

Veda kannte den Blick, den Philipp gerade aufsetzte. Er war nicht überzeugt.

»Außerdem habe ich über einen Kollegen, der sich – sagen wir – in technischen Dingen sehr gut auskennt, erfahren, dass Herr Voß und Rufus Raab versucht haben, ein in München festgenommenes, mutmaßliches Bandenmitglied mithilfe des Münchner Generalstaatsanwalts für eine Befragung nach Hamburg zu überführen.«

»Dann hat es hier also schon einen Überfall gegeben, oder haben sie etwas geplant?«, flüsterte Veda.

Talli schüttelte den Kopf.

»Warum soll der Mann dann nach Hamburg gebracht werden?«, hakte Philipp nach.

»Das ist die große Frage. Hamburg ist nicht zuständig, und die Münchner Kriminalpolizei will den Mann natürlich selbst verhören. Bei einem Lehrgang letzte Woche habe ich einen alten Kollegen getroffen, der für einige Jahre bei der Kripo München gearbeitet hat.« Talli trank ihr Wasser aus und legte die leere Plastikflasche auf ihr Tablett. »Der Verdächtige ist wegen einer Prügelei bei einem Fußballspiel in München festgenommen worden. Jetzt arbeiten sie daran, ihn weichzukochen, um ihm eine Beteiligung an den Geldtransporter-Fällen nachzuweisen. Rufus Raab und sein Münchner Pendant versuchen seitdem, den Mann für eine Befragung und Gegenüberstellung nach Hamburg zu bringen, aber keiner von uns weiß, in welchem Fall.«

»Hier liegt nichts gegen ihn vor?«, fragte Veda.

»Wir haben nichts zu ihm gefunden. Keine Verwandten hier oben, keine Delikte, kein Eigentum, nicht einmal ein Strafzettel, nichts. Hinzu kommt, dass die Münchner Kollegen schlecht auf Rufus Raab zu sprechen sind.«

Veda tippte unter dem Tisch gegen Philipps Oberschenkel. Ob er sich auch an die Geschichte erinnerte, die Arno ihnen bei Danilos Gedenkveranstaltung letzte Woche erzählt hatte? Was Talli wohl darüber wusste?

»Wieso das?« Neugierig neigte sie sich etwas vor.

»Er hat den Münchner Generalstaatsanwalt auf dessen Einladung hin bei einem Fall unterstützt. Diese Hilfe ist allerdings nicht überall gut angekommen. Die beiden haben mit einer ordentlichen Portion Arroganz gegenüber der Münchner Kripo einen festgefahrenen Fall innerhalb weniger Tage völlig umgekrempelt, aufgeklärt und die Kollegen damit bloßgestellt.«

Das klang ganz nach Rufus.

»Und dann«, fuhr Talli fort, »ist Raab dafür sogar als kreativer Ideengeber und genialer Kopf in einer True-Crime-Serie gefeiert worden. Spätestens danach war er bei den Münchner Kollegen unten durch.«

Das deckte sich mit dem, was Arno ihnen erzählt hatte. Talli verriet ihnen sogar zusätzliche Details, die nur sie über ihren Kollegen hatte erfahren können. Veda sah Philipp an und nickte kurz.

»Das mit der Serie haben wir auch mitbekommen«, gab er zu.

»Habt ihr sie euch angesehen?« Ein verächtlicher Unterton schwang in ihrer Stimme mit. Warum missfiel Talli sein Auftritt so sehr?

»Wir haben Rufus Raab letzte Woche auf einer Gedenkveranstaltung getroffen und so von seinem Auftritt in der TV-Serie erfahren«, antwortete Veda.

»Ihr habt mit ihm gesprochen?«

»Er hat Veda auf ihren Besuch bei euch im Kommissariat angesprochen.« Talli wollte etwas erwidern, aber Philipp war noch nicht fertig. »Hast du ihm davon erzählt?«

»Natürlich nicht«, stieß Talli empört aus. »Mit Sicherheit war es Voß. Angeblich hat er seinen steilen Aufstieg Rufus Raab zu verdanken. Er hat sogar einen kurzen Auftritt in dieser Serie bekommen. Er bekam einen Text zum Auswendiglernen, sonst hätte er nichts zu sagen gehabt.«

Deshalb war Talli so ungehalten. Es ging weniger um Rufus als vielmehr um ihren Dienststellenleiter, der sie auf dem Kieker zu haben schien.

»Moment«, sagte Talli und sah Veda eindringlich an. »Woher wusste Rufus Raab, wer du bist?«

Veda zog den Umschlag unter Philipps Hand heraus und reichte ihn ihr. Sie hatte ihre Vertrauenswürdigkeit bewiesen.

»Ich kenne Rufus aus meiner Studienzeit«, begann Veda. Talli verharrte einen Moment mit dem Umschlag in der Hand, während sie fortfuhr. »Er war einige Zeit als Dozent an der Uni hier in Hamburg tätig, und ich habe an seinen Kursen teilgenommen. Schon damals war er ein charismatischer Mensch, der eine regelrechte Fangemeinde um sich scharte. Ich konnte seine Erwartungen letztendlich nicht erfüllen. Das kreidet er mir heute noch an.« Veda seufzte. Würde sie jemals damit abschließen können?

Langsam legte Talli den Umschlag auf ihren Schoß, ließ Veda jedoch nicht aus den Augen.

»Rufus definiert sich nicht nur über seinen eigenen Erfolg, sondern auch über den Erfolg derjenigen, die er aufbaut. Das war eine der Weisheiten, die er uns mitgegeben hat. Baut andere auf, die euch dankbar dafür sind und euch danach etwas schulden. Vernetzt euch. Er hat viel gegeben, aber auch viel verlangt. Dazu war ich nicht bereit.« Während sie von ihrer Vergangenheit erzählte und Tallis forschender Blick ihr zunehmend unangenehm wurde, ging Veda auf, dass die Polizistin nun vielleicht an ihrer Vertrauenswürdigkeit zweifelte. Immerhin hatte sie sich kurz vorher sehr kritisch über Rufus geäußert, ohne dass Veda etwas dazu gesagt hatte. Sollte sie Talli die ganze Geschichte erzählen? Im Moment war sie ohnehin die Einzige, die herausfinden konnte, was genau mit Danilo passiert war.

»Abgesehen von dem Fall Ilona Raab hat jemand anderes diese ganzen Informationen zusammengetragen und mir hinterlassen.« Veda zeigte auf den Umschlag. »Ein früherer Freund und Kommilitone von mir – Danilo Resni.«

»Hinterlassen?«

»Er hat sich vor Kurzem das Leben genommen«, antwortete Veda mit belegter Stimme. Wie lange würde es ihr wohl schwerfallen, darüber zu sprechen?

»Noch ein Selbstmord … Vermutest du auch da eine Verbindung?«

»Ja, schon«, begann Veda. »Aber nicht so wie bei den anderen Fällen«, korrigierte sie sich. »Danilo war vor seinem Selbstmord Staatsanwalt in Berlin und kein Kapitalverbrecher. All seine Recherchen sollen mit einem Fall zusammenhängen, dem er nach seiner Kündigung nachgegangen ist.«

»Er hatte einen konkreten Verdacht gegen deinen sogenannten Racheengel?« Talli beugte sich in einer Mischung aus Aufregung, Neugier und Ärger vor.

Unwillkürlich wich Veda zurück. Ihr stieg die Hitze zu Kopf, und das lag nicht nur an der Küche und dem kleinen Raum mit den vielen Menschen. Hoffentlich kam sie nie in die Verlegenheit, von Talli vernommen zu werden. Oder war sie schon mittendrin?

»Ich weiß nicht, ob er einen konkreten Verdacht hatte. Er hatte gerade erst damit begonnen, seinem Bruder in Neuseeland die Unterlagen zu schicken, damit er sie sicher verwahrt und im Fall der Fälle an bestimmte Personen weitergibt. Den ersten Teil hat er mir zugeschickt. Den zweiten Teil haben Philipp und ich aus seiner Wohnung geholt. Keiner von uns konnte jedoch herausfinden, wie alle diese Recherchen zusammenhängen. Die einzige Verbindung, die ich herstellen konnte, ist die, die du schon kennst. Zu einer Erklärung ist Danilo vor seinem Tod leider nicht mehr gekommen.«

Talli starrte einen Moment auf ihren leeren Teller. »Fand die Gedenkveranstaltung, auf der ihr Rufus Raab getroffen habt, für diesen Danilo statt?«, fragte sie und sah wieder hoch, diesmal weniger ärgerlich.

Innerlich atmete Veda auf und nickte.

»Warum war er dort?«

»Er war Danilos Mentor«, antwortete Veda.

»So ein Zufall«, entgegnete Talli mit einem ironischen Lächeln. »Steht das jetzt alles hier drin?« Sie hob den Umschlag an.

»Nein. Ich wollte Danilo schützen und habe deswegen alles, was auf ihn hinweisen könnte, weggelassen.«

»Warum?«, fragte Talli ehrlich verblüfft. »Er war Staatsanwalt.«

»Er wollte nicht zur Polizei oder zur Staatsanwaltschaft damit und hat auch seinen Bruder darum gebeten, das nicht zu tun.« Vedas schlechtes Gewissen meldete sich. *Verräterin!* Sie schüttelte einmal den Kopf, um den Gedanken loszuwerden. »Ich wusste mir am Ende nicht mehr anders zu helfen und hatte das Gefühl, ein Verbrecher könnte entkommen, wenn ich euch nicht auf die Fälle aufmerksam mache.«

»Warum hat Danilo Resni Selbstmord begangen?«

»Das weiß keiner so genau«, gab Veda zurück. »Es soll einen Abschiedsbrief geben. Sein Bruder als Alleinerbe kennt den Inhalt allerdings nicht. Danilos Eltern wissen vielleicht mehr, behalten es jedoch für sich.«

»War er in Behandlung?«, hakte Talli etwas behutsamer nach.

»Ich habe ihn ein paar Tage vor seinem Tod hier in Hamburg getroffen. Von einer Therapie war nicht die Rede. Er machte auf mich zwar einen müden, aber keinen kranken Eindruck. Er wollte sein Leben ändern, runter von der Überholspur. Auf seine alten Freunde aus dem Studium hat er einen entspannteren Eindruck gemacht als früher.« Veda nahm Talli den Verdacht, Danilos Recherchen könnten ein Hirngespinst sein, nicht übel. Schließlich hatte sie das selbst in Erwägung gezogen. Es erschien ihr jedoch immer unwahrscheinlicher.

»Auch in seiner Wohnung deutete nichts darauf hin, dass er durchgedreht gewesen könnte«, fügte Philipp hinzu.

»Ein Selbstmord passt einfach nicht zu Danilo«, murmelte sie.

»Wie gut habt ihr euch gekannt?«

»Während des Studiums waren wir ein Paar, hatten in den letzten Jahren aber keinen Kontakt mehr. Erst, als er nach Hamburg gezogen ist, haben wir wieder telefoniert und uns einmal getroffen.«

»Verstehe«, sagte Talli. »Ihr seid in etwas hineingezogen worden, und im Moment weiß niemand von uns, wohin es führt. Bitte, Veda, gib mir das ganze Material und überlass den Rest mir. Ich werde eure und Danilos Namen so weit wie möglich raushalten und euch über den Stand der Dinge informieren, wenn es geht.« Ihr Ton war versöhnlich. »Ich befürchte, dass ihr sonst unter die Räder kommt.«

Rufus' Verhalten bei der Gedenkveranstaltung hatte Veda tatsächlich verunsichert. Mit seinem Auftritt hatte sie nicht gerechnet. Und noch weniger damit, dass er sie ansprechen und so aus der Fassung bringen würde.

Philipp tippte ihr mit dem Schuh gegen das Schienbein. Er sah von Talli, die gerade auf ihrem Smartphone tippte, zu ihr und formte mit den Lippen das Wort *Überfall.* Veda schüttelte den Kopf. Für einen Tag hatten sie genug spekuliert. Nicht alle Merkwürdigkeiten in ihrem Leben hingen mit Danilo und seinem mysteriösen Fall zusammen.

»Wenn Danilos Abschiedsbrief noch bei euch liegt«, warf Veda ein, »kann er vielleicht etwas Licht ins Dunkel bringen.« Talli würde ihn ihr sicher nicht geben, aber vielleicht hatte sie wenigstens so viel Mitleid, dass sie Veda einen Teil des Inhalts erzählte.

»In Danilos Wohnung fehlten Laptop, Tablet und Smartphone sowie vier bis fünf rote Ringordner«, ergänzte Philipp. »Vielleicht hat eure Spurensicherung die bei einer Durchsuchung mitgenommen.«

»Hm«, machte Talli und dachte einen Moment nach. »Ich denke, sie würden die Wohnung nur durchsuchen, wenn er dort gefunden wurde, um eine Fremdeinwirkung auszuschließen. Wisst ihr, wo Danilo gefunden wurde?«

»Nein«, sagte Veda.

»Vielleicht hat er die Sachen selbst mitgenommen. Ich

werde mir die Akte ansehen oder einen vertrauenswürdigen Kollegen unauffällig darauf ansetzen.«

»Ein Notar ist mit der Abwicklung von Danilos Nachlass betraut, aber bei ihm sind die Sachen laut Danilos Bruder nicht aufgetaucht. Ich gebe dir seine Kontaktdaten, falls du etwas finden solltest. Vielleicht ist nur unklar, wer verantwortlich ist.«

Talli sah auf ihre Armbanduhr. »Es ist spät geworden. Wollen wir uns morgen nach deinem Feierabend in einem Copyshop treffen? Dann kopiere ich mir den Rest dort.«

Veda nannte ihr einen Shop in der Sierichstraße nahe der Kanzlei. Philipp zog Talli wie selbstverständlich das Tablett vor der Nase weg, stellte das Geschirr zusammen und brachte alles weg. Die Polizistin bedankte sich und bot allen ein Kaugummi an. Philipp nahm eines, Veda lehnte schmunzelnd ab. Talli hatte sich ihrer beider Vertrauen erworben.

Auf dem Weg zum Auto stellte Veda fest, dass sie von einer unbekannten Nummer angerufen worden war. Normalerweise rief sie nicht zurück, aber es war eine Festnetznummer mit Hamburger Vorwahl. Während Philipp das Parkticket bezahlte, lauschte sie dem Klingeln, bis der Anrufbeantworter von Frau Siebert ansprang. *Verdammt!* Die Mutter des Zeugen in dem Prostituiertenfall, der nach der Vernehmung psychisch zusammengebrochen war. Sie sprach eine kurze Entschuldigung auf Band und versprach, noch einmal anzurufen. Nachdem sie aufgelegt hatte, berichtete sie Philipp von dem verpassten Anruf.

»Darum kann sich Talli jetzt kümmern«, war alles, was er dazu sagte.

»Ja«, entgegnete Veda, wollte das Gespräch aber eigentlich selbst führen. Während sie in Philipps Tesla stieg, musste sie höllisch aufpassen, die Tür nicht gegen das nebenstehende Auto zu stoßen. Die Parklücken waren scheußlich eng.

»Willst du Talli nicht doch von den beiden Männern erzählen, die dir aufgelauert haben?«, fragte Philipp, während sie im Wagen Runde um Runde nach unten rollten.

»Warum? Sie haben weder Danilo noch Rufus oder sonst einen Namen erwähnt. Es gibt überhaupt keinen Zusammenhang.«

»Tu es trotzdem«, drängte er.

Mal sehen. Das Gespräch mit Lennarts Mutter würde sie ihr vorerst nicht überlassen. Frau Siebert hatte sich durchgerungen, Veda zurückzurufen. Das war ein erster Schritt. Wenn nun die Polizei vor Frau Sieberts Tür stünde, die ihre Bedenken vormals abgetan hatte, würde sie wahrscheinlich gar nichts preisgeben. Außerdem wollte Veda im Gegensatz zur Polizei vor allem wissen, was Danilo gesagt, wie er sich verhalten hatte.

Plötzlich spukte ihr Julia durch den Kopf. Vielleicht hatte Danilo ihr gegenüber das Schicksal Lennart Sieberts erwähnt. Immerhin hatten sie durchgehend in Kontakt gestanden und Danilo hatte juristische Probleme gerne mit anderen diskutiert, um einen Schritt weiterzukommen. Sie fragte Julia per SMS, ob sie den Namen kannte.

Zwanzig vor sieben. Zehn Minuten zu spät. Veda stand im Copyshop in der Sierichstraße und wippte auf den Fußballen. Jedes Mal, wenn jemand zu spät zu einem Termin kam, musste sie an den Tag denken, an dem ihre Mutter sie und Hendrik nicht vom Sommerfest in der Schule abgeholt hatte. Am Ende hatte Oma sich das Auto der Nachbarn geliehen und sie eingesammelt. Da saß Sanne wahrscheinlich schon im Flieger nach Kreta oder La Gomera. So genau erinnerte sie sich nicht mehr.

Im nächsten Moment rauschte Talli zur Tür herein, brachte einen Schwall feuchtkalte Luft mit, sah Veda und eilte zu ihr. »Es tut mir leid. In der Eile bin ich versehentlich von der falschen Seite an die Sierichstraße herangefahren. Ich hatte vergessen, dass die Fahrtrichtung um diese Zeit stadtauswärts führt. Für einen Moment habe ich überlegt, das Blaulicht aufs Autodach zu klatschen.« Sie atmete einmal durch. »Lass uns schnell machen, ich will dich nicht unnötig von deinem Feierabend abhalten.«

Veda nickte versöhnt. Hauptsache, sie war da. Danilos Unterlagen hatte sie in eine blaue Plastikmappe mit Gummiband gepackt. Sie reichte Talli die Dokumente nach und nach an und ordnete hinterher die kopierten und die Originalunterlagen auf zwei Stapel.

»Das hier haben wir ebenfalls in Danilos Wohnung gefunden.« Veda reichte Talli den USB-Stick. »Die Datei darauf ist verschlüsselt.«

»Ich habe einen Kollegen, der sich mit so was bestens auskennt. Trockener Typ, vertrauenswürdig. Der kann sie bestimmt knacken.«

Veda zog ein Blatt aus den Unterlagen, das sie mit einem Klebezettel markiert hatte. »In der Dateibezeichnung steht ein solches Aktenzeichen.« Sie zeigte mit dem Finger auf das Geschäftszeichen der Staatsanwaltschaft mit dem Zusatz *Bx*.

Talli runzelte die Stirn. »Was bedeutet *Bx*?«

»Keine Ahnung. Ich dachte, du wüsstest es vielleicht.«

»Noch nie gesehen. Wofür soll das stehen?« Sie überlegte einen Moment, sah Veda an, die mit den Schultern zuckte.

»Darauf setze ich meinen IT-Kollegen auch an. Vielleicht ist es etwas Technisches und hat mit den Fällen an sich nichts zu tun.«

Daran hatte Veda noch gar nicht gedacht. Für einen Moment fragt sie sich, was Talli wohl sagen würde, wenn ihre Recherchen ergaben, dass es für alles banale Erklärungen gab und Veda bloß die Pferde scheu gemacht hatte. Sosehr sich Veda Klarheit wünschte, wäre es in dem Fall vielleicht besser, Talli würde sich nicht wieder bei ihr melden. Nein, lieber wäre ihr die Aufregung peinlich, als weiterhin im Unklaren zu bleiben.

Fünf Minuten vor Ladenschluss bezahlte Talli, und sie verließen den Laden.

»Bist du mit dem Auto hier?«

»Nein, ich fahre mit der U-Bahn«, antwortete Veda.

»Haltestelle Sierichstraße?« Veda nickte und kuschelte sich gegen den kalten Wind in ihren Mantel. »In der Nähe steht mein Auto«, sagte Talli, und sie gingen zusammen los. »Ist euch in Danilos Wohnung etwas Ungewöhnliches aufgefallen?«

»Es roch ungelüftet, aber alles war sehr sauber, das Bett gemacht, als hätte er seine Wohnung ganz normal zum Arbeiten verlassen.« Veda rief sich die Räume wieder vor Augen, auch wenn es ihr einen kleinen Stich ins Herz gab. »Neben Laptop, Tablet und Smartphone fehlten vier bis fünf rote Ordner, die ich bei meinem früheren Besuch noch im Regal hatte stehen sehen. Wegen der knalligen Farbe waren sie mir aufgefallen.«

»Was war darin?«, fragte Talli.

»Ich habe Danilo nicht danach gefragt«, antwortete Veda.

Ob er irgendwo einen Raum gemietet hatte, in dem jetzt die roten Ordner standen? Die Wände mit Zeitungsartikeln tapeziert, beschmiert mit roten Markierungen, gespickt mit Heftzwecken, zwischen denen Wollbänder Querverbindungen anzeigten. Danilo mit zerzaustem Haar, der mit einem weiteren Artikel die richtige Stelle zum Ankleben suchte … unvorstellbar. Was enthielten die roten Ordner? Mehr Informationen zu seinem mysteriösen Fall oder doch nur private Korrespondenz?

Veda seufzte. Sie erinnerte sich an Rufus' Worte auf der Gedenkveranstaltung. Wenn sie jetzt Staatsanwältin wäre, könnte sie wahrscheinlich selbst die Akten bei Polizei und Staatsanwaltschaft einsehen oder jemanden darum bitten. *Tja, wenn …*

»Hat Philipp eigentlich eine Theorie zu Danilos Recherchen?«, wollte Talli wissen.

»Nicht, dass ich wüsste. Allerdings haben sich die beiden auch nie kennengelernt.«

»Philipp steht dir sehr nahe, oder?«

»Hmhm«, stimmte Veda zu.

»Seid ihr ein Paar?«

»Wir waren es. Jetzt sind wir beste Freunde. Das funktioniert besser für uns.«

»Gibt es das wirklich zwischen Mann und Frau?«, sinnierte Talli. »Von mir halten Männer entweder Abstand oder haben erotische Ambitionen. Dazwischen scheint es nichts zu geben, jedenfalls nicht auf privater Ebene.«

Das passte zu dem, was Veda bisher in Tallis Gegenwart beobachtet hatte. »Bei uns gibt es das«, bekräftigte Veda. Von ihrer Teilzeitintimität mit Philipp erzählte sie lieber nichts. Das ging nur sie und ihn etwas an. Sie schämten sich nicht dafür, sie wollten sich nur nicht erklären müssen und gingen davon aus, dass nur wenige Verständnis dafür haben würden. Deshalb hatten sie Stillschweigen darüber vereinbart. Um das nicht zu gefährden, wechselte Veda das Thema. »Wie bist du zu deinem Spitznamen gekommen?«

»Meine kleine Schwester hat mich früher so genannt. Anfangs konnte sie Natalie nicht aussprechen und hat stattdessen Talli gesagt.«

Sie blieben vor der Treppe zum Bahnsteig stehen.

»Ich werde nachsehen, ob ich unter den Asservaten die fehlenden Sachen aus Danilos Wohnung finde«, versprach Talli. »Aushändigen darf ich dir natürlich nichts. Aber vielleicht kann ich dir etwas mitteilen, das dir wenigstens Frieden verschaffen kann.« Sie sah zum Bahnsteig und schien sich verabschieden zu wollen, als ihr noch etwas einfiel. »Habt ihr bei eurem Besuch Danilos Nachbarn getroffen?«

Veda erinnerte sich an den cleveren, älteren Herrn und wie sie sich Zugang zum Haus verschafft hatten. Letzteres wollte sie Talli nicht auf die Nase binden. »Wir haben einen älteren Herrn im Treppenhaus getroffen, aber nicht mit ihm über Danilo gesprochen«, gab Veda zu und suchte nach einer Ablenkung, damit Talli nicht auf die Idee kam, sie zu fragen, wie sie in Danilos Wohnung gekommen waren. »Übrigens ist mir nach unserem Treffen im *Serra* etwas Seltsames passiert. In einer engen Straße bin ich wohl aus Unaufmerksamkeit nicht gleich aus dem Weg gefahren und habe ein Auto aufgehalten. Ein paar Hundert Meter weiter parkte es am Straßenrand, und zwei Männer haben eine Reifenpanne vorgetäuscht und mich auf dem Radweg abgefangen. Zum Glück kam ein Pärchen vorbei, und die beiden haben sich davongemacht.«

»Warum hast du mir das nicht gleich erzählt?«

»Es ist ja nichts weiter passiert. Ich habe Anzeige erstattet.«

»Was wollten die beiden von dir?«

»Der eine sagte, er wolle mir eine Lektion erteilen. Wahrscheinlich, weil ich nicht schnell genug den Weg frei gemacht habe.«

»Dann hätte es gereicht, zu hupen oder das Fenster herunterzulassen und dich zu beschimpfen. Warum später anhalten und dich abpassen?«

»Fand ich auch übertrieben, aber vielleicht hatten sie schon schlechte Laune und ich war der Tropfen, der das Fass zum Überlaufen gebracht hat.« Veda zuckte mit den Schultern.

»Gib auf dich acht«, mahnte Talli. »Und falls du noch mehr zu Danilos Fällen findest, sag mir Bescheid.«

Sie nickte, musste kurz an Frau Siebert denken und sah schnell weg auf die Anzeigetafel. Fünf Minuten noch. »Ich muss los«, sagte sie und verabschiedete sich. Sollte sie von Frau Siebert tatsächlich etwas Bahnbrechendes erfahren, konnte sie Talli später davon erzählen. Keine große Sache.

15. KAPITEL

Lennart läuft zu Naomi-Fees Wohnung. Immer und immer wieder. Diesmal wird er sie überzeugen, mit ihm zu kommen. Im Flur des Mehrfamilienhauses begegnet er der älteren, sauer riechenden Nachbarin in ihrem abgetragenen blauen Hauskittel. Ihre Wangen sind mit geplatzten Äderchen übersät.

»Sie sinn' ja oft zu Besuch bei dem jungen Ding. Schämen Sie sich gar nich'?« Irgendwann wird er sie fragen, ob sie sich für ihre Sauferei schämt.

Ohne einen Schritt zu tun, rauscht er wie eine Spielfigur vor, steht abrupt vor der Wohnung. Er sieht seinem linken Zeigefinger dabei zu, wie er auf den Klingelknopf drückt. In einem pinkfarbenen Trainingsanzug, die blondierten Haare nachlässig zu einem Zopf gebunden, öffnet sie ihm die Tür. Er tritt ein und bekommt einen flüchtigen Kuss zur Begrüßung, spürt ihre vollen, warmen Lippen, hält den Karton mit der Hawaii-Pizza in der rechten Hand und sie im linken Arm.

»Ich hab eigentlich keinen Hunger«, murmelt sie.

»Du solltest etwas essen, wenigstens ein Stück, es ist deine Lieblingspizza«, redet er ihr gut zu, oder denkt er es nur? Warum ist sie hier? Warum spürt er ihre Wärme? Schmeckt die Zigarette, die sie kurz vorher geraucht hat? Hört ihre Stimme? Das ist schön – und schrecklich. Denn sie ist tot.

Als Nächstes rauschen sie wie vorgespult ins Schlafzimmer. Er hält sie sanft, aber bestimmt an den Oberarmen, die so dünn sind, dass er sie umgreifen kann. »Pack einfach und komm mit mir«, fleht er.

»Ich kann nicht. Er wird mich finden und umbringen.« Sie weint, stößt ihn weg.

»Lass mich dir helfen!«

»Du kannst mir nicht helfen. Du kannst ja kaum dir selbst helfen.«

Das verletzt ihn, auch jetzt noch. Sag es nicht, halt den Mund, denkt er und presst die Lippen zusammen. »Das verstehst du nicht«, hört er sich trotzdem blaffen. »Hast du nie. Bleib hier, wenn es dir so gut gefällt.«

Nimm es zurück, vertrag dich mit ihr, geh nicht weg.

Er geht. Doch bevor er überhaupt die Tür erreicht hat, steht er plötzlich wieder von außen davor. Ihm wird schwindelig, als sei er in dem Moment zwischen Gehen und Wiederkehren im Dunklen durch die Schraube einer Achterbahn gerast. Sein Finger klingelt. Keine Antwort. Er zieht den Ersatzschlüssel aus der Tasche, den er irgendwann mitgehen ließ. *Geh nicht rein*, denkt er und öffnet die Tür.

Auf dem Wohnzimmertisch liegt der Pizzakarton. Sie hat nichts gegessen. »Naomi-Fee!« *Du brauchst nicht zu rufen, sie ist tot!* Oder ist sie es nicht? Diesmal vielleicht nicht? Er ruft noch einmal – keine Antwort. Kalter Zigarettenrauch in der Luft. »Es tut mir leid«, hört er sich sagen. Zum hundertsten, zum tausendsten Mal? *Diesmal wird es anders werden. Wir werden uns vertragen, sie wird mit mir kommen und muss nie mehr Angst vor ihrem Zuhälter haben.* Er geht ins Schlafzimmer, sieht sie auf dem Bett liegen. Die Spritze auf dem Boden, das Erbrochene auf dem Laken, das Blut auf dem Bett zwischen ihren Schenkeln. Ihren nackten, blassen Körper, die bläulichen Lippen. Er hört und fühlt sich schreien! Hockt sich auf den Boden, wird Minuten später von zwei Polizeibeamten aus der Wohnung getragen. All das hat ihn wieder eingeholt und ist geblieben: die Wohnung, die Spritze, der kalte Zigarettenrauch, die Pizza, die Wärme ihrer Lippen, der Anblick ihres toten, blassen Körpers, das Blut – auf die Straße, ins Krankenhaus, in die Psychiatrie, immer wieder von vorne, bis in alle Ewigkeit.

16. KAPITEL

Schon wieder so ein Scheißtag! Frau Rieser war krankgeschrieben, und Vanessa hatte ein paar Tage frei, um zur Hochzeit ihrer Schwester nach Nürnberg zu fahren, sodass sie deren Arbeit unter den verbliebenen Kolleginnen aufteilen mussten. Ausgerechnet heute war Dr. Zymos schwierigste Mandantin zu einer Vorbesprechung gekommen. Geschlagene vier Stunden hatte die gedauert, weil sie einfach keine Ruhe geben konnte. Wieder einmal hatte sich bewahrheitet, dass diejenigen, die viel hatten, am erbittertsten darum stritten. Der ausgerissene Ehemann versuchte nach fünfzehn Jahren Ehe und drei gemeinsamen Kindern mit allen Mitteln, sein Geld ins Ausland zu schaffen und seine Einnahmen kleinzurechnen, während Dr. Zymos Mandantin und Noch-Ehefrau ihm möglichst alles wegnehmen wollte, um ihren gewohnten Lebensstandard ohne eigene Anstrengungen weiterführen zu können. Und natürlich, um ihrem Ex eins auszuwischen. Wie konnte er es wagen, sie mit den Kindern sitzen zu lassen und die Kohle mitzunehmen! Beide hatten recht und beide lagen falsch. Wieder ein Streit, bei dem die Kinder am meisten verloren.

Veda hatte den Weg von der U-Bahn-Haltestelle bis zu ihrer Wohnung wie in Trance hinter sich gebracht. Als sie plötzlich vor dem schmiedeeisernen Tor stand, war sie froh, zu Hause zu sein. Sie öffnete ihren Briefkasten und zog überraschend viel Post heraus. Obenauf lag Werbung von einem Möbelhaus, darunter von einem weiteren. Immerhin keine Rechnungen. Dazwischen blitzte eine Postkarte auf, die Veda zum Lächeln brachte. Bestimmt von Helen, ihrer Schwägerin. Im Flur angekommen, trat sie ihre Schuhe von den Füßen, ließ Mantel und Tasche an Ort und Stelle fallen, zog die Karte aus der Post und warf den Rest auf den Tisch. Hendrik war mit seiner kleinen Familie für ein verlängertes Wochenende in Italien gewesen, aber Helen schrieb immer eine Karte, wenn sie verreisten, egal wie lange sie weg waren. Diesmal hatte sogar ihr Neffe Paul unterschrieben, und Veda wurde ganz warm ums Herz. Das Bild auf der Vorderseite zeigte den Trevi-Brunnen. Wie hatte der Fotograf es geschafft, ein Bild ohne Menschen vor dem weltberühmten Kunstwerk zu knipsen? Vielleicht hatten die Carabinieri den Bereich unter Einsatz ihres Lebens für ein paar Minuten abgesperrt. Den Text wollte sie später in Ruhe lesen. Jetzt brauchte sie erst mal einen kalten Orangensaft zur Erfrischung. Vielleicht half Vitamin C gegen ihre schlechte Laune. Sie legte die Karte auf den Esstisch. Dabei fiel ihr ein weißer Umschlag aus dickem Papier auf, in einer Handschrift adressiert, die ihr bekannt vorkam. Sie nahm ihn in die Hand, spürte das etwas raue Papier, betrachtete den eleganten Strich der dunkelblauen Tinte. Sie drehte ihn um, aber es stand kein Absender darauf. Dann erinnerte sie sich an die Einladung zu Danilos Gedenkveranstaltung – die gleiche Art Umschlag, dieselbe Schrift. Warum schrieb Danilos Mutter ihr einen Brief? Sie öffnete ihn widerwillig und zog ein einzelnes Blatt Papier mit wenigen handgeschriebenen Zeilen heraus. Während des Lesens schoss Veda das Blut in den Kopf. Sie solle sich – wie zum Glück die letzten paar Jahre – auch zukünftig aus Danilos Angelegenheiten raushalten und es nicht mehr wagen, seine Wohnung zu betreten. Ansonsten sähe man sich gezwungen, die Polizei einzuschalten. Veda solle die Vergangenheit ruhen lassen.

»Blöde Kuh!«, motzte sie, knüllte Brief und Umschlag zusammen und warf beides in hohem Bogen Richtung Küche. Sie setzte hinterher, nahm das Papierknäuel, schmiss es in den Müll, zog den vollen Auffangbehälter mit den Kaffeepads aus der Maschine und klatschte sie obendrauf. Die Pads hätten zwar in den Biomüll gehört, aber sie wollte das teure Scheißpapier ruinieren. Mit Schwung knallte sie die Tür des Unterschranks zu und stapfte ins Wohnzimmer. Wütend ließ sie sich auf die Couch fallen. Wenn beim letzten Mal nicht der Rauchmelder losgegangen wäre, hätte sie den Mist verbrannt.

Danilo hatte sie seiner Mutter nie wirklich vorgestellt. Nicht, weil er sich für Veda geschämt hatte, sondern weil seine Mutter aus Prinzip mit keiner seiner Freundinnen zufrieden gewesen war und er Veda eine Begegnung so lange wie möglich hatte ersparen wollen.

Sie rieb sich die heißen Wangen, stand auf und schenkte sich in der Küche endlich ihren kalten Orangensaft ein. *Reg dich nicht auf, die Kuh ist es nicht wert.* Auf dem Weg zurück zur Couch nahm sie die Postkarte mit, stellte ihr Glas ab und setzte sich.

Liebe Veda, wir sind nicht bis zum Trevi-Brunnen gekommen wegen der drängelnden Menschenmassen, aber immerhin haben wir ein schönes Foto davon gefunden. Paul ernährt sich nur noch von Eis, und Hendrik hat seine Leidenschaft für italienische Schuhe entdeckt. Bis bald! Helen, Hendrik und Paul

Hendrik und Schuhe? Das würde sie ihm beim nächsten Familientreffen aufs Brot schmieren. Sie legte die Karte zu den Zeitschriften auf dem Couchtisch und trank die Hälfte ihres Orangensaftes in einem Zug. Kalt und erfrischend. Unter ihren Fingern löste sich ein Tropfen Kondenswasser vom Glas und fiel auf ihre Jeans. Sie zog den Ärmel ihres dunkelgrünen Rollkragenpullovers über die Hand und wischte den Wasserring auf dem Couchtisch ab. Dann stellte sie das Glas auf das Wochenblatt, das sie nicht mehr lesen würde, denn in der Post lag schon das neue. Sie wischte sich die feuchte Hand an der Hose ab und merkte, wie ihre Wut verflog. Unentschlossen ließ sie den Blick durch ihre Wohnung schweifen. Fernsehen vor dem Schlafengehen oder lesen? Ihr Blick blieb am Schreibtisch hängen. Sie hatte die Mappe mit Danilos Unterlagen nach dem Treffen mit Talli einfach auf den Laptop gelegt. *Moment mal.* Veda drehte sich im Sitzen zur Küche um. Wie hatten Danilos Eltern von ihrem Besuch in Danilos Wohnung erfahren? Wer wusste davon? Der ältere Herr? Oder hatten die Nachbarn von gegenüber durch den Spion geschaut? Hatte Talli wegen der elektronischen Geräte und der roten Ordner mit Danilos Mutter gesprochen und es dabei erwähnt? Konnte es ihr versehentlich rausgerutscht sein? Oder steckte Kalkül dahinter? Veda sah auf ihre Armbanduhr – schon nach neun. Sie stand auf, kramte im Flur nach ihrem Handy, legte es aber wieder weg. Heute Abend wollte sie sich von Philipp nicht mehr sagen lassen: Ich habe dich gewarnt. Sollte sie Talli anrufen? Sie geradeheraus fragen? Ihr eine Nachricht schreiben? Sie suchte nach einer Formulierung, die weder nach Vorwurf noch nach Vorverurteilung klang, fand aber nichts Passendes. Sicherlich würde ihr morgen etwas einfallen.

Veda nahm die Brille ab und rieb sich vorsichtig die Augen. Obwohl sich die Arbeit auf ihrem Schreibtisch türmte, hatte sie das Gefühl, nichts zu schaffen. Sie musste ständig an den Drohbrief von Danilos Eltern denken. Wieder zog sie den Notizblock zu sich, auf dem sie notierte, was sie Talli sagen oder schreiben könnte, ohne ihr einen Vorwurf zu machen. Bis jetzt gefiel ihr keine Version.

Ihr Handy klingelte, also fischte sie es aus ihrer Handtasche. Das Display zeigte einen Anruf von Julia an. Ob sie sich an etwas erinnerte? Veda nahm den Anruf entgegen.

»Hallo, Julia, erinnerst du dich an den Namen?«

Statt einer Antwort hörte sie Straßenlärm, Menschen, die durcheinanderredeten. Sie klangen aufgeregt, aber Veda verstand nur einzelne Worte. »Hat … gerufen … kommt.«

»Hallo? Julia?« Vielleicht hatte sie Veda versehentlich angerufen.

Plötzlich hörte sie eine Männerstimme ganz klar: »Wir haben dich …« Es folgte lautes Sirenengeheul, das Veda ins Ohr knallte. *Autsch!* Schnell hielt sie das Handy ein Stück weg, legte es aber kurz danach vorsichtig wieder an.

»Wer ist da?«, fragte sie. Ein Piepton, dann Stille – aufgelegt. Einen Moment starrte sie auf das Display, wartete, aber es blieb schwarz und stumm. Hatte jemand Julias Handy gestohlen? Oder hatte er direkt neben ihr gestanden und ins Telefon gesprochen? War Veda oder Julia gemeint gewesen?

Sie versuchte zurückzurufen, bekam aber nur eine Bandansage: »Der von Ihnen gewählte Teilnehmer ist vorübergehend nicht erreichbar.« *Komisch.*

Frau Kehl steckte den Kopf durch die Tür. »Frau Filusz hat endlich den Titel vorbeigebracht«, verkündete sie, kam herein und legte ihr ein großes braunes Kuvert auf den Tisch.

»Danke fürs Annehmen.« Veda konnte ein Seufzen nicht unterdrücken, und Frau Kehl ging wieder nach vorne. Um die Frist nicht zu versäumen, musste Veda den Antrag heute noch schreiben, von Dr. Zymo unterzeichnen lassen und ans Gericht schicken. Da das Original mitmusste, konnte sie den Kram leider nicht digital versenden. Sie griff nach ihrem Kaffeebecher, dem vierten schon. *Kalt, igitt!* War vielleicht besser so. Zu viel Koffein machte sie fahrig.

Ihr Handy meldete sich erneut, es war aber nur eine Textnachricht. Von Julia.

Bin auf Arbeit, melde mich später.

Anscheinend hatte ihr Smartphone wieder Netz. Veda atmete erleichtert auf und war gespannt darauf, was Julia ihr nachher erzählen würde.

Um kurz nach zwölf Uhr erschien die Nummer von Frau Siebert auf Vedas Handydisplay. Fast hätte sie ihren Becher umgeworfen, weil sie hektisch unter den Akten nach ihrem Notizblock suchte. In den letzten Tagen hatte sie Lennart Sieberts Mutter nicht erreicht und schon aufgeben wollen. *Jetzt oder nie, aber besser nicht hier.* Veda stand auf und nahm den Anruf entgegen. »Darf ich Sie in fünf Minuten zurückrufen? Dann können wir ungestört reden.« Frau Siebert willigte ein. Veda griff sich Mantel, Stift und Notizblock und meldete sich bei Frau Kehl in die Mittagspause ab. Gleich neben dem Gebäude der Kanzlei stand eine Bank am leise plätschernden Goldbekkanal, die um diese Zeit in der Herbstsonne lag. Dort ließ sie sich auf dem warmen, dunklen Holz nieder und holte ihr Handy hervor. Das Akkusymbol zeigte einen roten Balken. Nur noch acht Prozent. *Mist!* Für das Gespräch reichte das hoffentlich.

»Vielen Dank, dass Sie mich zurückgerufen haben«, sagte sie aufrichtig, nachdem der Anruf angenommen wurde.

»Sie sind hartnäckig. Warum genau rufen Sie an?« Frau Sieberts Stimme klang kühl.

Veda musste sich zunächst sammeln, weil sie mit den Gedanken noch halb bei der Arbeit und aufgeregt war. Sie wollte dieses Gespräch nicht vermasseln.

»Ich bin Juristin und eine Freundin von Danilo Resni, der Sie vor einiger Zeit interviewt hat.«

»Dann arbeiten Sie nicht für eine Zeitung oder die Polizei?«

»Nein«, antwortete Veda und suchte fieberhaft nach einer diplomatischen Erklärung. Sie konnte schlecht sagen, dass sie bloß herausfinden wollte, warum sich Danilo das Leben genommen hatte und ob Frau Siebert dazu etwas Sachdienliches beisteuern könnte. Ihr Sohn befand sich noch immer in psychiatrischer Behandlung und war vielleicht weiterhin selbstmordgefährdet. Sie machte sich bestimmt schreckliche Sorgen um ihn. Ihr von Danilos Selbstmord zu erzählen, ohne die näheren Umstände zu kennen, könnte das verschlimmern. Außerdem widerstrebte es Veda als Juristin, mehr preiszugeben, als unbedingt nötig war. Je mehr man erzählte, desto angreifbarer machte man sich. Noch dazu ermittelte sie an Talli vorbei, was die nicht erfahren sollte.

»Arbeiten Sie mit Herrn Resni zusammen?«

»Das könnte man so sagen«, wand sich Veda.

»Warum sprechen Sie dann nicht mit ihm? Ich habe Herrn Resni alles gesagt, was es zu sagen gab.«

Verdammt! Veda warf einen Blick hinter sich auf das rote Gebäude, in dem sich unter anderem ihr Büro befand, und ihr kam eine Idee …

»Herr Resni hat mir von dem Fall Ihres Sohnes berichtet, weil die Kanzlei am Goldbekkanal, bei der ich arbeite, eine Anfrage zu einer ähnlichen Sache bekommen hat. Bitte haben Sie Verständnis, dass ich Ihnen dazu im Moment nicht mehr sagen darf.« Veda kniff die Augen zusammen und hoffte, dass Frau Siebert es schluckte. Zum Glück saß sie hier draußen auf der Bank und telefonierte mit ihrem Privathandy, ohne

Gefahr zu laufen, dass Dr. Zymo in der Nähe war. Von ihrer kleinen Notlüge würde also niemand erfahren.

Am anderen Ende der Leitung herrschte Schweigen. Gespannt lauschte Veda dem Gluckern des Kanals und dem Rascheln des Herbstlaubs, das von einer leichten Böe über den Weg gescheucht wurde. »Sind Sie noch dran?«, hakte sie nach. Vielleicht war die Verbindung abgebrochen.

»Was wollen Sie wissen?«, fragte Frau Siebert bissig.

In Vedas Bauch begann es zu kribbeln, endlich kam sie voran. »Herr Resni hat mir von dem Interview mit Ihnen erzählt. Ich hoffe, Ihrem Sohn geht es besser. Erinnert er sich mittlerweile daran, was zwischen seiner Vernehmung und der Einlieferung ins Krankenhaus geschehen ist?« Wie bekam sie nun am besten die Kurve zu Danilos Verhalten und dem, was er eventuell zu der Frau gesagt hatte?

»Hm«, machte Frau Siebert, und es entstand eine unangenehme Pause. Hatte Danilo nach dem Interview noch einmal mit ihr gesprochen? Hatte Veda etwas übersehen? Gab es in dem Fall Neuigkeiten, die sie verpasst hatte? Seit dem Gespräch mit Talli im *Serra* hatte sie sich nicht weiter über den Fall informiert.

Vom anderen Ende der Leitung hörte sie ein Schniefen und Räuspern.

O Gott! Hoffentlich hat sich Lennart nicht auch das Leben genommen.

»Leider geht es meinem Sohn nicht besser. Er wird weiterhin in der geschlossenen Psychiatrie behandelt und kann Ihnen keine neuen Erkenntnisse liefern.«

Veda atmete innerlich auf – er lebte. Aber traurig, dass es ihm nicht besser ging.

»Weder ich noch seine Ärzte können es erlauben, dass Sie oder Herr Resni mit ihm sprechen«, fuhr Frau Siebert fort.

»Er ist nach wie vor sehr labil. Obwohl seine Psyche vor diesem schrecklichen Ereignis so stabil war wie zu Kindertagen. Seine Therapeuten hatten damals die Hoffnung, dass er trotz seiner psychischen Probleme ein normales Leben führen könnte. Mein Junge wurde mit jedem Tag selbstbewusster und motivierter – bis zu diesem unheilvollen Tag.« Erneutes Schniefen. »Moment bitte.« Veda hörte, wie sie das Telefon zur Seite legte und sich die Nase putzte. »Entschuldigung.«

»Dafür müssen Sie sich nicht entschuldigen. Es tut mir so leid, was Ihrem Sohn widerfahren ist.« Veda musste selbst ein paar Tränen wegblinzeln. Sie wollte die arme Frau nicht länger als nötig belästigen. Mit geschlossenen Augen rief sie sich das Interview wieder ins Gedächtnis und wünschte, sie hätte es zur Hand. »Sie haben Herrn Resni gesagt, dass Ihr Sohn für eine Zeugenbefragung vorgeladen war.«

»Das ist richtig.« Sie schien sich wieder gefangen zu haben. »Er hat das Mädchen ehrlich geliebt. Sie tot und misshandelt vorzufinden, war furchtbar für ihn. Trotzdem hat er sich tapfer gehalten, hat viel mit seinem Therapeuten darüber gesprochen und bis zu dieser zweiten Vernehmung einen stabilen Eindruck gemacht.« Veda schrieb sich Stichpunkte dazu auf. »Er wollte, dass sie mit seiner Hilfe einen Entzug macht, aber sie hatte große Angst vor ihrem Zuhälter. Darüber haben sie sich an dem Tag, bevor er sie fand, gestritten. Am Abend wollte er sich wieder mit ihr vertragen, aber da lag sie tot auf dem Bett. Er war sicher, dass sie sich die Überdosis nicht selbst gespritzt hat.« Frau Siebert holte zitternd Luft.

»Was für ein Albtraum«, murmelte Veda und schaute den gelben und braunen Blättern zu, die aus den Baumkronen in den Kanal taumelten. Die Sonne wärmte ihr Gesicht, aber der Wind war kalt und ließ sie zusätzlich frösteln.

»Lennart war davon überzeugt, dass ihr Zuhälter etwas mit ihrem Tod zu tun hat. Weil sie ihn verlassen wollte. Das wollte er der Polizei klarmachen. Deswegen hat er darauf bestanden, zu der zweiten Vernehmung zu gehen.« Die nächsten Worte flüsterte sie. »Wäre ich doch bloß mitgekommen …« Sie atmete tief durch. »Er wollte niemanden mitnehmen. Vielleicht war es ihm zu privat. Vielleicht wollte er beweisen, dass er sein Leben selbst in der Hand hatte. Ein Passant fand ihn spät am Abend verwirrt und orientierungslos in der Nähe eines Krankenhauses auf dem Gehweg sitzen. Er brachte ihn in die Notaufnahme.« Darüber zu sprechen, wühlte Frau Siebert hörbar auf, aber es schien sie auch ein wenig zu erleichtern. »Seit diesem Tag kann er Wahn und Wirklichkeit nicht mehr voneinander unterscheiden«, fuhr sie fort. »Die Ärzte glauben, dass die Vernehmung seinen Zusammenbruch ausgelöst hat. Als er sich im Geiste an den Tatort zurückversetzt habe, sei er dort quasi stecken geblieben und der Kontakt zur Realität abgerissen. Nun kehre er in Gedanken immer wieder dorthin zurück. Seinen Ärzten berichtet er, es sei, als stünde er leibhaftig in ihrer Wohnung, rieche den kalten Zigarettenrauch, ihr Parfüm und die Hawaii-Pizza, die unangetastet im Karton auf dem Wohnzimmertisch liegt. Er spüre die Kälte ihrer Haut, während er nach ihrem Puls sucht. Als sei er wirklich dort, obwohl ein Teil seines Verstandes sagt, dass er es nicht ist. Ich kann es Ihnen nur so wiedergeben, wie es die Ärzte mir erklärt haben. Täglich, mehrmals am Tag erlebt er das, immer wieder.« Frau Siebert putzte sich die Nase.

Was sie sagte, deckte sich im Wesentlichen mit dem Interview. Neu war, dass ihr Sohn die schrecklichen Erinnerungen nicht mehr loswurde. In Vedas Hinterkopf tauchte das andere Interview von Danilo mit dem Mann auf, den er nur

F. genannt hatte. *F.* hatte davon berichtet, dass er seine Taten wie im Zeitraffer noch einmal durchlebt und ihn das geläutert habe. Nur einmal oder wie Lennart öfter? Zu Hause musste sie das nachlesen.

»Er ist akut selbstmordgefährdet, was er selbst zu seinen schlimmsten Zeiten vorher nicht war«, setzte Frau Siebert nach.

Danilo, der junge Mann, der Erhängte im Wald, der Mörder von Ilona Raab. Bei *F.* hatte Danilo ebenfalls einen Selbstmordversuch vermutet. Was machte diese Menschen lebensmüde? Oder wer? Waren sie alle dem Racheengel begegnet? Ihm zu nahe gekommen? Warum waren *F.* und Lennart mit dem Leben davongekommen? *F.*, weil er geläutert, und Lennart, weil er unschuldig war? Aber Danilo war auch unschuldig. Oder nicht? Veda schwirrte der Kopf.

»Ich glaube«, sagte Frau Siebert, »dass Lennart nicht auf dem Heimweg zusammengebrochen ist, sondern bei der Vernehmung. Die Polizisten wollen nur nicht die Verantwortung übernehmen. Sie haben keine Hilfe geholt, sondern ihn einfach nach Hause geschickt.«

»Das wäre ein Skandal«, empörte Veda sich.

»Das hat Herr Resni auch gesagt.«

»Hat er noch mehr dazu gesagt?« Das war ihre Chance. Aufgeregt hielt sie die Luft an.

»Soweit ich mich erinnere, hat er nur seine Fragen gestellt und sein Mitgefühl ausgedrückt. Auf meine Mutmaßungen gegenüber der Polizei ist er nicht weiter eingegangen. Ich bin bei der Polizei mit meinen Fragen und Bitten gegen eine Wand der Abwehr gerannt. Herr Resni hatte mir Hilfe zugesagt, sich aber nicht mehr gemeldet. Jetzt habe ich keine Kraft mehr dafür.« Ihr Ton wurde endgültig. »Ich brauche alle Energie, um meinen Sohn zu retten.«

»Das verstehe ich.« Ihr fiel ein, dass Philipp vermutet hatte, dass Danilo internen Missständen bei der Polizei oder Staatsanwaltschaft nachgegangen sein könnte. Lag die Verbindung dort? »Vielen Dank für Ihre Hilfe, Frau Siebert. Wenn wir für unseren Fall eine Lösung finden, melde ich mich bei Ihnen.«

»Ich weiß nicht«, entgegnete sie. »Tun Sie es nur, wenn es meinem Sohn wirklich helfen kann. Sonst will ich nichts mehr davon wissen.«

»Verstehe. Vielen Dank und alles Gute für Sie beide«, schloss Veda das Gespräch.

Sie musste unbedingt mit Philipp und Talli sprechen. Direkt und unverblümt. Sie würde sich einfach im Vorhinein entschuldigen, falls sich Letztere angegriffen fühlte, aber sie brauchte jetzt die Wahrheit.

Eilig ging sie zurück in die Kanzlei und beruhigte ihren knurrenden Magen mit einem Notfallschokoriegel, den sie immer in ihrer Schreibtischschublade aufbewahrte. Eine kleine Tüte Salzbrezeln hinterher, und schon ging es ihr besser.

Sie wählte Philipps Nummer, aber sein Handy war nicht erreichbar. Also schrieb sie ihm erneut eine Nachricht. Merkwürdig, dass er nicht einmal kurz antwortete. Ihr Smartphone zeigte nur noch fünf Prozent Ladung an. Sie suchte nach einem Ladegerät, obwohl sie wusste, dass sie keines mitgenommen hatte.

Der Antrag fürs Gericht! Damit musste sie jetzt anfangen, sonst schloss die Post, bevor sie fertig war. Plötzlich klingelte ihr Handy – Talli. *Kalt erwischt. Direkt fragen oder nett verpacken?*

»Hallo, Talli.«

»Hi, Veda, wie gut erinnerst du dich noch an diese beiden Männer, die dir auf dem Weg vom *Serra* nach Hause den Weg versperrt haben?«, fiel Talli außer Atem mit der Tür ins Haus.

»Ganz gut, denke ich. Wo bist du?«, fragte Veda, und plötzlich kam ein knackendes Geräusch aus dem Telefon. Nicht so, als würde etwas zerbrechen, sondern eher wie das Knacken im Ohr bei einem Druckausgleich. Sie sah verdutzt auf das Display und hätte heulen können, denn es flackerte einmal und wurde schwarz. Sie tippte drauf, drückte auf die Tasten an der Seite – nichts. Zwei Sekunden später zeigte das Display wieder den Anruf von Talli.

»Talli, bist du dran?«

»Ja, was war denn?«, entgegnete diese.

»Mein Telefon spinnt. Vielleicht hat es doch Schaden genommen, als der Mann es damals nach unserem Treffen im *Serra* auf die Straße geworfen hat. Du hörst dich an, als würdest du joggen.«

»Ich habe die Treppen genommen und kann nicht lange reden«, sagte Talli mit gedämpfter Stimme, »aber ich möchte einem Verdacht nachgehen, denn es könnten dieselben Männer gewesen sein, die bereits in anderen Fällen gesehen wurden.«

»In unseren Fällen?«, wollte Veda mit klopfendem Herzen wissen.

»Nimm dich in Acht und halt dich raus, Veda. Wir haben vermutlich schon ein paar Leute aufgeschreckt.«

Apropos aufgeschreckt, dachte Veda. »Hast du jemandem erzählt, dass Philipp und ich in Danilos Wohnung waren?«

»Nein.«

»Sicher?«

»Was ist passiert?«, hakte Talli nach.

»Seine Eltern haben mir per Brief mit der Polizei gedroht.«

»Verdammt! Halt bitte den Kopf unten – wirklich«, drängte die Polizistin. »Ich muss jetzt los.« Es hörte sich an, als öffnete sie eine Metalltür. Im nächsten Moment hörte Veda im Hintergrund einen Motor aufheulen.

»Was zum …«, murmelte Talli. Eine tiefere Stimme im Hintergrund schrie: »Achtung!« Dann ein dumpfes Rumpeln, metallisches Knirschen und ein Poltern, so als landete das Telefon auf hartem Untergrund.

»Was ist passiert?«, fragte Veda, stand auf und stützte sich auf ihrem Schreibtisch ab. Ihr wurde übel. Keine Antwort. »Talli?«, rief Veda »Sag was!« Sie horchte, hörte gedämpfte Stimmen, ein Schaben. *Was soll ich tun? Den Notruf wählen?* Talli hatte nicht gesagt, wo genau sie war. *O Gott, hoffentlich geht es ihr gut, hoffentlich ist ihr nur das Telefon runtergefallen, bitte lass es ihr gut gehen.*

Plötzlich wurden die Geräusche wieder klarer und lauter. »Der Krankenwagen ist auf dem Weg«, erklang eine Männerstimme. *Was? Nein.*

»Hallo, hallo?«, rief Veda zunehmend verzweifelt.

»Veda?« Tallis Stimme.

»Geht es dir gut? Was ist passiert?« Sie hatte einen Kloß im Hals und musste sich anstrengen, um die Worte herauszubekommen.

»Verdammt, das war knapp«, schnaufte Talli. »Fast hätte mich ein Auto in der Tiefgarage des Kommissariats zwischen seiner Motorhaube und einer Wand zerquetscht. Konnte gerade noch auf die Motorhaube hechten.« Ihre Stimme klang gepresst.

Ein Auto? Wie konnte das gehen? In Gedanken sah Veda, wie Philipps Tesla von selbst zum Leben erwachte, sämtliche Lichter angeschaltet und blinkend mit Vollgas auf Talli zuraste. Er hatte ihr davon erzählt, dass es die Funktion des Herbeirufens gebe, mit der sein Wagen ein- und ausparken könne, während er draußen stünde.

»Ist das Auto von selbst gefahren?«, fragte Veda und ließ sich benommen auf den Bürostuhl plumpsen.

»Nein, dem Fahrer geht es offenbar nicht gut«, erklärte Talli, aber sie klang, als sei sie auf der Hut.

»Alles in Ordnung?«

»Nichts weiter, nur ein paar blaue Flecken. Denk daran, was ich vorhin gesagt habe. Ich ruf dich wieder an.« Dann legte sie auf.

Vedas Smartphone piepte noch einmal, dann schaltete es sich aus. »Mist!«, zischte sie, legte das tote Gerät auf den Tisch, nahm die Brille ab und rieb sich mit beiden Händen über das Gesicht. Talli war nichts weiter passiert. Ein Unfall oder Absicht? Waren sie tatsächlich jemandem auf der Spur, der Angst hatte, entdeckt zu werden? Ein solcher Vorfall in der Tiefgarage des Kommissariats musste bedeuten, dass es eine Verbindung zur Polizei gab.

Talli würde sauer auf sie werden, wenn sie ihr vom Telefonat mit Frau Siebert erzählte, aber nun war sie mehr denn je davon überzeugt, dass sie das Richtige getan hatte. Frau Siebert hätte nicht mit Talli gesprochen und schon gar nicht ihren Verdacht erwähnt, dass die Polizei etwas vertuschte, womit sie recht zu haben schien.

Vedas Blick fiel erneut auf ihren Schreibtisch. Der Antrag! Es half nichts, der musste heute noch raus. Immer wieder wurde sie durch diverse Anrufer unterbrochen. Manche konnte sie an Dr. Zymo weiterleiten, einige musste sie selbst erledigen. *Ausgerechnet heute ruft die ganze Welt hier an.* Sie atmete tief durch und schüttelte die Arme aus. Vielleicht sollte sie das Telefon für eine halbe Stunde oder Stunde auf eine der Kolleginnen umstellen. Nein, die hatten genauso viel zu tun.

Am späten Nachmittag wurde es ruhiger, und sie konnte endlich die Unterlagen zusammenstellen. Sie packte alles in einen großen Umschlag, nahm im Vorbeigehen eilige Post von

Frau Kehl mit und machte sich wie elektrisiert auf den Weg. Es ging voran. Sie hatte zwar nichts weiter über Danilo erfahren, aber es kam Bewegung in die Sache. Zu Hause würde sie ihre Gedanken neu ordnen. Am besten blätterte sie mit einem leckeren Tee in Ruhe noch einmal die Unterlagen durch und sah sich ihre Notizen zu dem Gespräch mit Frau Siebert an.

Auf dem Weg zurück zur Kanzlei kaufte sie beim Bäcker ein belegtes Baguette. Geräucherte Pute, Salat, Gurken, Tomate und Remoulade, das volle Programm. Vor der Tür wischte sie sich die Remouladenreste aus dem Gesicht, knüllte den Müll zusammen und prüfte, ob sie gekleckert hatte. Nein, nur ein paar Krümel, die sie vom Revers ihres dunkelbraunen Mantels strich.

Frau Kehl sah auf, als Veda zur Tür hereinkam, und winkte sie mit sehr ernstem Blick zu sich. Was war passiert? So besorgt sah Frau Kehl selten aus. Zuletzt, als einer der Seniorpartner im Krankenhaus gelegen hatte. War Dr. Zymo etwas passiert? Sie eilte zum Empfang.

»Du sollst sofort zu Dr. Zymo.«

»Was ist los?«, fragte Veda.

»Ich weiß es nicht, aber er scheint sauer zu sein. Ich habe vorhin eine Anruferin durchgestellt, die eigentlich mit dir sprechen wollte. Ihr ist noch etwas eingefallen, das sie gleich loswerden wollte.«

»Oh!« Veda begann zu schwitzen. Etwa Frau Siebert? Warum hatte sie in der Kanzlei angerufen und nicht … *Leerer Akku. Shit, shit, shit!* Veda klopfte an die Tür ihres Chefs und trat vorsichtig ein.

»Setzen Sie sich«, befahl er kühl.

Das tat sie samt Mantel und Umhängetasche. Die zerknüllte Papiertüte hielt sie noch in der linken Hand und begann, das steife Papier zu kneten.

»Ich habe mit Frau Siebert gesprochen. Ihr ist noch etwas eingefallen, das vielleicht auch für *unseren* Fall wichtig sein könnte.«

Unruhig rutschte Veda auf dem Stuhl herum, holte Luft für eine Erklärung, aber Dr. Zymo ließ sie nicht zu Wort kommen. »Frau Siebert hat Sie auf Ihrem Handy nicht mehr erreicht, wollte die Sache aber heute abschließen.«

Veda legte die Hände in den Schoß und starrte auf das Papierknäuel.

»Einen Tag nach der Vernehmung hat ein Herr Raab von der Staatsanwaltschaft Hamburg bei ihr angerufen, weil er noch eine Frage an ihren Sohn hatte, ihn aber telefonisch nicht erreichen konnte. Als sie ihm mitteilte, dass er einen Nervenzusammenbruch erlitten habe, hätte er ihm gute Besserung gewünscht und gesagt, er solle sich erst mal erholen. Danach hat er sich nicht wieder gemeldet.«

Das muss Talli unbedingt wissen! Was hatte Rufus mit Lennart Siebert zu tun? Deckte er jemanden? Oder ermittelte er selbst und wollte die Lorbeeren für die Aufklärung einheimsen wie in München? Eine True-Crime-Serie für sich ganz allein? Wieder kribbelte es vor Aufregung in ihrem Bauch. Am liebsten wäre sie vom Stuhl aufgesprungen und hätte Talli angerufen.

»Frau Weller«, unterbrach Dr. Zymo ihren Gedankengang mit unterdrückter Wut. »In welchem unserer Fälle haben Sie Frau Siebert im Namen der Kanzlei befragt?«

Schlagartig verflog ihre Euphorie und machte dem schlechten Gewissen Platz. Ein Schweißtropfen lief Veda das Rückgrat hinunter. Sie hätte den Mantel ausziehen sollen. »So habe ich das nicht gesagt«, stammelte sie. Es war das erste Mal, dass sie Dr. Zymo ihr gegenüber so erlebte.

»So ist es aber angekommen«, erwiderte er. »Wenn Sie sich

als Freizeitermittlerin verdingen, ist das Ihre Sache. Aber ich verbitte es mir, dass Sie für Ihre privaten Interessen im Namen der Kanzlei lügen. Ich will Sie für den Rest der Woche nicht mehr hier sehen. Am Montag reden wir in Ruhe über diese Sache und wie unsere zukünftige Zusammenarbeit aussehen soll.«

Vedas Mund war staubtrocken, sodass sie kein Wort herausbrachte, nur nickte. Mit gesenktem Blick eilte sie aus Dr. Zymos Büro in ihr eigenes, warf endlich den Papiermüll weg, fuhr den PC herunter und versuchte, möglichst schnell und unauffällig zu verschwinden. Als sie an Frau Kehl vorbeikam und diese leise »Das renkt sich schon wieder ein« flüsterte, schossen Veda die Tränen in die Augen, während sie aus der Tür stürzte.

Das einzig Gute an diesem – hoffentlich nur vorübergehenden – Rauswurf war, dass sie im Hellen den Heimweg antreten konnte.

Sie ging schnell, sah auf dem Weg zur U-Bahn kaum auf, versteckte sich auf dem Bahnsteig so gut es ging und setzte sich im Waggon ganz nach hinten in die Ecke. Sie hatte das Gefühl, jeder könne ihr die Schmach ihrer Suspendierung ansehen. Noch dazu hallte Tallis Warnung wie ein Echo in ihrem Hinterkopf: *Halt den Kopf unten!*

Ab der Haltestelle Hoisbüttel joggte sie bis zu ihrer Wohnung. Erst als sie mit dem Rücken die Haustür hinter sich ins Schloss drückte, fiel ein Teil der Anspannung von ihr ab.

Sie schlurfte zum Esstisch, warf ihre Tasche darauf, setzte sich in voller Montur auf einen Stuhl, legte die Arme auf den Tisch, den Kopf darauf und heulte. Weil sie Angst hatte, ihren Job zu verlieren, ein schlechtes Arbeitszeugnis zu bekommen und deshalb vielleicht nie wieder einen Job zu finden. Weil sie sich über sich selbst wegen ihrer dummen Lüge ärgerte. Weil es ihr peinlich war und leidtat, Dr. Zymo enttäuscht und ihren Kolleginnen durch ihre Suspendierung noch mehr Arbeit aufgehalst zu haben.

Sie begann zu schwitzen, also wischte sie sich das Gesicht mit dem Ärmel ab, stand auf, zog den Mantel aus und warf ihn über die Stuhllehne. Ihre dunkelblauen Schnürschuhe tauschte sie gegen dicke Socken und steckte ihr Handy endlich ans Ladegerät.

Was sollte sie jetzt tun?

Als Erstes warf sie einen Blick in den Gefrierschrank, legte eine Pizza in den Ofen und holte eine Packung Brownies aus dem Vorratsschrank.

Nach der XXL-Pizza und der halben Packung Gebäck war ihr übel, aber ihr Selbstmitleid ließ nach.

Irgendwie musste sie die Sache mit Dr. Zymo wieder ins Lot bringen, sich entschuldigen, ihm eine ehrliche Erklärung geben.

Ihr Handy vermeldete eine Nachricht. Froh über die Ablenkung ging sie in den Flur und sah nach. Von Julia.

Sorry, dass ich mich jetzt erst melde. Hatte einen Unfall, liege im Krankenhaus. Nichts Ernstes. Kenne den Namen nicht, den du mir geschickt hast. LG

Veda starrte einen Moment auf das Display. Noch ein Unfall? Sofort wählte sie Julias Nummer.

»Hallo, Veda.«

»Was ist passiert? Wie geht es dir?«, platzte sie heraus.

»Der Klassiker: Beim Rechtsabbiegen hat mich ein Autofahrer übersehen. Die Straßenführung ist an der Stelle aber auch blöd. Ich hoffe, sie ändern den Verlauf des Radweges bald«, Julias Stimme klang müde. »Habe mir reichlich Prellungen und Schürfwunden zugezogen. Am schlimmsten ist die Gehirnerschütterung. Deswegen bin ich auch noch im Krankenhaus.«

»Wie lange musst du dortbleiben?« Veda machte sich große Sorgen um ihre Freundin.

»Ich werde morgen schon entlassen. Es war Glück im Unglück, und ich gelobe hoch und heilig, dass ich ab sofort einen Helm tragen werde. Was nützt einem schönes Haar, wenn man tot ist?«

»Holt dich jemand ab?« Wenn nicht, würde sich Veda ein Auto leihen.

»Meine Mutter holt mich für ein paar Tage zu sich. Sie freut sich schon darauf, mich zu bekochen wie früher. Ich werde Jahre brauchen, um die überflüssigen Pfunde wieder loszuwerden.«

Veda musste an ihre Oma denken, die es sich trotz ihrer stolzen achtundachtzig Jahre nicht nehmen ließ, für ihre Familie zu kochen. An Oma Ellas Küchentisch zu sitzen und Milchreis zu essen, wäre jetzt toll.

»Veda, ich hatte echt Angst, unter das Auto zu geraten und zu sterben. Und dann wurde ich auch noch hysterisch, als ich auf dem Fußweg lag und auf den Rettungswagen wartete. Da waren so viele freundliche Passanten, die mir geholfen haben. Aber ich bilde mir ein, jemand hätte gesagt: *Wir haben dich gewarnt.* Bescheuert, oder? Nur, weil ich nach der Gedenkveranstaltung ein paar Leuten von früher Fragen über Danilo gestellt habe. Niemand wusste etwas, nur eine von ihnen hat gesagt, ich solle die alten Geschichten ruhen lassen, sie brächten nichts Gutes. Sehe man ja an Danilo.«

Ein dumpfes Gefühl machte sich in Vedas Magen breit,

als sie sich an den Anruf von Julias Handy und den Satz des Mannes erinnerte, den die Sirene abgewürgt hatte.

»Du hast mich heute Mittag angerufen, aber ich habe nur Straßenlärm und einen Mann gehört, der *Wir haben dich …* sagte. Der Rest ist im Sirenengeheul untergegangen«, erzählte Veda mit belegter Stimme, da sich ihr Mund plötzlich staubtrocken anfühlte.

»Ich? Nein, ich habe dich nicht angerufen …«

»Danach hast du eine Nachricht geschickt, du seist auf der Arbeit und würdest später anrufen.«

»Eine Nachricht?« Julia klang verwirrt. »Habe ich das vergessen?«, murmelte sie, und Veda hörte das Rascheln von Stoff. »Warte, ich nehme mal kurz das Telefon vom Ohr und sehe nach.«

Sie lauschte Julias Gemurmel im Hintergrund. »Hä?« Was zum Henker ist das denn?« Ihre Stimme wurde wieder klar und deutlich. »Ich glaube es nicht. Alle meine Chats sind gelöscht, verdammt! Bist du sicher, dass die Nachricht von mir kam?«

»Natürlich, warte.« Veda tat es Julia gleich und überprüfte den Chat vom Mittag, aber sie fand die Nachricht nicht wieder. Auch in der Anrufliste tauchte Julias Nummer nicht auf. »Vielleicht habe ich mich geirrt«, murmelte sie und hoffte für einen Moment, dies sei nur ein Albtraum. Oder begann so der Wahnsinn? »Ich finde die Nachricht und den Anruf auch nicht mehr, aber ich bin sicher, dass beides von deinem Handy kam.«

»Seltsam«, erwiderte Julia mit schwacher Stimme. Es raschelte. »Musste das Ohr wechseln. Ich habe Kopfschmerzen.«

»Du solltest wahrscheinlich nicht telefonieren mit deiner Gehirnerschütterung.« Veda bekam ein schlechtes Gewissen, weil sie Julia in dieser Situation mit ihren Mutmaßungen belastete. »Denk nicht mehr an Danilo oder sonst wen, sondern nur noch an dich selbst und deine Genesung. Lass dich ein paar Tage von deiner Mutti verwöhnen und ruhe dich aus.«

»Mache ich. Ich ruf dich demnächst an, dann können wir länger quatschen«, sagte Julia zum Abschied.

Veda lief es eiskalt den Rücken hinunter. Erst die zwei Typen, die ihr eine Lektion erteilen wollten, dann Talli, die fast zwischen zwei Autos geraten wäre, und nun Julia mit ihrem Unfall, der vielleicht keiner war. Wer war der Mann am Telefon gewesen? Den hatte sich Veda doch nicht eingebildet, und das Telefonat auch nicht, oder? In ihrem Kopf herrschte ein solches Durcheinander, dass sie keinen Gedanken richtig festhalten konnte, um ihm nachzugehen. Sie musste irgendwie zur Ruhe kommen. Daher setzte sie sich auf die Couch, schaltete den Fernseher ein und suchte nach einem netten, geistig anspruchslosen Film. Schnell wurde sie fündig und aß nebenher die restlichen Brownies auf.

Um kurz vor zehn Uhr klingelte ihr Handy erneut. Philipp war dran.

»Ich habe mir Sorgen um dich gemacht«, beschwerte sich Veda freundlich.

»Ist es etwas Wichtiges?«, brummelte Philipp schlecht gelaunt. »Bei uns in der Kanzlei brennt gerade die Hütte. Ich musste die letzten zwei Tage damit verbringen, einen wichtigen Mandanten davon zu überzeugen, dass wir in keinster Weise in den Wirecard-Skandal verwickelt waren. Irgendjemand hat ihm eine wilde Geschichte aufgetischt, die ich erst mal in Erfahrung bringen und dann richtigstellen musste. Das hat Zeit und Nerven gekostet.«

»Wer hat ihm das erzählt?«

»Wollte er mir nicht verraten. Weshalb hast du angerufen?«, fragte Philipp.

»Ach«, begann Veda. Womit sollte sie anfangen? »Ich habe einen Brief von Danilos Eltern bekommen, in dem sie mir mit der Polizei drohen, wenn ich noch einmal Danilos Wohnung betreten und mich weiter einmischen sollte.«

»Woher wissen sie, dass wir dort waren?«

»Von Talli nicht, beteuert sie. Ich habe heute kurz mit ihr gesprochen. Sie ist in der Tiefgarage ihrer Dienststelle fast zwischen ein Auto und eine Wand geraten, live, während des Telefonats. Der Schreck steckt mir jetzt noch in den Knochen und ihr wahrscheinlich auch.« Veda spürte, wie ihre Hand leicht zitterte, und griff das Telefon fester. Der Tag hatte sie mehr mitgenommen, als sie es sich eingestehen wollte.

»Was?«, kam es erschrocken von Philipp. »Geht es ihr gut?«

»Ja, sie ist noch schnell genug zur Seite gesprungen. Sie will mich später noch einmal anrufen.«

»Gott sei Dank.«

»Ich konnte übrigens endlich mit Frau Siebert, der Mutter aus Danilos Interview, sprechen, erinnerst du dich?«

»Hm«, machte Philipp.

Veda ignorierte den desinteressierten Ton, der mitschwang. Ihm wäre es lieber gewesen, sie hätte das Talli überlassen. Sie war zwar nach wie vor davon überzeugt, dass Frau Siebert nicht mit der Polizei gesprochen hätte, aber ein bisschen bereute sie ihren Alleingang doch. »Dummerweise habe ich es so klingen lassen, als würde ich im Namen der Kanzlei anrufen. Dr. Zymo hat davon Wind bekommen und mich für den Rest der Woche suspendiert. Dabei ist gar nichts Schlimmes passiert. Es war ein Missverständnis, eine kleine Notlüge, und das tut mir auch echt leid. Das ist mir so rausgerutscht«, beteuerte Veda. »Aber Frau Siebert hat mir ein paar interessante Details erzählt. Rufus hat …«

»Bist du nicht längst zu weit gegangen?«, unterbrach Philipp sie schroff. »Warum hörst du nicht auf Tallis Warnung? Wen willst du noch mit hineinziehen? Willst du deinen Job verlieren? Willst du so enden wie Danilo?«, rief er ins Telefon.

Das war zu viel. »Jetzt übertreibst du aber. Außerdem warst du doch derjenige, der Danilos Fälle als Hirngespinst abgetan hat.« Am Ende wurde sie unbeabsichtigt laut.

»Welche Fälle? Ihr wisst doch gar nicht, womit ihr es zu tun habt!«, motzte Philipp zurück. »Ach, mach doch, was du willst, ich gehe jetzt ins Bett.« Und schon hatte er aufgelegt.

Veda starrte ihr Smartphone an. *Ignoranter Besserwisser! Schweißanwalt!* Veda ging zurück ins Wohnzimmer. *Wenn ich beim nächsten Training den Koshi-Nage-Hüftwurf an dir üben darf, dann Gnade dir Gott.* Tränen traten ihr in die Augen. Ob vor Wut oder Enttäuschung wusste sie selbst nicht genau. Wahrscheinlich von beidem etwas.

Sie zog alle DVDs mit den Folgen von *Verrückt nach dir* aus dem Regal neben dem Fernseher, legte die erste ein, holte sich die Decke vom Bett auf die Couch und rettete sich damit über die Nacht.

17. KAPITEL

In Jeans und Kapuzenpulli saß Veda müde am Tisch in Oma Ellas Landhausküche und freute sich auf ihren Teller Milchreis mit Zimt und Zucker. Das Geheimrezept ihrer Oma gegen alle Arten von Kummer. Veda hatte sie früh am Morgen angerufen und war in der Hamburger Innenstadt in das Mehrgenerationenhaus ihrer Familie geflüchtet. Oma Ella, Sannes Mutter, wohnte barrierefrei im Erdgeschoss auf der rechten Seite des weißen vierstöckigen Altbaus aus der Gründerzeit. Im ersten Stock wohnte ihr Vater derzeit alleine, darüber befand sich seine Unternehmensberatung, und ganz oben wohnte Hendrik mit seiner Familie.

Die Frau vom Pflegeservice war schon da gewesen Veda hatte angeboten zu übernehmen, was sie konnte. Um sich von ihrer Misere abzulenken und weil sie ungern tatenlos herumsaß. Aber Oma Ella wollte davon nichts wissen. »Ich will euch nicht zur Last fallen, Mäuschen.« Sie war die Einzige, die Veda so nennen durfte. »Außerdem freue ich mich auf den Besuch der verschiedenen Pfleger. In meinem Alter kommt man nicht mehr viel aus dem Haus. Das Leben wird langweilig.« Ihre Oma hatte vier Kinder großgezogen, nachdem Sanne abgehauen war, auch die beiden Enkel mitversorgt und immer Teilzeit gearbeitet. Jetzt war sie nur noch Rentnerin und sehnte sich manchmal danach, mit Sanne, ihrer jüngsten Tochter, um die Welt zu reisen, denn nicht nur sie hatte die Geschichten gemocht, die sich ihr Vater für sie ausgedacht hatte. Auch Oma Ella hatte ihrem Ehemann gerne gelauscht. Doch weite Reisen schaffte sie nicht mehr. Veda wünschte sich, sie hätte Opas Geschichten aufgeschrieben. Es wäre zwar nicht dasselbe, aber eine schöne Erinnerung, weil er ein begnadeter Erzähler gewesen war. Die meisten seiner Geschichten hatte sie jedoch längst vergessen.

Ella setzte sich zu Veda an den Küchentisch und aß eine kleine Portion Milchreis mit. Heute Abend wollte sie für die ganze Familie Pizza backen. Das hatte sich ihr Urenkel Paul gewünscht, und jeder wollte etwas anderes auf seinem Stück haben. Für Oma Ella kein Problem, bunte Bleche brachten ihr Spaß.

»Was für einen Ärger hast du denn nun bei der Arbeit, Mäuschen?«, fragte Oma Ella, nachdem sie aufgegessen hatten, und betrachtete Veda sanft mit ihren grünen, immer noch klaren Augen.

Veda erzählt ihr alles – fast alles. Sie fing bei Ralphs E-Mail an, ließ die meisten Details in Danilos Unterlagen aus, erzählte ihr aber von dem Besuch in seiner Wohnung zusammen mit Philipp.

»Wie nett von ihm, dass er dir hilft, wo er doch so viel zu tun hat.«

»Oma!«, warnte sie.

»Ihr wart ein schönes Paar.« Oma Ella seufzte übertrieben.

»Wir verstehen uns viel besser als Freunde«, erwiderte Veda ernst.

»Ja, ich weiß. Schade, schade.«

Von Talli erzählte Veda auf deren Bitte hin nichts, obwohl es ihr schwerfiel. Oma Ella war schon während ihres Jurastudiums eine gute Gesprächspartnerin gewesen. Klug, lebenserfahren und bodenständig. Sie konnte Menschen und Situationen gut einschätzen, wusste, wie andere tickten. Als Veda auf die Gedenkveranstaltung für Danilo, ihr Zusammentreffen mit Rufus und den Drohbrief von Danilos Eltern zu sprechen kam, wurde Oma Ella ungewohnt ernst.

»Diese Leute haben dir nie gutgetan«, sagte sie. »Danilo war blitzgescheit und konnte ein echter Charmeur sein, aber du hattest dich während der Beziehung mit ihm sehr verändert. Manchmal habe ich dich nicht wiedererkannt. Es war, als wolltest du so denken und handeln wie er und dieser Rufus. Gleichzeitig hast du dich schrecklich damit gequält. Ich war froh, als du dich von diesen Leuten entfernt und deinen eigenen Weg gewählt hast.«

Besonders viel Erfolg hatte ich mit meinem eigenen Weg allerdings nicht. Im Gegensatz zu Philipp, Arno und Julia. Sie schienen es alle besser getroffen zu haben.

»Mach nicht so ein Gesicht, Mäuschen«, ermunterte Oma sie und lächelte herzlich. »Du hast einen guten Job und einen tollen Arbeitgeber. Mit deinem starken Gerechtigkeitsempfinden, deiner Ehrlichkeit und Gewissenhaftigkeit hättest du es als Anwältin schwer. Du könntest es dir nicht leisten, zwielichtige, unbelehrbare oder gierige Mandanten abzulehnen. Du würdest verhungern, weil du es nicht über dich bringen könntest, Fälle zu übernehmen, nur um Geld zu verdienen.«

Veda schaute auf ihren leeren Teller und nickte. Sie hatten schon oft darüber gesprochen. Und genauso oft hatten sie gerätselt, was genau Vedas Unzufriedenheit auslöste und wie man sie bekämpfen könnte. Ihren Gedanken nachhängend räumte sie den Tisch ab und stellte das Geschirr in die Spülmaschine. Zum Glück hatte ihre Oma eine Engelsgeduld und war nie genervt davon, dass Veda immer wieder darüber sprach. Sie selbst wünschte sich am meisten von allen eine Lösung für ihr Dilemma. Vielleicht sollte sie doch mit Arno sprechen. Andererseits konnte sie sich nicht vorstellen, als Investigativjournalistin oder überhaupt als Journalistin zu arbeiten. Die meisten waren selbstständig und immer auf der Suche nach dem nächsten Auftrag. Außerdem mochte sie die geregelten Arbeitszeiten in ihrer Kanzlei und dass sie nicht diejenige war, die am Ende des Tages die Verantwortung für die Fälle, die Mandanten und die Angestellten trug. Sie mochte es planbar und sicher. Vermutlich alles Vorlieben, die der Tätigkeit als Investigativjournalistin eher entgegenstanden. Veda seufzte. Je älter sie wurde, desto unwahrscheinlicher war es auch, den passenden Job zu finden.

»Willst du mir erzählen, warum genau Dr. Zymo dich vorübergehend nach Hause geschickt hat?«, fragte Oma Ella und ergriff mit ihrer sehnigen, von Altersflecken übersäten, aber warmen Hand Vedas Arm und zog sie sanft zurück auf den Stuhl.

Daraufhin erzählte sie ihr von dem Telefonat mit Frau Siebert und ihrem kleinen Schwindel, der Dr. Zymos heftige Reaktion heraufbeschworen hatte. Oma Ella schaute sie aufmunternd an, als Veda fertig war.

»Es sieht so aus, als hättest du deine Lektion bereits gelernt«, bemerkte sie und tätschelte ihre Hand. »Er wird dich nicht feuern, Mäuschen.«

Am frühen Abend rückte Veda mit ihrem Vater, Hendrik, seiner Frau Helen, deren Sohn Paul und mit Oma Ella um deren Küchentisch für die bunte Pizza zusammen.

»Hast du Ferien, Tanteeda? Sonst übernachtest du nicht iner Woche bei Omella«, wollte Paul wissen und zappelte aufgeregt auf seinem Stuhl hin und her. Immer, wenn er schneller dachte, als er sprechen konnte, mischte er Worte ineinander.

»Jaaa«, Veda dehnte das Wort, um Zeit zu gewinnen, und entschied sich am Ende für: »So was Ähnliches.«

»Toll!«, rief er, während ihm der Belag von seinem Pizzastück rutschte und auf den Teller klatschte. »Oh, ups!« Mit den Fingern schob Paul Käse, Tomaten und Salami zurück auf das Teigstück, bevor Helen eingreifen konnte. Schnell klappte er das Stück zusammen und biss kräftig zu. Oma Ella griff hinter sich nach der Rolle Küchenpapier und legte Paul ein zusammengefaltetes Blatt neben seinen Teller. Er wollte etwas sagen, aber diesmal war Helen schneller. »Erst kauen und runterschlucken, dann reden.«

Paul seufzte übertrieben, kaute schnell und schluckte angestrengt den zu großen Bissen hinunter. »Wollen wir nachher mit meiner Konsole spielen? Es gibt jetzt noch mehr Charaktere und bessere Waffen.«

Veda wurde warm ums Herz, und zum ersten Mal seit Dr. Zymos Anpfiff lächelte sie.

»Morgen ist Schule«, erinnerte Hendrik, und sein Sohn machte ein langes Gesicht. »Wenn Veda länger bleibt, könnt ihr morgen spielen, da ist Freitag.« Daraufhin strahlte Paul Veda an.

»Morgen zocken wir«, versprach sie und nickte. Allein deshalb würde sie bis morgen bleiben.

»Yes!«, rief Paul und ballte die freie Hand zur Faust. Seine Freude übertrug sich, wofür sie unendlich dankbar war.

Helen verabschiedete sich etwas früher, um Paul – unter Protest – noch eine Dusche zu gönnen.

Das gab den anderen die Möglichkeit, sich mit Veda über ihre Job-Misere zu unterhalten.

»Dein Chef war bestimmt einfach nicht gut drauf an dem Tag«, mutmaßte Hendrik.

»Diese kurze Suspendierung ist vielleicht schon die ganze Strafe«, vermutete ihr Vater ähnlich wie Oma Ella. »Du hast dir bisher nichts zuschulden kommen lassen. Er darf dich nicht so einfach feuern. Du bist Juristin, du weißt das.«

Dass er es nicht durfte, hieß noch nicht, dass er es nicht trotzdem tat, aber es war ein gutes Argument von ihrem Vater. Ans Arbeitsrecht erinnerte sie sich nur rudimentär, aber eine fristlose Kündigung wäre wahrscheinlich nicht gerechtfertigt. Dr. Zymo müsste ihr zuerst eine Abmahnung erteilen. Allerdings wollte sie weder abgemahnt noch gekündigt werden. Übers Wochenende musste sie ihr Wissen dazu auf den neusten Stand bringen. Dann könnte sie ihrem Chef selbstbewusster gegenübertreten. Gute Vorbereitung ist alles.

»Er will dir und sich selbst wahrscheinlich nur genug Zeit zum Nachdenken geben«, vermutete Oma. »Das ist gut. Wenn er sauer war und du im Stress, hättet ihr eure Worte bei einer Ad-hoc-Aussprache vielleicht danach bereut.«

Das passte zu Dr. Zymo. Ein Restrisiko blieb immer, aber wahrscheinlich würde er sie nicht feuern. Allerdings würde sie sich sein Vertrauen wieder erarbeiten und sich entschuldigen müssen. Es tat ihr auch wirklich leid. Ob sie in einer ähnlichen Situation wieder genauso handeln würde? Darauf musste sie für sich selbst und Dr. Zymo eine gute Antwort finden. Im Moment lautete diese spontan: Ja.

»Zur Not fängst du bei mir an«, bot ihr Vater an.

Veda hätte sich fast an ihrer Apfelschorle verschluckt. Sie hatte ihren Papa sehr lieb, aber für ihn arbeiten wollte sie nicht. Er konnte nicht still sitzen, nicht verlieren und brauchte immer etwas zu tun. Als ehemaliger Pilot bei der Bundeswehr war er es gewohnt, die Richtung vorzugeben. Davon abgesehen, glaubte er wie Rufus – allerdings auf liebevollere Weise –, dass sie viel mehr erreichen könnte, wenn sie wollte. Er würde sie in den Wahnsinn treiben. Außerdem kannte er all ihre Schwachstellen, und das war in einer Arbeitsbeziehung nicht gesund. Sie konnte sich nicht mehr vorstellen, noch einmal beruflich neu anzufangen, obwohl sie erst siebenunddreißig Jahre alt war. Studieren neben dem Job? Dazu hätte sie nicht die Kraft. Und wenn ja, was? Ihre finanzielle Unabhängigkeit wollte sie dafür auf keinen Fall aufgeben.

Hendrik zwinkerte Veda zu. »Quatsch, Papa. Veda wird ihren Job behalten. Das Schlimmste, was ihr passieren kann, ist, dass Dr. Zymo sie ein paar Wochen an Frau Latih ausleiht.«

Veda holte erschrocken Luft. Frau Latih war toll, aber auf keinen Fall wollte sie etwas mit ihren Mandanten zu tun haben, weder mit den Tätern noch den Opfern.

»Bis morgen, Schwesterlein.« Hendrik winkte zum Abschied.

»Dann reden wir auch mal über deine neue Leidenschaft für italienische Schuhe. Wie viele Paare hast du gekauft?«, wollte Veda wissen.

Hendrik drehte sich um und wurde tatsächlich ein bisschen rot. »Zwei, drei«, murmelte er und verschwand danach eilig.

Veda räumte mit ihrem Vater zusammen das Geschirr in die Spülmaschine. Er öffnete eine Flasche Rotwein, und sie setzten sich zu dritt zusammen vor den Fernseher im Wohnzimmer. Oma Ella nahm die Fernsehzeitung zur Hand und setzte die Lesebrille auf, die an einer silbernen Kette um ihren Hals hing. Sie entschieden sich für ein Nachrichtenmagazin und danach für eine französische Komödie. Heute war Veda ganz glücklich über diese Wahl, da sie letzte Nacht schon genug Albträume gehabt hatte.

»… haben sich im Fall Ilona Raab neue Erkenntnisse ergeben«, berichtete die Moderatorin gerade.

Ilona Raab? Was für neue Erkenntnisse? Veda stellte ihr Weinglas ab.

»Sie war erst siebzehn Jahre alt, als sie getötet wurde …«, fuhr die Moderatorin mit ernster Stimme fort.

»Wir sollten lieber umschalten«, murmelte ihre Oma mit einem Seitenblick auf Veda.

»Nein, lass es ruhig einen Moment laufen«, widersprach sie. Veda sollte sich nicht dafür interessieren, platzte aber vor Neugier. Außerdem tat es niemandem weh, wenn sie den Nachrichten lauschte und sich auf den neusten Stand brachte.

Und was für Neuigkeiten es gab: In Peter B.s Abschiedsbrief stand laut der Polizei genau, wie und warum er Ilona getötet hatte. An dem von ihm beschriebenen Ort hatte die Polizei vor zwei Tagen sogar ein Messer gefunden, das zu den Einkerbungen passte, die bei der Untersuchung ihrer Knochen festgestellt worden waren. Auch Spuren von Ilonas Blut hatten sie am Übergang der Klinge zum Schaft gefunden.

»Die junge Frau erwartete ein Kind von Peter B. und hatte sich geweigert, es abtreiben zu lassen.« Auf dem Bildschirm erschien ein altes Foto von Ilona Raab. Sie sah jünger aus als siebzehn und lächelte scheu in die Kamera. »Daraufhin habe sein Vater Peter B. damit gedroht, ich zitiere: ihn zu enterben, wenn er die Aussiedlerin heiratet und ihren Bastard in die Familie bringt.« Veda zog sich erst das Herz zusammen, und im nächsten Moment wurde sie furchtbar wütend auf Peter B. und dessen Vater, der genauso Täter war.

»Mistkerl«, zischte Oma Ella.

»Da er den Hof nicht verlieren wollte«, das Bild wechselte erneut und zeigte eine aktuelle Ansicht des Hofes mit altem Bauernhaus, Neubau und diversen Stallgebäuden, »erstach Peter B. sein Opfer und vergrub die Leiche zusammen mit einem Freund im an den elterlichen Hof angrenzenden Waldstück. Dreißig Jahre nach der Tat wurden die Überreste des Opfers aufgrund der Aussage des Freundes geborgen, und das Gericht war damals davon überzeugt, dass Peter B. Ilona getötet hatte. Mordmerkmale wie Heimtücke, Habgier oder sonstige niedrige Beweggründe waren jedoch nicht zweifelsfrei feststellbar, sodass Peter B. nicht des Mordes schuldig gesprochen werden konnte, sondern den Gerichtssaal wegen Verjährung des Totschlags als freier Mann verlassen durfte.«

»War das richtig so?«, fragte Vedas Vater empört.

»Ja, leider. Strafrecht bringt keinen Spaß«, murmelte Veda und dachte, dass ihr Familienrecht oft auch keinen Spaß brachte. Die streitenden Menschen waren das Problem. Davon abgesehen war es spannend.

Die Moderatorin erschien wieder. »Warum sich Peter B. nun nach so vielen Jahren entschied, seinem Leben ein Ende zu setzen und den Mord an Ilona Raab vollumfänglich zuzugeben, bleibt ein Rätsel.«

Mehr als dreißig Jahre lang hat er das Geheimnis bewahrt, den Hof geerbt, eine Familie gegründet und trotz des Prozesses weiter dort gelebt und am Dorfleben teilgenommen. Hatte er aus heiterem Himmel ein schlechtes Gewissen bekommen? Es musste einen Anlass für sein Handeln gegeben haben. Aber welchen? Könnten Danilos Recherchen damit zu tun haben? In seinen Unterlagen hatte Veda nichts zu Ilona Raab gefunden. Diesen Zusammenhang hatte sie selbst hergestellt. Wusste Danilo von Rufus' Schwester? Immerhin waren sie Schüler und Mentor gewesen, hatten sich nahegestanden.

»Mäuschen?« Oma Ella sah Veda über ihre Lesebrille hinweg an. »Du hast wieder diesen berühmten Ich-will-wissen-warum-Blick.«

Ihr Vater seufzte, denn er fürchtete diesen Ausdruck. Als Kind hatte sie ihn mit ihren Fragen so lange genervt, bis er das Lexikon rausholte und sie – vollumfänglich – beantwortete. Veda musste bei der Erinnerung daran lächeln.

»Du wirst nicht aufgeben, bis du den Fall gelöst hast, stimmt's?«, fragte Oma Ella.

»Er ist gelöst. Peter B. ist der Mörder.«

»Pff«, machte ihr Vater. »Ella hat recht, du hast dich längst verbissen.«

»Gar nicht«, schmollte Veda. Seit sie Ralph versprochen hatte, sich die Unterlagen anzusehen, hatte sie nur Ärger deswegen. »Wenn mir die Infos ins Gesicht springen, so wie eben gerade, nehme ich sie. Ich kann mich schließlich nicht blind, taub und dumm stellen.«

Ihr Vater hob eine Augenbraue, und Oma Ella schmunzelte milde.

Familie nervt, dachte Veda und trank den letzten Schluck Rotwein.

»Ich gehe ins Bett.« Ihr Vater stand auf und nahm ihr Glas. »Willst du noch eines?« Veda schüttelte den Kopf.

»Dann gute Nacht«, sagte er, gab ihr wie früher einen flüchtigen Kuss auf den Kopf und ging. Wunderbare Kindheitserinnerungen blitzten für einen Moment auf, wichen aber sogleich wieder der Geschäftigkeit ihres Verstandes.

Warum? Peter B. und sein Umfeld hatten jahrzehntelang Zeit gehabt, um den Vorfall zu begraben. Wer oder was hatte Peter B., den Erhängten im Wald und die Frau im Pool dazu gebracht, ganz in der Nähe ihrer Opfer zu sterben? Hingen die Fälle in diesem Punkt oder einem anderen zusammen? Warum hatten Talli und Julia fast zeitgleich diese Unfälle gehabt? Waren sie angegriffen worden? Oder wollte Veda ein Muster sehen, das es in Wirklichkeit nicht gab? Ihr schwirrte der Kopf, und der Rotwein tat sein Übriges. Mit einem Mal packte sie das schlechte Gewissen. War sie schuld an den Unfällen? Weil sie sich eingemischt hatte? Zwischen ihrem Magen und ihrem Herzen flatterte etwas, und sie schluckte, um es zu beruhigen.

»Oma?«, fragte sie.

»Was denn, Mäuschen?«

»Eine Polizistin, mit der ich gesprochen habe«, begann Veda und stockte für einen Moment – sie hatte Talli zwar Verschwiegenheit versprochen, aber sie musste einfach mit Oma Ella darüber sprechen –, »hat mich gestern angerufen und mir erzählt, dass sie in der Tiefgarage ihres Kommissariats fast von einem fahrenden Auto an einer Wand zerquetscht wurde und ich vorsichtig sein soll. Und Julia hatte einen bösen Fahrradunfall.« Oma Ella richtete sich auf. Veda hatte früher oft mit Julia gelernt oder war mit ihr um die Häuser gezogen. Ihre Oma kannte sie gut, deswegen legte Veda ihr beruhigend die Hand auf den Arm. »Es geht ihr schon wieder besser, sie hat nur ein paar blaue Flecken und eine Gehirnerschütterung.« Ihre Oma entspannte sich wieder etwas.

»Ob sie diese Unfälle hatten, weil ich recherchiert habe?«, flüsterte Veda fast. Jetzt war es raus. Gegenüber Oma Ella konnte sie es aussprechen. War sie dafür verantwortlich? Eine Frage, die sie seit gestern ständig von sich schob, weil sie die Antwort fürchtete.

»Glaubst du, dass es Zufälle waren?«, wollte Oma wissen.

»Nein. Zu viele und zu nah beieinander.« Zitternd holte sie Luft. Selbst wenn sie nicht dafür verantwortlich war, hatte es mit ihr zu tun.

»Was sollen diese Unfälle bezwecken?«

»Sie wollen uns Angst machen, denke ich. Wir sollen aufhören, Fragen zu stellen.«

»Julia und die Polizistin haben selbst Fragen gestellt?«

Veda nickte.

»Für dich?«

»Nein, Talli sowieso nicht, die ist Kriminaloberkommissarin und macht ihr eigenes Ding. Und Julia kann selbst nicht glauben, dass Danilo sich das Leben genommen hat. Von den Unterlagen weiß sie nichts.«

»Also haben beide ihr eigenes Ding gemacht«, stellte Oma Ella fest.

»Ich habe sie auf die Idee gebracht.«

»Talli als Kommissarin kann von euch allen die Situation am besten einschätzen, und sie hat trotzdem ermittelt. Und Julia ist mindestens genauso neugierig wie du und noch risikobereiter. Wer hat sich immer als Erste kopfüber in ein neues Abenteuer gestürzt?«

Bei der Erinnerung an ihre Studienzeit mit Julia musste Veda lächeln. In Julias Windschatten hatte sie sich vieles getraut, was sie alleine nie getan hätte.

»Außerdem erscheint es mir übertrieben, dass Julia und Talli bedrängt werden, damit du aufhörst, Fragen zu stellen. Dann wäre es sinnvoller, dich in die Mangel zu nehmen.«

Veda schluckte und sah auf ihre im Schoß liegenden Hände. »Vielleicht haben sie das«, murmelte sie.

»Wer hat was?« Oma Ella stockte der Atem.

»Nach meinem ersten Treffen mit Talli haben mich zwei Männer auf dem Heimweg angehalten, um mir, wie sie sagten, eine Lektion zu erteilen. Ich dachte, sie wollten sich dafür rächen, dass ich ihnen mit dem Fahrrad auf der Straße nicht schnell genug aus dem Weg gefahren bin.«

»Und was haben sie dann mit dir gemacht?«, verlangte Oma Ella zu wissen und legte eine Hand auf ihre Brust.

»Nichts weiter. Ich bin ihnen entwischt, weil ein Pärchen aufgetaucht ist, das mir geholfen hat. Die Männer sind davongefahren.«

»Mäuschen, bitte sei vorsichtig«, mahnte ihre Oma. »Und höre auf Talli. Sie kann dich im Notfall beschützen.«

Wenn sie nicht gerade damit beschäftigt ist, sich selbst zu beschützen.

Zur Nacht ging Veda in ihr altes Zimmer. Dort hatte sie während des Jurastudiums gewohnt, denn Uni und Bibliotheken befanden sich fast nebenan. Außerdem hatte ihr Vater zu der Zeit eine neue Lebensgefährtin gehabt, mit der Veda nicht gut zurechtgekommen war. Eine eigene Wohnung in Hamburg konnte sie sich damals von dem mageren Referendarsgehalt nicht leisten, und im Studentenheim wäre sie aufgrund ihrer nahen Wohnmöglichkeit nicht untergekommen.

Zum Glück war Oma Ella so unkompliziert und hilfsbereit, dass Veda gar nichts Besseres passieren konnte. Sie half ihrer Oma bei anstrengenden Tätigkeiten und beim Einkaufen. Dafür wurde sie bekocht und hatte immer jemanden zum Reden. Oma Ella beklagte sich nicht, wenn Veda Freunde mitbrachte und zog sich wie selbstverständlich in eines der oberen Stockwerke zurück, wenn sie über Nacht blieben.

Im Gegensatz zu ihrer Mutter hatte Veda es genossen, in einem Haus mit den Großeltern und Eltern zu leben. Oma sagte immer, Sanne dachte, sie müsse eine Familie gründen wie die, in der sie aufgewachsen war: Eltern, die einander liebten wie Oma Ella und Opa Jakub. Aber Vedas Mutter war im Gegensatz zu ihren drei Geschwistern nie gut mit Verpflichtungen klargekommen. Sie liebte die Geschichten ihres Vaters, wollte die Welt bereisen und die Abenteuer erleben, von denen sie hörte und über die sie las. Jeder Tag sollte neu und anders sein. Ihr eigenes Familienleben mit den immer gleichen Tagen an denselben Orten mit den immer gleichen Sorgen und Menschen zu verbringen, wurde ihr zu eng.

Vedas Blick streifte die Kiste mit den Mitbringseln ihrer Mutter, die ganz unten im Regal stand. Schnell sah sie weg, setzte sich auf das kleine Doppelbett aus schlichtem, geöltem Kiefernholz und atmete den Duft der frisch gewaschenen weißen Bettwäsche ein. Manchmal hatte sie zusammen mit Danilo hier gesessen, um sich herum Lehrbücher, Gesetzeskommentare, Skripte, jeder einen Laptop vor sich, die Schultern verspannt, mit brennenden Augen, um die Aufgabe zu lösen, die ihnen Rufus oder ein Professor gestellt hatten. Damals waren sie wissbegierig gewesen, hatten voller Energie große Ziele verfolgt.

Ach, wie verliebt sie anfangs in Danilo gewesen war. Schmetterlinge im Bauch, jede Berührung hatte auf der Haut gekribbelt, Tag und Nacht hatte sie an seine Lippen, seine Hände gedacht, das ganze Programm. Lange war er der Mann gewesen, mit dem sie eine Familie gründen wollte. Doch Danilo war bereit gewesen, fast alles für seine Karriere zu geben, auch moralisch Abstriche zu machen. Immer öfter hatte sie sich herabgesetzt und ausgegrenzt gefühlt. Er war ihr davongestrebt, und sie hatte ihm nicht mehr folgen wollen, weder auf derselben Schiene noch zur Unterstützung. Vor ihrer Trennung und ihrem Ausstieg aus der Studentenclique hatte Rufus ihr geraten, ihre Ideale und Moralvorstellungen an die Wirklichkeit anzupassen. Arno hatte sich dasselbe anhören müssen.

Es stimmte, was Oma Ella sagte: Die Menschen um Rufus und Danilo hatten ihr nicht gutgetan.

Der Radiowecker auf dem hölzernen Nachttisch zeigte zweiundzwanzig Uhr. Sie war zwar noch hellwach, machte sich aber trotzdem bettfertig. Sie wollte lesen und Musik hören, bis ihr die Augen zufielen.

Als sie aus dem Bad ins Zimmer zurückkehrte, vibrierte ihr Smartphone und spielte *Don't worry, be happy* von Bobby McFerrin.

So spät noch? Auf dem Display stand *Sanne*.

Hatte sie Lust, mit ihrer Mutter zu telefonieren, die wieder einmal vergessen hatte, den Zeitunterschied zu beachten? Veda erinnerte sich an die Nachricht auf dem Anrufbeantworter. Sie hatte nicht zurückgerufen. Mit einem tiefen Seufzer nahm sie den Anruf an.

»Wie schön, dass ich dich erreiche«, rief ihre Mutter, und Veda stellte hektisch den Ton leiser. Im Hintergrund hörte sie Stimmen, Motorengeräusche, alles Mögliche. »Moment, ich gehe in eine Seitengasse. Ist laut hier auf dem Markt.«

Warum rief sie an, während sie über einen Markt flanierte? Oder arbeitete sie dort? Sanne war, was manche eine Lebenskünstlerin nannten. Sie blieb nie lange an einem Ort.

»Wie geht es dir?«, drang es fröhlich von einer ruhigeren Geräuschkulisse an ihr Ohr.

»Ich bin müde«, log Veda. »Hier ist es schon spät.« So konnte sie das Gespräch vielleicht abkürzen.

»Oh, das tut mir leid, habe ich dich geweckt? Ich dachte, ich hätte die Zeit richtig umgerechnet.«

»Nein, macht nichts. Ich bin noch wach.«

»Da bin ich aber beruhigt. Hast du Urlaub? Fährst du gar nicht weg?« Typisch Sanne. Sie reiste gerne, also mussten alle anderen es auch gerne tun. Veda fühlte sich wohl und sicher zu Hause. Sie verreiste nur in Gesellschaft, wie mit Julia vor zwei Jahren nach Rom, oder wenn sie einen Ort unbedingt sehen, etwas unbedingt erleben wollte, was selten vorkam.

»So was Ähnliches wie Urlaub«, antwortete Veda, und ihr Blick fiel auf den Karton mit Sannes Mitbringseln und Geschenken, die sie per Post geschickt hatte. In ihrer Wohnung stand ein weiterer Karton mit Buddha-Figuren, einer Winkekatze aus Japan, einer Nang Kwak aus Thailand und so weiter.

»Was ist passiert, Veda?«, wollte Sanne zur Abwechslung ganz ernst wissen. *Wie macht sie das? Woher weiß sie immer genau, wenn es mir wirklich schlecht geht?*

»Danilo hat sich vor ein paar Wochen das Leben genommen.«

»O nein, das ist ja furchtbar. Ihr wart so verliebt damals. Ich erinnere mich bis heute daran, dass ihr wegen deines Teddys das Passwort *Winnie Pooh* für eure Dropbox benutzt habt, über die ich euch mal eine Grafik fürs Studium geschickt habe. Süß fand ich das. Auch wenn ihr zuletzt keinen Kontakt mehr hattet, bist du sicher sehr traurig. Fühl dich gedrückt, mein Kind.«

Auch Veda erinnerte sich daran. Die Grafik war damals sogar bei Rufus gut angekommen, und weil die Datei zu groß für Vedas kostenloses E-Mail-Programm gewesen war, hatte Sanne sie ausnahmsweise über eine Dropbox geschickt. Veda und Danilo hatten diese für sich eingerichtet, danach aber kaum genutzt, weil ihre Beziehung schon fast am Ende gewesen war.

»Danilo hat zuletzt seinen Job als Staatsanwalt an den Nagel gehängt und in Hamburg gelebt.«

»Warst du noch verliebt in ihn?«

»Nein«, entgegnete Veda. »Aber sein Tod tut trotzdem weh.«

»Natürlich tut er das. Du hast lange gedacht, er wäre dein Mann fürs Leben, und ihr seid nicht im Streit auseinandergegangen. Es wäre viel seltsamer, wenn dich sein Tod nicht mitnehmen würde. Er wird für immer einen Platz in deinem Herzen haben.«

Es war erstaunlich, dass Sanne sich an all das erinnerte. Hatte sie ihrer Mutter davon erzählt, oder wusste sie es von Papa und Oma Ella? Wie auch immer, sie erinnerte sich und interessierte sich für ihre Tochter.

Ach, was soll's, dachte sich Veda und erzählte Sanne alles, was in den letzten Tagen vorgefallen war, inklusive des

Telefonats mit Frau Siebert und der Suspendierung durch Dr. Zymo.

»Für so eine Lappalie wird er dich nicht feuern. Es ist doch niemandem etwas passiert.« Normalerweise hätte Veda innerlich geseufzt und gedacht, dass Sanne die Dinge gerne verharmloste. Wenn ihr etwas nicht passte oder sie jemandem nicht passte, flüchtete sie einfach in einen anderen Job, eine andere Stadt, ein anderes Land. Aber diesmal war sie mit ihrer positiven Einstellung nicht allein.

»Außerdem hättest du sonst nie herausgefunden, was du jetzt weißt«, fügte sie hinzu.

»Was vielleicht besser für alle gewesen wäre«, murmelte Veda trotzig.

»Glaubst du das wirklich?«

»Nein.« Sie rieb sich mit der freien Hand über die Stirn.

»Dann nimm den Kopf aus dem Sand. Finde einen Weg, die Sache erhobenen Hauptes zu klären, und fahre mit deinem Leben fort. Oder such nach einem anderen Weg, aber bleib nicht stehen und bemitleide dich selbst.«

So wie du, als du dich auf eine immerwährende Weltreise begeben und deine Familie zurückgelassen hast? Veda kniff die Lippen zusammen. Wäre es besser gewesen, Sanne wäre geblieben? Vermutlich nicht. So lebten sie wenigstens alle in Frieden miteinander. Wie lange wollte sie ihre Mutter für ihre Flucht büßen lassen und sich selbst damit quälen?

»Veda, Schatz. Es tut mir leid, aber ich muss auflegen. Meine Yogakurse fangen gleich an. Es war schön, mal wieder richtig mit dir zu reden, auch wenn die Themen nicht erfreulich waren. Für unser nächstes Gespräch suchen wir uns etwas Fröhlicheres aus«, sagte Sanne, und sie verabschiedeten sich voneinander.

Bloß keine bad vibes in Sannes heiler Welt. Mit einem resignierten Schnauben legte Veda das Smartphone zur Seite. Heute konnte sie ihrer Mutter noch nicht verzeihen. Vielleicht morgen.

In der Nacht träumte Veda davon, dass sie in Danilos Begräbniswald an einem Yogakurs teilnahm. Das Eichhörnchen beobachtete sie interessiert, während sie versuchte, die Bewegungen ihrer Mutter nachzuahmen. Neben ihr stand Winnie Puuh und tippte ihr ständig auf die Schulter. Sie schlug kurz die Augen auf, um die verrückten Bilder zu verscheuchen, drehte sich um und schlief innerhalb weniger Minuten wieder ein.

Nach dem Aufstehen half sie Oma Ella beim Einkauf. Später holte sie Paul von der Schule ab, und sie aßen gemeinsam zu Mittag. Auf Wunsch eines einzelnen Herrn gab es Fischstäbchen mit Kartoffelpüree. Hendrik und Helen mussten noch arbeiten, also löste Veda ihr Versprechen ein und spielte mit Paul auf seiner Konsole. Sie hatten großen Spaß, obwohl – oder gerade weil – Vedas Figur ständig explodierte oder in ein Loch fiel.

Als Helen und Hendrik nach Hause kamen, waren Veda und Paul entspannt und bester Laune. So gut hatte sie sich schon seit Tagen nicht mehr gefühlt. Deshalb beschloss sie, an diesem Abend nach Hause zurückzukehren.

Sie drückte ihren Neffen fest zum Abschied, und er schenkte ihr einen selbst bemalten Stein mit Giraffenmuster. Beschwingt stieg sie die Treppen hinab und half Oma Ella noch schnell beim Hausputz. Ihre Batterien waren wieder aufgeladen, und sie hatte sich überlegt, wie sie Dr. Zymo ihr Handeln am Montag erklären wollte. Mittlerweile war sie davon überzeugt, dass sie ihren Job nicht verlieren würde.

Sie musste nach vorne sehen. Das Gespräch mit ihrer Mutter ging Veda komischerweise nicht aus dem Kopf. Es rollte wie eine Qigongkugel durch ihre Gedanken. Während sie den Müll rausbrachte, fragte sie sich, ob sie etwas vergessen hatte. Sannes Geburtstag war im Februar, der konnte es nicht sein. Irgendein anderer Termin? Irgendwann würde es ihr wieder einfallen.

Als sie die Mülltüten in den Container warf, dudelte ihr Handy – Philipp. Wollte sie mit ihm sprechen? Klar wollte sie, er war ihr bester Freund. So ein kleiner Disput änderte daran nichts.

»Wieder bessere Laune?«, meldete sie sich.

»Du auch, wie ich höre.«

Na also. Mit dem Handy am Ohr eilte Veda in ihr Zimmer, schloss die Tür und setzte sich aufs Bett.

»Tut mir leid, dass ich überreagiert habe«, lenkte Philipp ein.

»Ist alles irgendwie komisch im Moment«, sagte Veda.

»Diesmal stand ich wirklich sehr unter Stress.«

»Habt ihr herausgefunden, wer das Gerücht über eure Kanzlei gestreut hat?«

»Nein«, entgegnete Philipp verbissen. »Unser Mandant wollte uns den Urheber nicht verraten. Vielleicht spricht das für ihn. Vielleicht ist es ihm aber auch nur zu peinlich. Immerhin hat er sich dafür entschuldigt, dass er sich einen Bären hat aufbinden lassen.«

»Hauptsache, er ist mit dem Gerücht nicht hausieren gegangen.«

»Vermutlich nicht, aber sicherheitshalber haben wir uns in den letzten Tagen unauffällig umgehört. Sollte das Gerücht verbreitet worden sein, ist es mittlerweile versackt.«

Wäre er wieder sauer auf sie, wenn sie ihn fragte, ob ein

Zusammenhang mit ihren Nachforschungen bestand? Es gab nur einen Weg, um es herauszufinden. »Meinst du, das hat etwas mit Danilos und unseren Recherchen zu tun?« Er hatte sich immerhin daran beteiligt.

»Der Jurist in mir sagt: Dafür gibt es keine Anhaltspunkte und schon gar keine Beweise. Mein Bauch sagt, dass es sich auffällig gut in eine Reihe merkwürdiger Zufälle einreiht.«

»Ich wüsste zu gerne, ob das alles miteinander zusammenhängt und, wenn ja, wie«, murmelte Veda.

»Sonst wärst du nicht du. Ich entschuldige mich, ich habe meine Meinung geändert.«

Veda richtete sich auf. Inwieweit hatte er seine Meinung geändert und warum? Der Ärger in der Kanzlei war sicher nicht der Anlass für sein Umdenken.

»Gestern war ich bei einem Geschäftsessen im engsten Kollegenkreis«, fuhr Philipp fort. »Dabei kam auch der Fall von Ilona Raab zur Sprache. Unter dem lockernden Einfluss von Alkohol rutschte so manchen etwas raus, was sie sonst für sich behalten hätten.« Sie stellte sich Philipp im Dreiteiler zusammen mit anderen Männern in einer großen Privatbibliothek vor, wie sie teuren Scotch oder Brandy tranken, Zigarren rauchten, über ihre Geschäfte und erfolgreichsten Fälle prahlten und zu späterer Stunde über ihre besten – fiktiven – Frauengeschichten. Sie musste grinsen, weil er nicht in dieses Bild passte.

»Der Abschiedsbrief von Ilonas Mörder soll sehr unsauber geschrieben sein, sodass einige Ermittler daran gezweifelt haben, dass er tatsächlich eigenhändig vom Täter geschrieben worden ist. Und wenn, ob der Urheber eventuell unter dem Einfluss von Drogen gestanden hat oder möglicherweise bedroht wurde.«

»Vielleicht war er nur psychisch am Ende. Die Tagebucheinträge aus den dunkelsten Zeiten meiner Pubertät sehen auch wild aus.« Als sie nach langer Zeit mal wieder hineingesehen hatte, waren ihr viele Einträge und Zeichnungen fremd vorgekommen. Die Grabsteine für ihre Hoffnungen zum Beispiel und die entmutigten Worte dazu, obwohl sie sich gut an diese depressiven Phasen erinnerte.

»Möglich. Der Schriftgutachter hat bestätigt, dass der Brief von Peter B. höchstpersönlich stammt. Ob er sich hinsichtlich einer Beeinflussung durch Drogen oder Gewalt geäußert hat, weiß ich nicht, aber man munkelt, er sei käuflich.«

»Warum erzählst du mir das alles, Philipp? Du hast doch gesagt, ich soll mich raushalten.«

»Weil ich weiß, dass du die Sache nicht auf sich beruhen lassen kannst. Andere möglicherweise auch nicht. Mir ist jedenfalls wohler, wenn ich weiß, was du als Nächstes vorhast, damit ich dich im Zweifel beschützen kann.«

Er war lieb, vor allem aber genauso neugierig wie sie, was er nicht zugeben wollte.

»Ich glaube mittlerweile, dass wir in ein Wespennest gestochen haben«, sagte Philipp.

»Vermutlich hängt nicht alles Seltsame, was in letzter Zeit passiert ist, mit Danilos Fällen zusammen, aber einiges ganz sicher«, pflichtete Veda ihm bei. »Ich frage mich, warum Peter B. nach so langer Zeit plötzlich ein schlechtes Gewissen bekommen hat.«

»Das haben wir uns bei unserer abendlichen Runde auch gefragt. Er ist damals einer Verurteilung wegen Mordes und aufgrund der Verjährung des Totschlags dem Gefängnis entgangen. Die Raabs sind als Aussiedlerfamilie im Dorf ausgegrenzt worden. Ilonas Eltern sind früh gestorben, und Rufus hat weit weg Karriere gemacht. Vor einiger Zeit wollte das Fernsehen den Fall in einer Serie verarbeiten.«

»Was?«, fragte Veda entgeistert. »Wollte Rufus etwa seine eigene Familientragödie ausschlachten?«

»Rufus als einziger noch lebender Verwandter hat das Fernsehen nicht auf den Fall seiner Schwester aufmerksam gemacht. Entweder sind sie bei der Recherche selbst darauf gestoßen, oder jemand anderes hat ihnen einen Tipp gegeben.«

Könnte es Danilo gewesen sein? Dann hätte sie bestimmt einen Hinweis darauf in seinen Unterlagen gefunden. Oder waren genau diese Hinweise mit seinen Geräten und den roten Ordnern verschwunden? Hoffentlich konnte Talli die Sachen irgendwo aufspüren.

»Es heißt«, fuhr Philipp fort, »weder die Täterfamilie noch Rufus oder andere Beteiligte waren bereit, mit der Presse zusammenzuarbeiten. Auch die Dorfbewohner wollten die Sache vergessen.«

»Dann verstehe ich noch weniger, warum sich Peter B. umgebracht hat. Er hatte nichts mehr auszustehen. Genauso wenig wie der Kindesmörder, der sich im Wald erhängt hat. Das Mädchen unter dem Holzstoß war nicht sein erstes und nicht sein letztes Opfer, aber seine letzte Tat lag weit zurück. Man hätte ihn wahrscheinlich nie erwischt.«

»Die Fäden laufen irgendwo zusammen.«

»Rufus?«

»Danilo?«, parierte Philipp. Veda holte tief Luft, aber er kam ihr zuvor. »Sie haben sich beide außerhalb ihrer Zuständigkeiten eingemischt.«

»Für Rufus ist das typisch«, erinnerte sich Veda. »Er hat schon immer für drei gearbeitet und überall seine Finger drin gehabt.«

»Danilo hat die Fälle recherchiert«, murmelte Philipp. »Könnte es sein, dass er mit Rufus zusammengearbeitet hat?«

»Verdammt, Philipp!«, fluchte Veda, stand ruckartig vom Bett auf und wanderte durch den Raum. Seine Fragen waren gerechtfertigt, aber sie wollte Danilo um keinen Preis mit Rufus in einen Topf werfen. »Ich habe nur Ärger mit dem ganzen Mist. Du wolltest mich davon abbringen, und jetzt köderst du mich wieder.« Sie rieb sich die Arme, um die Gänsehaut zu vertreiben. Ihre Motivation war es, Danilos Handeln zu verstehen, ihn zu rehabilitieren, Frieden mit dem zu schließen, was geschehen war. Wenn sich aber am Ende herausstellte, dass Danilo etwas Strafbares getan hatte? Würde sie sich dann wünschen, sie hätte Ralphs Bitte abgelehnt?

»Erzähl mir nicht, dass du aufgehört hast, darüber nachzugrübeln.«

»Das sagst du doch nur, weil du selbst neugierig bist und wissen willst, was hinter der ganzen Sache steckt.«

»Wir haben viele Gemeinsamkeiten. Deshalb sind wir beste Freunde, oder?«, fragte er fröhlich, bevor er wieder ernst wurde. »Weiß Talli von Julia und dem Telefonat mit Frau Siebert?«

»Nein. Ich schreibe ihr eine Nachricht. Vielleicht können wir uns noch einmal treffen.«

»Sag mir Bescheid, wenn sie antwortet. Ich möchte dabei sein.«

»Bist du sicher, dass du das Risiko, das meine Gesellschaft neuerdings mit sich bringt, wirklich eingehen willst?« Indem sie es als Scherz verpackte, konnte sie es vielleicht zu einem machen.

»Du bist wieder ganz die Alte. Und wer kann schon einem lieben, hübschen und klugen Risiko wie dir widerstehen?«

»Süßholzraspler«, schimpfte Veda ihn grinsend und freute sich insgeheim über die Komplimente.

Wenig später verabschiedeten sie sich, und Veda versprach, einen gemeinsamen Termin mit Talli zu vereinbaren. Sie öffnete ihre Nachrichten-App, tippte auf Tallis Kontakt, schrieb, löschte, schrieb und löschte. Was, wenn jemand anderes zufällig einen Blick auf Tallis Display warf? Am Ende lautete die Nachricht:

Hast du gestern die Nachrichten verfolgt? Können wir reden? V. W.

Sie schickte die Nachricht ab, legte das Handy in die Handtasche und packte ihren Kram zusammen.

Die Antwort kam prompt:

Morgen um 11 in der Hamburger Kunsthalle?

Samstags um die Zeit würde die Kunsthalle gut besucht sein. Ob Philipp das so kurzfristig einrichten konnte? Sie fragte bei ihm nach, und es dauerte nicht lange, bis er antwortete:

Ich hole dich ab.

Kribbelig vor Aufregung sagte sie Talli zu und fühlte sich danach selbstbewusst und voller Energie. Sie konnten Talli mit weiteren Informationen versorgen, am Montag würde Veda die Aussprache mit Dr. Zymo meistern, und alles käme wieder ins Lot.

18. KAPITEL

Er sitzt auf dem Bett in seiner Zelle. Ringt die Hände. Dieselben Hände, die gefesselt und gefoltert haben. Weil es sich gut anfühlt. Ihn für den Moment stark macht, überlegen und seine Wut dämpft, seinen eigenen Schmerz revanchiert. Sind es seine eigenen Hände? Er ballt die Fäuste, spürt, wie seine Fingernägel in die Handflächen schneiden, drückt noch fester zu. Trotzdem kann er nicht sicher sein. Weil er keinen Unterschied zum ersten Mal spürt, als er plötzlich wieder halbnackt über ihr stand auf der blutbefleckten Matratze in dem dreckigen, verlassenen Haus, das Messer in der Hand, ihr schwaches Flehen und Weinen in den Ohren, angetrieben von einer Begierde, die keinen anderen Weg kannte. Er hatte die Macht, während sie klein und hilflos war. Sein Verstand war zum Beobachter degradiert, es war wie ein Spiel und doch anders. Er hatte viele Spiele gespielt, getötet, unterworfen, gefoltert, vergewaltigt, nächtelang durchgezockt, aber nicht einmal die aus dem Darknet waren wie dieses. Es war sein eigenes, nicht das von jemand anderem. Nicht er spielte, sondern jemand anders spielte mit ihm. Er begegnete sich selbst, dem, was er getan hatte, sah die Tote wieder, als würde sie noch leben, ihn verfolgen und still verfluchen. Es war in ihm, und doch war er nur dabei, obwohl er sie wieder hören konnte, ihr Blut sich wieder warm anfühlte und ihn die Kälte in dem verfallenen Haus zittern ließ, auch wenn er gleichzeitig das Gefühl hatte, in einem stickigen, kleinen Raum zu schwitzen. So war es beim ersten Mal, und nun soll er ein zweites Mal durch diese Hölle gehen. *Auf keinen Fall!* Schlimm genug, dass seine Vergangenheit ihn in seinen Albträumen verfolgt oder wenn er etwas sieht, das Erlebnisse aus seiner Kindheit triggert. Kurze Szenen, Blitzlichter.

Ganz anders in dem Höllenraum, in dem man nichts tun, nur wiederholen kann. Ist es überhaupt ein Raum?

Manchmal weiß er nicht, ob er wieder zu Hause ist, in der Hölle von damals, oder in dem Haus mit dem Mädchen, während er ihr die Hölle auf Erden bereitet. Hatte sich sein Stiefvater damals auch so gefühlt? Mächtig und stark währenddessen, schmutzig und verdorben danach, bis er es verdrängte und nach dem nächsten Opfer suchte? Jetzt kann er nichts mehr verdrängen, weil es sich ständig wiederholt, in Bruchstücken, im Schlaf, unter der Dusche. Es gibt kein Entkommen, kein Vergessen und keinen Neuanfang mehr. Deshalb hat er es arrangiert. Es wird schrecklich werden, aber real sein. Er hört Schritte, Flüstern. Sie kommen. Vier oder fünf werden es sein, tippt er. Anders als beim ersten Mal wird er sich diesmal wehren bis zum Letzten, weil er nicht übrig bleiben will. Wozu sollte er? Das Messer versteckt er im Ärmel. Er wird so viele wie möglich mitnehmen, so viel von ihrem dreckigen Blut vergießen, wie er kann. Das tun, was er seinem Stiefvater nie antun konnte, was seine Opfer ihm nicht antun konnten. Wenn er spielte, hat er sich nur vorgestellt, dass er mit dem Blut seiner Gegner den Boden, die Wände, die Zimmerdecke rot färben würde. Damals waren es bloß Pixel. Heute wird es echt sein. Feucht, warm, glitschig, schmerzhaft, und es wird ein für alle Mal enden. Hier und jetzt.

Der Schlüssel dreht sich im Schloss. Zwei Mithäftlinge drängen durch die Tür, zwei weitere hinterher. Leise, hungrig. Er weicht rückwärts aus bis zur Wand, bis sie alle im Raum sind. Fünf oder sogar sechs von ihnen. Innerhalb von Sekunden liegt Schweißgeruch in der Luft und ein weiterer Gestank, den er als Kind und Jugendlicher fürchten gelernt hatte. Doch jetzt macht er ihn wütend. Als der erste Mithäftling gierig grinsend nach ihm greift, zieht er das Messer.

19. KAPITEL

»Ich bin fünf Minuten zu früh«, begrüßte Philipp Veda mit einem strahlenden Lächeln, als sie in seinen Tesla stieg.

»Deshalb habe ich jetzt gute Laune«, sagte sie und meinte es ernst. »Kann ich mein Handy hier aufladen?« Veda deutete auf die Ladestation, eine schräge Fläche mit Umrandung vorne in der Mittelkonsole des Autos.

»Klar«, antwortete Philipp, und Veda legte ihr Smartphone darauf ab.

Gerade als er wenden wollte, wurde der Touchscreen schwarz, und das Auto machte keinen Muckser mehr.

»Schon wieder?«, murrte Veda und testete den Türgriff. Das Auto hatte sie erneut eingeschlossen. Eigentlich hatte Veda keine Platzangst, aber diesmal fühlte sich die Luft in dem kleinen Raum sofort dick und stickig an, als hätten sie innerhalb von Sekunden den Sauerstoff aufgebracht.

»Das verstehe ich nicht«, murmelte Philipp und versuchte es wie schon auf dem Parkplatz von Danilos Gedenkveranstaltung mit einem Neustart. Diesmal flackerte der Bildschirm jedoch nur, erwachte aber nicht zum Leben.

Mit aufkommender Panik probierte Veda erneut, die Tür zu öffnen, aber sie blieb geschlossen. Ihr brach der Schweiß aus, und ihre Kehle fühlte sich trocken und eng an. *Was, wenn wir hier niemals wieder rauskommen?* Die letzten Wochen hatten ihre Nerven blank gelegt. Sie hob den rechten Arm und legte die Fingerkuppen an das kühle Fenster, schloss die Augen und beruhigte ihren Atem. *Du sitzt in einem ganz normalen Auto, das zur Not aufgebrochen werden kann.*

»Na bitte, die Jungs in der Werkstatt hatten recht«, hörte sie Philipp murmeln. Sie öffnete die Augen und sah, wie er auf dem Touchscreen die Frage, ob er das Update installieren wolle, bestätigte.

»Woher kommt das?«

»Nach der Störung auf dem Parkplatz in Poppenbüttel habe ich den Wagen in der Werkstatt checken lassen. Einen Fehler haben sie nicht gefunden, wollten aber prüfen, ob es eventuell Updates gibt. Die kommen beim Tesla drahtlos an. Und siehe da.« Er deutete mit der Hand auf den Bildschirm, der wieder zum Leben erwachte. Auch ihre Handydisplays leuchteten kurz auf. Wahrscheinlich, weil der Ladevorgang neu begann.

Zwei Minuten später schnurrten sie vom Hof, und Vedas Herzschlag beruhigte sich.

Philipp blinkte, um links in die Tiefgarage der Kunsthalle zu fahren. Große, angeschrägte Quader aus rötlichem Stein bildeten den Sockel, auf dem die Gebäude des Museums ruhten. Es wirkte, als würden sie in die Unterwelt einer Pyramide fahren. Zum Glück ging es nur ein kleines Stück abwärts, und sie fanden gleich vorne einen freien Platz. Der hintere Teil der Garage war leer, und Veda fragte sich, ob das Museum heute überhaupt für die Allgemeinheit geöffnet hatte, aber wahrscheinlich kamen die meisten Besucher mit öffentlichen Verkehrsmitteln.

Kaum stand der Wagen, zeigte der Touchscreen *Verbindung unterbrochen* an, genauso wie ihre Handys.

»Wenn das Mistding uns jetzt wieder einschließt, flippe ich aus«, grummelte Veda, da sie das Treffen mit Talli auf keinen Fall verpassen wollte. Sie platzte vor Neugier und wollte ihr unbedingt erzählen, was sie selbst erfahren und sich überlegt hatten. Missmutig griff sie zur Türverrieglung, aber diesmal ließ sie sich problemlos öffnen, und Veda atmete erleichtert auf.

»In Tiefgaragen ist es doch normal, dass man keinen Empfang hat, und für den Betrieb braucht das Auto den nicht«, beruhigte Philipp sie und tippte auf *Verbindung wiederherstellen* sowohl auf dem Touchscreen des Tesla als auch auf seinem Handy.

Als sie dieselbe Mitteilung auch auf ihrem Handy sah, stutzte Veda, tat es Philipp aber dann gleich, und alles war wieder normal.

Mit dem Fahrstuhl fuhren sie nach oben und kamen im Museum der Gegenwart an – dem Cube. Regen klatschte gegen die hohe Fensterfront. Veda öffnete die App der Kunsthalle und zeigte dem gut gelaunten Mitarbeiter die Onlinetickets, welche Talli ihr geschickt hatte. Ein Blick auf ihre Uhr sagte ihr, dass sie nicht mehr viel Zeit hatten.

»Wir nehmen den unterirdischen Verbindungsgang.« Veda bedeutete Philipp, ihr zu folgen, und hastete die Treppe hinunter. Wie immer fand sie den Raum nicht gleich, von dem der Verbindungsgang ausging, sodass sie im Kreis liefen, bis Philipp die Karte studierte und ihr vorausging.

»Eine ordentliche Beschilderung wäre schön«, schimpfte sie. Eigentlich war ihr Orientierungssinn nicht schlecht.

Im alten Museumsgebäude kamen sie unter der Treppe in der historischen Säulenhalle an. Vor ihnen ging es in das *Café Liebermann,* in dem schon Besucher saßen, Kaffee tranken, Kuchen aßen und sich angeregt unterhielten. Es duftete so herrlich süß und herb, dass Veda am liebsten geblieben wäre. Stattdessen stiegen sie die breite Treppe zu den Galerieräumen hoch und gingen geradeaus auf ein riesiges, eindrucksvolles Gemälde zu, das ein Stück von der Wand abgesetzt stand. Veda hatte gelesen, dass es nicht mehr aus dem Museum transportiert oder archiviert werden konnte. Wenn es gerade nicht zur Ausstellung passte, wurde es deshalb mit einer Trockenbauwand verkleidet. Jetzt jedoch zeigte sich der Einzug Karls V. in Antwerpen von Hans Makart in voller Pracht.

Obwohl sie fünf Minuten zu früh waren, sah sich Veda schon nervös um und wippte auf den Fußballen.

»Entspann dich, sie hat noch vier Minuten«, sagte Philipp mit extratiefer Stimme und grinste sie von der Seite an.

»Nicht auszuhalten.« Veda fühlte sich, als krabbelten ihr Ameisen die Beine rauf und runter.

»Frau Weller und Herr Decka?« Eine kleine, schlanke Frau mit schwarzer Kurzhaarfrisur war unvermittelt neben ihnen aufgetaucht. Auf ihrem Namensschild stand *Makris*.

Veda und Philipp nickten.

»Guten Tag, mein Name ist Kassandra Makris, folgen Sie mir bitte, ich bringe Sie zu Frau Bregum.« Frau Makris verließ den Raum und stieg ihnen voraus die Haupttreppe hinab, durchs Café Liebermann hindurch nach links und in das Transparente Museum. Der Gang führte an einer Video-Installation vorbei über eine Rampe leicht nach oben in den nächsten Raum. Rechts befanden sich verschlossene weiße Metalltüren, links hohe Fenster. Am Kopf der Rampe blieben sie stehen, während Frau Makris eine der Türen aufschloss. Sie gelangten zu einer weiteren Treppe, die nach unten, wahrscheinlich in das Depot, führte. *Wie aufregend!* Hier lagerten Schätze, die seit Jahrzehnten niemand außer den Angestellten und interessierten Forschern gesehen hatte. Ob ihnen wie im Film an jeder Ecke aufgestellte Rüstungen aus dem Mittelalter oder ein Samurai in voller Montur begegnete? Vermutlich nicht. Veda hoffte trotzdem darauf.

Leider war der Flur schlicht und zweckmäßig gehalten, der Boden mit Parkett ausgelegt. In den Ausstellungsräumen der Wirkung wegen verständlich, aber in einem Depot wirkte der Holzboden mondän. Vielleicht hatte das etwas mit dem nötigen Raumklima zu tun. Im selben Moment fiel ihr auf, dass es hier nicht kühler war als in den Ausstellungsräumen. Sie konnte gar keinen Unterschied feststellen, obwohl sie durch den Keller liefen.

»Wäre es nicht besser, wenn es hier kühler wäre als in den Ausstellungsräumen?«, fragte Veda.

»Überall sollten möglichst zwanzig Grad und vierzig bis sechzig Prozent Luftfeuchte herrschen. Das sind die optimalen Bedingungen«, antwortete die Mitarbeiterin.

Sie gingen weiter, bis Frau Makris eine Tür rechts von ihnen öffnete und sie durch einen Raum führte, in dem zu beiden Seiten dicht nebeneinander vom Boden bis zur Decke Schiebewände angebracht waren. Eine davon war bis zur Hälfte des Mittelgangs herausgezogen. Sie bestanden aus stabilen Metallrahmen mit innen liegenden Gittern. Daran hingen beidseits Gemälde in verschiedenen Größen mit verzierten, wuchtigen Goldrahmen. Eine Mitarbeiterin stand davor und machte sich auf einem Klemmbrett handschriftliche Notizen. Veda erinnerte sich an das Gespräch über ChatGPT und KI auf Danilos Gedenkveranstaltung. Bald würden auch hier alle mit Tablets und Scannern herumlaufen anstatt mit Papier und Stift. Würden die alten Kunstwerke durch den Einzug von KI-Programmen in die kreative Welt an Wert verlieren? Oder käme es genau andersherum?

Am Ende des Lagerraums betraten sie durch eine weitere Tür eine Art Büro. Talli lehnte an einem Schreibtisch. Schräg hinter ihr stand ein großer Multifunktionsdrucker, an den Wänden Regale mit Büchern, auf dem Schreibtisch ein PC, eine Reiterskulptur, an deren Fuß ein Schildchen baumelte, und daneben lag eine dicke Akte.

»Willkommen in den Katakomben der Kunsthalle«, begrüßte Talli sie lächelnd. Sie gaben einander die Hände, und Veda hielt nach Verbänden, Schürfwunden und Bandagen Ausschau, fand aber nichts dergleichen.

»Danke, Kassandra«, sagte Talli an Frau Makris gerichtet, die sich mit den Worten: »Ruf kurz durch, wenn ihr fertig seid«, verabschiedete.

Veda stand das Fragezeichen offenbar ins Gesicht geschrieben.

»Kassandra und ich haben uns bei einer Ermittlung kennengelernt und öfter miteinander zu tun. Dies«, Talli breitete die Arme aus und richtete den Blick kurz zur Decke, »ist einer der Vorteile, wenn man in der Abteilung für organisierte Kriminalität arbeitet, die sich zum Glück nicht nur mit Zuhältern, Drogenbossen und Familienclans beschäftigt.«

»Spannend«, fand Veda.

»Das ist es«, bestätigte Talli und warf einen Blick auf die Reiterskulptur. »Gewöhnt euch nicht dran. Kassandra hat mir heute einen Gefallen getan, und ich möchte ihre Gutmütigkeit nicht ausnutzen.«

»Natürlich«, sagte Veda. Philipp nickte.

»Entschuldige, Veda, dass ich nicht, wie angekündigt, noch einmal angerufen habe. Ich hatte zu viel zu tun.«

»Hauptsache, es geht dir gut. Ich habe mir Sorgen um dich gemacht. Weißt du mittlerweile, wie es zu dem Vorfall in der Tiefgarage gekommen ist?«

Talli wiegte den Kopf hin und her. »Offiziell war es ein Unfall, und ich kann mir auch nicht vorstellen, dass mich der Mann, der am Steuer gesessen hat, absichtlich verletzen wollte. Es soll am Auto gelegen haben.«

»Glaubst du daran?«, warf Philipp ein.

»Nein. Ich denke, das war geplant. Aber da ich nicht offiziell ermittle und noch immer nicht weiß, womit und mit wem wir es zu tun haben, kann ich im Moment wenig ausrichten. Sehr interessant finde ich, dass wir offenbar intern jemanden aufgeschreckt haben und dieser Person näher kommen, sonst würde sie nicht zu solch drastischen Maßnahmen greifen.«

»Bei uns war auch einiges los«, erklärte Veda und fürchtete sich plötzlich davor, Talli alles zur erzählen. Wie würde sie darauf reagieren, dass sie doch noch Informationen zurückgehalten und selbst ermittelt hatte?

»Ich erinnere mich an den Drohbrief von Danilos Eltern. Was stand drin?«, fragte Talli. »Haben sie etwa noch einen geschrieben?«

Veda schüttelte den Kopf und berichtete Talli vom Inhalt des Briefes. »Leider habe ich mich am Mittwoch etwas ungeschickt angestellt«, druckste Veda herum und erzählte Talli von Danilos Aufzeichnungen zu Lennart Siebert und ihrem Telefongespräch mit dessen Mutter.

Die Gesichtszüge der Polizistin wurden hart, und als sie ihr von dem Ärger berichtete, den Frau Sieberts Rückruf in der Kanzlei für Veda ausgelöst hatte, wurde sie kurz wütend. »Verdammt noch mal, Veda! Warum hörst du nicht auf mich?«

Sie hatte es geahnt. Zerknirscht griff Veda in ihre Handtasche und reichte Talli Danilos und ihre eigenen Notizen zu den Sieberts. »Jetzt hast du alles, was wir haben.«

Talli nahm die gefalteten Zettel und sah Philipp an, der mit den Schultern zuckte. »Ich wusste es auch nicht, bis sie mir von ihrer Suspendierung erzählt hat.« Er sah Veda an und deutete mit dem Kopf Richtung Talli. Was wollte er?

»Julia«, gab er ihr als Stichwort.

»Ach ja«, murmelte Veda. Talli hob eine Augenbraue. »Ich weiß nicht, ob das mit unseren Recherchen zusammenhängt. Julia, eine Freundin, Rechtsanwältin, frühere Kommilitonin und damals Mitglied der Clique um Danilo, hatte in Berlin ungefähr zur gleichen Zeit wie du einen Unfall.« Sie erzählte, dass sie im Gegensatz zu Veda den Kontakt zu Danilo gehalten hatte, welche Gedanken sie sich auf seiner Beerdigung gemacht hatten und von ihrem Treffen auf der Gedenkveranstaltung.

»Julia war also dabei, als ihr Rufus getroffen habt, und hat in ihrem Bekanntenkreis Fragen zu Danilo gestellt?«

»Ja«, bestätigte Veda.

»Wo ist sie jetzt?«, wollte Talli besorgt wissen.

»Sie kuriert ihre Gehirnerschütterung für ein paar Tage bei ihrer Mutter aus.«

»Sag ihr bitte, dass sie auf keinen Fall weitere Fragen stellen oder sonstigen Blödsinn machen soll«, bat Talli.

Veda zog prompt ihr Handy aus der Tasche. »Ich schreibe ihr sofort.« Sie senkte den Blick auf ihr Smartphone und tippte drauflos. Hier unten hatte sie kein Netz, aber die Nachricht würde rausgehen, sobald ihr Handy wieder online war.

»Schön«, zischte Talli durch zusammengebissene Zähne.

Philipp setzte noch einen drauf und berichtete von dem Ärger in seiner Kanzlei. »Könnte ein blöder Zufall sein oder nicht. Jedenfalls bin ich jetzt auf der Hut.«

»Wer war noch bei dem Gespräch mit Rufus dabei?«

»Arno«, antwortete Veda und winkte ab. »Der kann auf sich selbst aufpassen. Er ist Investigativjournalist.«

»Arno Tamm?« Talli hob beide Augenbrauen.

Veda nickte.

»Wenn wir den warnen, bringen wir uns in noch größere Schwierigkeiten«, befürchtete sie und warf Veda einen bösen Blick zu.

»Verstehe«, versicherte Veda eilig und verkniff sich ein Schmunzeln. Alle Achtung, Arno konnte nicht nur Rufus Paroli bieten, er lehrte anscheinend auch die Polizei das Fürchten.

»Habt ihr zwischenzeitlich herausgefunden, was auf Danilos USB-Stick gespeichert ist?«, fragte Philipp.

Talli schüttelte den Kopf. »Wir haben ihn noch nicht geknackt. Unser IT-Spezi ist im Moment mit jeder Menge Cyberangriffen auf Behörden und Firmen beschäftigt, deren Systeme gesperrt und die mit der Freigabe erpresst werden. Außerdem hat er sich zuerst um das mysteriöse *Bx* in den Aktenzeichen gekümmert.« Sie machte eine Pause, um nachzudenken. »Wir haben bisher fünf Fälle im System mit diesem Zusatz gefunden. Vier davon kennt ihr: den Pool-Fall, den erhängten Kinderschänder im Wald, die Prostituiertenmorde und den Fall Ilona Raab. Alle hatten zuerst ein normales Aktenzeichen mit *JS* oder *UJS*.« Sie stimmten zu, und Talli fuhr fort. »Die Fälle waren den korrekten Abteilungen zugeordnet und wurden dort bearbeitet oder lagen im Fall des erhängten Kinderschänders auf Eis. Innerhalb kurzer Zeit wurden sie nach und nach in dieselbe, nicht zuständige Abteilung abgegeben und erhielten den Zusatz *Bx* im Aktenzeichen. Von einem Tag auf den anderen wurde digital nichts mehr zu diesen Fällen gespeichert. Totenstille. Wenige Wochen später kamen die Informationen plötzlich geballt herein. Es hagelte Durchsuchungsbeschlüsse und Haftbefehle, tote Täter und, schwups, waren die Fälle aufgeklärt. Danach verschwand das *Bx* aus den Aktenzeichen. Nur bei den Prostituiertenfällen ist das *U* für Unbekannt geblieben und macht mir jetzt das Leben schwer.« Talli seufzte.

»Laufen eure Ermittlungen sonst anders ab?«, interessierte sich Veda. Sie wühlte in ihrem Gedächtnis, ob sie dazu etwas im Studium gelernt hatte, aber da war es fast nur darum gegangen, feststehende Sachverhalte rechtlich zu beurteilen. Zur Praxis hatten sie nichts bis wenig gelernt.

»Vor der Kennzeichnung mit dem *Bx* liefen sie normal, mehr oder weniger graduell. Es gibt zwar immer mal beschleunigende Ereignisse, und für Außenstehende sieht es zwischendurch nach Stillstand aus, aber bei uns und der Staatsanwaltschaft passiert immer irgendwas. In den *Bx*-Fällen ist aber einige Wochen gar nichts passiert, als seien die Ermittlungen plötzlich abgebrochen worden. Kurze Zeit später fiel die Lösung dann wie vom Himmel. Völlig untypisch. Meinem Kollegen kam es so vor, als sei der Fall quasi offline bearbeitet, aufgeklärt und die Fortschritte danach schnell in unser System überspielt worden. Er hat mir erklärt, wie man das an der Codierung der Dateien und den Eingabedaten erkennen kann. Wiedergeben kann ich das leider nicht.«

»In welche Abteilung sind die Fälle gekommen?«, fragte Philipp.

»Zu einer Dr. Andrea Schlohm«, antwortete Talli. »Klingelt da etwas?« Sie sah vom einen zum anderen.

Philipp schüttelte den Kopf.

»Wir hatten eine Andrea in der Studentenclique um Danilo und Rufus, aber ob sie mit Nachnamen Schlohm hieß, weiß ich nicht mehr. Ich bräuchte ein Gesicht«, entgegnete Veda.

»Vielleicht hat sie geheiratet und den Namen ihres Mannes angenommen«, warf Philipp ein.

»Möglich«, vermutete Veda.

»Wenn ich ein Foto von ihr finde, zeige ich es dir«, versprach Talli. »Vielleicht geben ihre Social-Media-Profile etwas her, wenn sie welche hat.«

»Welcher ist der fünfte Fall, der das *Bx* im Aktenzeichen hatte?«, wollte Veda wissen.

»Gut aufgepasst. Das ist ein Fall aus dem Jahr 2021. In Danilos Unterlagen gab es dazu nur eine kurze Zeitungsmeldung und einen handschriftlichen Verweis auf weitere Infos, die fehlen.« Talli fixierte Veda mit einem drohenden Blick.

»Ich habe dir alles gegeben«, stieß Veda eilig hervor und überlegte erst danach. Hatte sie etwas vergessen? Es fühlte sich tatsächlich so an. Wie etwas, das in die Sofaritze rutscht und zwei Jahre später beim Ausziehen der Couch wieder auftaucht.

»Ich habe den Fall anfangs selbst bearbeitet«, erzählte Talli. »Es ging um die Vergewaltigung einer jungen Frau. Aufgrund eines anonymen Tipps aus der Bevölkerung konnten wir schnell einen jungen Mann vernehmen, der zunächst eisern schwieg, egal wie hartnäckig wir waren. Bei der zweiten Vernehmung – diesmal als Verdächtiger – gestand er plötzlich vollumfänglich wie ein geprügelter Hund mit eingezogenem Schwanz. Da er keine Vorstrafen hatte, war er schnell wieder auf freiem Fuß. Wenige Tage danach entführte er eine weitere Frau.« Sie atmete tief durch. »Wir fanden ihre zusammengekrümmte, nackte Leiche auf einer dünnen Matratze neben Blut, Erbrochenem und, wie sich später herausstellte, jeder Menge Spermaspuren des Täters. Nach tagelanger Folter hatte er sie gefesselt und schwer verletzt zum Sterben zurückgelassen, um sich die Nächste zu schnappen. Zum Glück haben wir ihn beim nächsten Entführungsversuch erwischt.«

Veda ballte die Fäuste und kniff die Lippen zusammen. Das sollte einer mit ihr versuchen, sie würde sich bis zum letzten Atemzug wehren. Und wenn er eine Waffe hätte? Könnte sie ihn entwaffnen? Wahrscheinlich nicht. Würde sie sich trotzdem wehren? Den Tod riskieren oder ihn gewähren lassen?

Schreckliche Vorstellung. Sie hoffte, niemals diese Entscheidung treffen zu müssen.

»In der Untersuchungshaft drehte der Mann angeblich durch und starb dabei«, fuhr Talli fort. »Ich konnte bis heute nicht herausfinden, was genau passiert ist. Es war einer meiner letzten Fälle in der Mordkommission, bevor ich zwangsversetzt wurde.«

»Wenn all das zusammenhängt, worüber wir uns gerade unterhalten, dann ist das eine hässlich große Sache«, sagte Philipp.

Veda und Talli nickten nachdenklich.

»Ich denke, deswegen versucht mein Dienststellenleiter weiterhin, mich loszuwerden«, warf Talli mit unterdrückter Wut in der Stimme ein. »Möglichst in ein anderes Bundesland oder am liebsten ganz aus dem Polizeidienst raus.«

»Mistkerl«, zischte Veda. Sie bewunderte die Polizistin dafür, dass sie ihren Job gerne machte. Es war eine Schande, dass ihr das trotz all ihres Einsatzes madig gemacht wurde. Es sollte umgekehrt sein.

»Zum Glück hält mein direkter Vorgesetzter zu mir und etliche vertrauenswürdige Kollegen, denn ich bin nicht die Einzige, die er auf dem Kieker hat. Und du?«, fragte sie Veda. »Brauchst du Hilfe wegen deines Ärgers in der Kanzlei? Vielleicht fällt uns etwas Plausibles ein, um deinen Chef zu besänftigen.«

»Ich bleibe lieber bei der Wahrheit, entschuldige mich und kläre die Sache mit Dr. Zymo. Er wird mir nicht den Kopf abreißen. Jeder macht mal einen Fehler.«

»Gesunde Einstellung. Sollte euch noch irgendeine wichtige Information in die Hände oder ins Auge fallen, ruft an oder schickt mir eine Nachricht.« Talli sah mahnend vom einen zum anderen. »Seid vorsichtig.«

Über das Haustelefon rief sie Kassandra an, die kurz darauf das Büro betrat.

»Gehen wir raus, wie wir hereingekommen sind?«, wollte Philipp von Kassandra wissen.

Sie schüttelte den Kopf. »Wenn wir uns beeilen, erwischen wir in der Unterführung eine Gruppe, und ihr könnt euch unter die Leute mischen.«

»Wie kommst du raus?«, fragte Veda Talli.

»Ich nehme später den Personaleingang zusammen mit ein paar Angestellten. Hab hier noch zu tun.«

»Hä?«, rutschte es Veda heraus.

»Abteilung für organisierte Kriminalität, schon vergessen?«

Ihr Blick wanderte von Talli zu der Reiterstatue auf dem Schreibtisch.

»Ach ja«, murmelte Veda.

Kassandra drängte sie zum Gehen, also verabschiedeten sie sich und eilten hinter ihr her.

Sie traten aus einer Tür am Fuß der Treppe zur Säulenhalle und mischten sich unter eine bunte Gruppe mit Museumsguides in der Hand und Stöpseln im Ohr, die auf dem Weg in Richtung Cube waren. *Kunst verbindet*, dachte Veda und lächelte zufrieden.

Auf dem Weg in die Tiefgarage sprachen Veda und Philipp über die Jubiläumsausstellung zu Ehren von Caspar David Friedrich, die sie vielleicht besuchen würden.

»Es war toll, in das Depot eines Museums zu dürfen«, schwärmte Veda. »Ich würde zu gerne mal hinter die Kulissen sehen und etwas über die dunklen Seiten der Kunstwelt erfahren. Ob Talli mir ganz allgemein etwas darüber erzählen würde, was meinst du?«

Philipp schmunzelte. »Du kannst es nicht lassen.«

20. KAPITEL

Philipp setzte sie zu Hause ab und wartete vor dem Tor, bis sie die Wohnungstür geschlossen hatte.

Veda legte ihre Post auf den Esstisch und lüftete gründlich durch. Das Einblatt ließ traurig die Blätter hängen, Zeit, die Blumen zu gießen. Für ein paar Minuten räumte sie mit schwindender Motivation auf, schob ein paar Zeitschriften zusammen, hängte Klamotten auf.

Vielleicht sollte sie sich Notizen für das Gespräch mit Dr. Zymo am Montag machen. Je besser sie vorbereitet war, desto ruhiger und selbstsicherer konnte sie es angehen. Sie holte Notizblock und Bleistift und ging damit zum Tisch. Nachdem sie sich ein paar Notizen gemacht und sie erst mal für gut befunden hatte, legte sie sie weg, um morgen noch einmal drüberzulesen. Danach sah sie die Post durch, die diesmal zum Glück keine Drohbriefe enthielt.

Aus der Küche holte sich Veda ein Glas Wasser, einen Apfel und eine Tüte Salzstangen und setzte sich auf die Couch. Bevor sie die Fernsehzeitung studierte, checkte sie die Nachrichten auf ihrem Handy. Dabei entdeckte sie zum ersten Mal einen kurzen Onlineartikel mit der Überschrift *Ein Racheengel auf Feldzug?* Darin setzte der Autor den Fall Ilona Raab, den Pool-Fall und den des erhängten Kindesmörders miteinander in Verbindung und stellte die Frage, ob sich jemand als Richter aufführte, indem er die Täter tötete und es als Selbstmorde oder Unglücksfälle erscheinen ließ. Vorher vielleicht sogar Geständnisse von ihnen erzwang, damit die Opfer gefunden wurden und deren Familien zur Ruhe kommen konnten. Der Artikel enthielt zwar noch weniger Fakten als ihre eigene Mappe, aber sie war mit ihrer Idee endlich nicht mehr alleine. Mehr fand sie dazu nicht. Das machte sie auf der einen Seite stolz, aber auf der anderen Seite wäre es toll gewesen, wenn ihr der Artikel neue Informationen geliefert hätte. Allerdings bewies der Angriff auf Talli, der kein Zufall sein konnte, dass sie auf der richtigen Spur waren, ob nun auf der eines Racheengels oder eines ganz anderen Täters. Wie gerne würde sie jetzt mit Talli in einem Raum sitzen und ihr weiteres Vorgehen planen. Stattdessen war sie wieder dazu verdammt, zu warten und zu hoffen, dass diese sie über ihre Ermittlungen irgendwie informierte. Und nun?

Unentschlossen nahm sie sich die Fernsehzeitung vor, entdeckte aber nichts Sehenswertes. Sollte sie eine Serie streamen? Oder eine Doku in der Mediathek anschauen? Vielleicht gab es etwas Neues zum alten Ägypten. Ihre Gedanken wanderten zurück zur Kunsthalle und dem Gespräch mit Talli. Wie war noch der Name der Staatsanwältin gewesen, bei der die Fälle ein *Bx* erhielten? Andrea Schlohm. Veda suchte im Internet nach dem Organigramm und dem Geschäftsverteilungsplan der Hamburger Staatsanwaltschaft. In welcher Abteilung arbeitete Frau Schlohm? Warum kamen die Fälle zu ihr? Veda fand die Abteilungen und welche Delikte dort bearbeitet wurden, aber keine Namen. Hatten die früher nicht auch dabeigestanden?

Wie war die Andrea von früher gewesen? Groß, blond und sehr ehrgeizig. Eine glühende Anhängerin von Rufus. Weniger talentiert als Danilo, aber dafür hatte sie umso härter gelernt. Wen könnte Veda fragen, ob diese Andrea mit Nachnamen Schlohm hieß? Arno? Sie erinnerte sich an Tallis Worte im Keller des Museums. *Besser nicht.* Sonst fiel ihr nur Julia ein. *Auf keinen Fall!* Ihr schlechtes Gewissen kehrte zurück und jagte ihr eine kleine Hitzewelle durch den Körper. Sie legte ihre kühlen Handrücken gegen ihre heißen Wangen.

Apropos schlechtes Gewissen. Veda hatte lange nicht mehr mit Danilos Bruder Ralph gesprochen. Allerdings hätte sie im Moment nur Vermutungen zu vermelden, und Talli hatte sie davor gewarnt, dass sie andere in Gefahr bringen könnte. Ralph sollte in Neuseeland zwar sicher sein, aber solange er nicht wissen wollte, wie ihre Ermittlungen liefen, war es vielleicht besser, ihn zunächst nicht tiefer hineinzuziehen.

Ihr Blick fiel auf den Schreibtisch. Unter ihrem Laptop lagen Danilos Unterlagen. Nicht nur zu Tallis Fall mit dem Täter, der in der Untersuchungshaft durchgedreht war, hatte Danilo einen Verweis auf weitere Infos notiert. Aber wo waren diese Infos? In den roten Ordnern? Auf seiner verschwundenen Hardware? Und wieder war da dieses Gefühl, etwas vergessen zu haben. Hatte Ralph weitere Verstecke erwähnt? Veda grübelte. *Nein.* Hätten sie in Danilos Wohnung noch irgendwo nachsehen können? Hatte er ihr bei ihrem Treffen einen Wink gegeben? Veda wühlte in ihren Erinnerungen, bis ihr die Tränen kamen. *Ich werde Danilo nie wiedersehen. Nie von ihm hören, dass er doch noch sein Glück gefunden hat im Leben.* Dabei schien er auf dem besten Wege dorthin gewesen zu sein. Hektisch suchte sie nach ihrer Taschentuchbox und zog gleich drei Tücher heraus, um sich die Nase zu putzen und die Tränen zu trocknen. Es tat gut zu weinen, um Danilo, um ihre Trennung, die Erinnerungen, von denen sie bei ihrem letzten Gespräch in seiner Wohnung einige hervorgeholt und darüber gelacht hatten. Naiv waren sie gewesen, aber auch voller Ideale und Tatendrang. Noch nicht so eingespannt in das Erfordernis, sich Tag für Tag seinen Lebensunterhalt verdienen zu müssen und noch nicht so desillusioniert von gescheiterten Plänen und Hoffnungen. Trotzdem hatte sie

Euphorie hinter manchen von Danilos Worten gespürt, wie früher zu Beginn ihres Studiums. Als sie alle noch geglaubt hatten, die Welt retten zu können. Sanne glaubte immer noch daran.

Stopp! Was hatte ihre Mutter gesagt? *Die Dropbox!* Das Passwort hatte ihr gefallen: Winnie Puuh. Das war, was sich die ganze Zeit aus ihrem Unterbewusstsein gemeldet, ihr im Traum sogar auf die Schulter getippt hatte! Ob Danilo den Speicher weiterhin benutzt hatte?

Veda spürte ihren Herzschlag wie einen Basstakt, der sie antrieb, als sie nach ihrem Smartphone griff. Dort war die App nicht installiert. Klar, seit dem Studium hatte sie mehrfach das Handy gewechselt. Beim Herunterladen aus dem App-Store zögerte sie, entschied sich stattdessen für den Laptop. Mit großen Dateien wäre der Speicher ihres Smartphones überfordert. Außerdem widerstrebte es ihr grundsätzlich, wichtige Unterlagen auf dem Handy mit sich herumzutragen. Nachdem sie den Laptop hochgefahren hatte, ging sie auf die Webseite des Anbieters. Ihr gemeinsamer Account müsste noch unter derselben E-Mail-Adresse zu finden sein, wenn Danilo ihn nicht gelöscht hatte. *Hoffentlich funktioniert das alte Passwort noch.* Mit zittrigen Fingern gab sie ihre E-Mail-Adresse ein. Als Nächstes das Kennwort. *Drin. Ich bin drin!* Sie stieß einen Freudenschrei aus. *Bitte, bitte, lass das die Lösung sein!*

Nach einem tiefen Atemzug klickte sie auf *Alle Dateien* und fand dort sehr alte Ordner aus der Zeit ihres Studiums. In ihrem Hals bildete sich ein Kloß, und erneut stiegen ihr Tränen in die Augen. *Lieber nicht anklicken.* Andere Dateien stammten aus diesem und letztem Jahr. Ein Ordner war so eindeutig beschriftet, dass ihre Hände ganz schwitzig wurden. *6123 Bx UJs 118/22.* Sie klickte darauf. *Passwort.* Der

Ordner war geschützt. »Nein, nein, nein!«, fluchte Veda verzweifelt, probierte Geburtsdaten und Namen, kam aber nicht in die Datei rein. *Moment, das Aktenzeichen kenne ich.* Sie griff nach Danilos Unterlagen und blätterte sie fieberhaft durch. Da war es – der Prostituiertenfall! Vielleicht enthielt die Datei etwas, das Lennart Siebert helfen konnte. Tallis IT-Kollege war sowieso dabei, die Datei auf dem USB-Stick zu knacken, dann würde er auch diese hier öffnen können. Veda musste Talli unbedingt anrufen und ihr das schicken. Konnte man einen verschlüsselten Ordner verschicken? Wahrscheinlich nicht, wenn sie selbst keinen Zugriff darauf hatte. Gäbe sie Talli und ihren Kollegen die Zugangsdaten zur Dropbox, hätten sie auch Zugriff auf ihre und Danilos Daten aus Studienzeiten. Wollte sie das? Lieber nicht. Sie erinnerte sich nur vage daran, was in den alten Ordnern liegen könnte, wollte jetzt aber auf keinen Fall nachsehen. Nach Danilos Beerdigung hatte sie gedacht, seinen Tod verwunden zu haben, aber jetzt fürchtete sie sich davor, beim Sichten gemeinsamer Erinnerungen von Trauer überwältigt zu werden. Deshalb lud sie die alten Ordner auf ihren Laptop und löschte sie in der Dropbox. Vielleicht würde sie sich den Inhalt später ansehen. Wenn wieder etwas Ruhe eingekehrt war.

Dafür hatte sie jetzt auch keine Zeit, denn schon der Titel des ersten neueren Ordners machte sie ganz kribbelig: *I. Raab*. Veda öffnete ihn und fand dort anscheinend alles über Ilonas Fall, was durch die Presse bekannt geworden war, und mehr zum Background von Rufus' Familie.

»Warte mal«, murmelte Veda. Der Ordner und die Dateien waren von Danilo kurz vor seinem Tod angelegt worden. Also bevor sich der Mörder von Ilona Raab das Leben genommen hatte! »Was zum …« Veda durchlebte ein Wechselbad der Gefühle, während sie las, was wirklich an Ilonas

Todestag geschehen war, wie genau Peter B. sie getötet hatte. Es wirkte wie die Zusammenfassung eines Geständnisses, aber es konnte nicht aus dem ersten Prozess stammen, denn Peter B. hatte damals keines abgelegt. Überhaupt schien der Text seltsam isoliert, als sei er Teil einer Akte oder eines längeren Textes:

Peter B. bat Ilona um ein Treffen zur Entschuldigung und Aussprache, nachdem sie am Vortag einen Streit mit Peters Vater in der Küche des Hofes gehabt hatte. Dort schlug sein Vater Ilona ins Gesicht, bevor er hinausstürmte. Zu dem Treffen brachte Peter B. ein Messer mit und packte ein altes Bettlaken in den Kastenwagen des Hofes. Eine Plastikplane hatte er schon auf dem Boden ausgelegt. Er bat Ilona, zu einer Jagdhütte zu kommen, in der sie sich oft trafen und in der er sie geschwängert hatte. Sie wartete vor der Tür und kam zum Wagen, als er ausstieg. Er stach, ohne zu zögern, auf sie ein, als sie ihn weinend umarmte.

Wie kaltherzig musste der Mann sein, um seine schwangere Geliebte zu erstechen, die Trost bei ihm suchte? Die jung und naiv, verliebt und verzweifelt war. Warum war er nicht in der Lage, Verantwortung für sein Handeln zu übernehmen? Die Konsequenzen seiner Liebe zu tragen? Veda schloss für einen Moment die Augen, um sich für den Rest des Textes zu wappnen. Nach einem tiefen Atemzug las sie weiter.

Danach schleppte er die leblose Schwangere zur Heckklappe des Wagens, holte das Laken heraus, wickelte sie darin ein und legte das Bündel auf die Plane. Er fuhr zu einem angrenzenden Waldstück und vergrub die Leiche dort so tief, wie er konnte. Als er spätabends die Plastikplane abspritzte, kam ein etwas einfältiger Freund aus Schulzeiten dazu, der auf dem Hof arbeitete, und fragte ihn nach dem Blut. Peter B. hatte einen schwachen Moment.

Sprach das für ihn? Zeigte es, dass er kein emotionsloser Betonklotz war? Oder passte es nur in sein Profil, in den wichtigen Momenten schwach und in den falschen Momenten stark zu sein?

Er erzählte dem Freund, Ilona habe ihn mit einem Messer angegriffen, er habe sie bei dem anschließenden Handgemenge versehentlich tödlich verletzt und ihre Leiche vergraben. Er ließ seinen Kumpel Stillschweigen schwören. Da der Freund nichts gelernt hatte und froh war, auf dem Hof eine gut bezahlte Arbeit zu haben, hielt er den Mund, bis ein Verwandter von Ilona ihn dreißig Jahre später unter Druck setzte. Erst dadurch konnte Peter B. angeklagt werden.

Ein Verwandter von Ilona Raab? Das konnte nur Rufus gewesen sein, denn alle anderen waren schon verstorben, meinte Veda sich zu erinnern. Sie atmete tief durch und rieb sich die kalt gewordenen Finger. Was mochte Ilona gefühlt haben, während der Mann, den sie liebte und dessen Kind sie unter dem Herzen trug, auf sie eingestochen hatte? Angst? Leere? Trauer? Sicherlich Entsetzen, Ungläubigkeit. Oder war der Schock so groß gewesen, dass sie sich nur hatte fragen können: Warum? Vielleicht war das sogar ihr letztes Wort gewesen, während sie zu seinen Füßen verblutet war. Warum?

Veda wischte sich mit dem Handrücken eine Träne von der Wange. Sie war nicht gläubig, aber wenn es ein Paradies gab, wünschte sie Ilona und ihrem Baby den schönsten, hellsten und buntesten Platz darin.

Es gab Notizen und kurze Zeitungsartikel dazu, wie Peter B. nach der Tat sein Leben nahtlos fortführte. Die anderen Dorfbewohner verdrängten, was geschehen war, belogen sich selbst, indem sie einen Fremden als Täter vermuteten, und deuteten sogar an, dass das Aussiedler-Mädchen an seinem Tod selbst schuld war. *Was für ein feiges, verlogenes*

Pack! Alle hatten sie die Verantwortung für ihre Taten und Worte von sich auf das Opfer verschoben, das sich nicht mehr wehren konnte. Für ein Kind brauchte es zwei. Wenn Peter B. damals noch keines wollte, warum hatte er nicht verhütet?

Es muss eine riesige Enttäuschung für Rufus gewesen sein – vielleicht seine schmerzhafteste Niederlage –, als Peter B. den Gerichtssaal des Totschlags schuldig, aber straffrei hatte verlassen dürfen.

Was hätte sie getan? Wäre sie ausgerastet? Später bestimmt. Im Saal selbst hätte sie neben sich gestanden. Schuldig und trotzdem frei. Womöglich hatte Peter B. den Saal sogar mit einem Lächeln verlassen. Ihr Magen zog sich bei dieser Vorstellung zusammen. Es musste schrecklich für die Familie gewesen sein, traumatisch.

Philipp würde das sicher auch interessieren. Sie schickte ihm eine Nachricht und legte das Handy beiseite. Dabei fiel ihr aus dem Augenwinkel die kurze Meldung ihres Anti-Viren-Programms auf, die wieder so schnell verschwand, dass sie nicht lesen konnte, wovor es sie warnte. Bei der letzten Prüfung war dem Programm nichts aufgefallen. Vielleicht eine Fehlfunktion? Sie ließ einen Schnellcheck durchführen: alles auf Grün. Komisch, dass sich diese Vorkommnisse in letzter Zeit häuften – ihr Laptop, die PCs in der Kanzlei, Philipps Auto. Oder fiel es ihr nur auf, weil sie seit Tallis und Julias Unfällen auf jede Kleinigkeit, die von der Normalität abwich, empfindlich reagierte? Je komplexer die Technik, desto anfälliger war sie. *Hab ein Auge drauf, aber lass dich nicht verrückt machen.* Veda atmete tief durch und konzentrierte sich wieder auf den Inhalt der Dropbox.

Hatte Danilo sich die Hintergrundinfos zu Ilona Raabs Fall aus alten Ermittlungsakten gezogen, noch bevor ein Teil davon in der Presse auftauchte? Hatte die Staatsanwaltschaft schon Bescheid gewusst, bevor Danilo gekündigt hatte? Oder gab der Text nur Spekulationen wieder, wie es abgelaufen sein könnte? Hatte Peter B. auf Druck von Rufus schon früher gestanden und danach widerrufen? Was hatte Danilo mit diesen Infos vorgehabt? Ihr Handy piepte – Philipps Antwort.

Bin in einer Stunde da.

War es eine gute Idee gewesen, Philipp zu schreiben? Er würde wieder den Advocatus Diaboli spielen. Andererseits löste man ein Problem nicht, indem man alle Argumente und Ideen, die einem nicht gefielen, ignorierte.

Sie seufzte und wandte sich dem nächsten Ordner zu. *R. S.* lautete der Name der MP4-Datei. Veda lud eine Kopie auf ihren Laptop herunter und klickte auf *Play*.

Ein Ausschnitt mitten aus dem Film *Running Scared* begann: Ein Junge steht in einer sehr aufgeräumten, teuer eingerichteten Wohnung neben einem Pärchen, das sich aufdringlich, überfreundlich und gleichzeitig misstrauisch verhält. Er hat die Gefahr längst erkannt und lässt sich von dem Mann das Bad zeigen, täuscht Bauchschmerzen vor.

Veda stoppte den Film. Sie erinnerte sich an diesen Ausschnitt ganz genau. Warum hatte Danilo ihn in der Dropbox gespeichert? Es handelte sich um die Szene, die sie in einer ihrer Arbeitsgemeinschaften bei Rufus angesehen und besprochen hatten. Rufus' Kurse waren auch deshalb immer voll belegt gewesen, weil er unorthodoxer unterrichtet hatte als seine Kollegen. In dem Kurs damals war es um die Themen Strafe und Selbstjustiz gegangen. Was sollte Strafe bewirken? Gerechtigkeit wiederherstellen? Die Tat aufwiegen? Dass sich jemand besserte, umdachte, zum Beispiel. Konnte Strafe das? Gab es überhaupt eine gerechte Strafe, oder ging es am

Ende darum, die Gesellschaft vor denen zu schützen, die ihr Schaden zufügten, ohne auf deren Niveau herabzusinken? Und wenn man Gleiches mit Gleichem vergalt, war das Strafe oder Rache? An dem Tag waren sie von den Teilnehmern des nächsten Kurses aus dem Raum geworfen worden, so lange und hitzig hatten sie diskutiert.

Ein schriller Ton riss sie aus ihren Gedanken. Die Klingel. Sie schoss hoch und eilte zur Tür. Philipp hatte kaum Zeit für eine Begrüßung, weil Veda ihn am Mantel packte und in die Wohnung zog.

»Ich habe noch mehr gefunden«, plapperte sie aufgeregt drauflos. Sie ging ihm voraus und winkte ihn hinter sich her. »Das musst du dir ansehen, bevor ich es Talli schicke. Danach werden wir es erst mal nicht mehr zu Gesicht bekommen. Der Laptop steht auf dem Esstisch. Was willst du trinken?«

»Wasser«, sagte Philipp, zog seelenruhig Mantel und Schuhe aus und brachte alles ordnungsgemäß im Flur unter.

Veda werkelte in der Küche, stellte Gläser und eine Flasche stilles Wasser auf den Tisch, während er sich setzte und seine Krawatte lockerte. Veda ließ sich auf einen Stuhl neben ihn plumpsen, rutschte aber sogleich nervös auf der Sitzfläche herum.

»Während des Studiums habe ich mit Danilo zusammen eine Dropbox genutzt.« Veda strich über das Mauspad, um den Bildschirm aufzuwecken. »Schon vor dem Ende unserer Beziehung haben wir sie nicht mehr genutzt, und später habe ich sie vergessen.« Sie zeigte auf die Ansicht *Alle Dateien*, in der jetzt nur noch die neuen Ordner zu sehen waren. Auch Philipp gingen die alten Fotos nichts an. »Sanne hat mich darauf und auf das Passwort gebracht.«

»Sanne?«, fragte Philipp entgeistert. Er musste sich des Öfteren die Klagen über ihre Mutter anhören. »Wie?«

Veda winkte ab. »Wir haben telefoniert.«

»Freiwillig?«

»Wenn ich ihre Anrufe nicht gelegentlich annehme, meldet sie sich bei Papa, Hendrik und – noch schlimmer – Oma Ella und macht alle verrückt, weil sie glaubt, ich liege irgendwo schwer verletzt und kann nicht ans Telefon gehen«, erklärte Veda genervt.

»Es spricht für sie, dass sie sich Sorgen um dich macht«, entgegnete Philipp.

»Reden wir nicht über die Sorgen meiner Mutter. Bleiben wir beim Thema.« Weil Veda vor Aufregung mit den Fingern zu ruckartig über das Mauspad fuhr, brauchte sie mehrere Anläufe, bis sie mit dem Pfeil endlich den Ordner *I. Raab* traf und öffnete. »Danilo hat hier tatsächlich weitere Daten abgelegt. Sieh dir das an.«

Philipps Augen sprangen zunächst nur über den Text, aber nach der Hälfte runzelte er die Stirn und fing mit immer größer werdenden Augen konzentriert noch einmal von vorne an. Am Ende lasen seine Lippen lautlos mit.

»Kanntest du Rufus' Vorgeschichte damals?«, wollte Philipp wissen und drehte sich mit einem Glühen in den Augen zu ihr um.

»Nein. Fragen zu seinem Privatleben, insbesondere zu seiner Vergangenheit waren tabu. Wenn das jemand missachtete, konnte er richtig böse werden. Nur Arno hat das ein- oder zweimal gewagt.«

Philipp grinste. »Wer auch sonst.«

»Es ging uns ja auch nichts an. Er war unser Kursleiter und Dozent, kein Kommilitone.«

»Wenn Danilo diese Daten hier selbst abgelegt hat, woher kannte er den Tathergang, bevor es durch die Presse ging?«, fragte Philipp.

»Das habe ich mich auch gefragt.« Aufgeregt beugte sie sich vor. »Es gibt nur diesen isolierten Textabschnitt. Nirgendwo steht, ob es sich um ein offizielles Geständnis, einen Abschiedsbrief oder eine Aufzeichnung Danilos handelt. Vielleicht hatten Kripo und Staatsanwaltschaft die Umstände schon ermittelt, konnten dem Täter aber die Mordmerkmale weiterhin nicht nachweisen. Vielleicht ist es nur Spekulation. Oder es gibt ein Geständnis, das später widerrufen wurde.«

»Sieht nach Letzterem aus, denn ansonsten wären das verdächtig zutreffende Spekulationen, so als wäre Danilo dabei gewesen, was nicht sein kann, weil er damals wahrscheinlich noch nicht oder gerade erst geboren war«, entgegnete Philipp.

»Danilo hat mit seinen Annahmen oft ins Schwarze getroffen«, erwiderte Veda.

»Hm«, machte Philipp verstimmt.

War er eifersüchtig? *Unsinn.* Sie waren kein Paar, und Danilo war Vergangenheit. Veda schluckte. Im wahrsten Sinne des Wortes. Sie schüttelte den Gedanken aus dem Kopf.

»Hier, sieh dir das an.« Sie ging zurück zur Ordnerübersicht und fuhr mit dem Cursor über den Ordner mit dem *Bx*-Aktenzeichen. »Das muss der Prostituiertenfall sein, in den Lennart Siebert verstrickt ist. Leider passwortgeschützt.«

»Lass mich mal«, sagte Philipp und löste Veda am Laptop ab. Er klickte alles Mögliche an und probierte auf gut Glück zwei Kennwörter aus, hatte aber genauso wenig Erfolg wie sie zuvor.

»Ich glaube, die Datei ist zusätzlich verschlüsselt.« Er lehnte sich auf seinem Stuhl zurück. »Eine Datei mit *bxx*-Format. Noch nie gesehen«, murmelte er.

»Was meinst du damit?«

»Die Dateiendungen *txt*, *pdf*, *png* und so weiter kennt man, aber was für ein Dateiformat ist *bxx*?«

Veda zuckte mit den Schultern. »Tallis IT-Kollege könnte es wissen. Ich werde ihr später alles schicken.«

»Ist das ein Video?«, fragte Philipp und zeigte auf die MP4-Datei. »Erzähl mir bitte nicht, dass Beweise oder Taten gefilmt wurden.« Er verzog angewidert das Gesicht.

»Schön wär's.« Oder nicht? Veda dachte an den erhängten Kinderschänder im Wald, Lennart Sieberts tote Freundin und schluckte trocken. »Das ist ein Filmausschnitt, den wir damals in einem unserer Kurse bei Rufus angesehen und dann darüber zu den Themen Strafe und Selbstjustiz diskutiert haben.«

»Warum hat Danilo das abgespeichert?«

»Ich weiß es nicht.«

»Hast du es dir angesehen? Ist es bearbeitet worden?«

Daran hatte Veda gar nicht gedacht. Könnte Danilo in dem Film etwas versteckt haben? Schon schlug ihr Herz wieder höher.

»Ich habe nur die erste Minute geschaut. Lass ihn uns zusammen ansehen. Kennst du den Film *Running Scared*?«

Philipp schüttelte den Kopf.

»Der ist gut«, sagte Veda.

»Worum geht es ungefähr?«

Veda überlegte einen Moment, wie sie für Philipp möglichst knapp den Teil vor dem Ausschnitt zusammenfassen konnte.

»Ein Junge ist auf der Flucht, weil er auf den gewalttätigen Lebensgefährten seiner Mutter geschossen hat. Die bei einem anderen Verbrechen benutzte Waffe hat er bei der Familie nebenan geklaut. Nun sind alle möglichen Leute hinter dem Jungen und der Waffe her. Vor dieser Szene ist der Junge – die Waffe hat er nicht mehr – in den Laderaum eines Kleinbusses geflüchtet. Dort begegnet er zwei verängstigten Kindern. Ein überfreundliches Pärchen öffnet die Heckklappen und nimmt die Kinder mit nach Hause.« Veda tippte auf die Play-Taste: Der Junge schafft es, die sympathische Ehefrau des Nachbarn, bei dem er die Waffe geklaut hat, zu Hilfe zu rufen. Sie überrumpelt das Ehepaar, gelangt in deren Wohnung und stellt fest, dass diese beiden schrecklichen Menschen Furchtbares mit Kindern anstellen und sie danach töten. In der Folterkammer des Paares kommt es zum Showdown. Die Retterin des Jungen zieht eine Waffe und hält damit das Mörder-Paar in Schach, das nach einer Möglichkeit sucht, um die Frau zu entwaffnen, doch die holt ihr Handy aus der Tasche, ruft die Polizei und fällt eine Entscheidung. »Ich habe Schüsse gehört«, sagt sie, teilt die Adresse mit, legt an und erschießt das Pärchen.

»Hoppla«, sagte Philipp. »Interessante Art, einen Kurs zu gestalten.«

Veda erinnerte sich daran, dass Marco nach dem Filmausschnitt gerufen hatte: »Großartig! Selbstjustiz in Reinkultur. Genau die richtige Strafe für dieses Pack.« Wie so oft hatte es zwei Lager gegeben. Die einen hatten es genau richtig gefunden, sogar applaudiert, als die Frau geschossen hatte. Die Gerechtigkeit war wiederhergestellt. Das andere Lager hatte sich über diese Sichtweise empört. Die Frau selbst habe eine schwerwiegende Straftat begangen und gehöre ins Gefängnis. Nur die Justiz dürfe verurteilen und bestrafen. »Was hättet ihr in der Situation getan?«, hatte jemand gerufen. »Der Tod ist doch die gerechte Strafe!«, hatte ein anderer geantwortet. Es war wie vor Gericht gewesen, die einen gegen die anderen, während Rufus aufrecht, mit hinter dem Rücken verschränkten Händen dagestanden, auf den Fußballen gewippt und die Diskussion aufmerksam verfolgt hatte. Nur ab und zu hatte er einen Kommentar eingeworfen, um die Wortgefechte neu anzufachen oder ihnen eine andere Richtung zu geben.

Veda hatte sich rausgehalten, weil sie diese Art des verbalen Kampfes damals schon verabscheut hatte. Danilo hingegen war mittendrin gewesen. Hatte ständig hin- und hergewechselt zwischen der Rolle des Staatsanwalts, der die Frau vor Gericht bringen wollte, und der des Strafverteidigers, der sie mit Notwehr oder Notwehrhilfe rauszuboxen versuchte. Veda war fasziniert davon gewesen, wie er zwischen zwei so unterschiedlichen Positionen leidenschaftlich hin- und herspringen konnte. Andererseits hatte sie sich – wie schon zuvor – gefragt, welche der Positionen seiner Meinung entsprochen hatte, ob er überhaupt eine dazu gehabt hatte.

»Es wurde nichts verändert. Die Szene lief so im Kurs.« Warum hatte Danilo den Filmausschnitt unverändert abgespeichert?

»Hat er das zur Erinnerung aufbewahrt?«, warf Philipp verwundert ein.

»Kann ich mir nicht vorstellen.« Veda klickte die Eigenschaften der Datei an. »Er hat sie erst kurz vor seinem Tod hochgeladen.«

»Was will er uns mitteilen? Hat er bisher ungelöste Fälle als Racheengel verfolgt und die Täter ihrer gerechten Strafe zugeführt?«

Veda gab ihm einen harten Klaps auf die Schulter. Sie hatte es geahnt, da war er, der Advocatus Diaboli. »Er ist doch nicht so blöd, eine Spur zu sich selbst zu legen.« Für einen Moment stieg Panik in ihr auf. *Oder doch?* Danilo hatte sich das Leben genommen. Wie einige der Täter. Weil auch er ein Täter war? *Nein, unmöglich!*

»Er wäre nicht der Erste, der das tut.« Philipp ließ nicht locker.

Sie holte tief Luft, atmete wieder aus, ohne etwas zu erwidern. *Komm runter. Betrachte alle Seiten eines Falles und schließe mit guten Argumenten aus, was unwahrscheinlich ist.* Hatte sie sich vielleicht in Danilo geirrt?

»Du meinst, er hat sich das Leben genommen, weil er nicht mehr damit leben konnte, dass er die Täter umgebracht hat?«, fragte Veda.

»Vielleicht«, antwortete Philipp.

Nein, das passte hinten und vorne nicht. »Dann stünde dazu etwas in seinem Abschiedsbrief. Das hätte die Polizei nicht geheim gehalten. Er war kein Staatsanwalt mehr. Außerdem ist Ilonas Mörder nach Danilo gestorben«, erwiderte Veda.

»Er hatte Komplizen.«

»Wäre Danilo der Racheengel, hätten wir jetzt alle Infos zu den Fällen, die wir brauchen.«

Philipp sah zur Decke und dachte nach.

»Ich glaube«, setzte sie nach, »dass er mit dem Filmausschnitt eine Verbindung zwischen den Fällen aufzeigen wollte. Es geht um Gerechtigkeit, Selbstjustiz und vielleicht Rache.«

»Ein Racheengel, der sich im Fall Lennart Siebert im Täter geirrt hat?«, fragte Philipp.

»Scheint so.« Sie zeigte mit dem Cursor auf den letzten Ordner in der Reihe. »Den habe ich noch nicht geöffnet.« Sie klickte ihn an, aber er enthielt nur ein Foto mit dem Hinweis auf den Hamburger Hafen.

»Und was sollen wir damit anfangen?«, fragte Philipp.

Veda konnte sich keinen Reim darauf machen, zuckte aber im nächsten Moment zusammen und sprang auf. »Ich weiß! In dem Umschlag waren Fotos, die dieselbe Halle zeigen, glaube ist. Auf einem steht ein Datum.« Sie holte die restlichen Fotos und hielt sie Philipp hin.

»Sieht wirklich so aus, als wäre es dieselbe Halle.« Er zeigte auf das Datum. »Das ist übermorgen.«

Vedas Handy klingelte. »Es ist Talli. Vielleicht kann sie herausfinden, was das für eine Lagerhalle ist und was es mit dem Datum auf sich hat.«

Sie nahm den Anruf an und stand auf. Während sie Talli von der Dropbox und den Dateien darin erzählte, wanderte sie zwischen Esstisch und Küchenzeile hin und her.

»Das Kennwort lautet Winnie Puuh.«

Talli lachte kurz auf. »Okay, ist notiert. Können wir uns morgen treffen?«

»Wofür?«

»Sage ich dir dann. Vielleicht kann mein Kollege die verschlüsselte Datei sofort knacken, dann können wir sie uns gemeinsam ansehen.«

»Wo und wann?«

»Ich schicke dir eine Nachricht.«

»Okay, bis morgen.« Veda legte auf und spürte ein Kribbeln in der Magengegend. Was wollte Talli mit ihr persönlich besprechen? Und was würde ihr Kollege in der Datei finden?

»Ich habe eine Idee«, rief Veda und öffnete ein neues Fenster im Browser. Über Street View sahen sie sich die Halle und die Umgebung an. Die Gebäude waren nicht verpixelt, sodass sie die Halle auf den Fotos wiedererkannten.

»Danilo war dort und hat das Gebäude fotografiert«, sagte Philipp.

»Oder er hat die Fotos von jemand anderem bekommen«, schlug Veda vor.

Sie sahen sich das Gelände auch aus der Vogelperspektive an.

»Was ist so besonders an dieser Halle?«, murmelte Veda.

Philipp suchte im Internet mit allen möglichen Begriffen nach Hinweisen, aber er fand nicht einmal die Firma, die die Halle gemietet hatte.

»Lass mich noch mal«, forderte sie und zoomte die Halle so weit wie möglich heran. »Ist das ein Schild?« Sie zeigte auf ein helles Rechteck neben einem großen Rolltor und beugte sich nah an den Bildschirm heran. Philipp tat es ihr gleich.

»Ich kann nichts erkennen.«

»Mist, ich auch nicht. Man müsste hinfahren«, überlegte Veda laut.

»Das wirst du nicht tun!«, warnte Philipp sie.

Veda hob die Hände. »Morgen treffe ich erst mal Talli und schwöre«, sie legte die rechte Hand aufs Herz, »dass ich sie auf die Halle und diese Datei hinweise. Bestimmt hat sie Möglichkeiten, innerhalb kürzester Zeit herauszufinden, was es damit auf sich hat.«

Philipp trommelte mit den Fingern auf den Tisch und sah sie lange an. »Ich habe morgen keine Zeit.«

»Du musst nicht mitkommen, ich mache das schon. Talli hat bestimmt nur noch ein paar Fragen, oder will sich die verschlüsselte Datei mit mir zusammen ansehen, wenn sie sie sofort geknackt kriegen.«

Sein Blick ruhte weiterhin auf ihr, und so langsam wunderte sie sich darüber.

»Ich fahre nicht zur Halle, versprochen«, sagte Veda und neigte den Kopf zur Seite.

Philipp nickte. »Okay. Ich muss jetzt los. Berichtest du mir von eurem Gespräch?«

»Klar«, antwortete Veda und begleitete ihn hinaus.

Bevor sie den Laptop herunterfuhr, druckte sie die Hinweise zur Lagerhalle und den Termin aus. Lieber haben und nicht brauchen als brauchen und nicht haben.

21. KAPITEL

Die Tür ist einen Spaltbreit geöffnet. Philipp berührt sie vorsichtig, aber sie lässt sich nicht aufschieben. Irgendetwas blockiert sie. Er will sein Handy aus der Hosentasche ziehen, um die Taschenlampe zu aktivieren, da greifen von hinten zwei Pranken seine Unterarme, und ein Sack wird ihm über den Kopf gestülpt. Seine Arme sind schon zu weit nach hinten gezogen! Er kann sich nicht mehr befreien. Mit wenigen Handgriffen fesseln sie seine Hände mit einem Kabelbinder, wie es scheint. Jemand hämmert gegen die Metalltür, vor der sie stehen, und kurz darauf wird Philipp über die Schwelle geschubst. Es wird noch dunkler. Sie sind drin. Immer wieder stolpert er über etwas. Kabel vermutlich. Links und rechts halten ihn grobe Hände, damit er nicht abhaut oder fällt. Es wird wieder heller hinter dem dunklen Stoff, und sie bleiben stehen. Ein knackendes Geräusch, der Kabelbinder löst sich abrupt, und Philipp will sich die kribbelnden Hände reiben, aber seine Arme werden wieder festgehalten, der linke Ärmel hochgekrempelt. Kalte Flüssigkeit trifft auf seine Armbeuge. *Was zum Teufel …?* Schon rammt ihm jemand etwas Spitzes, eine Nadel, hinein. Es brennt, und es dauert, bis der Druck nachlässt und die Nadel wieder herausgezogen wird. Dann greift jemand nach dem dunklen Sack, zieht, erwischt ein paar seiner Haare, während er mit einem kräftigen Stoß in die Helligkeit stolpert. So war das nicht geplant. Was sie ihm wohl gespritzt haben und wozu? Er reibt sich über die Einstichstelle. Ein Beruhigungsmittel kann es nicht sein. Er ist ruhig, hat sich nicht gewehrt. Von dem grellen Licht tränen ihm die Augen, aber er kann erkennen, dass er sich in einem kleinen, rechteckigen Raum mit grauen Wänden, einem Tisch und einem Stuhl befindet. Ein Vernehmungsraum? Hier am Hafen? Erst mal egal. Solange er mit jemandem reden kann, kann er auch gewinnen.

Dass man ihm von hinten einen schwarzen Sack über den Kopf gestülpt und ihn erst abgezogen hat, als man ihn in diesen Raum geschubst hat, wertet er als gutes Zeichen. Er sollte niemanden sehen und hat niemanden gesehen. Also können sie ihn hinterher gehen lassen, ohne dass er jemanden identifizieren kann.

Plötzlich spürt er ein leises Vibrieren, geht in die Hocke und legt die Hände auf den Metallboden. Es kommt von dort. Oder ist es überall? Als er sich aufrichtet, wird ihm schwindelig, übel. Er überlegt, ob er wieder in die Hocke gehen oder sich auf den Stuhl setzen soll. Bevor er sich entscheiden kann, verliert sich die Vibration und damit auch sein Unwohlsein. *Was ist das hier?*

»Setzen Sie sich«, ertönt eine tiefe, verzerrte Stimme, wahrscheinlich ein Mann.

Während er sich auf den einfachen Plastikstuhl an den kleinen Metalltisch setzt, sieht sich Philipp den Raum näher an. Der Boden besteht aus Metall, die Wände wirken seltsam amorph, als könnten sie sich jederzeit in etwas anderes verwandeln. Liegt das am Licht? Es scheint von einem LED-Band zu kommen, das rund um die Deckenkante verläuft.

Wo ist die Tür? Er sieht nach rechts, aus der Richtung ist er gekommen, oder nicht? Keine Tür, nur Wand. Rundherum nur Wände. Flächen, die wabern, pulsieren, wenn man lange darauf starrt. Eine optische Täuschung, um ihn zu verunsichern? Oder ist der Inhalt der Spritze daran schuld?

»Keine Angst«, sagt die Stimme.

Philipp gönnt sich ein Lächeln. *So leicht macht ihr mir keine Angst.*

»Wir haben nur ein paar Fragen.«

Sehr schön, je mehr ihr redet, desto besser meine Chancen.

»Woher kennen Sie Danilo Resni?«

»Ich habe nur von ihm gehört, getroffen habe ich ihn nie.« *Erwähne nicht Vedas Namen*, ermahnt er sich selbst.

»Was haben Sie von ihm gehört?«

»Dass er Staatsanwalt in Berlin war.«

»Was noch?«

»Dass er gekündigt hat und wieder nach Hamburg gezogen ist.« Immer schön vage bleiben. Sie sollen ihm verraten, was sie wissen. »Worüber ist der arme Mann gestolpert, dass sich plötzlich alle für ihn interessieren?«, will Philipp wissen.

»Wer interessiert sich für ihn?«

»Sie, die Polizei.«

»Was wissen Sie noch über Herrn Resni?«

Er überlegt, was Veda ihm über ihren Ex-Freund erzählt hat. »Er hat gekündigt, um sich selbst zu finden.« Gut, dass Veda nicht hier ist. Der Satz oder zumindest sein Tonfall hätte sie geärgert.

Die Blechstimme lacht abschätzig. Interessant. Entweder missbilligt er Danilos Entscheidung, oder er weiß, was Vedas Ex in den letzten Monaten seines Lebens wirklich getan hat. Oder beides? Wer ihn wohl befragt? Die Stimme ist bestimmt digital verändert, um anonym zu bleiben. Oder ist es dem Mann egal? Das wäre schlecht für Philipp. An einem altmodischen Lautsprecher kann es nicht liegen, denn dieser Raum fühlt sich an, als sei er vollgestopft mit Elektronik, obwohl er nichts davon sehen kann. Nur fühlen. Als zupfe etwas aus allen Richtungen an ihm.

»Haben Sie das aus der Buddha-Figur geschlossen, die Sie zusammen mit Frau Weller auf Herrn Resnis Nachttisch gefunden haben?«

Sekunde, woher weiß er, dass Philipp zusammen mit Veda in Danilos Wohnung war? Hat eine Buddha-Figur auf dem Nachttisch gestanden? Philipp kramt in seinem Gedächtnis. *Verdammt, ja, eine weiße.* Die Stimme kennt also Danilos Schlafzimmer. Ist das etwa Resni senior, der ihn befragt? Hat er Veda den Drohbrief geschrieben? Was sind das für Leute? Er hätte Veda mehr zu Danilos Eltern fragen sollen. Sind sie gefährlich? Bei der Gedenkveranstaltung wirkten sie zwar arrogant, sonst aber harmlos auf ihn. Hat er sich so in ihnen getäuscht? Philipp spürt, wie ihm der Schweiß ausbricht. Zum Glück trägt er ein Jackett, sodass man keine Flecken auf seinem Hemd sehen kann. Äußerlich gibt er sich gelassen, aber die Situation weicht von allem ab, was er bisher erlebt hat. Wohin soll diese Inszenierung führen?

Den Umschlag und Danilos Fallsammlung wird er nicht erwähnen. Er ruft sich dessen Wohnung wieder ins Gedächtnis. Hat er etwas übersehen? Er erinnert sich daran, dass im Arbeitszimmer weder Staubkörnchen, Flecken noch Fingerabdrücke zu sehen waren, sich um die toten Zimmerpflanzen aber zahlreiche vertrocknete Blätter angesammelt hatten. Eine Putzhilfe hätte nicht nur geputzt, sondern auch die Blumen gegossen und die Blätter entfernt. Ist der Mann vor ihnen in Danilos Wohnung gewesen? Hat er Danilos Geräte und die roten Ordner mitgenommen? Oder noch viel schlimmer: Hat er etwas mit dessen Selbstmord zu tun? Philipp rinnt ein einzelner Schweißtropfen das Rückgrat hinab. Er denkt nach. *Mach dir die Situation zum Vorteil, egal wie schlecht du gerade dastehst. Vielleicht hilft es, genauso direkt zu sein.*

»Die Figur war da, aber es fehlten fünf rote Ordner sowie Handy, Laptop und Tablet. Die Sachen sind nicht zufällig bei Ihnen gelandet?«

»Die Fälle, mit denen Frau Weller in die Caffamacherreihe gekommen ist, stammen also aus den Unterlagen in dem Umschlag. Was war noch darin?«

Woher weiß der Typ das, verdammt noch mal? Philipp hat weder den Umschlag noch die Unterlagen darin erwähnt. Oder doch? Denkt er, dass er nur denkt, aber eigentlich spricht er es aus? Unauffällig legt er seine schwitzenden Handflächen auf die Oberschenkel. Kommt das von der Spritze? Eine Art Wahrheitsdroge? Außerhalb von Danilos und Vedas Wohnung hat niemand den Umschlag gesehen. *Talli!* Veda hat ihr in dem Restaurant einen Umschlag überreicht. Nicht denselben. Vielleicht sind sie dabei beobachtet worden. Oder steckt Talli hinter der Befragung? Denkt sie, Veda und Philipp würden ihr nach wie vor Informationen vorenthalten?

»Frau Bregum kann Ihnen nicht helfen. Die muss sich erst mal selbst helfen«, spottet die Stimme.

Wie kommt er auf Talli? Philipp hat nichts gesagt, nur gedacht, das weiß er genau, er hat extra darauf geachtet. Und was soll das heißen? Ist Talli in Gefahr?

Langsam wird es chaotisch. Er schwitzt mittlerweile wie verrückt. Gibt es hier keine Lüftung?

»Was hat Frau Weller Ihnen über ihre gemeinsame Vergangenheit mit Danilo erzählt?«, fragt der Mann.

So kriegst du mich nicht! Philipp wird wieder schwindelig, obwohl nichts vibriert. Er hält sich am Tisch fest. Doch der steht plötzlich in Danilos Arbeitszimmer und Philipp auch. Ungläubig beobachtet er von oben, wie er mit spitzen Fingern die Schubladen aufzieht und sie nach kurzer Durchsuchung anstupst, damit sie sich wieder schließen. Aber er bewegt sich nicht. Und hier gibt es keinen Schreibtisch, hat es keinen gegeben – bis eben.

»Kein Tablet, Handy oder Laptop«, hört er sich sagen, ohne die Lippen zu bewegen. Oder haben sie sich doch bewegt? Nein, es fühlte sich nicht so an, und trotzdem weiß er genau, dass er diese Worte gerade eben ausgesprochen hat. Es ist keine Erinnerung, sondern die Vergangenheit, in der er gerade steckt, oder steckt sie in ihm? »Eine Powerbank, die Tablet-Hülle, aber keine externe Festplatte. Nur Stifte, Umschläge und so'n Zeug.«

Verdammt, was ist das für eine Droge?

Wie in einem Film rauscht er aus dem Arbeitszimmer durch Danilos Schlafzimmer und steht abrupt hinter Veda, die den Umschlag hinter dem Kleiderschrank hervorholt. Es fühlt sich an, als dehne sich sein Körper wie Kaugummi durch Raum und Zeit. Sein Kopf ist schon da, aber den Rest zieht er zäh nach, wie eine träge Welle ins Hier und Jetzt.

Das ist zu viel. Bis heute muss er nach jeder Fahrt im Karussell kotzen. So wie jetzt.

22. KAPITEL

Veda war mehrfach um die Halle gegangen, hatte aber niemanden getroffen. Nur vor einer halben Stunde eine Person in der Ferne gesehen. Im Hamburger Hafen an sich war natürlich rund um die Uhr etwas los, aber diese Hallen hier lagen abseits und waren an Firmen vermietet, die Waren einlagerten, die nicht ständig umgeschlagen wurden. Eine Runde noch. Wenn sie allein war, konnte sie ganz nah ran. Erst jetzt fiel ihr auf, dass die metallene Hintertür von einem flachen Holzkeil einen schmalen Spaltbreit offen gehalten wurde. Hatte jemand vergessen, ihn zu entfernen? Aus der unteren Ecke der Tür führten drei ineinandergedrehte dicke Kabel zu einem Schaltkasten außerhalb der Halle. Veda drückte vorsichtig gegen die Tür, die sich kaum bewegte. Sie bekam nur ihren Arm durch den schmalen Spalt. Vorsichtig tastete sie die Tür ab und traf auf so etwas wie eine Wäscheschnur oder ein dünnes, mit Plastik ummanteltes Kabel. Sie zog ihr Schweizer Taschenmesser aus der Jackentasche. Es hatte ihr schon viele Male gute Dienste geleistet, bisher allerdings auf zusätzliche Löcher in Gürteln oder das Zurechtschneiden von abgebrochenen Fingernägeln beschränkt. Vorsichtig klappte sie die längere der Klingen aus. Sie sollte das nicht tun. Wenn sie aber schon mal hier und bisher niemandem aufgefallen war …

Mit der Schulter lehnte sie sich sachte gegen die Tür, um die Schnur – oder was auch immer – unter Spannung zu halten, und säbelte los. Nach wenigen Schnitten gab es nach, machte ein kurzes, schleifendes Geräusch, und die Tür ließ sich aufdrücken. Drinnen war es fast dunkel. Nur ein grüner Schimmer. Vielleicht das Schild für den Notausgang. Sie konnte nicht erkennen, was genau sie durchgeschnitten hatte. Wollte das Wirrwarr auf dem Boden nicht aufheben. Einen Moment blieb sie so stehen, horchte, sah sich um. Nur das metallische Summen der rastlosen Hafenanlagen im Hintergrund. Ab und zu der Ton eines Schiffshorns in der Ferne. *Reingehen oder nicht?* Es war niemand hier. *Nur mal nachsehen.*

Veda betrat einen separaten Raum, in dem Kartons, gestapelte Europaletten, verrostete Stahlgitter und anderer Kram standen, den sie im Halbdunkeln nicht erkennen konnte. Es roch muffig. An der Rückwand stand eine Tür halb offen, von dort drang etwas Licht durch. Veda achtete auf jeden ihrer Schritte, denn ihre Augen gewöhnten sich nur langsam an das Halbdunkel. Durch die Tür führten zwei weitere Kabel. Woher kamen die? Vorsichtig schlich sie weiter, warf einen Blick durch den Türspalt, blieb selbst so weit wie möglich im Dunkeln. Die drei ineinandergedrehten dicken Kabel führten wie eine Nabelschnur zu einem Schiffscontainer in der Mitte der Halle. Er stand leicht schräg zu ihr. Dunkelblau vielleicht, ohne Aufschrift, nur kleine weiße Zeichen oder Symbole, die sie von hier aus nicht erkennen konnte. Die zwei schmaleren Kabel führten jeweils zu schwarzen Metallschränken, die leise surrten. Hörte sich an wie eine Lüftung. Veda wagte einen Blick durch die Türöffnung, sah sich die Haupthalle an. Die Seiten lagen im Dunkeln. Durch die verhängten Fenster drang kaum Licht von der Außenbeleuchtung herein. Dafür waren oben am Container mehrere LED-Stangenleuchten befestigt, die ihn in einen Lichtkreis tauchten. Es wirkte, als würde er ein Stück über dem Boden schweben, gehalten von einer dicken Schnur, damit er nicht davonflog. Über Vedas Rücken und Arme zog sich eine Gänsehaut. Sie wartete, aber ihre Augen gewöhnten sich nicht weiter an die Dunkelheit. Ganz still stand sie, vernahm ihr leises Atmen, ihr Herzklopfen. Und plötzlich hörte sie eine vertraute Männerstimme, zuckte zusammen. Konnte das sein? Oder war er es gar nicht? Bildete sie sich ein, die Stimme erkannt zu haben? Sie war weit weg, und der Hall verfälschte sie vielleicht. Er musste hinter dem Container stehen. *Rausgehen und Hilfe holen oder reingehen und nachsehen?* Veda drehte sich um. Die Tür nach draußen war halb geöffnet, so wie sie sie zurückgelassen hatte. Zugang und Fluchtweg. Sie war hier, um zu reden. Also beschloss sie, mit dem Mann auf der anderen Seite des Containers zu reden, wer auch immer es war.

Bevor sie es sich anders überlegen konnte, trat sie in die Halle und drehte sich zu den Metallschränken um. Die Türen bestanden aus perforiertem Metallblech. Oben ein umlaufendes blaues LED-Band, das in einem Planeten, stilisiert durch vier Streifen in heller werdendem Blau, endete. Wie kam das Logo des Rechenzentrums hinter dem *Serra* hierher? In den Schränken standen etliche flache, verkabelte Kästen, an denen verschiedenfarbige Leuchten rhythmisch blinkten. Serverschränke? Wer oder was arbeitete in dem Container? Eine Hackerbande? Wozu? Während sie zu dem metallenen Kasten schlich, sah sie sich immer wieder in der Halle um, spähte in die Schatten, horchte angestrengt. Stand dort wirklich niemand? Hatten sie sich geirrt und die Kabel dienten nur dazu, Lampen mit Strom zu versorgen? Je näher sie dem Container kam, desto unwohler fühlte sie sich. So als ginge etwas von dem Metallmonstrum aus, stoße sie zurück. Langsam umrundete sie den Container. Er war kleiner als gedacht. Die Tür der kurzen Vorderseite stand offen und versperrte ihr die Sicht auf das Innere. Sie ging darum herum. In den Container hatte man einen großen Kasten eingebaut. Ein Raum mit einer Tür, nahtlos in das dunkelgraue Metall eingepasst. Ein Teil der langen Außenseite des Containers war geöffnet und legte die Ecke und ein Stück Seitenwand des inneren Kastens frei.

Er stand vor einem ausgeklappten Tisch mit einem Laptop darauf. Vedas Hände wurden eiskalt. Warum hatte Talli ihr nicht Bescheid gesagt? Hatten sie einen Zugang übersehen? Oder war er die ganze Zeit hier gewesen? Er tippte etwas, bevor er sich zu ihr umdrehte. »Wie schön, dass du auch hier bist«, begrüßte Rufus sie.

Auch? Ihr schlug das Herz bis zum Hals. Sie bekam keinen Ton heraus. Ihr Blick huschte zur Tür, die jedoch kein Fenster hatte.

Er trat zwei Schritte von dem Laptop zurück und zeigte mit dem ausgestreckten Arm darauf, als präsentiere er die neuste Sehenswürdigkeit auf einer Technikmesse. »Wieder vereint«, witzelte er und lächelte falsch.

Vereint, wieder? Wer war in dem Ding? Und was war das Ding? Wollte sie das wissen? Rufus senkte den Arm, verschränkte die Hände hinter dem Rücken und wartete. Er würde so stehen bleiben, bis sie den nächsten Schritt tat. Das war seine Masche. *Weglaufen oder nachsehen?* Schritt für Schritt tastete sie sich vor. Versuchte, alles um sich herum wahrzunehmen. Schlich sich jemand von hinten an? Setzte Rufus zu einer Bewegung an? Soweit sie wusste, war er unsportlich. Trotzdem hielt sie genug Abstand zu ihm, sodass er sie weder greifen noch schlagen konnte, selbst wenn er einen großen Schritt machte. Rufus im Augenwinkel, warf sie einen Blick auf den Bildschirm.

Philipp stand in einem kargen, fensterlosen Raum, in der Mitte nur ein Stuhl und ein Tisch, auf dem er sich abstützte, soeben etwas ausspuckte und sie direkt mit einem leeren

Blick ansah. Leer? Nein, suchend, blind und doch sehend. So als wüsste er nicht, was er sah. War das Erbrochenes auf dem Boden?

»Philipp? Verdammt, was machst du hier?«, rief Veda überrascht und besorgt zugleich.

Rufus verzog den Mund wieder zu diesem Lächeln, das seine Augen nicht erreichte.

»Veda? Du solltest nicht hier sein«, ertönte Philipps Stimme aus einem Lautsprecher, den sie nicht sehen konnte. Er drehte den Kopf, als müsse er etwas orten. Konnte er die Kamera nicht sehen?

»Du auch nicht«, konterte Veda. *Unvernünftiger Kerl.* Wollte den Helden spielen. Stattdessen saß der Staranwalt jetzt in diesem Kasten fest, und sie musste sich etwas einfallen lassen, um ihn rauszuholen. Ausgerechnet sie, die über null Improvisationstalent verfügte. *Erst mal Zeit schinden.*

»Was ist das?«, fragte sie Rufus. Früher hatte er gerne Wissen weitergegeben, vor allem, wenn er sich damit anderen überlegen fühlen konnte.

»Die Zukunft«, antwortete Rufus.

Okay, er hatte sich nicht geändert. Warf ihr ein Bröckchen zu, und sie musste sich zur Lösung vorarbeiten.

»Was hat Philipp mit deiner Zukunft zu tun?« Sie fühlte, wie ihre Nerven sich schneller verabschiedeten, als ihr lieb war. Die Erinnerung an Rufus' Unterricht stieß sie plötzlich ab. Früher war sie fasziniert gewesen, hatte ihn für seinen Unterrichtsstil bewundert. Jetzt verabscheute sie seine Spielchen, wusste aber, dass ihr nichts anderes übrig blieb, als eine Weile mitzumachen. Zuerst musste sie jedoch Philipp aus diesem Ding holen. Wofür auch immer es gut war, hier draußen waren seine Chancen bestimmt besser, mit heiler Haut davonzukommen.

»Dein Freund ist um die Halle geschlichen und den falschen Leuten begegnet.« Rufus grinste.

Veda sah sich um, behielt ihn aber im Blick. Sie konnte niemanden sonst sehen. Allerdings gab es jenseits des von der Box beleuchteten Kreises viel Dunkelheit, in der man sich verstecken konnte.

»Da Herr Decka nicht kooperativ war, haben wir sie«, Rufus deutete mit einem Nicken in Richtung Container, »außerplanmäßig hochgefahren, um ihn zu überzeugen.«

Wen meinte er mit *sie*? »Bist du verletzt, Philipp?«, rief Veda.

»Nein. Zwei gegen einen aus dem Hinterhalt«, murmelte er zerknirscht.

Solange nur sein Stolz angeknackst war, konnte die Sache noch gut ausgehen. Allerdings machte seine Antwort auch klar, dass sich zwei weitere Personen in der Halle befanden. Rufus hatte Philipp sicher nicht angegriffen. Was war besser? Wenn die beiden anderen in Deckung blieben oder sich zeigten? Vielleicht konnte sie sie rauslocken.

»Müssen Generalstaatsanwälte neuerdings bei Festnahmen einspringen?« Veda war von ihrer eigenen Frechheit überrascht. Andererseits fühlte es sich gut an. Und es zeigte Wirkung. Rufus warf einen Blick zum Haupttor der Halle. Veda trat einen Schritt zurück und sah sich gründlicher um als zuvor. Aus der Ecke neben dem Rolltor trat der Mann mit dem Undercut aus dem Schatten, das Deckhaar wieder zum Zopf gebunden. Er kam bis auf ein paar Schritte an sie heran und blieb dann stehen. Links bewegte sich ebenfalls etwas. Ungefähr aus der Mitte der langen Seitenwand trat sein breitschultriger Kumpel mit den stoppelkurzen Haaren ins Licht und blieb nach wenigen Metern stehen, die Hände vor dem Körper verschränkt. Philipp hatte recht gehabt. Der Überfall nach dem Treffen mit Talli war geplant gewesen, um Veda einzuschüchtern, sie von ihren Recherchen abzuhalten.

An dem Typen, der aussah wie ein Schläger, könnte sie vielleicht vorbeikommen und zur Hintertür rennen. Sie war ihnen schon einmal entkommen. Allerdings lagen auf dem Weg jede Menge Kabel, über die sie stolpern könnte. Marco, der soeben aus der Zwischentür neben den Serverschränken trat und zu ihnen kam, machte ihre Überlegungen endgültig zunichte. Er war wahrhaftig zu Rufus' Schatten geworden, und Veda wurde klar, dass die Männer mit weiteren Besuchern gerechnet und sich deshalb verteilt und versteckt hatten. Wenigstens hatten sich alle gezeigt, das war gut, oder nicht? Sie suchte die dunklen Ecken in der Halle nach einem Zeichen, einer Bewegung ab, entdeckte aber nichts. Was, wenn sie doch nicht nur zu viert waren? Eine kalte Schweißschicht legte sich über ihren Rücken.

»Die Zukunft ist digital«, sagte Marco.

Hatte er die ganze Zeit in dem kleinen Lagerraum gestanden? Sie beobachtet, während sie hindurchgeschlichen war?

»Wir werden das Justizwesen revolutionieren«, prahlte er und blieb zwei Schritte hinter Rufus stehen.

Veda erinnerte sich an das Gespräch bei Danilos Gedenkveranstaltung. Der Guru und sein Jünger.

»Vollkommene Aufklärung, die absolute, reine Wahrheit«, fuhr Marco fort. »Keine unfähigen Juristen mehr.«

Ihr Blick wanderte zu Boden. Warum fühlte sie sich angesprochen? Sie war nicht unfähig. Sie hatte sich nur anders entschieden. Mühsam zwang sie sich, Marco wieder anzusehen, während Rufus den Faden aufnahm.

»Keine lückenhaften, fehlgeleiteten Ermittlungen, keine Lügen, niemand kann mehr entkommen. All die unfähigen Blender werden arbeitslos werden.« Veda vermied es, Marco anzusehen. »Erinnerst du dich nicht?«, fragte er.

Woran? Vedas Augen streiften Rufus' Gesicht. Sie konnte seinem herablassenden Blick nicht standhalten.

»Als wir uns den Filmausschnitt in Rufus' Kurs angesehen haben«, fuhr Marco fort, »hatte ich die Idee dazu.« Stolz quoll ihm aus allen Poren.

Veda schnürte sich der Hals zu. Der Film. Wussten sie etwa von der Dropbox? Oder erinnerte sich Marco nur daran, weil es eines der wenigen Male gewesen war, in denen er sich hervorgetan hatte? Wie könnten sie an die Daten in der Dropbox herangekommen sein? Danilo hatte ihnen die Zugangsdaten sicher nicht gegeben. Vielleicht waren sie auch auf seinem Handy gespeichert, seinem Laptop? Hatten Rufus und Marco die Geräte?

»Ich fand, man müsste dieses widerliche Pärchen zur Strafe seine eigenen Taten durchleben lassen«, ergänzte Marco.

Besorgt sah sie auf den Laptop-Bildschirm zu Philipp. Er stand mittlerweile neben dem Stuhl, eine Hand auf der Lehne, als brauche er Halt, und horchte mit schief gelegtem Kopf.

»Wir werden die Rechtsprechung unfehlbar machen«, dozierte Rufus. »Wiedergutmachung für die Opfer herbeiführen.«

Philipp muss unbedingt aus diesem Kasten raus. Halt Rufus am Reden. Er soll möglichst viel erzählen.

»Wie bei Ilona?«, fragte sie und machte sich auf einen Wutausbruch gefasst. Stattdessen lächelte Rufus kalt.

»Mit ihr«, Rufus deutete mit der Hand auf den Container, »werden wir die Unzulänglichkeiten der Rechtssysteme auf der ganzen Welt beseitigen. Kein Mörder wird uns mehr entkommen.«

Die Rechtssysteme der Welt? Hatte Rufus den Verstand verloren?

»Es werden nie wieder Fälle verjähren und schuldige Täter

als freie Menschen den Gerichtssaal verlassen, weil Ermittler und Staatsanwälte zu unfähig und langsam sind.« Er drehte sich zu dem Laptop um und starrte auf den Bildschirm. »Niemand hat geholfen, niemand wollte es sehen. Sie wollten Ilona vergessen, jede Erinnerung an sie begraben.«

Veda schluckte die aufkommende Übelkeit herunter. »Ilonas Mörder hat Selbstmord begangen«, erwiderte sie. *Aber Danilo nicht, stimmt's?* Sollte sie ihn das fragen? Jetzt noch nicht, auch wenn das am Ende die einzige Frage war, auf die sie wirklich eine Antwort wollte.

»Peter Bredersen hat sich selbst bestraft«, erklärte Rufus und wandte sich ihr wieder zu. »Dieser Abschaum«, er spuckte die Worte förmlich aus, »hat seine Taten gestanden, jedes Detail. Genau dort, wo Sie jetzt stehen, Herr Decka.«

Veda hielt die Luft an.

»Wie haben Sie ihn dazu gebracht?«, fragte Philipp, und Veda hörte die unterdrückte Wut in seiner Stimme.

Talli, wo bist du? Veda sah sich verstohlen in der Halle um und spürte, dass der Typ mit dem Undercut schräg hinter ihr sie im Auge behielt. Um wegzulaufen, müsste sie entweder an ihm oder an Rufus und Marco vorbeikommen. Aber nicht ohne Philipp. Vielleicht könnte sie sich wenigstens den Laptop greifen, falls sich Rufus ein Stück wegbewegte. Er schien nur mit einem Kabel an die Box angeschlossen zu sein. Aber was dann?

»Künstliche Intelligenz«, erklärte Rufus und riss Veda aus ihren Gedanken.

»Das da?«, rutschte es ihr heraus, und sie zeigte auf den Kasten.

»Das da«, wiederholte Marco gereizt, als hätte sie seine Gottheit herabgesetzt, »kann jedes Verbrechen in wenigen Stunden aufklären.«

»Wir haben der Box den Anstrich eines Vernehmungsraums gegeben«, ergänzte Rufus. »Manchmal lassen wir sie den Verdächtigen sogar ein verspiegeltes Fenster zeigen, wie es in Filmen oft verwendet wird. Das macht auf viele großen Eindruck. Bei Herrn Decka haben wir uns das gespart.«

Die Box. Kam daher das Kürzel *Bx* in den staatsanwaltlichen Aktenzeichen?

»Außerdem hat uns die Erfahrung gezeigt, dass die Beschuldigten Möbel brauchen, an denen sie sich festhalten können, die ihnen Orientierung im Raum geben. Deinem Freund hat das leider nicht geholfen.«

Du wirst sein Erbrochenes eigenhändig aufwischen, Arschloch! Veda ballte die Fäuste. »Ich will eine verständliche Antwort. Was ist das Ding?«, rief sie wütend.

»Die Box ist eine Mischung aus regelbasierten Programmen und künstlicher Intelligenz«, erläuterte Rufus. »Sie arbeitet mit kleinsten Computern, sogenannten Nanobots, zusammen, die den Beschuldigten gespritzt werden. Die Box verteilt sie mittels eines Magnetfeldes im Körper an ihre Bestimmungsorte und interagiert dann mit ihnen. Sie messen, wie die Probanden auf die virtuelle Welt reagieren, die der Raum mit ihrer Hilfe teils real, teils holografisch und manchmal nur in ihrem Kopf erschafft. Sie provozieren die Ausschüttung von Hormonen, können den Herzschlag erhöhen, alle möglichen Körperfunktionen hervorrufen und reduzieren.«

Ein Blick auf den Laptop-Monitor zeigte Veda, dass sich Philipp nervös die linke Armbeuge rieb. Hatten sie ihm auch diese Nanobots verabreicht? Warum? Er war kein Täter, kein Beschuldigter.

»Musste sich Philipp deshalb übergeben?«, wollte sie wissen. Veda war nur einmal in einem MRT gewesen. Das arbeitete ebenfalls mit Magnetfeldern, soweit sie sich erinnerte, und damals sollte sie Bescheid sagen, wenn ihr schwindelig oder schlecht würde.

»Nein, erst als die Box ihn auf eine Reise in seine Erinnerungen mitgenommen hat. Die schnellen Schnitte sind ihm nicht bekommen«, merkte Rufus beiläufig an und fuhr mit seinem Vortrag fort. »Nanobots oder auch Nanopartikel sind sehr schwer im menschlichen Körper zu entdecken. Winzig klein sind sie und perfekt getarnt. Man muss sehr genau wissen, wonach man sucht. Ihr Äußeres besteht aus DNA, und auch ihre weiteren Bestandteile sind körpernah. Keine geschrumpften Metallmaschinen, die man mit einem Detektor aufspüren könnte. Für Nanopartikel ist nicht einmal die Blut-Hirn-Schranke ein Hindernis. Sie kommen bis ins Gehirn.«

Entgeistert blickte sie von Rufus zu Marco, der seinen Guru förmlich anhimmelte. Es fehlte nur noch, dass er vor ihm niederkniete. Sie fühlte sich, als hätte sie einen Albtraum. Sie wünschte es sich. Aber dies war die Realität.

»Hinzu kommen Algorithmen, die die Box von außen unterstützen«, dozierte Rufus weiter. »Und natürlich die Unmengen an Daten, die fleißige Studenten und Referendare über Jahre hinweg gesammelt und archiviert haben, bis die KI sie abgelöst hat. Sie kommt in sämtliche Datenbanken, in jedes Netzwerk, jeden Browser, jeden Bank-Account, jedes Social-Media-Profil. KIs können sich längst selbst und gegenseitig hacken, aber wir haben das auf ein neues Level gehoben.«

Sie musste an ihr vermeintlich verrücktspielendes Virenprogramm und an Philipps Tesla denken. »War das Ding in meinem Computer?« Veda merkte, wie sie vor Wut rot anlief. Sie speicherte alles Mögliche auf ihrem Laptop ab, das niemanden, schon gar nicht Rufus oder Marco, etwas anging.

Deswegen hatte Danilo Ralph die Unterlagen nicht digital schicken wollen. Er hatte gewusst, dass die Box darauf zugreifen könnte. Reagierte sie auf bestimmte Schlüsselworte? Namen? Wären sie bloß vorsichtiger gewesen.

Rufus lächelte selbstgefällig. »Natürlich hat sie sich in deinen Laptop gehackt, in dein Smartphone, in das System deiner Kanzlei. In dem Moment, als du nach den Aktenzeichen unserer Fälle und dem *Bx* im Internet gesucht hast, hat die Box deine Geräte und alle weiteren gehackt, auf die sie darüber zugreifen konnte. Deinen Namen hast du ihr am Telefon verraten, dein Smartphone ist überhaupt nicht geschützt und die Virensoftware deines Laptops ein Witz. Nicht einmal Herrn Deckas Tesla hatte eine Chance.«

Oh Gott! Eine KI, die sich in die Software eines Autos einhackte. Was hätte sie dem Wagen befehlen können? Was, wenn sie Philipp während der Fahrt die Kontrolle entzogen hätte? Fahrgäste einsperren und das System zum Absturz bringen konnte sie jedenfalls. Hauptsache, Dr. Zymo erfuhr niemals davon, dass das Ding in seinem System gewesen war. Das würde ihrem Angestelltenverhältnis bestimmt den Todesstoß versetzen. Oder musste sie ihm davon erzählen, damit sie es kontrollieren und säubern lassen konnten? *Bitte nicht.*

»Ich wusste also, womit du zur Polizei gehen würdest. Nichts, was mir Sorgen gemacht hätte. Aber ich kenne deine Hartnäckigkeit, also wies ich den Dienststellenleiter an, dich so abzuweisen, dass du keine Lust mehr haben würdest wiederzukommen.«

Tja! Hat nicht geklappt. Trotzig hob sie das Kinn.

»Leider konnte auch er nicht verhindern, dass du auf eine andere eigensinnige Person triffst. Diese lästige Bregum«, raunte Rufus abschätzig.

Es musste ihn demütigen, von zwei Frauen überführt zu werden. Und sie würden ihn überführen. Hier und heute.

»Winnie Puuh«, murmelte Rufus belustigt.

Ihr Enthusiasmus verpuffte. Also doch, sie kannten die Daten in der Dropbox. Warum hatten sie sie nicht gelöscht? Oder hatten sie sie dort abgelegt? Nein, das machte keinen Sinn. Wenn die Box nur über ihren Laptop an Danilos Daten gelangen konnte, wussten sie erst seit gestern von der Dropbox. Sie hatten wahrscheinlich gehofft, Veda und Talli wüssten nichts von dem morgigen Termin und wären nicht in der Lage, die Halle nur aufgrund des Dropbox-Bildes zu finden. Sie wussten nicht, dass es noch analoge Fotos mit dem Termin gab. Veda erinnerte sich an Danilos Weigerung, Ralph die ersten Daten digital zu schicken, und bekam ein schlechtes Gewissen. Wenn sie und Ralph die Daten nicht übers Netz ausgetauscht hätten, vorsichtiger gewesen wären … *Hinterher ist man immer schlauer.* Wenigstens die Unterlagen hinter Danilos Schrank dürften sie nicht kennen und die auf dem USB-Stick vielleicht auch nicht. Veda hatte sie wegen der Zugangssperre nicht auf ihren Laptop runterladen können. Vermutete Rufus, dass sie noch viel mehr hatten? Ihr Puls begann zu rasen. Wusste Rufus, dass sie mit Talli gesprochen hatte? Hoffentlich nicht.

»So viel Datenvolumen in diesem Kasten? Das glaube ich nicht«, kam es von Philipp.

Veda sah zu den beiden Serverschränken neben der Zwischentür.

»Wir brauchen nur ein paar Server vor Ort. Der Rest steht auf Island«, warf Marco ein.

Deswegen der Flyer in Danilos Unterlagen. War er auf Island gewesen und hatte sich dort die Server angesehen? Hatte er gewusst, wo sie standen? Enthielten seine verschlüsselten

Daten dazu eine Info? Oder war das nur auf seiner Hardware gespeichert und damit verloren?

»Warum Island?«, fragte Veda.

»Weil man dort preiswerte und sogar umweltfreundliche Energie aus Erdwärme gewinnen kann«, entgegnete Rufus. »Ein idealer Ort für Mining-Zentren.«

»Damit stellen wir die Finanzierung des Pilotprojekts sicher. Solange die Box die Server nicht braucht, schürfen sie Bitcoins«, ergänzte Marco und wippte mit herablassendem Gesichtsausdruck auf den Fußballen, die Hände hinter dem Rücken verschränkt.

Rufus warf ihm über die Schulter einen warnenden Blick zu und brachte ihn für einen Moment aus dem Takt.

Bitcoin-Mining. Veda wusste wenig darüber. Angeblich waren Zahlungen über die Blockchain für alle nachverfolgbar. Allerdings benötigte man einen Doktor in Mathematik und sehr viel Zeit, um die Chain zurückrechnen zu können. Außerdem verbrauchte das Mining ungeheuer viel Energie, sodass es sich nur an wenigen Standorten finanziell lohnte. Wenn eine solche Farm die Box mit Speicherkapazität versorgte und einen Teil ihrer Arbeit wie die Suche nach Bildern, Orten, Wörtern und wer weiß was noch übernahm, musste ihr Bedarf enorm sein.

»Müsste die Box dann nicht auch auf Island stehen?«, fragte Veda.

Marco schnaufte belustigt, und über Rufus' Gesicht huschte ein selbstgefälliges Lächeln.

Lacht nur. Solange ich euch damit am Reden halten kann, mache ich mich gerne lächerlich.

»Die Farmen arbeiten der Box zu«, antwortete Rufus. »Sie verarbeiten die großen Datenmengen, nicht die Box, aber sie ist die Schaltzentrale. Der Ort, an dem alles zusammenläuft und von dem alles ausgeht, über jeden Übertragungsweg,

Kabel, WLAN, was gerade verfügbar ist. Vor allem die stetig wachsende Anzahl an Satelliten erleichtert uns die Arbeit ungemein.«

»Und wie soll dieser mit Elektronik vollgestopfte Kasten die Rechtsprechung revolutionieren?«, wollte Veda wissen. »Werden die Beschuldigten von einer KI vernommen und bekommen danach ihr Urteil ausgedruckt? Was hat das mit dem zu tun, was Marco damals zu dem Film gesagt hat? Was meint ihr damit, dass Täter ihre Tat nacherleben?« Warum hatten sie Philipp in das Ding gesteckt? Was hatten sie mit ihm vor? Sie hörte das Blut in ihren Ohren rauschen.

Sie sah auf dem Bildschirm, dass Philipp wie versteinert dastand. Er selbst hatte nie jemanden getötet. Von dem Zwischenfall ganz zu Beginn seiner Karriere konnte Rufus nichts wissen, oder doch? Philipp hatte eine Affäre mit der Frau eines Mandanten gehabt. Nach einer feuchtfröhlichen Nacht hatte sie trotz Restalkohols darauf bestanden, selbst nach Hause zu fahren, und war bei einem Autounfall gestorben. Bis heute hatte er ein schlechtes Gewissen, weil er sie nicht vehement genug aufgehalten hatte. Alle Beteiligten hatten damals Stillschweigen bewahrt und Philipp seinen Job gewechselt.

Wollten sie ihn damit unter Druck setzen? Zur Rechenschaft ziehen? Ihr neues Spielzeug an ihm ausprobieren? *Beruhige dich. Wilde Spekulationen befreien Philipp nicht aus seiner misslichen Lage. Warum stehen wir hier? Erinnere dich daran, wer Rufus war und sicher noch ist. Er will dir zeigen und erzählen, was er erschaffen hat. Er möchte, dass du an seinen Lippen hängst, ihm glaubst, ihm recht gibst. Frag ihn.*

»Was genau macht das Ding?«

»Sie recherchiert im digitalen Äther das Leben und die Taten der Beschuldigten im Vorhinein so weit wie möglich«, begann Rufus.

»Auf welcher Grundlage?«, unterbrach Veda.

Anstatt wütend zu werden, zuckte ein kurzes Lächeln über seine Lippen. Streitbarkeit mochte er.

»Im Moment handelt sie auf meinen Befehl hin. Zunächst ermittelt die Box überall und alles, was sie zu den Fällen findet, mit denen wir sie beauftragen, und schlägt uns auf dieser Grundlage geeignete Zeugen und Verdächtige für eine Vernehmung vor. Wir spritzen ihnen die Nanobots, und sobald diese mithilfe eines Magnetfeldes im Körper des Probanden verteilt wurden, schließt sich die Box mit ihnen kurz. Danach versetzt sie die Beschuldigten an Orte, an denen sie gewesen sein müssen. So als stünden sie leibhaftig dort. Sie spiegelt ihre Erinnerungen, unterstützt sie dabei mit den bereits ermittelten Fakten. In ihren Köpfen werden die Erinnerungen Wirklichkeit.«

»Wie?«, ertönte es aus der Box. Philipps Stimme klang rau.

»Die Nanobots steuern die Körperfunktionen«, erklärte Rufus. »Sie können zusammen mit den Hologrammen, die die Box im Inneren erzeugt, eine vollkommene Illusion erschaffen, die alle Sinne anspricht, ob tatsächlich oder simuliert. Währenddessen gleicht sie ab, wie der Täter auf bestimmte Bilder, Orte und Sinneseindrücke reagiert, stellt sich darauf ein, bis sie den korrekten Ablauf einer Tat rekonstruiert hat.«

Fanden sie auf diese Art und Weise am Ende wirklich die Wahrheit? Oder manipulierte die Box Tatsachen und Erinnerungen, indem sie etwas vorgab, ausließ und hinzufügte?

»Hat sie die Tat vollständig ermittelt und vielleicht ein Geständnis aufgenommen – was häufig vorkommt«, fuhr Rufus lächelnd fort, »wird alles in einer Akte digital gespeichert und verschlüsselt.«

Was gestanden die Täter? Die alte oder die neue Geschichte? Den tatsächlichen Tatablauf? Oder erfanden sie etwas aus

Angst? Philipp hatte sich da drinnen übergeben. Der Aufenthalt in dem Ding konnte also kein Vergnügen sein.

»Lass ihn bitte raus.« Veda sah zur Box und dann zu Rufus. »Er ist kein Täter, dessen Tat aufgeklärt werden müsste.«

»Bist du sicher?«, provozierte Rufus.

Hier und heute ging es nicht um Verbrechensaufklärung, sondern darum, Veda und Philipp unter Druck zu setzen, zu verhören, um die eigenen Taten verdecken zu können.

»Niemand ist ohne Schuld«, warf Marco ein.

»Das sagt der Richtige«, rutschte es ihr heraus. Die Schärfe ihres Tons überraschte Veda, fühlte sich aber verdammt gut an. *Halt sie am Reden. Stell ihnen die Frage, auf die du schon seit Wochen eine Antwort suchst.*

»Was genau hatte Danilo mit dem Ding zu tun?«

»Wir haben sie zusammen entwickelt«, erwiderte Rufus.

Vedas Herz setzte für einen Schlag aus. »Nein«, murmelte sie. *Das kann nicht sein!*

»Hat er das nicht erwähnt? Die Box wurde sogar in seiner Abteilung getestet und weiterentwickelt. Dort hat sie viel über Menschen, ihre Art zu denken, über kriminelle Motive und Handlungen gelernt. Dafür stand sie eine Weile in Berlin.«

Danilo hat sie getestet? Zeugen und Beschuldigte darin gefoltert? Hatte ihn das gequält, oder war er Rufus schon so weit in den Abgrund gefolgt, dass er es als nützlich oder gar nötig betrachtet hatte?

»Es waren die ersten Fälle für die Box, und Danilo hat ihr einen Teil seines Erfolgs als Staatsanwalt zu verdanken.« Rufus lächelte selbstzufrieden und wippte auf den Fußballen. »Damals ging es noch mehr um das Hacken von Datenbanken, Firmennetzwerken und Accounts, um genug belastendes Beweismaterial zu finden. Die Nanobots waren noch nicht weit genug entwickelt, um sie einzusetzen. Trotzdem konnten wir schon mit Hologrammen, Geräuschen, Gerüchen und Temperaturveränderungen einiges bewirken. Der technische Aufwand war allerdings groß. Immerhin konnten wir nebenbei eine Menge Daten aus den Bereichen Wirtschaft, Steuern, Banken und Börse sammeln und für die Box archivieren. Mit den Nanobots wurde vieles einfacher. Allerdings ist es schwerer, eine KI darauf zu programmieren, Informationen aus dem Kopf eines Menschen herauszuholen, als digitale Systeme zu hacken. Algorithmen untereinander verstehen sich besser.«

Veda ärgerte sich über seine Selbstgefälligkeit. »Wenn alles so toll für Danilo lief, warum hat er gekündigt?«

Rufus' Gesichtszüge wurden scharf. War er noch wütend auf seinen Musterschüler? Oder galt seine Wut Veda?

»Er ist ausgestiegen, als wir die Box weiterentwickelt haben. Aufklärung ist schön und gut, aber das reicht nicht.« Er drehte sich zum Laptop um. Veda zuckte, wollte ihn aufhalten, aber sie spürte, wie der Undercut-Typ hinter ihr sofort näher kam. Rufus jedoch behielt die Hände hinter dem Rücken verschränkt und blieb weit genug weg von der Tastatur. Veda entspannte sich wieder. Oder konnte er die Box mit seiner Stimme steuern? Sie wendete leicht den Kopf nach rechts. Der Typ könnte sie mit einem großen Schritt erreichen. *Verdammt!* Ihre Distanz zu Rufus war doppelt so lang, genauso wie zum Laptop.

»Die reine Aufklärung eines Falls reicht nur klein denkenden Menschen. Damit revolutioniert man kein träges, fehlbares System.« Rufus wandte sich ihr wieder zu und sah ihr eindringlich in die Augen. »Sag mir, Veda, ist es eine gerechte Strafe für einen Mörder, ihn bei Vollpension einzusperren? Hält es ihn von weiteren Taten ab? Hält es andere ab? Was ist die gerechte Strafe für einen Mörder?« Wieder dieser Dozententon, doch diesmal schwang Wut mit. Veda erinnerte sich an die endlosen Diskussionen, die sie über das Thema geführt hatten. Eine alle zufriedenstellende Antwort hatten sie nie gefunden.

»Auge um Auge«, sagte Rufus und wippte wieder auf den Fußballen. »Gleiches mit Gleichem vergelten.«

Veda wurde eiskalt. Bei Mördern hieße das Mord.

»Hat die Box die Tat erst mal im Detail aufgeklärt«, nahm er seine Erklärungen wieder auf, »kann sie errechnen, was mit dem Opfer geschehen ist, wie es sich gefühlt haben muss. Mit nur einem Knopfdruck können wir den Täter mit seiner eigenen Tat – quasi mit sich selbst – bestrafen. Er muss durchleben, was sein Opfer erlebt hat. Jede verdammte Minute, mit jeder Faser seines Körpers.« Veda wurde es heiß, und sie hoffte, dass Rufus den Schweißtropfen nicht bemerkte, der ihr von der Schläfe am Ohr vorbei über den Hals in den Kragen lief. Ihr fiel Danilos Interview mit dem geläuterten Mann ein. Bei ihm hatte es offenbar funktioniert. Er bereute, wollte als Wiedergutmachung den Opfern ähnlicher Taten helfen, positiv auf andere Täter einwirken. Aber was war mit Lennart, Danilo und den anderen geschehen? Bei ihnen schien es nicht funktioniert zu haben.

»Zuerst dachten wir, es würde als Strafe ausreichen, wenn die Täter ihre Taten als ihre eigenen Opfer nacherleben müssen«, fuhr Rufus etwas ruhiger fort. »Wir haben allerdings nicht damit gerechnet, dass manche Täter hinterher völlig die Nerven verlieren könnten.«

Wie in dem Fall, den Talli ihr geschildert hatte? Der Vergewaltiger, der zum grausamen Mörder wurde. War der in der Box gewesen? Hatten sie aus einem Kriminellen ein Monster gemacht?

»Natürlich ist sie noch in der Erprobung.« Rufus warf einen fast liebevollen Blick auf den Kasten. »Wir werden das optimieren. Außerdem arbeiten wir an weiteren Bestrafungsarten, denn nicht jeder versteht und bereut, was er getan hat. Das Löschen von Erinnerungen erscheint uns als eine mögliche Option, ein Reset quasi.«

Veda blinzelte. »Steckt Philipp deshalb in dem Kasten?« Wäre sie die Nächste? Sollten sie die Box und Danilos Ermittlungen vergessen, um weiterzumachen, als sei nichts geschehen? Damit das Ding irgendwann überall stehen und ermitteln, verurteilen und richten konnte? Auf keinen Fall würde sie das zulassen.

Rufus verzog seine Mundwinkel zu einem süffisanten Grinsen. »Dein Freund ist da drinnen, weil ich wissen will, was er weiß. Er hat mir brav verraten, dass ihr über Informationen verfügt, die nicht digitalisiert wurden. Schön, dass du dich freiwillig anbietest, um sie mir zu übergeben.«

Ganz sicher nicht! Plötzlich kam ihr ein böser Verdacht: Wenn der Vergewaltiger aus Tallis Fall tatsächlich in der Box gewesen war, wie war er danach gestorben? Und vor allem wo?

»Habt ihr Danilo auch da reingesteckt?« Veda deutete mit dem Kinn auf die Box. Ihre Hände hielt sie vor dem Körper fest, damit sie nicht zitterten.

»Spannend und tragisch zugleich, dass wir die Box einsetzen mussten, um herauszufinden, was er wusste, welche vertraulichen Informationen er mitgehen ließ und vor allem wo er das Material versteckt hielt.« Rufus seufzte.

Veda stieg das Blut in den Kopf. *Verdammter Heuchler!* »Ihr habt ihn umgebracht«, presste sie wütend zwischen zusammengebissenen Zähnen hervor.

»Nein, das war er selbst«, meldete sich Marco gehässig zu Wort. Sie hatte ihn fast vergessen und wünschte, er säße statt

Philipp dort drin. Die Box würde ganz sicher etwas finden, womit sie Marco bestrafen konnte.

»Du lügst«, warf sie ihm vor.

»Als Danilo merkte, dass er in der Box steckt und sein Wissen nicht mehr würde verstecken können, hat er die Reißleine gezogen«, sagte Marco.

Rufus hob die Hand und brachte seinen Jünger damit zum Schweigen. »Um die zu schützen, die er mit hineingezogen hat«, führte Rufus Marcos Gedanken fort. »Dich zum Beispiel, Veda.«

»Wie?«, fragte sie.

»Er hat gerne genascht. Deshalb ist niemand misstrauisch geworden, als er sich ein vermeintliches Bonbon in den Mund geschoben hat. Wir haben versucht, ihn zu retten, aber er war wie immer gut vorbereitet. Ich habe auf Zyankali getippt, aber es war E605. Die Symptome sind ähnlich.« Für einen Moment wirkte Rufus erschüttert, sammelte sich aber schnell wieder.

Veda schloss die Augen, um die aufsteigenden Tränen zurückzuhalten, und zählte bis drei. Wenn es sogar Rufus zu schaffen machte, musste Danilos Todeskampf furchtbar gewesen sein.

»Er wusste, dass Hilfe nicht rechtzeitig da sein würde«, erklärte Rufus.

»Und dass die Box mit einsetzender Wirkung des Gifts nichts Verwertbares mehr von ihm erfahren würde«, ergänzte Marco.

»Er hat sich vergiftet?« Veda konnte es nicht fassen. Das musste er vorausgeplant haben. Woher hatte er das Gift gehabt? Von befreundeten Polizisten aus der Asservatenkammer, von einem Tatort oder einer Durchsuchung? Von zwielichtigen Kontakten? Dazu hatten sie in seinen Unterlagen keine Anhaltspunkte gefunden. Nur, dass er bestimmte Fälle näher beleuchtet hatte. Der Kinderschänder im Wald – erhängt. Ilonas Mörder – erschossen. Die untreue Ehefrau – vermeintlich im Pool ertrunken. Danilo – vergiftet. Sie warf einen bangen Blick auf den Laptop-Bildschirm zu Philipp. Er stand wie angewurzelt neben dem Tisch. Wahrscheinlich dachte er dasselbe wie sie.

»Warum hat sich der Kinderschänder im Wald erhängt und Ilonas Mörder sich erschossen?«, wollte sie wissen.

»Sie haben dem Steuerzahler viel Arbeit und Geld erspart«, sagte Marco. »Offenbar konnten sie mit ihrer Schuld nicht mehr weiterleben.«

Veda dachte darüber nach, was Rufus über die Nanobots gesagt hatte. Sie konnten die Körperfunktionen steuern, also Herzschlag, Atmung, Stoffwechsel? Konnte das nachwirken? Wurden die Bots ausgeschieden, oder verblieben sie im Körper? Für immer? Waren sie die Ursache für Lennart Sieberts Beschwerden? Brachten die Bots oder die Erlebnisse in der Box die Menschen an den Rand des Wahnsinns, sodass ihnen Selbstmord als der einzige Ausweg erschien? Oder hatte Rufus nachhelfen lassen, um die Box zu schützen, um ihre Fehler zu verschleiern?

»Was ist mit Lennart Siebert geschehen?«, fragte Veda.

»Er hat die virtuelle Begehung des Tatorts nicht gut vertragen. Wir arbeiten daran, die Nebenwirkungen zu reduzieren«, wiegelte Rufus ab.

Nebenwirkungen? Nicht gut vertragen? Wenn er die Katastrophen, die dieses Ding offensichtlich heraufbeschwor, weiter verharmloste, flippte sie aus. »Wie ist die Frau im Pool gelandet? Ist sie gesprungen, gefallen, oder wurde sie hineingestoßen?«

Rufus biss die Zähne zusammen und wandte den Blick ab.

Was war da schiefgegangen? Hätte die Frau nicht sterben sollen, jedenfalls nicht im Pool? Sollten Rufus' Leute nachgeholfen haben, würde er das nicht zugeben. Egal wie überlegen er sich Veda gegenüber fühlen mochte, er war immer noch Jurist und wägte zur Sicherheit jedes Wort ab. Oder nagte es so an ihm, dass die Box seine Erwartungen nicht erfüllte, dass er dies niemandem, nicht einmal sich selbst gegenüber zugeben konnte?

»Kann die Box töten?«, erklang plötzlich Philipps Stimme.

Rufus sah zur Decke und überlegte einen Moment. »Sie kann ermitteln, aufklären und richten. Streng orientiert an den Gesetzen der jeweiligen Länder.«

»Kann sie es oder nicht?« Wie immer blieb Philipp hartnäckig.

»Falls es das Gesetz erlaubt, besteht theoretisch die Möglichkeit, die wichtigen Gefäße durch Nanobots verstopfen zu lassen oder den Körper so mithilfe der Box zu überreizen, dass die Organe versagen«, erklärte Rufus in neutralem Ton.

Wenn die Nanobots wirklich so schwer nachzuweisen waren, könnte man das bei einer Obduktion wahrscheinlich nicht feststellen. Sah es dann so aus, als seien die Opfer eines natürlichen Todes gestorben? Und was meinte er mit Überreizung? Sie dachte an das dicke, gewundene Stromkabel. Ob sie den Boden unter Strom setzen konnten wie einen gigantischen elektrischen Stuhl? Würden die Schuhe den Strom abhalten? Oder fungierten die Bots vielleicht als Verbindung? Gänsehaut krabbelte von ihren Handgelenken die Arme hoch bis zum Nacken.

»Du warst immer gegen die Todesstrafe. Weil Richter Menschen sind und sich irren können«, erinnerte Veda ihn.

»Die Box ist kein Mensch. Sie irrt sich nie.« Rufus' Stimme ließ keinen Widerspruch zu.

Veda schüttelte langsam den Kopf. Jedes Programm wurde von Menschen geschrieben, von Menschen mit Daten aus der Welt und dem Erlebten der Menschheit gefüttert. Ein digitales Abbild der Menschheit und deshalb genauso fehlbar.

»Haben diejenigen, die Selbstmord begingen, nach ihrem Aufenthalt in der Box nur die Nerven verloren? Oder hat die Box, habt *ihr* sie bestraft?« Ihre Stimme wurde schrill, und das Blut pochte in ihren Schläfen. *Hol so viel wie möglich aus ihm heraus.* »Wie ist der Kinderschänder in den Wald gekommen? Wenn die Box seine Taten aufgeklärt hat, warum habt ihr ihn nicht einfach festgenommen und in Untersuchungshaft gebracht?«

Rufus reagierte nicht, aber Marco schien etwas erwidern zu wollen. *Setz nach.*

»Und der Mörder von Ilona, dieser Peter, war er in der Box, bevor er seinen Abschiedsbrief geschrieben hat? Wie ist er danach an seine Waffe gekommen, um sich zu erschießen nach so vielen Jahren in Freiheit?«

»Spielt doch keine Rolle, solange alle die Strafe bekommen, die sie verdienen«, zischte Marco.

»Genug«, rief Rufus wütend dazwischen und gab dem Mann mit dem Undercut einen Wink. Veda konnte kaum reagieren, da verdrehte er ihr schon das rechte Handgelenk auf den Rücken und drückte ihr mit dem anderen Arm die Luft ab.

»Wir werden uns jetzt ansehen, wie viel ihr beide noch wisst und wo ihr die Informationen versteckt habt.« Er drehte sich zum Laptop um. Von hinten, am Tor, hörte sie es scheppern und spürte, wie sich der Typ hinter ihr umdrehte. »Wer sind Sie?«, rief er.

Rufus sah Veda nicht an, sondern über sie hinweg und gab dem Undercut-Typen wieder ein Zeichen, dass er sie loslassen sollte. Sie drehte sich kurz um und sah, dass Talli und zwei Kollegen aus den Schatten am Rande der Halle gelaufen kamen.

Endlich!

Aus dem Augenwinkel bemerkte Veda, wie sich Marco in Richtung Serverschränke davonmachte, verfolgt von einem weiteren Mitglied aus Tallis improvisiertem Team. Sie ergriff die Chance und sprang zwischen Rufus und den Laptop.

»Geh mir aus dem Weg«, brüllte Rufus wütend, trat auf sie zu und setzte zu einer Ohrfeige an. Veda wich aus, indem sie in die Knie ging, während er im Schwung seines Schlages seine rechte Seite offenlegte. Die Füße gegen den Boden gestemmt, das Gewicht in der Körpermitte verankert, sammelte Veda all ihre Wut und rammte ihm die linke Faust seitlich in den Bauch, genau zwischen Hüftknochen und Rippen. Er gab einen erstickten Laut von sich und fiel zu Boden. Erstaunt stand Veda über ihm. Das also passierte, wenn man richtig zuschlug. Lange würde es Rufus nicht aufhalten. Sie starrte auf den Laptop. Was musste sie eingeben, oder ließ sich die Tür direkt öffnen? Talli brüllte etwas, aber Veda brauchte all ihre Konzentration, um Philipp aus diesem Ding zu befreien. Rufus regte sich. Sie sprang zur Tür, sah aber keine Klinke, keinen Knauf, nur Knöpfe zum Drücken. Was, wenn sie den falschen drückte? Rufus stützte sich auf Hände und Knie. Veda stellte sich vor ihn und breitete die Arme aus, um ihm den Zugang zu Tür und Laptop zu versperren. Er hob den Kopf und sah sie so wütend an, dass sie die Luft anhielt und kalter Schweiß ihre Stirn überzog. In dem Moment stieß Talli ihn zu Boden. Er landete mit einem »Pfff« bäuchlings auf dem staubigen Beton. Sie drehte ihm die Arme auf den Rücken und fesselte ihn mit einem Kabelbinder. »Sehr wirksamer Stoß, die Technik musst du mir beibringen.«

Veda atmete erleichtert aus.

»Lassen Sie ihn raus«, forderte Talli Rufus ruhig auf, der das mit stoischem Schweigen quittierte. Der Polizist neben ihm war genauso groß, aber nur halb so breit und hielt ihn am Arm fest. Veda wollte Philipp augenblicklich aus der Box holen und überlegte, ob man das Schloss aufschießen könnte. Sie suchte Talli nach einer Waffe ab. Die stand vor Marco und starrte ihn an, während Tallis anderer Kollege den Griff um seinen Oberarm verstärkte. Auch seine Hände waren hinter dem Rücken gefesselt, und er stand wie ein Häufchen Elend neben dem älteren, breitschultrigen Polizisten. »4778«, murmelte Marco.

Veda warf schnell einen Blick in Rufus' Gesicht, konnte aber keine Reaktion erkennen. Talli gab ihr Einmalhandschuhe, die Veda fix überstreifte, während sie zur Box ging. Sie atmete tief durch und tippte die Nummer ein. Die Tür klickte, Veda zog sie erleichtert an dem metallenen Bügelgriff auf und befreite Philipp aus der Box.

»Alles in Ordnung mit dir?«, fragte sie ihn sofort.

»Ja, jetzt geht es wieder. Zwischendurch war es wie in der Achterbahn.«

»Ach, deshalb …« Das erklärte das Erbrochene auf dem Boden. Karussells waren nicht seine Leidenschaft. »Was haben sie mit dir gemacht?«

»Zuerst nur Fragen gestellt. Dann war ich plötzlich wieder in Danilos Wohnung, oder seine Wohnung war in meinem Kopf«, stammelte Philipp. »Ich kann es nicht genau beschreiben. Es war, als sehe man sich einen Film an, und dann wird man plötzlich Teil davon, inklusive Zeitlupe, Schnitt und schnellem Vorlauf.«

Und das war wahrscheinlich nur der Anfang gewesen. Veda dachte an Lennart Siebert. Wenn das Ding ihn, mit seiner gerade erst stabilisierten Psyche, an den Tatort zurückversetzt und ihm Fragen gestellt hatte, während er die Leiche seiner Geliebten ansehen musste, war es kein Wunder, dass er einen Rückfall erlitten hatte.

»Ihr hättet Lennart Siebert niemals in dieses Ding lassen dürfen«, fuhr sie Rufus an. Der schwieg mit verkniffenem Mund und sah an ihnen vorbei in die Ferne. Marco senkte den Blick unbehaglich auf seine Schuhspitzen und schwieg ebenfalls. Hoffentlich durften die Sieberts bald erfahren, was genau Lennart zugestoßen war. Rufus hatte gesagt, dass die Box Dateien anlegte. Waren die beiden verschlüsselten Dateien in Danilos Unterlagen von der Box erstellt worden? Lagen die anderen Dateien auf den isländischen Servern? Oder vielleicht auf denen hier in der Halle? Konnte Tallis IT-Kollege sie auswerten?

Philipp unterbrach Vedas Gedankengang und fragte: »Wie habt ihr die beiden überwältigt? Über die Lautsprecher war zuletzt nur Chaos zu hören.«

»Rufus wollte mir eine Ohrfeige geben, aber ich habe seinen Schlag abgewehrt und das Atemi auf die Leber voll durchgezogen«, erzählte Veda stolz. Kein Wunder, dass ihre Trainingspartner meckerten, wenn ihr Faustschlag zum Stoppen einer Bewegung zu dynamisch geriet.

Philipp verzog das Gesicht. »Ja, den Punkt triffst du fast immer, so wie Samira beim Irimi nage mit den Fingern den Fazialisnerv.« Er rieb sich das Kiefergelenk unter dem Ohrläppchen.

»Gute Reaktionszeit und saubere Ausführung«, lobte der Polizist neben Rufus ihre Aktion. Sie lächelte stolz, weil sie nicht in eine Schockstarre verfallen war, sondern sofort reagiert hatte. Das jahrelange Training hatte sich ausgezahlt.

»Ich habe euch in der Box nur hören können. Warum bist du hier, Veda? Du solltest nicht herkommen. Wann hast du Talli gerufen?«

Die Kommissarin nickte ihren Kollegen zu, die Rufus und Marco aus der Halle brachten. Die beiden Schläger waren schon auf dem Weg ins Präsidium.

»Ursprünglich sollte Veda Rufus nur draußen vor der Halle treffen und zum Reden bringen«, begann Talli. »Meine beiden Kollegen«, sie deutete mit dem Kinn zum Tor der Halle, »haben mir geholfen und Rufus beschattet. Währenddessen hat unser IT-Spezi herausgefunden, dass er über drei Ecken diese Halle gemietet hat. Deshalb wussten wir bereits, dass er regelmäßig hierherfährt, als Veda mir von der Halle und dem Termin erzählte. Zum Glück hat mein direkter Vorgesetzter unseren Einsatz gedeckt, und meine Kollegen haben sich mir trotz meiner Beurlaubung und der ihnen vielleicht drohenden Konsequenzen angeschlossen.«

»Du wurdest auch beurlaubt?« Philipp huschte ein Lächeln über die Lippen.

»Das ist nicht witzig«, zischte Veda.

»Sie wollten den Vorfall in der Tiefgarage dafür nutzen, um mich zumindest vorübergehend aus dem Verkehr zu ziehen, entweder verletzt oder um mir die angeblich nötige Erholung von der Aufregung zu gönnen«, antwortete Talli.

»Warum habt ihr Veda nicht verkabelt oder ihr befohlen, draußen zu bleiben?«, unterbrach Philipp sie.

Es war leichtsinnig von ihr gewesen, sich einfach Zutritt zur Halle zu verschaffen, aber hinterher ist man immer schlauer. Genauso gut hätte die Halle menschenleer sein können.

»Das haben wir«, sagte Talli und warf ihr einen anklagenden Blick zu, »aber nur mit einem kleinen, analogen Aufnahmegerät, denn in der Umgebung der Halle wird jedwede Elektronik massiv gestört. Außerdem war es nicht geplant, dass Veda in die Halle einsteigt.«

»'tschuldigung«, murmelte sie. Aber ohne ihr eigenmächtiges Handeln hätten sie Philipp nicht gefunden und wären immer noch nicht schlauer.

»Auf dem Gelände draußen hatten wir uns postiert, aber bei nur drei Leuten, einer großen Halle und viel offenem Gelände rundherum konnten wir nur fluchen, als Veda in die Halle eingedrungen ist. Zum Glück hatten wir vorausgeplant und auch die Baupläne studiert, sodass wir uns relativ schnell Zugang verschaffen konnten. Dummerweise hast du in der Box festgesessen und Veda hatte diesen Typen im Nacken. Für einen Zugriff wollten wir einen besseren Zeitpunkt abwarten.«

»Und wenn sie Schusswaffen gehabt hätten?« Philipp schien sich nur schwer beruhigen zu lassen.

»Rufus?« Veda lachte ungläubig. »Der hat nur Übung im Zigarettenhalten«, giftete sie. Endlich war er von seinem Thron gestürzt. Sie hatte ihn gestoßen. Ein befriedigendes Gefühl. Andererseits hätten diese beiden Kerle, die offenbar Rufus' Drecksarbeit erledigten, tatsächlich bewaffnet sein können. Vedas Zwerchfell flatterte für einen Moment, und sie atmete tief durch.

»Er hat eine Maschine gebaut, die Menschen tötet«, ereiferte sich Philipp.

»In der du gesteckt hast, nicht ich«, fuhr Veda ihn an.

Talli hob die Hände, um Ruhe zu stiften.

»Das wirst du mir die nächsten zehn Jahre aufs Brot schmieren«, zischte er und wandte sich wieder an die Dritte im Bunde. »Was hat den Verdacht gegen Rufus so erhärtet, dass du gegen ihn ermitteln konntest?«

»Ja … also … da mussten wir intern tricksen«, gab Talli zögerlich zu.

»Tricksen?«, fragte Philipp.

»Wir haben ebenfalls gute IT-Fachkräfte«, entgegnete sie und lächelte unverbindlich.

»Verstehe.«

»Davon abgesehen, dass sich mein Dienststellenleiter, Herr Voß, viele Kollegen zum Feind gemacht hat, tauchte der Name seines Kumpels Rufus zuletzt einmal zu viel auf. Unter anderem im Zusammenhang mit dieser Halle hier«, erklärte Talli. »Mein IT-Kollege hat übrigens Danilos Laptop, sein Smartphone und das Tablet gefunden.«

»Wo?«, fragte Philipp.

»Versteckt unter den Asservaten eines Cold Case. Wir konnten noch nicht alles auswerten, aber es gab weitere Hinweise auf diese Lagerhalle. Bei einer unserer Stippvisiten haben wir Rufus hineingehen sehen. Damit war mir klar, dass er Dreck am Stecken hat.«

»Und warum hast du Veda mit reingezogen?«, wollte Philipp wissen. »Ihr hätte alles Mögliche passieren können!«

»Überleg mal!«, brauste Veda auf. Er durfte allein den Helden spielen, weil er ein Mann war, aber sie nicht mit der Kriminalpolizei im Rücken undercover arbeiten? *Steinzeitaffe!* »Glaubst du, ein Generalstaatsanwalt und ein gewiefter Rechtsanwalt machen freiwillig eine Aussage oder lassen sich ohne Anwalt vernehmen? Wenn überhaupt jemand erlaubt hätte, den Generalstaatsanwalt als Verdächtigen zu vernehmen.«

»Ich finde, ihr habt zu spät eingegriffen«, warf er trotzig ein.

»Wir hätten noch ein paar Optionen gehabt«, merkte Talli ruhig an. »Ein Kollege stand am Stromstecker der Box und hätte ihn im Notfall ziehen können. Ein anderer Kollege stand am Sicherungskasten, und nachdem uns mein direkter Vorgesetzter noch zwei Streifen zur Verstärkung geschickt hat, waren alle strategisch so verteilt, dass wir die Situation jederzeit hätten klären können. Was wir dann auch getan haben. Außerdem war es Vedas Idee, Rufus bei einem spontanen Gespräch aus der Reserve zu locken.«

Philipp sah Veda mit großen Augen an.

»Was ist? Irgendwie musste ich mich für Rufus' mieses Verhalten auf Danilos Gedenkveranstaltung bei ihm revanchieren«, sagte sie wütend. »Wie bist du eigentlich in dem Ding gelandet?« Sie zeigte auf die Box.

Mit gesenktem Blick zuckte er mit den Schultern. »Ich war neugierig. Außerdem habe ich befürchtet, du würdest hier trotz meiner Warnung auftauchen, ohne mich zu informieren. Eigentlich wollte ich nur die Lage sondieren und euch beiden davon berichten.« Er hob den Kopf wieder und lächelte schief. Vedas Wut verpuffte. Talli dagegen hob die Augenbrauen und verschränkte die Arme vor der Brust.

»Leider war mein Timing schlecht«, fuhr Philipp fort. »Sie haben mich überrascht, mir von hinten ein Messer an den Hals gehalten, einen Sack über den Kopf gezogen und mich in die Halle verfrachtet. Das waren bestimmt die beiden, die bei dir auch die Autopanne vorgetäuscht haben, Veda.« Sie nickte. »Reden half bei den beiden leider nicht«, erklärte Philipp. »Stattdessen bekam ich eine Spritze in den Arm gerammt und wurde in diese verdammte Box geschubst.«

Veda warf einen besorgten Blick auf Philipps Arm. »Nanobots«, murmelte sie.

Er untersuchte die Einstichstelle und sah zuerst Veda, dann Talli mit unbehaglicher Miene an.

»Ich fahre dich ins Krankenhaus«, bot Talli an.

23. KAPITEL

»Fahr langsam, hier müssen wir nach einem Parkplatz suchen«, bemerkte Veda, als sie aus Richtung Fuhlentwiete auf die Caffamacherreihe zufuhren. Weit voraus, hinter den Häusern an der Kurve ragte das verglaste Emporio-Hochhaus auf.

Veda hatte sich kurz nach dem Tumult am Hafen bei Dr. Zymo entschuldigt und ihm das Versprechen gegeben, den Namen der Kanzlei nie wieder für eigene Zwecke zu missbrauchen. Außerdem hatte sie ihn so weit wie möglich eingeweiht, obwohl er sich längst wieder beruhigt hatte. Trotzdem war es ihr ein Bedürfnis gewesen, ihm ihr Handeln zu erklären. Die Wogen in der Kanzlei hatten sich schnell wieder geglättet, jedenfalls bis zu ihrem Wechsel. Auch deshalb war sie heute auf dem Weg zu Talli.

»Die Ärzte haben mir die Geschichte mit den Nanobots nicht geglaubt, obwohl Talli danebenstand«, erzählte Philipp weiter. »Sie haben nichts Ungewöhnliches gefunden und sehen keine Notwendigkeit, mich noch einmal zu untersuchen. Ich muss selbst nach jemandem hier oder im Ausland suchen, der mir helfen kann.« Rechts kam das Polizeikommissariat in Sicht. Ein rotes Backsteingebäude, davor Parkplätze mit Einsatzfahrzeugen, gegenüber das Gebäude des Bezirksamtes Hamburg-Mitte. Philipp verlangsamte auf Schritttempo und setzte den Blinker, um anzuzeigen, dass er einparken wollte.

»Hat das MRT nichts ergeben?«

»Nanobots sind Maschinen von der Größe eines Moleküls, gerade einmal fünf Millionstel eines Millimeters groß. Zweihundert Mal kleiner als ein menschliches Haar. Das macht es schwer, sie zu finden. In Kliniken ist die Auflösung der vorhandenen Geräte nicht hoch genug, um sie im menschlichen Körper abbilden zu können. Hinzu kommen die unterschiedlichen Materialien, aus denen die Nanobots bestehen: Kunststoff, Metalle, Glas.«

»Rufus hat von DNA und körpereigenem Material gesprochen«, erinnerte sich Veda.

»Noch schlimmer«, entgegnete Philipp.

Links auf dem Seitenstreifen vor dem Bezirksamt parkte er ein.

»Neben den Nanobots gibt es sogar Nanopartikel«, erklärte Philipp, während sie ausstiegen. »Die können gezielt Wirkstoffe in Krebszellen transportieren und Informationen über deren Wachstum einholen.« Er hatte viel recherchiert in den letzten Tagen. »Siehst du einen Parkscheinautomaten?«, fragte er und sah sich um. Veda erspähte einen auf der anderen Straßenseite am Ende des Polizeigebäudes. Während sie die Straße überquerten, fuhr Philipp fort: »Es gibt heute schon Medikamente, die – in Nanopartikeln verpackt – gezielt Körperzellen am gewünschten Wirkort finden. Bestimmt können Rufus' Nanobots das auch, sobald sie, an ihrem Bestimmungsort angekommen, von der Box angesteuert werden.«

Beim Parkautomaten angekommen, kramte Veda ihre Geldbörse aus der Segeltuchhandtasche und bezahlte. Schließlich war Philipp gefahren.

Er sprach währenddessen weiter. »Ein großes Problem ist die Fortbewegung der Nanobots, denn man kann keinen Antrieb bauen, der klein genug ist. Es gibt aber bereits Bots, die Schwimmbewegungen ausführen, oder korkenzieherähnliche, gläserne Gebilde, die sich wie ein Propeller fortbewegen.« Philipp malte mit dem Zeigefinger eine Spirale in die Luft. »Für die Zwecke der Box sind sie zu langsam, deshalb setzt sie das Magnetfeld ein, aber diese kleinen Korkenzieher können sich zum Beispiel durch den Glaskörper eines Auges bewegen, ohne das Gewebe um sich herum zu beschädigen.«

Veda erschauderte, während sie sich vorstellte, ein Korkenzieher aus Glas – und sei er noch so klein – bohre sich durch ihr Auge.

Sie legten den Parkschein ins Auto und gingen zum Eingang des Kommissariats.

»Ich habe eine Forschergruppe am Max-Planck-Institut für Intelligente Systeme in Stuttgart gefunden, die mithilfe eines speziellen 3-D-Nanofabrikationsprozesses Milliarden von Nanorobotern in nur wenigen Stunden herstellen kann. Vielleicht können die mir weiterhelfen.«

»Hauptsache, Rufus ist nicht Kunde bei denen«, rutschte es Veda heraus. Reumütig kniff sie die Lippen zusammen, weil sie Philipp nicht die Hoffnung nehmen wollte.

»Guter Hinweis. Ich werde mir überlegen, wie ich das herausbekommen kann, ohne schlafende Hunde zu wecken.«

»Weißt du auch, was mit den Nanobots nach getaner Arbeit passiert?«, fragte Veda, als sie vor dem Eingang zum Polizeikommissariat stehen blieben.

»Die winzigen Dinger können Zellmembranen durchdringen, sich möglicherweise in Organen anreichern oder im Atemtrakt Entzündungen hervorrufen. Deshalb kann ich nicht auf Tallis Ermittlungen warten. Vollständig abbaubare Nanobots gibt es noch nicht. Aktuell braucht man immer ein künstliches Material, um sie zum Funktionieren zu bringen.«

»Vielleicht haben sie abbaubare Nanobots entwickelt, und deswegen finden die Ärzte nichts. Weil sie sich schon aufgelöst haben oder ausgeschieden wurden«, hoffte Veda.

Philipp strich ihr mit der Hand über den Rücken. »Das ist lieb von dir, aber ich werde mich nicht auf das Prinzip Hoffnung verlassen.«

Veda voran betraten sie das Gebäude und wurden von einer lächelnden blonden Polizeibeamtin hinter dem Empfangstresen begrüßt. Sie erkannte Veda wieder. »Frau Bregum erwartet Sie.« Die Beamtin meldete sie telefonisch an, ließ sich ihre Taschen zeigen und schickte sie durch den Metalldetektor. Dahinter kam Talli bereits durch eine Glastür zu ihnen und nahm sie mit hinauf in den ersten Stock.

Auf den dunkelgrau gefliesten Gängen trafen sie nur wenige Uniformierte und Beamte in Zivil. Die Türen der meisten Büros waren geschlossen. An den Wänden dazwischen hingen Landschaftsfotos in Schnellwechselrahmen und Bilder von Veranstaltungen. Veda erkannte eine Gruppe, die beim Hamburg-Marathon mitgelaufen war. Wahrscheinlich alles Polizisten. Talli führte sie in ihr Büro. Neugierig sah sich Veda in dem hohen, weiß gestrichenen Raum um. Auf dem grau-weißen Schreibtisch standen Mini-PC und Bildschirm, Schuber mit Papier, zwei Ordner, die vermutlich die Lücke in dem hohen, gut gefüllten Regal rechts neben der Tür hinterlassen hatten. An der Wand hinter dem Schreibtisch hing ein Whiteboard und an der gegenüber vom Schreibtisch hing eine große Stadtkarte, darunter stand ein Pappkarton mit roten Ringordnern.

»Sind das Danilos?«, wollte Veda wissen, und ihr Puls beschleunigte sich.

»Ja, die haben wir in der Lagerhalle gefunden. Bislang konnte ich den Inhalt nur überfliegen. Manches sieht so ähnlich aus wie das, was ihr in dem Umschlag hinter dem Schrank gefunden habt. Vielleicht Fälle, die Danilo der Box noch nicht genau zuordnen konnte. Aber auch eine Menge zu dem Fall in München, bei dem Rufus geholfen hat, und zu der True-Crime-Serie, in der der Fall vorkam. Danilo hat mit seinen Münchner Kollegen bei der Staatsanwaltschaft und der Polizei dort gesprochen. Es könnte sich lohnen, dem nachzugehen.«

Veda hätte am liebsten einen Ordner nach dem anderen herausgezogen und untersucht. Ihr kribbelten förmlich die Finger, weshalb sie sie in die Gesäßtaschen ihrer dunkelblauen Jeans steckte.

»Danilo hatte mithilfe von Arno Tamm sogar damit begonnen, Material über Politiker und Justizmitarbeiter aus den USA zu sammeln«, fuhr Talli fort. »Lebensläufe, Profile, Zeitungsartikel. Mein Englisch ist nicht besonders gut, aber soweit ich es verstehe, beziehen sich seine Recherchen auf die Meinung von Richtern, Staatsanwälten, anderen Justizmitarbeitern und Politikern zur Todesstrafe.«

»Die Todesstrafe wird meiner Erinnerung nach in Texas, Oklahoma, Florida, Missouri, Alabama, Arizona und Mississippi vollzogen«, warf Philipp ein.

Talli nickte. »Mit einigen Leuten hat Danilo selbst gesprochen und dabei herausgefunden, dass unter anderem Rufus und Marco in diese Bundesstaaten gereist sind, um dort nachzuforschen.«

»Vielleicht könnt ihr von denen erfahren, wer noch an der Entwicklung und dem Betrieb der Box beteiligt war«, schlug Veda vor.

»Wir werden es versuchen«, sagte Talli.

»Haben sie Verkaufsverhandlungen für die Box geführt?«, fragte Philipp.

»Was genau besprochen wurde, hat Danilo nicht herausgefunden oder nicht vermerkt«, antwortete Talli. »Auch zu möglichen Kontakten nach China hat er recherchiert. Dort wird jährlich Tausende Male die Todesstrafe vollzogen. Weit gekommen ist er hier allerdings nicht. Kein Wunder, die Statistik der verhängten und vollzogenen Todesstrafen ist in China ein Staatsgeheimnis und wird erst recht nicht mit Ausländern geteilt.«

Veda hoffte, dass die Box nie ihren Weg um die Welt antreten würde.

»Ich habe mit Arno Tamm gesprochen«, begann Talli vorsichtig. Veda und Philipp wechselten einen überraschten Blick. »Ich hatte die Hoffnung, dass er Rufus und Marco schon in irgendeiner Weise auf der Spur ist. Aber er hat nicht gewusst, warum genau Danilo ihn gebeten hat, die Reisen der beiden in die USA und nach China näher zu beleuchten. Arno hat angenommen, Danilo wäre illegalen internen Machenschaften der Hamburger Staatsanwaltschaft auf der Spur. Das faszinierte ihn, vor allem weil es mit Rufus zusammenhing.«

»Das wusste Danilo und hat es für sich genutzt«, warf Veda ein.

»Arno hatte mit seiner Vermutung recht. Er ahnte nur nicht, um welche Art von illegaler Machenschaft es geht.« Talli seufzte. »Ich habe lange überlegt, ob ich mit ihm sprechen soll, aber es musste sein. Seitdem sitzt er mir im Nacken. Haltet euch um euer selbst willen von ihm fern, okay?«

Veda und Philipp nickten. Arno wusste nicht, dass es zwischen ihnen und Talli eine Verbindung gab. Sonst hätte er sich längst auf sie gestürzt. Trotzdem würde er sich über kurz oder lang bei ihnen melden.

»Konnte dir Julia weiterhelfen?«, fragte Veda. Sie war froh, dass ihre Freundin wieder gesund und munter die Berliner Gerichte unsicher machte. Zum Glück hatte es seit dem Unfall keine derartigen Zwischenfälle mehr gegeben.

»Nein, leider nicht. Der Unfallhergang ist aufgeklärt worden, und es wurde nichts Ungewöhnliches festgestellt.«

»Hat sie gefragt, warum du sie anrufst?« Veda hatte Julia weder von Rufus, Marco noch der Box oder dem Showdown am Hafen erzählen dürfen, obwohl sie ihre Erlebnisse furchtbar gerne mit ihr geteilt hätte.

»O ja«, bestätigte Talli und schmunzelte. »Ich habe ihr aber nur gesagt, dass du mir von ihr und deinen Sorgen erzählt hast und ich prüfen möchte, ob mehr dahintersteckt als ein bloßer Verkehrsunfall. Dabei möchte ich es vorerst auch belassen.«

Veda war das ganz recht, denn sie wollte Julia nicht noch tiefer in den Fall hineinziehen.

»Letztlich sollte es mehr als reichen, wenn ihr euch die Daten aus der Box und den Servern beschafft und sie mit Danilos Recherchen abgleicht«, warf Philipp ein.

»Hm«, murmelte Talli unbestimmt und bot ihnen an, Platz zu nehmen.

»Möchtet ihr Kaffee? Wasser?«, fragte sie und wandte sich in Richtung Tür.

»Kaffee«, antworteten sie beide und setzten sich auf die leicht zu reinigenden, grauen Besucherstühle.

Themenwechsel und Flucht. Veda warf Philipp einen Blick zu und spürte, dass er dasselbe dachte – es gab ein Problem mit der Box.

Einen Moment später kam Talli mit einer schwarzen Thermoskanne und weihnachtlichen Tassen zurück. Veda grinste. Anscheinend trank sie mit ihren Kollegen auch jedes Jahr vor dem Hamburger Rathaus Glühwein.

Talli goss ihnen Kaffee ein und stellte eine Packung Hafermilch in die Mitte. »Wollt ihr Zucker?« Veda und Philipp schüttelten die Köpfe. Talli und Veda gossen Hafermilch in ihren Kaffee, Philipp trank seinen schwarz.

»Immerhin haben wir die Dateien aus der Dropbox und vom USB-Stick entschlüsselt«, berichtete Talli. »Die auf dem Stick muss von der Box erstellt worden sein und passt haargenau zum Aktenzeichen und zu meinem alten Fall mit dem Vergewaltiger, der sich nach seiner ersten Verurteilung so grausam gesteigert hat. Er ist vermutlich von der Box damit bestraft worden, dass er seine Tat am eigenen Leib nacherleben musste. Leider hat es ihn nicht von weiteren Taten dieser Art kuriert, sondern noch aggressiver und gnadenloser gemacht. Er stumpfte weiter ab, denn er war als Kind und Jugendlicher selbst vergewaltigt und erniedrigt worden. Diese Traumata lagen höchstwahrscheinlich seinem kriminellen Handeln zugrunde und haben die Bestrafungsabsichten der Box ins Gegenteil verkehrt.«

»Oh weh«, murmelte Veda.

»Dem Bericht der Box wurde die nachträgliche Notiz angefügt, dass sich die Bestrafungsmethode des Nacherlebens eventuell nicht für alle Fälle gleichermaßen eignet«, fuhr Talli fort. »Hier müsse man einen anderen Algorithmus finden.«

Einen anderen Algorithmus? Wenn das so einfach wäre.

»Wisst ihr mittlerweile, woran dieser Täter während der zweiten U-Haft gestorben ist?«, fragte Philipp.

»Wir ermitteln noch.« Talli machte eine Pause und suchte nach Worten. »Es gibt internen Widerstand.«

War irgendetwas während der Haft schiefgelaufen? Hatte er sich das Leben genommen? War er von wem auch immer im Gefängnis getötet worden? Oder war er in der Box gestorben?

»Hast du Danilos Abschiedsbrief gefunden?« Rufus hatte gesagt, dass sich Danilo spontan das Leben genommen habe, um sein Wissen vor der Box zu schützen. Dann konnte er aber keinen Abschiedsbrief hinterlassen haben.

»Bisher haben wir keinen gefunden, obwohl es laut Akte einen geben soll. Der Obduktionsbericht ist auch verschwunden.«

»So ein Zufall«, murmelte Veda.

»Seine Akte bei der Staatsanwaltschaft und der Polizei beinhaltet nur Rumpfdaten«, ergänzte Talli. »Dort steht, man habe seine Leiche in seiner Wohnung in der Badewanne gefunden und alles deute auf Selbstmord hin.«

Veda schluckte. Hatten sie ihn aus der Box in seine Wohnung gebracht und in der Badewanne abgeladen? Oder den ganzen Bericht gefälscht? Obwohl sie saß, wurde ihr schwindelig, sodass sie ihre Handflächen auf die kühle Tischplatte legte und möglichst leise tief durchatmete.

»Es hat überhaupt nicht danach ausgesehen«, wandte Philipp ein und starrte ins Leere, als rufe er sich den Anblick des Badezimmers wieder ins Gedächtnis.

»Laut Akte soll ihn seine Putzhilfe gefunden und den Notarzt informiert haben«, berichtete Talli.

Veda fing sich wieder. »Rufus hat in der Halle gesagt, Danilo habe sich in der Box das Leben genommen. Also muss ihn jemand in seine Wohnung gebracht haben.«

»Das haben wir alle gehört«, beschwichtigte Talli, »aber bisher haben wir nur diese paar Worte, die Rufus nicht schriftlich wiederholt hat und voraussichtlich nie wiederholen wird.«

»Dann seht in der Box und auf den Servern nach! Es muss eine Datei von Danilos Verhör geben!«

»Wenn sie die nicht schon gelöscht haben«, warf Philipp ein.

»Es gibt die Berichte vom Stick und aus der Dropbox«, beharrte Veda.

»Die Dateien unterscheiden sich kaum von einer Ermittlungsakte. Am Text selbst lässt sich nicht erkennen, dass eine

KI im Spiel war. Wir haben von den Vorgängen in der Box keine Tonaufnahmen, kein Videomaterial.«

»Aber die Box selbst habt ihr«, entgegnete Veda ungläubig.

Talli kniff die Lippen zusammen und stieß wütend Luft durch die Nase aus, bevor sie sagte: »Eben nicht. Die Box und die Server wurden beschlagnahmt, sind seitdem allerdings genauso verschwunden wie Rufus und Marco.«

»Verschwunden?« Veda spürte, wie sich Verzweiflung in ihr breitmachte. »Das Ding ist riesig, wie kann es einfach verschwinden?«

Philipp seufzte. »Damit hätten wir rechnen können. Rufus und Marco haben nicht allein gehandelt. Dein Dienststellenleiter, Talli, weiß vielleicht nicht viel, aber er hängt mit drin, genauso wie der Münchner Generalstaatsanwalt. Erinnert ihr euch an die rasante Aufklärung, sobald Rufus eingegriffen hatte?« Veda und Talli stimmten verdrossen zu, und Philipp fuhr fort. »Wie hat er Straftäter aus der Haft und Lennart Siebert als Zeugen oder potenziellen Verdächtigen in die Box bekommen? Ganz sicher hat er ihnen keinen Sack über den Kopf ziehen und sie zum Hafen fahren lassen. Die Box muss näher dran gewesen sein. Viel mehr einflussreiche Leute müssen davon wissen und wollen nicht entdeckt werden. Was ist mit Rufus und Marco passiert, nachdem ihr sie vorläufig festgenommen hattet?«

Die Polizistin stürzte den Rest ihres Kaffees hinunter und stellte die Tasse mit grimmigem Gesichtsausdruck ab. »Wir mussten sie natürlich umgehend dem Haftrichter vorführen, der aber keinen Haftgrund als erfüllt angesehen hat. Es handele sich ja schließlich um den Hamburger Generalstaatsanwalt.«

»Ja«, sagte Philipp und sah zur Decke. »Sicher, der honorige Herr Generalstaatsanwalt.«

»Seitdem sind Rufus und Marco für unser Team nicht mehr

erreichbar. Da mindestens einer unserer Kollegen in den Fall involviert ist, haben automatisch nur noch ganz bestimmte Personen Zugriff auf die Daten. Es ist wahrscheinlich nur noch eine Frage der Zeit, bis sie alle Beweismittel, die direkt mit dem Fall zusammenhängen, einziehen. Mitarbeiterschutz nennt sich das. Vielleicht sind sie aber auch abgetaucht oder werden abgeschirmt.«

Veda war zum Heulen zumute. Sollte ihre ganze Arbeit umsonst gewesen sein? Es musste einen Weg geben, um zu beweisen, was den beiden anderen in der Box angetan wurde, dass es keine KI war, die das Rechtssystem revolutionieren konnte, sondern eher ein Folterinstrument, eine Art intelligente Waffe. Sie rief sich die Halle im Hafen vor Augen, ihren Weg hinein, durch die Zwischentür – Moment! »Auf den Serverschränken, die mit der Box verbunden waren, prangte das Logo der Firma, deren Anlage das *Serra* und das dortige Wohnviertel mit Fernwärme versorgt.«

»Das ist uns auch aufgefallen. Ich habe bei der Firma nachgefragt, ob man Server mieten oder kaufen kann oder ob welche fehlen. Sie haben alles verneint. Und nicht einmal unser IT-Spezi hat eine Geschäftsverbindung zwischen der Firma und Rufus oder Marco gefunden. Mehr können wir nicht ausrichten, solange Server und Box verschwunden sind.«

»Was ist mit der Aufnahme aus der Halle, von dem Recorder, den ich getragen habe?«, fragte Veda fast schon flehend.

Talli hob resigniert die Hände. »Der Staatsanwalt sagt, das reiche als Beweis hinten und vorne nicht.«

»Ha!«, lachte Philipp auf und schüttelte den Kopf. »Klar, der Staatsanwalt. Der hat sicher auch bei Rufus studiert.«

»Weiß dein Dienststellenleiter vielleicht, wo sich Rufus aufhält?« Veda erntete ein kurzes, zufriedenes Lächeln von Talli, bevor ihre Miene wieder dunkler wurde.

»Mein Dienststellenleiter wurde wie Rufus vorübergehend freigestellt. Er behauptet natürlich, nicht zu wissen, wovon wir reden. Leider haben wir bisher keinerlei belastendes Material gegen ihn gefunden.«

»Trotzdem haben sie ihn suspendiert?«, fragte Philipp.

»Offiziell, um ihn aus der Schusslinie zu nehmen.«

»Oder um sicherzustellen, dass er nicht quatscht«, grummelte Veda.

»Gut kombiniert«, gab Talli zu.

»Das ist ein sehr brisanter Fall«, murmelte Philipp. »Immerhin sind der Hamburger Generalstaatsanwalt und hochrangige Polizeibeamte darin verwickelt, und noch hat die Presse kein Blut geleckt. Vielleicht wollen Richter und Staatsanwälte nur auf Nummer sicher gehen und zunächst ganz genau ihr Vorgehen klären, damit es nicht zu vermeidbaren Turbulenzen in der Gesellschaft kommt. Außerdem dürfte es schwierig sein, Gut von Böse zu unterscheiden.«

»Ich hoffe, dass ist der einzige Grund für das Verschwinden der Hauptverdächtigen und der Tatwaffe«, sagte Talli.

»Arno ist an der Sache dran«, warf Veda hoffnungsvoll ein. »Früher oder später wird er herausfinden, was abgelaufen ist, und dann wird es einen handfesten Justizskandal geben.«

»Bis dahin müssen wir bei den Ermittlungen ein gutes Stück weitergekommen sein«, gestand Talli ein.

Veda hatte Mitleid mit ihr, weil sie im Falle eines Skandals in den Augen der Öffentlichkeit als Polizistin zu den Schuldigen gehörte, obwohl die Sache ohne sie nicht ans Licht gekommen wäre. Veda fühlte sogar mit Rufus ein wenig mit. Er hatte es von ganz unten nach ganz oben geschafft, war ein Vorbild für viele gewesen und hätte es weiterhin sein können. Stattdessen hatte er sich von seinen Rachegefühlen zerfressen lassen.

»War es nicht merkwürdig, dass Rufus bei seiner Festnahme in der Halle am Hafen so ruhig geblieben ist?«, gab Veda zu bedenken. »Auf dem Weg zum Streifenwagen hat er fast entspannt gewirkt.«

»Vielleicht hat er seinen Frieden gefunden, nachdem er Rache an dem Mörder seiner Schwester nehmen konnte«, mutmaßte Philipp.

»Das ist eine mögliche Erklärung. Es kann auch sein, dass er einer dieser Menschen ist, die erst spät realisieren, dass sie verloren haben. Manche glauben sogar nach dem Schuldspruch vor Gericht noch, dass sie über den Dingen stehen.«

Veda konnte sich beides nicht recht vorstellen. Reichte es Rufus, Rache an Ilonas Mörder genommen zu haben? War das sein einziges Motiv für sein lebenslanges Streben gewesen? Klar, er war arrogant und größenwahnsinnig, aber verblendet sicher nicht. Ob er sich eine Hintertür offengehalten hatte?

»Was macht ihr mit Danilos Recherchen? Rollt ihr die Fälle wieder auf?« Veda sah Talli an.

»Gute Frage. Ohne die Box und die Server konnten wir erst mal nur die offiziellen Akten und Asservate jedes erwähnten Falles sichten. Bisher haben wir keine Fehler oder Unstimmigkeiten gefunden, an denen man ansetzen könnte. Manchmal fragt man sich, warum an diesem Ort oder bei dieser Person Ermittlungen und Durchsuchungen stattgefunden haben. Oder warum ein Beweisstück ausgerechnet dort gefunden wurde. Am Ende passt dennoch alles zusammen, es gibt plausible Erklärungen und gerichtsfeste Beweise. Die Box hat funktioniert.« Talli seufzte.

Aber zu welchem Preis? Psychische Folter, Zwang und vielleicht Manipulation. Was waren Beweise wert, die so gewonnen wurden?

»Was passiert, wenn ihr endlich Zugriff auf die Server der Box bekommt?«, bohrte Veda nach. »Wenn klar ist, dass eine Maschine, ein Algorithmus, ermittelt hat und welche Methoden angewandt wurden? Kommen die Täter wegen Verfahrensfehlern frei, obwohl die meisten von ihnen – oder sogar alle – schuldig sind?«

»Keine Ahnung«, antwortete Talli.

»Ein noch nie da gewesener Fall«, verkündete Philipp mit leuchtenden Augen. »Es wird Gerichte, Politik und Öffentlichkeit jahrelang schwer beschäftigen. Vielleicht sind Rufus, Marco und die Box deshalb verschwunden. Um das weitere Vorgehen zu planen, herauszufinden und abzuwägen, was getan werden muss und was besser nicht getan wird, weil es sonst das System sprengen könnte.«

Das System sprengen. Eine gruselige Vorstellung. Chaos und Leid wären vorprogrammiert.

»Habt ihr noch mehr Beteiligte gefunden? Rufus und Marco hatten vielleicht die Idee zu dieser Maschine, aber programmiert und gebaut haben sie andere«, sagte Veda.

Talli schüttelte frustriert den Kopf. »Es hängt alles davon ab, dass wir an die Box und die Server – möglichst auch die auf Island – kommen. Dort liegen die Beweise. Ohne die können wir wenig ausrichten, nicht einmal Rufus' und Marcos Privat- und Geschäftsräume durchsuchen.«

Veda stellte sich eine Durchsuchung im Gebäude der Staatsanwaltschaft im elften Stockwerk des Towers am Michel vor. Allein das würde schon für großes Aufsehen sorgen. »Werden sie es vertuschen?«

»Das wird schwer werden«, vermutete Philipp.

»Wie du schon sagtest, Philipp, möchten sie es vielleicht nur besonders vorsichtig behandeln.« Talli bemühte sich um einen zuversichtlichen Ton. »Noch weiß die Öffentlichkeit nichts von der Box. Alle, die in der Halle waren, haben sie nur von außen gesehen und gehört, was Rufus und Marco gesagt haben. Außer dir, Philipp, aber du kannst auch nur berichten, was du erlebt hast. Die Tonbandaufnahmen sind unter Verschluss, aber weder Rufus noch Marco haben sich uns gegenüber dazu weiter in die Karten schauen lassen. Sie könnten in einem Verfahren die Zulassung der Aufnahme als Beweis anfechten und alles, was sie gesagt haben, zu ihren Gunsten verdrehen oder so relativieren, dass uns die Aussagen nichts mehr nützen. Das Tonband allein ist wenig wert ohne weitere Beweise. Ich hoffe, die Herrschaften weiter oben in der Hierarchie geben sich und ihren Plan bald zu erkennen.«

»Selbst wenn wir sie mit den Dateien auf dem USB-Stick und in der Dropbox nicht unter Druck setzen können, weil nichts darauf hinweist, dass eine KI dahintersteckt, haben wir immer noch die Nanobots«, beharrte Veda.

»An denen bin ich dran«, sagte Philipp.

»Ich habe mit meinem Kollegen aus der IT darüber gesprochen. Wenn sie dir tatsächlich Nanobots gespritzt haben, könnte es nach dem, was Rufus erzählt hat, sein, dass sie nur im Zusammenspiel mit der Box aktiv sind und ansonsten schlafen. Je nach Konstruktion sind sie auch nicht ohne Weiteres erkennbar.«

»Ich weiß – leider.«

Veda legte ihm die Hand auf den Arm und lächelte ihn aufmunternd an. In Momenten wie diesen machte sie sich große Sorgen um ihren besten Freund.

»In dem Ordner über die Kontakte zu China gibt es eine Rubrik zur Chinesischen Akademie der Wissenschaften«, erzählte Talli. »Das ist der einzige Teil mit ausführlicheren Infos, unter anderem zu Nanobots. Es gibt eine Studie zu einem Blutgerinnungsmittel, bei der es um den Bau eines Nanoroboters aus DNA geht, DNA-Origami genannt. Die DNA ist dabei reines Baumaterial, das künstlich erzeugt wird und keine biologische Funktion erfüllt, aber als Tarnung dient, damit der Körper den Bot nicht als Fremdkörper abstößt …«

»War es das, was Rufus meinte, als er davon sprach, dass die Nanobots gut getarnt sind?«, fragte Veda.

»Vermutlich«, antwortete Talli und wandte sich an Philipp. »Sobald wir in dieser Richtung etwas finden und entschieden haben, was davon auch Dritte zu sehen bekommen dürfen, sollten wir uns zusammensetzen.«

Philipp nickte, Veda sah ihm aber an, dass er enttäuscht war.

»Es wird ein teures Vergnügen werden, nach den Nanobots zu suchen«, befürchtete er. »DNA-Analysen, spezielle Mikroskope, alles auf kleinster molekularer Ebene. Das ist aufwendig und teuer in der Anschaffung, im Betrieb und Instandhaltung. Wahrscheinlich komme ich nur über Studien an eine Diagnosemöglichkeit, und das kann ewig dauern.«

Veda erinnerte sich an Rufus' Schweigen, als sie ihn gefragt hatten, ob die Box schon jemanden getötet habe. »Was ist mit den Tätern, die Selbstmord begangen oder eines natürlichen Todes gestorben sein sollen? Vielleicht könnte man die auf Nanobots untersuchen, auf Fremdeinwirkung?« Sie dachte an die Frau im Pool und den Erhängten im Wald. Hatte die Box sie getötet, und ihr Tod war später zur Tarnung als Unfall und Selbstmord arrangiert worden?

»Das ist bisher leider eine Sackgasse«, räumte Talli ein und rieb sich das Gesicht. Sie musste nonstop ermittelt haben. »Die toten Täter aus Danilos markantesten Fällen sind alle eingeäschert worden. Es gibt nur noch die Akten und die Asservate.«

»Shit!«, rutschte es Veda heraus. Wenn die Nanobots keine nachweisbaren Spuren hinterließen, könnte die Box straflos töten. Sie erschauderte. Nicht nur eine KI-Ermittlerin und -Richterin in Gestalt eines großen Kastens, sondern auch Vollstreckerin.

»Was ist mit den Überlebenden?«, wollte Veda wissen. »Lennart Siebert, zum Beispiel. Es muss doch möglich sein, wenigstens ihm mithilfe der entschlüsselten Datei aus der Dropbox Gerechtigkeit widerfahren zu lassen.«

Talli hob ein Stück die Hände und ließ sie wieder auf die Tischplatte fallen. »Dasselbe Problem: Ohne Box, Zeugen und Server haben wir zu wenig in der Hand.«

Verdammt! Veda war nicht nur hier, weil sie am Hafen mit Talli zusammengearbeitet hatte, sondern auch wegen Lennart Siebert. Talli wusste es noch nicht, aber Frau Siebert hatte sich an Vedas Kanzlei gewandt, weil sie von der Kommissarin erfahren hatte, dass ohne Danilo und Veda die Hintergründe zum Fall ihres Sohnes nie ans Licht gekommen wären. Frau Latih hatte den Fall zusammen mit einem Kollegen übernommen und Veda vorübergehend von Dr. Zymo losgeeist, um herauszufinden, wie sie vorgehen könnten. Die Sieberts hatten sogar zugestimmt, Lennart auf die Nanobots untersuchen zu lassen. Das Problem der Finanzierung und die Suche nach einem geeigneten Gerät und Team dafür war jedoch dasselbe wie bei Philipp. Ein Gerichtsverfahren könnte die Sache jedoch beschleunigen, sofern ein Sachverständigengutachten in Auftrag gegeben würde.

Veda ging es vor allem darum, für Lennart Siebert eine Entschädigung auszuhandeln, die auch die Behandlungskosten und Folgekosten abdeckte.

Frau Latih hoffte auf einen spektakulären Fall, aber im Moment hörte sich ihr Vorbringen für Unbeteiligte noch nach einem Science-Fiction-Roman an. Deshalb war sie auf der Suche nach weiteren Opfern der Box, um an verwertbare Beweise zu kommen. Über ihre Kontakte versuchte sie gerade, diesen »F.«, den Danilo interviewt hatte, im Gefängnis aufzuspüren. Sie vermutete, dass es nur von wenigen behördenintern Interesse geben würde, alles aufzuklären. Daraufhin hatte Veda Frau Latih vorgeschlagen, sich mit einer anderen Kanzlei zusammenzutun, die mehr Erfahrung auf dem Gebiet hatte. Philipp hatte den Kontakt zu seinen Kollegen Till und Herrn Kling hergestellt, die sie auf Danilos Gedenkveranstaltung getroffen hatten. Veda hatte sich an deren Erzählung von dem aufsehenerregenden Prozess gegen ein Pharmaunternehmen erinnert, den sie für eine junge Frau führten, an der illegale medizinische Experimente durchgeführt worden waren.

Bei dem Gespräch vor zwei Wochen hatte sie den Männern an den Lippen gehangen und sich selbst über ihre Faszination für den Fall, die Motivation der Täter und die Hintergründe gewundert. Die Art und Weise, wie Till und Herr Kling den Fall aufbauten, ihr Engagement und ihre Cleverness hatten Veda davon überzeugt, dass sie auch Lennart Siebert würden helfen können. Sie hatten sogar eine Kriminologin im Team, die Täterprofile erstellen und analysieren konnte.

»Könnt ihr nicht auf Island nach der Mining-Farm suchen, die Rufus erwähnt hat? Habt ihr dazu etwas in den roten Ordnern gefunden?« Veda konnte nicht anders, als alle Möglichkeiten durchzugehen.

»Wir sind dran«, bekräftigte Talli. »Im Ausland zu ermitteln ist aber schwierig, und bislang wurden uns auf Nachfrage keine Unregelmäßigkeiten zu irgendwelchen Farmen gemeldet. Bitcoin-Mining ist erlaubt. Um an und in die Server zu kommen, bräuchten wir einen konkreten Verdacht auf eine Straftat, den wir ohne die Box und die Serverschränke nicht vorbringen können. Mein Kollege versucht im Moment, aus

Danilos Dateien und seiner Hardware brauchbare Daten zu filtern. Irgendwelche IP-Adressen oder so, um wenigstens herauszufinden, um welche Firma es sich handelt. Er hat mir erklärt wie, aber ich habe es nicht wirklich verstanden.«

»Apropos konkreter Verdacht. Werdet ihr die Datei aus der Dropbox an Lennarts Ärzte freigeben?« Veda und Frau Latih erhofften sich, dass dies seine Behandlung erleichtern würde.

»Das muss ich prüfen.« Talli notierte es. »Eine gute Nachricht habe ich immerhin. Mein direkter Vorgesetzter ist als neuer Behördenleiter im Gespräch, und mir wurde angeboten, in die Mordkommission zurückzukehren.« Ein breites Grinsen erhellte ihr müdes Gesicht.

Ob sie Talli und deren Chef damit besänftigen und anderweitig beschäftigen wollten, damit sie sich nicht mehr mit Rufus und der Box beschäftigen? Veda wechselte einen Blick mit Philipp. Talli bemerkte es.

»Keine Sorge. So schnell bringt man mich nicht von einem Fall ab. Ich habe noch ein sehr großes Hühnchen mit Rufus zu rupfen. In Danilos Unterlagen gibt es diverse Fälle unnatürlicher Tode, denen man nachgehen kann. Vielleicht lassen sich über diesen Weg weitere Beweise sammeln, aber wir werden sicherlich einen langen Atem haben müssen.«

Philipp warf etwas ein, was Veda schon wieder vergessen hatte: »Die Box stand doch auch in München, und deine Kollegen dort sind nicht gut auf Rufus zu sprechen, sagtest du. Vielleicht ist dort jemand bereit zu reden.«

»Gute Idee!« Talli machte sich eine weitere Notiz. »Schade, dass ihr nicht in unserem Team seid.«

»Wo sollen wir uns bewerben?« Philipp grinste und stupste Veda freundschaftlich mit dem Ellenbogen an.

»Leider seid ihr schon zu alt dafür«, antwortete Talli.

»Wie bitte?« Philipp tat empört und winkte dann ab. »Macht nichts. Ich denke sowieso darüber nach, kürzerzutreten. Um mein Leben später in vollen Zügen genießen zu können, muss ich das Später erreichen, stimmt's?«

»Hört, hört«, rief Veda.

Philipp grinste und zuckte mit den Schultern.

»Warum beauftragt ihr Veda nicht als Externe?«, schlug er Talli vor und korrigierte sich schnell. »Ach nein, du willst ja auf keinen Fall im Strafrecht arbeiten, außer in diesem Fall vorübergehend«, neckte er sie.

»Hhm, also, na ja«, druckste Veda herum und erntete erstaunte Blicke.

»Frau Latih hat mich auf einen Masterstudiengang der Kriminologie hingewiesen, den ich mir genauer ansehen will: Täterprofile erstellen und interpretieren, Strafvollzugsmaßnahmen analysieren und entwickeln.«

»Sag Bescheid, wenn es so weit ist«, sagte Talli augenzwinkernd.

Veda nickte. Sie hatte sich längst mit Büchern eingedeckt und sich die ersten Gedanken zu Rufus' Täterprofil gemacht. Sie wollte es der Kriminologin aus dem Team um Till und Herrn Kling gleichtun und das Netzwerk hinter Rufus und der Box aufdecken, die Verbindungen und weitere Beteiligte finden. Außerdem hatte die Kriminologin Veda einige ihrer Personenanalysen in dem Pharma-Fall vorgestellt. Eine davon ähnelte Rufus. Das Profil eines anderen Mannes aus dem Fall, Viktor, faszinierte sie besonders und machte ihr genauso viel Angst. Sie hoffte, so einem Psychopathen nie in freier Wildbahn zu begegnen. Rufus war zum Glück keiner, und seit dem Tag in der Lagerhalle hatte Veda auch keine Angst mehr vor ihm. Er war gefährlich, aber auf eine andere Art und Weise als die Typen aus dem Pharma-Fall. Was beide

Fälle verband, war ihr weitreichendes, kompliziertes Geflecht aus illegalen Machenschaften, persönlichen Seilschaften und hochinnovativen, wissenschaftlichen Arbeiten. Veda hatte sich verbissen und wollte den Fall entwirren. Sie wollte die Box finden, sichergehen, dass sie unschädlich gemacht würde, Rufus und Marco auf der Anklagebank sehen und dem Polizei- und Justizwesen wieder vertrauen können. Vor allem aber wollte sie Gerechtigkeit für Lennart, für Danilo und alle, die Opfer der Box und des Größenwahns ihrer Erbauer geworden waren.